DESASTRE *iminente*

JAMIE McGUIRE

DESASTRE
iminente

Tradução
Ana Death Duarte

17ª edição
Rio de Janeiro-RJ / São Paulo-SP, 2022

Editora: Raïssa Castro
Coordenadora editorial: Ana Paula Gomes
Copidesque: Ana Paula Gomes
Capa: S&S Art Dept/Lizzie Gardiner
Fotos da capa: Image Source/Getty Images (borboleta)
Stockcam/Getty Images (papel)
Projeto gráfico: André S. Tavares da Silva

Título original: *Walking Disaster*

ISBN: 978-85-7686-255-0

Copyright © Jamie McGuire, 2013
Todos os direitos reservados.

Tradução © Verus Editora, 2013
Direitos reservados em língua portuguesa, no Brasil, por Verus Editora. Nenhuma parte desta obra pode ser reproduzida ou transmitida por qualquer forma e/ou quaisquer meios (eletrônico ou mecânico, incluindo fotocópia e gravação) ou arquivada em qualquer sistema ou banco de dados sem permissão escrita da editora.

Verus Editora Ltda.
Rua Benedicto Aristides Ribeiro, 41, Jd. Santa Genebra II, Campinas/SP, 13084-753
Fone/Fax: (19) 3249-0001 | www.veruseditora.com.br

CIP-BRASIL. CATALOGAÇÃO NA FONTE
SINDICATO NACIONAL DOS EDITORES DE LIVROS, RJ

M429d

McGuire, Jamie
  Desastre iminente / Jamie McGuire ; tradução Ana Death Duarte. - 17. ed. - Rio de Janeiro, RJ : Verus, 2022.
  23 cm.

Tradução de: Walking Disaster
ISBN 978-85-7686-255-0

1. Romance americano. I. Duarte, Ana Death. II. Título.

13-01071
CDD: 813
CDU: 821.111(73)-3

Revisado conforme o novo acordo ortográfico.

*Para Jeff,
meu próprio belo desastre*

AGRADECIMENTOS

Preciso começar agradecendo ao meu incrível marido, Jeff. Sem falhar, ele me ofereceu apoio e me encorajou, além de manter nossos filhos felizes e ocupados para que a mamãe pudesse trabalhar. Eu não teria sido capaz de fazer isso sem ele, e digo isso de coração. Ele toma conta de mim tão completamente que só preciso me sentar no escritório e escrever. Meu marido tem uma paciência e uma compreensão aparentemente infinitas, das quais eu gostaria de ter ao menos uma fração. Ele me ama nos piores dias e se recusa a me deixar acreditar que existe algo que eu não possa fazer. Obrigada por me amar de maneira tão perfeita a ponto de eu ser capaz de canalizar isso na minha escrita, para que outras pessoas possam vivenciar um pouco do que você me dá. Tenho muita sorte em ter você.

Agradeço a minhas duas doces meninas, que deixaram a mamãe trabalhar durante horas noite adentro, sem reclamarem, de forma que eu pudesse cumprir meu primeiro prazo de verdade, e ao homem mais lindo do universo, meu filho, por esperar até eu digitar "Fim" para vir ao mundo.

A Beth Petrie, minha mais estimada amiga, o mais próximo de uma irmã que eu poderia ter. Há três anos, ela disse que eu conseguiria terminar um romance enquanto fazia um curso de raio X, com dois filhos e um emprego. Ela disse que eu conquistaria tudo que desejasse, e continua dizendo. Eu já falei isto um milhão de vezes, mas vou repetir: se não fosse por Beth, eu não teria escrito uma única palavra de *Belo desastre*, nem de *Providence*, nem de qualquer um dos meus outros romances. Nunca tinha me passado pela cabeça escrever um livro até que ela me disse: "Faça isso. Sente-se na frente do computador agora mesmo e comece a digitar". Ela é o motivo pelo qual trilhei este caminho mágico, que me libertou de tantas maneiras. E ela me salvou de mais formas até do que essa. Obrigada. Obrigada, obrigada, obrigada.

A Rebecca Watson, minha agente cinematográfica e literária, pelo trabalho duro e pela dedicação, por me aceitar quando eu ainda era uma autora iniciante, e a E. L. James, por nos apresentar.

A Abbi Glines, minha doce amiga e colega escritora, que deu uma olhada em *Desastre iminente* quando ainda era uma criança e me garantiu que, sim, eu estava acertando no ponto de vista masculino.

A Colleen Hoover, Tammara Webber e Elizabeth Reinhardt, por tornarem o trabalho da minha editora um pouco mais fácil. Vocês me ensinam alguma coisa quase todos os dias, seja na escrita, na minha carreira ou em lições de vida.

Às mulheres do FP, meu grupo de escrita e, em alguns dias, minha rocha e minha salvação. Não consigo nem dizer quanto a amizade de vocês significa para mim. Vocês estiveram comigo em todos os altos e baixos, momentos de decepção e de comemoração deste ano. Seus conselhos são inestimáveis, e seus encorajamentos me fizeram chegar ao fim de muitos dias difíceis.

A Nicole Williams, minha amiga e colega escritora. Obrigada por ser tão generosa e bondosa. A forma como você lida com todos os aspectos da sua carreira é uma inspiração para mim, e mal posso esperar para ver o que a vida lhe reserva.

A Tina Bridges, enfermeira e anjo. Quando precisei de respostas a algumas questões muito difíceis, ela não hesitou em me deixar cavar fundo para descobrir a verdade desagradável sobre a morte e o morrer. Você é uma pessoa incrível por ajudar tantas crianças a passarem por perdas inimagináveis. Parabéns por sua coragem e sua compaixão.

Aos agentes literários estrangeiros e aos funcionários da Intercontinental Literary Agency. Tudo que vocês realizaram até agora foi muito além do que eu poderia ter conseguido sozinha. Muito obrigada por levarem meu livro a mais de vinte países e o mesmo número de idiomas!

A Maryse Black, blogueira literária, gênio, top model e amiga. Você levou o Travis a tantas pessoas maravilhosas, que o amam quase tanto quanto você. Não é à toa que ele a ame tanto. Observei seu blog crescer de algo divertido a uma força da natureza, e fico muito feliz por termos começado nossa jornada mais ou menos ao mesmo tempo. É incrível ver onde estivemos, onde estamos e aonde chegaremos!

Eu também gostaria de agradecer à minha editora, Amy Tannenbaum, por não apenas amar e acreditar nesta história de amor não convencional tanto quanto eu, mas também ser uma alegria de pessoa com quem trabalhar e tornar tão positiva a transição para o processo tradicional de publicação.

A minha relações-públicas, Ariele Fredman, que me guiou por uma selva desconhecida (para mim) de imprensa e entrevistas e cuidou tão bem de mim.

A Judith Curr, minha publisher, pelas constantes palavras de encorajamento e pela validação de que eu faço parte da família da Atria, não apenas com suas palavras, mas também com suas ações.

A Julia Scribner e ao restante do pessoal da Atria, por trabalharem tão duro na produção, no marketing, nas vendas e em tudo o mais envolvido no processo de levar este romance do meu computador até as mãos dos leitores. Não sei ao certo o que eu esperava do mercado editorial tradicional, mas fico feliz que o meu caminho tenha me levado até a Atria Books!

SUMÁRIO

Prólogo 13
1 Beija-Flor 19
2 O tiro saiu pela culatra 32
3 Cavalheiro 41
4 Distraído 51
5 Colegas de quarto 59
6 Doses 70
7 Enxergando vermelho 84
8 Oz 94
9 Arrasado 108
10 Arruinado 122
11 Frio 138
12 Virgem 154
13 Porcelana 167
14 Oz 184
15 Amanhã 201
16 Espaço e tempo 211
17 Subestimado 226
18 Lucky Thirteen 244
19 A casa do papai 258
20 Ganha-se um pouco, perde-se um pouco 271
21 Morte lenta 285
22 Bom para ninguém 301
23 Discurso de aceitação 313

24	Esquecer	326
25	Possessividade	344
26	Pânico	358
27	Fogo e gelo	374
28	Sr. e sra.	388
Epílogo		396

PRÓLOGO

Mesmo com o suor na testa e a respiração entrecortada, ela não parecia doente. Sua pele não tinha o brilho cor de pêssego com o qual eu estava acostumado, e seus olhos não tinham mais tanta luz, mas ela ainda era bonita. A mulher mais bonita que eu jamais veria.

Sua mão caiu pesadamente da cama, e seu dedo se contorceu. Meu olhar trilhou suas frágeis unhas amareladas, subindo por seu fino braço, e seguiu até o ombro ossudo, por fim se assentando em seus olhos. Ela estava olhando para mim, as pálpebras como duas fendas, abertas apenas o suficiente para me mostrar que ela sabia que eu estava ali. Era isso que eu amava nela. Quando olhava para mim, ela realmente me via. Não olhava além de mim, pensando nas dezenas de afazeres que preencheriam seu dia, nem ficava indiferente às minhas histórias idiotas. Ela me ouvia, e isso a fazia feliz de verdade. Todas as outras pessoas pareciam assentir sem ouvir, mas não ela. Ela, nunca.

— Travis — disse ela, com a voz rouca. Pigarreou, e os cantos de sua boca se viraram para cima. — Venha aqui, meu amor. Está tudo bem, vem cá.

Meu pai colocou alguns dedos na base do meu pescoço e me empurrou para frente, enquanto ouvia o que a enfermeira dizia. Ele a chamava de Becky. Ela tinha ido até nossa casa pela primeira vez alguns dias antes. Suas palavras eram suaves, e seus olhos eram até gentis, mas eu não gostava dela. Não conseguia explicar, mas o fato de Becky estar lá era assustador. Eu sabia que ela devia estar lá para ajudar, mas isso não era bom, mesmo meu pai não tendo problema nenhum com ela.

A cutucada do meu pai me impulsionou vários passos para frente, perto o bastante para que minha mãe pudesse me tocar. Ela esticou os longos e elegantes dedos e roçou meu braço.

— Está tudo bem, Travis — sussurrou. — A mamãe tem uma coisa para lhe dizer.

Enfiei o dedo na boca e o empurrei em volta da gengiva, inquieto. Assentir fazia com que seu pequeno sorriso se alargasse, então me certifiquei de fazer grandes movimentos com a cabeça enquanto caminhava em sua direção.

Ela usou o que restava de suas forças para se aproximar de mim, então inspirou.

— O que vou lhe pedir é muito difícil, filho. Mas sei que você consegue fazer isso, porque agora você é um garoto crescido.

Concordei mais uma vez, espelhando o sorriso dela, mesmo sem a menor vontade. Sorrir quando ela aparentava estar tão cansada e desconfortável não parecia certo, mas ser valente a deixava feliz. Então, fui valente.

— Travis, eu preciso que você ouça o que vou dizer e, mais importante, preciso que você se lembre disso. Vai ser muito difícil. Venho tentando me lembrar de coisas de quando eu tinha três anos e... — A voz dela falhou, a dor intensa demais por um momento.

— A dor está ficando intolerável, Diane? — Becky perguntou, enfiando uma agulha no tubo intravenoso da minha mãe.

Depois de alguns instantes, ela relaxou. Inspirou fundo novamente e tentou falar mais uma vez.

— Você pode fazer isso pela mamãe? Pode tentar se lembrar do que vou dizer?

Fiz que sim novamente com um movimento de cabeça, e ela ergueu uma das mãos para minha bochecha. Sua pele não estava muito quente, e ela só conseguiu manter a mão ali por uns poucos segundos, antes de começar a tremer e cair de volta no colchão.

— Em primeiro lugar, não tem problema ficar triste. Não tem problema ter sentimentos. Lembre-se disso. Em segundo lugar, seja criança por bastante tempo. Brinque muito, Travis. Faça coisas bobas — seus olhos se esquivaram —, e você e seus irmãos cuidem uns dos outros, seu pai também. Mesmo quando você crescer e sair de casa, é importante voltar. Tudo bem?

Mexi a cabeça para cima e para baixo, desesperado para agradá-la.

— Um dia você vai se apaixonar, meu filho. Não se acomode com qualquer uma. Escolha a garota que não vem fácil, aquela pela qual você vai ter que lutar, e então nunca deixe de lutar por ela. Nunca... — ela respirou fundo — deixe de lutar por aquilo que deseja. E nunca... — ela retraiu as sobrancelhas — nunca se esqueça que a mamãe ama você. Mesmo que você não possa me ver. — Uma lágrima rolou por seu rosto. — Eu sempre, *sempre* vou te amar.

Ela inspirou de maneira entrecortada e então começou a tossir.

— Ok — disse Becky, enfiando uma coisa engraçada nas orelhas. Ela colocou a outra ponta do aparelho no peito da minha mãe. — Hora de descansar.

— Não tenho tempo — minha mãe sussurrou.

Becky olhou para o meu pai.

— Estamos chegando perto, sr. Maddox. É melhor trazer o restante dos meninos para se despedirem.

Os lábios do meu pai formaram uma linha dura e ele balançou a cabeça em negativa.

— Não estou pronto — disse com a garganta quase travada.

— Você nunca vai estar pronto para perder sua esposa, Jim. Mas você não vai querer que ela vá embora sem que os meninos se despeçam.

Meu pai pensou por um minuto, limpou o nariz na manga da camisa e assentiu. Então saiu pisando duro, como se estivesse bravo.

Fiquei observando minha mãe enquanto ela tentava respirar, vendo Becky verificar os números na caixinha ao lado dela. Toquei o pulso da minha mãe. Os olhos da enfermeira pareciam saber de algo que eu não sabia, e isso me fez sentir enjoo.

— Sabe, Travis — disse Becky, inclinando-se para me olhar nos olhos —, o remédio que estou dando à sua mãe vai fazer com que ela durma, mas, mesmo dormindo, ela ainda vai poder ouvir você. Você pode falar que a ama e que vai sentir falta dela, e ela vai ouvir tudo o que você disser.

Olhei para minha mãe e rapidamente balancei a cabeça.

— Não quero sentir falta dela.

Becky pôs a mão quente e macia no meu ombro, como a minha mãe costumava fazer quando eu estava chateado.

— Sua mãe quer ficar aqui com você. Ela gostaria muito disso. Mas Jesus quer que ela fique com ele agora.

Franzi a testa.

— Eu preciso dela mais do que Jesus.

Ela sorriu, depois beijou o topo dos meus cabelos.

Meu pai bateu na porta e a abriu. Meus irmãos se amontoavam em volta dele no corredor, e Becky me conduziu pela mão para que eu me juntasse a eles.

Trenton não tirou os olhos da cama da nossa mãe, e Taylor e Tyler olhavam para toda parte, *menos* para a cama. De certa forma, me senti melhor ao perceber que todos eles pareciam tão assustados quanto eu.

Thomas ficou parado ao meu lado, um pouquinho na frente, como daquela vez em que me protegeu quando estávamos brincando no jardim da frente de casa e os garotos da vizinhança tentaram arrumar briga com o Tyler.

— Ela não parece bem — disse Thomas.

Meu pai pigarreou.

— A mãe de vocês está muito doente faz um bom tempo, meninos, e está na hora de ela... está na hora de... — A voz dele falhou e ele não terminou a frase.

Becky ofereceu um sorrisinho solidário.

— Já faz um tempinho que a mãe de vocês não come nem bebe nada. O corpo dela está desistindo. Isso vai ser muito difícil, mas é um bom momento para dizer a ela que vocês a amam, que vão sentir falta dela e que ela pode ir embora. Ela precisa saber que vai ficar tudo bem.

Meus irmãos assentiram em uníssono. Todos eles... menos eu. Não ia ficar tudo bem. Eu não queria que ela fosse embora. Eu não me importava se Jesus a queria ou não. Ela era a minha mãe. Ele podia levar uma mãe velha embora. Uma que não tivesse garotinhos para cuidar. Tentei me lembrar de tudo que ela me dissera. Tentei grudar aquilo dentro da minha cabeça: Brincar. Visitar o papai. Lutar pelo que eu amo. Essa última parte me incomodou. Eu amava a minha mãe, mas não sabia como lutar por ela.

Becky se inclinou e falou algo no ouvido do meu pai. Ele balançou a cabeça, em seguida fez um sinal para os meus irmãos.

— Muito bem, meninos. Vamos dizer adeus à sua mãe, depois você precisa colocar os seus irmãos para dormir, Thomas. Eles não precisam ficar aqui para o restante.

— Sim, senhor — disse Thomas. Eu sabia que ele estava fingindo uma expressão corajosa. Os olhos dele estavam tão tristes quanto os meus.

Thomas conversou com a nossa mãe por um tempinho, depois Taylor e Tyler sussurraram coisas nos ouvidos dela, cada um de um lado. Trenton chorou e a abraçou por um bom tempo. Todo mundo disse a ela que estava tudo bem, que ela podia nos deixar. Todo mundo menos eu. Dessa vez, ela não respondeu nada.

Thomas me puxou pela mão, me conduzindo para fora do quarto. Fui andando de costas até chegarmos ao corredor. Tentei fingir que ela estava só indo dormir, mas minha cabeça estava zonza. Ele me pegou no colo e me carregou escada acima. Os pés dele se apressaram quando os soluços do nosso pai atravessaram as paredes.

— O que ela disse para você? — Thomas quis saber, abrindo a torneira da banheira.

Eu não respondi. Ouvi a pergunta dele e me lembrei, como ela me dissera para fazer, mas minhas lágrimas não saíam e minha boca não abria.

Thomas puxou por cima da cabeça minha camiseta suja de terra, tirou meu short e minha cueca do *Thomas e seus amigos* e os jogou no chão.

— Hora de entrar na banheira, carinha.

Ele me ergueu do chão e me colocou sentado na água morna, ensopando o pano e espremendo-o sobre a minha cabeça. Eu nem pisquei. Nem tentei tirar a água do rosto, embora eu odiasse aquilo.

— Ontem a mamãe me disse para cuidar de você e dos gêmeos, e do papai também. — Thomas entrelaçou as mãos na beirada da banheira e descansou o queixo nelas, olhando para mim. — Então é isso que eu vou fazer, tá bom, Trav? Vou tomar conta de vocês. Por isso, não se preocupe. Nós vamos sentir falta da mamãe juntos, mas não fique assustado. Vou garantir que tudo fique bem. Prometo.

Eu queria assentir ou abraçá-lo, mas nada funcionava. Embora eu devesse estar lutando por ela, eu estava lá em cima, em uma banheira cheia de água, imóvel como uma estátua. Eu já tinha começado a decepcioná-la. No fundo da minha mente, prometi a ela que faria todas as coisas que ela me pedira, assim que meu corpo voltasse a funcionar. Quando a tristeza fosse embora, eu sempre brincaria, e sempre lutaria. Arduamente.

1
BEIJA-FLOR

Abutres de merda. Eles podem esperar você por horas. Dias. Noites também. Olhando fixamente através de você, escolhendo que partes suas vão arrancar primeiro, que pedaços serão os mais doces, os mais macios, ou simplesmente que parte será mais conveniente.

O que eles não sabem, o que nunca previram, é que a presa está fingindo. Os abutres é que são fáceis. Justamente quando eles pensam que tudo que têm de fazer é ser pacientes, relaxar e esperar que você se acabe, é nessa hora que você ataca. É nessa hora que você saca a arma secreta: a completa falta de respeito pelo status quo, a recusa a ceder à ordem das coisas.

É quando você os choca com sua atitude, com quão pouco está se lixando.

Um adversário no Círculo, algum babaca aleatório tentando expor sua fraqueza com insultos, uma mulher tentando amarrá-lo — acontece o tempo todo.

Desde muito novo eu vinha sendo bem cuidadoso para viver minha vida desse jeito. Aqueles imbecis de coração partido que saíam por aí entregando a alma à primeira interesseira que sorrisse para eles estavam fazendo tudo errado. Porém, de alguma forma, era eu que estava nadando contra a maré. Eu era a exceção. O jeito deles era o mais difícil, se você quer saber minha opinião. Deixar a emoção de fora e substituí-la pelo torpor ou pela raiva — muito mais simples de controlar — era fácil. Permitir-se ter sentimentos tornava você vulnerável. Tantas vezes tentei explicar esse erro aos meus irmãos, primos ou amigos, e fui encarado com ceticismo. Tantas vezes os vi chorando ou perdendo o sono por causa de alguma vadia com um par de saltos do tipo "me coma", que não dava a mínima para eles, e eu não conseguia entender. As mulheres que valiam aquele tipo de decepção não deixariam que você se apaixonasse com tanta facilidade. Elas não ficariam de quatro no seu sofá nem permitiriam que você as atraísse para o quarto na primeira noite — nem mesmo na décima.

Mas minhas teorias foram ignoradas, porque esse não era o modo como as coisas funcionavam. Atração, sexo, paixão, amor e então coração partido. Essa era a ordem lógica. E era *sempre* essa a ordem.

Mas não para mim. Nem. Fodendo.

Decidi há um bom tempo que me alimentaria dos abutres até que um colibri aparecesse. Um beija-flor. O tipo de alma que não empatasse a vida de ninguém, que simplesmente caminhasse por aí se ocupando das próprias coisas, tentando levar a vida sem puxar ninguém para baixo com suas carências e seu egoísmo. Corajosa. Uma comunicadora. Inteligente. Bonita. De fala suave. Uma criatura que arruma um companheiro para a vida toda. Inatingível até que tenha uma razão para confiar em você.

Enquanto eu estava parado na porta aberta do meu apartamento, batendo as cinzas do meu cigarro, a garota com o cardigã cor-de-rosa ensanguentado, que eu tinha visto no Círculo, me voltou à memória. Sem pensar, eu a chamei de Beija-Flor. Na hora, foi só um apelido bobo, para deixá-la mais constrangida do que já estava. O rosto manchado de carmesim, os olhos arregalados — por fora ela parecia inocente, mas dava para ver que era só por causa das roupas. Afastei a lembrança dela enquanto encarava inexpressivamente a sala de estar.

Megan estava deitada no meu sofá, preguiçosa, vendo TV. Ela parecia entediada, e eu me perguntei por que ela ainda estava no meu apartamento. Geralmente ela pegava suas coisas e caía fora logo depois que a gente trepava.

A porta rangeu quando a abri mais um pouco. Pigarrei e peguei minha mochila pelas alças.

— Megan, estou saindo.

Ela sentou e se espreguiçou, então pegou a alça de corrente de sua bolsa imensa. Eu não conseguia imaginar que ela pudesse ter coisas suficientes para encher aquilo. Megan jogou as argolas prateadas sobre o ombro e calçou os sapatos de salto, caminhando devagar porta afora.

— Me mande uma mensagem se estiver entediado — disse, sem nem olhar na minha direção.

Ela colocou os enormes óculos de sol e desceu as escadas, completamente inabalada pela minha dispensa. A indiferença dela era exatamente o motivo pelo qual Megan era uma das minhas poucas transas frequentes. Ela não reivindicava compromisso nem tinha rompantes de raiva. Ela aceitava o nosso acordo como ele era e então seguia com o dia dela.

Minha Harley reluzia ao sol matinal de outono. Esperei que Megan saísse do estacionamento do meu prédio e desci apressado as escadas, fechando o zíper da jaqueta. A aula de humanas do dr. Rueser começaria dentro de meia hora, mas ele não se importava se eu chegasse atrasado. Se isso não o irritava, eu não via motivo para me matar para conseguir chegar lá a tempo.

— Espera! — ouvi uma voz dizer atrás de mim. Shepley estava parado na porta do nosso apartamento, sem camisa e se equilibrando em um pé enquanto tentava enfiar uma meia no outro. — Eu queria te perguntar ontem à noite. O que você disse para o Marek? Você se inclinou e disse algo no ouvido dele. Parecia que ele tinha engolido a língua.

— Agradeci por ele ter saído da cidade há alguns fins de semana, porque a mãe dele é uma loucura.

Shepley ficou me encarando, cético.

— Cara, você não fez isso.

— Não. A Cami me disse que ele foi autuado por posse de álcool no condado de Jones.

Ele balançou a cabeça, depois fez um sinal na direção do sofá.

— Você deixou a Megan passar a noite aqui dessa vez?

— Não, Shep. Você me conhece melhor do que isso.

— Ela só passou por aqui para dar uma rapidinha antes da aula, então? Que maneira interessante de dizer que é sua dona.

— Você acha que é isso?

21

— Qualquer uma que vier depois vai pegar as "sobras" dela. — Shepley deu de ombros. — É a Megan. Vai saber. Escuta, vou levar a America de volta para o campus. Quer carona?

— Encontro você depois — eu disse, colocando os óculos escuros. — Posso levar a Mare se você quiser.

Shepley contorceu o rosto.

— Humm... não.

Divertindo-me com a reação dele, montei na minha Harley e liguei o motor. Embora eu tivesse o mau hábito de seduzir as amigas das namoradas do Shepley, havia uma linha que eu jamais cruzaria. America era dele; quando ele mostrava interesse em uma garota, ela estava automaticamente fora do meu radar, para nunca mais voltar. Ele sabia disso — simplesmente gostava de me encher o saco.

Encontrei Adam atrás da Sig Tau. Ele comandava o Círculo. Depois do pagamento inicial da primeira noite, eu o deixava recolher o lucro das apostas no dia seguinte e então lhe dava uma parte pelo trabalho. Ele mantinha a fachada, eu ficava com os ganhos. Nosso relacionamento era estritamente profissional, e ambos preferíamos mantê-lo simples. Contanto que ele continuasse me pagando, eu ficava longe dele, e, contanto que ele não quisesse levar um chute na bunda, ficava fora do meu caminho.

Cruzei o campus até o refeitório. Logo antes de chegar às portas duplas de metal, Lexi e Ashley pararam na minha frente.

— Oi, Trav — disse Lexi, com sua postura perfeita. Os seios siliconados e bronzeados escapavam do decote da camiseta cor-de-rosa. Aqueles montinhos irresistíveis e saltitantes foram o que me levou a comer a Lexi antes de mais nada, mas uma vez era suficiente. Sua voz me lembrava ar saindo lentamente de uma bexiga, e Nathan Squalor a comeu uma noite depois de mim.

— Oi, Lex.

Esmaguei a bituca do meu cigarro e a joguei na lata de lixo antes de sair andando com rapidez e passar pelas portas. Não que eu estivesse ansioso para encarar o bufê de legumes sem graça, carne ressecada e frutas passadas. Mas Jesus. A voz dela fazia os cães uivarem e as crianças erguerem os olhos para ver qual personagem de desenho animado tinha ganhado vida.

Apesar da minha dispensa, as duas me seguiram.

— Shep — cumprimentei com a cabeça. Ele estava sentado com America, rindo com as pessoas ao redor. A beija-flor da luta estava na frente dele, revirando a comida com um garfo de plástico. Minha voz pareceu atiçar a curiosidade dela. Pude sentir seus grandes olhos me seguindo até a extremidade da mesa, onde joguei minha bandeja.

Ouvi Lexi dar uma risadinha, me forçando a conter a irritação que fervia dentro de mim. Quando me sentei, ela usou meu joelho como cadeira. Alguns dos caras do time de futebol americano que estavam sentados à nossa mesa ficaram olhando, pasmos, como se ser seguido por duas biscates inarticuladas fosse uma aspiração inatingível para eles.

Lexi deslizou a mão por baixo da mesa e pressionou os dedos na minha coxa, enquanto subia pela costura da minha calça jeans. Abri um pouco as pernas, esperando que ela acertasse o alvo.

Pouco antes de sentir as mãos dela em mim, os altos murmúrios de America chegaram até a minha ponta da mesa:

— Acho que acabei de vomitar um pouquinho.

Lexi se virou, com o corpo completamente rígido.

— Eu ouvi o que você disse, piranha.

Um pãozinho passou voando perto do rosto dela e foi parar no chão. Shepley e eu trocamos olhares, então fiz meu joelho ceder.

Lexi caiu de bunda no chão frio do refeitório. Admito que fiquei um pouquinho excitado ao ouvir o som da pele dela batendo de encontro à cerâmica.

Ela nem reclamou muito antes de sair andando. Shepley pareceu apreciar o meu gesto, e isso bastava para mim. Minha tolerância em relação a garotas como Lexi só durava certo tempo. Eu tinha uma única regra: respeito. Por mim, pela minha família e pelos meus amigos. Cacete, até alguns dos meus inimigos mereciam respeito. Eu não via motivo para me associar mais do que o necessário com pessoas que não entendiam essa lição de vida. Poderia soar hipócrita para as mulheres que passaram pelo meu apartamento, mas, se elas se dessem ao respeito, eu as teria tratado de acordo.

Pisquei para America, que pareceu satisfeita, assenti para Shepley e dei mais uma garfada no que quer que estivesse no meu prato.

— Bom trabalho ontem à noite, Cachorro Louco — disse Chris Jenks, jogando um croûton através da mesa.

— Cala a boca, imbecil — disse Brazil em sua voz tipicamente baixa. — O Adam nunca vai deixar você voltar se ficar sabendo o que você anda falando.

— Ah, tá — disse ele, dando de ombros.

Levei minha bandeja até o lixo e voltei ao meu lugar, com a testa franzida.

— E não me chama disso.

— Disso o quê? Cachorro Louco?

— É.

— Por que não? Achei que fosse o seu nome no Círculo. Tipo o seu nome de stripper.

Meu olhar endureceu.

— Por que você não cala essa boca?

Eu nunca gostei daquele verme.

— Claro, Travis. Tudo que você precisava fazer era pedir. — Ele deu uma risadinha nervosa antes de recolher seu lixo e cair fora dali.

Não tardou muito e a maior parte do refeitório estava vazia. Olhei de relance para o outro lado da mesa e vi que Shepley e America ainda estavam ali, conversando com a amiga dela. Seus cabelos eram longos e ondulados, e a pele ainda estava bronzeada das férias de verão. Ela não tinha os maiores peitos que eu já tinha visto, mas os olhos... eram de um estranho tom de cinza. De alguma forma familiar.

Eu tinha certeza de que não a conhecia, mas alguma coisa no rosto dela me fazia lembrar de algo que eu não conseguia definir exatamente o que era.

Eu me levantei e caminhei em sua direção. A garota tinha os cabelos de uma atriz pornô e o rosto de um anjo. Seus olhos eram amendoados, belos de um jeito único. Foi então que eu vi: por trás da beleza e da inocência forjada, havia algo mais, algo frio e calculado. Até quando ela sorria, eu podia ver o pecado tão impregnado nela que cardigã nenhum poderia ocultar. Aqueles olhos coroavam o nariz pequenino e as feições suaves. Para qualquer outra pessoa, ela era pura e ingênua, mas aquela garota estava escondendo alguma coisa. Eu sabia disso porque esse mesmo pecado vivera dentro de mim a minha vida toda. A diferença era que ela o mantinha bem no fundo de si, e eu permitia que o meu saísse da jaula com regularidade.

Fiquei encarando Shepley até que ele percebesse. Quando ele olhou para mim, fiz um sinal na direção da beija-flor.

— Quem é ela? — perguntei mexendo a boca, mas sem falar as palavras.

A única resposta dele foi a testa franzida em confusão.

— Ela — perguntei silenciosamente de novo.

A boca do Shepley se voltou para cima, naquele irritante sorriso de babaca que ele sempre dava quando estava prestes a fazer algo para me irritar.

— Que foi? — ele perguntou, bem mais alto que o necessário.

Eu podia ver que a garota sabia que estávamos falando dela, porque manteve a cabeça baixa, fingindo não ouvir.

Depois de passar sessenta segundos na presença de Abby Abernathy, discerni duas coisas: ela não falava muito, e quando falava era meio megera. Mas não sei... eu meio que curti isso nela. Ela armava uma fachada para manter imbecis como eu bem longe, mas aquilo me deixou ainda mais determinado.

Ela revirou os olhos para mim pela terceira ou quarta vez. Eu a deixava irritada e estava achando aquilo bem divertido. As garotas em geral não me tratavam com puro asco, nem mesmo quando eu as mandava embora do meu apartamento.

Quando nem meu melhor sorriso funcionou, tive que elevar o nível.

— Você tem um tique?

— Um *quê*? — ela perguntou.

— Um tique. Seus olhos ficam se revirando. — Se ela pudesse me matar com o olhar, eu teria sangrado no chão até a morte. Não consegui evitar e dei risada. Ela era petulante e grosseira pra caramba. E eu gostava mais dela a cada segundo.

25

Inclinei-me para perto do rosto dela.

— Mas são olhos incríveis. De que cor eles são? Cinza?

Ela abaixou na hora a cabeça, deixando os cabelos cobrirem o rosto. Ponto para mim. Consegui fazer com que ela se sentisse desconfortável, e isso queria dizer que eu estava chegando a algum lugar.

America imediatamente se intrometeu, dizendo para eu me afastar. Eu não podia culpá-la. Ela tinha visto a fila interminável de mulheres entrando e saindo do meu apartamento. Eu não queria irritar America, mas ela não parecia estar brava. Parecia mais estar se divertindo.

— Você não faz o tipo dela — ela me disse.

Meu queixo caiu e entrei no jogo.

— Eu faço o tipo de todas!

A beija-flor deu uma espiada em mim e abriu um sorriso. Uma sensação de calor — provavelmente o impulso insano de jogar a garota no meu sofá — tomou conta de mim. Ela era diferente, e isso era revigorante.

— Ah! Um sorriso — falei. Chamar aquilo simplesmente de *sorriso*, como se não fosse a coisa mais linda que eu tinha visto na vida, me pareceu errado, mas eu não ia ferrar o meu jogo logo agora que estava progredindo. — Não sou um canalha completo no fim das contas. Foi um prazer conhecer você, Flor.

Eu me levantei, dei a volta na mesa e me inclinei junto ao ouvido de America.

— Me ajuda, tá? Prometo que vou me comportar.

Uma batata frita veio voando na direção do meu rosto.

— Tira a boca da orelha da minha garota, Trav! — disse Shepley.

Eu recuei, erguendo as mãos para salientar a expressão mais inocente que consegui fazer.

— Conexões! Estou criando conexões!

Caminhei uns passos de costas até a porta, notando a presença de um grupinho de garotas. Abri a porta e elas passaram como um rebanho de búfalos antes que eu conseguisse sair.

Fazia um bom tempo que eu não tinha um desafio. O mais louco era que eu não estava tentando trepar com ela. Me incomodava que ela me achasse um merda, mas me incomodava ainda mais que eu me importasse com isso. De qualquer forma, pela primeira vez em um bom tempo, alguém havia sido imprevisível. A beija-flor era o oposto das garotas que eu tinha conhecido na faculdade, e eu precisava saber por quê.

A aula do Chaney estava cheia. Subi dois degraus de cada vez em direção ao meu lugar, depois passei com dificuldade pelas várias pernas nuas até chegar à minha carteira.

— Senhoritas — cumprimentei.

Elas sussurraram e suspiraram em harmonia.

Abutres. Eu tinha comido metade delas no primeiro ano, e a outra metade passou pelo meu sofá bem antes do recesso de outono. Menos a garota da ponta. Sophia esboçou um sorriso torto. Parecia que o rosto dela tinha pegado fogo e alguém tinha tentado apagar com um garfo. Ela já havia saído com alguns caras da minha fraternidade. Tendo conhecimento do histórico deles e da falta de preocupação dela com segurança, era melhor considerá-la um risco desnecessário, mesmo eu tendo por hábito ser cuidadoso.

Ela se inclinou para frente, apoiada nos cotovelos, para aumentar o contato visual. Senti vontade de estremecer de repulsa, mas resisti. *Não. Nem perto de valer a pena.*

A morena na minha frente se virou e tentou bancar a sedutora.

— Oi, Travis. Ouvi dizer que vai ter uma festa de casais na Sig Tau.

— Não — respondi sem pausa.

Ela fez biquinho.

— Mas... quando você me falou sobre a festa, achei que queria ir.

Dei risada.

— Eu estava reclamando da festa. Não é a mesma coisa.

A loira ao meu lado se inclinou para frente.

— Todo mundo sabe que Travis Maddox não vai a festas de casais. Caçando o cara errado, Chrissy.

— Ah, é? Bom, ninguém te perguntou — Chrissy respondeu de cara fechada.

Enquanto elas discutiam, notei Abby entrando apressada. Ela praticamente se jogou em uma carteira na fileira da frente pouco antes de o sinal tocar.

Antes que eu pudesse me perguntar o motivo, peguei meu caderno, enfiei a caneta na boca e fui descendo os degraus da sala de aula, deslizando na carteira ao seu lado.

O olhar no rosto de Abby quando me viu foi cômico e, por alguma razão que eu não sabia explicar, fez com que a adrenalina corresse pelo meu corpo — como eu costumava sentir antes de uma luta.

— Que bom. Você pode tomar notas pra mim.

Ela ficou indignada, o que só me deixou mais satisfeito. A maioria das garotas me dava tédio, mas ela me intrigava. Até mesmo me divertia. Eu não a intimidava, pelo menos não de maneira positiva. Minha presença por si só parecia fazer com que ela quisesse vomitar, e eu achava aquilo estranhamente cativante.

Senti uma vontade irrefreável de descobrir se era ódio que ela sentia por mim ou se ela simplesmente era uma pessoa durona. Eu me inclinei para perto dela.

— Me desculpa... Ofendi você de alguma maneira?

A expressão em seus olhos se suavizou antes de ela balançar a cabeça. Ela não me odiava. Só *queria* me odiar. Eu estava vários passos à frente dela. Se ela queria jogar, eu entraria no jogo.

— Então qual é o problema?

Ela pareceu envergonhada ao dizer:

— Não vou transar com você. Pode desistir.

Ah, sim. Isso ia ser divertido.

— Não pedi para você transar comigo... ou pedi? — Voltei o olhar para o teto, fingindo pensar no assunto. — Por que você não passa lá no meu apê com a America hoje à noite?

Abby virou o lábio para cima, como se estivesse sentindo cheiro de algo podre.

— Não vou nem te paquerar, prometo.

— Vou pensar.

Tentei não sorrir demais para não me entregar. Ela não seria fácil como os abutres lá em cima. Olhei de relance para trás e todas elas estavam encarando com ódio a nuca da Abby. Elas sabiam tão bem quanto eu. Abby era diferente, e eu teria que me esforçar para consegui-la. Pelo menos dessa vez.

Depois de três rabiscos que poderiam virar tatuagens e duas dúzias de cubos em 3D, fomos dispensados. Fui caminhando pelo corredor antes que alguém pudesse me parar. Fui rápido, mas, de alguma forma, Abby já estava uns vinte metros à minha frente.

Eu podia jurar que ela estava tentando me evitar. Apressei os passos até ficar ao lado dela.

— Já pensou no assunto?

— Oi, Travis! — disse uma garota, mexendo nos cabelos.

Abby continuou andando, me deixando ali para ouvir a ladainha irritante da garota.

— Me desculpa, humm...

— Heather.

— Me desculpa, Heather... Eu estou... eu tenho que ir.

Ela me envolveu com os braços. Dei uns tapinhas na bunda dela, mexi os ombros para me livrar do abraço e continuei andando, me perguntando quem seria aquela mulher.

Antes que eu pudesse descobrir, as pernas longas e bronzeadas de Abby apareceram no meu campo de visão. Coloquei um Marlboro na boca e dei uma corridinha até ela.

— Onde eu estava? Ah, é... você estava pensando.

— Do que você está falando?

— Já pensou se vai dar uma passada lá em casa hoje?

— Se eu disser que vou, você para de me seguir?

Fingi pensar um pouco e então concordei.

— Sim.

— Então eu vou.

Mentira. Ela não era tão fácil.

— Quando?

— Hoje à noite. Vou passar lá hoje à noite.

Parei de andar por um momento. Ela estava tramando alguma coisa. Eu não tinha previsto que ela partiria para o ataque.

29

— Legal — eu disse, disfarçando a surpresa. — A gente se vê depois então, Flor.

Ela continuou andando sem olhar para trás, nem um pouco abalada pela conversa, e desapareceu entre os outros alunos que seguiam para as salas de aula.

O boné branco de beisebol do Shepley surgiu em meu campo de visão. Ele não estava com nenhuma pressa de chegar até a nossa aula de informática. Minhas sobrancelhas se juntaram. Eu odiava aquela aula. Quem hoje em dia não sabe como funciona a porra de um computador?

Juntei-me a ele e America quando eles se mesclaram ao fluxo de estudantes na passagem principal. Ela dava risadinhas e olhava para ele com os olhos brilhando. America não era um abutre. Ela era gostosa, sim, mas conseguia conversar sem dizer *tipo* a cada duas palavras, e era bem engraçada às vezes. O que eu mais gostava nela era que ela só foi até o nosso apartamento depois que eles já estavam saindo fazia várias semanas, e, mesmo depois de eles virem um filme agarradinhos no sofá, ela voltou para o quarto dela no dormitório da faculdade.

Mas eu tinha a sensação de que o período de condicional antes que o Shepley pudesse comê-la estava prestes a acabar.

— Oi, Mare — eu disse com um cumprimento de cabeça.

— Tudo bem, Trav? — Ela me lançou um sorriso amigável, mas seus olhos voltaram imediatamente ao Shepley.

Ele era um dos sortudos. Garotas como ela não surgiam com muita frequência.

— Eu fico aqui — disse America, indicando o dormitório logo depois da esquina. Ela envolveu o pescoço de Shepley com os braços e lhe deu um beijo. Ele agarrou a blusa dela com as duas mãos e a puxou para perto antes de soltá-la.

America acenou uma última vez para nós dois e então se juntou a seu amigo Finch na frente do dormitório.

— Você está se apaixonando por ela, né? — perguntei, dando um soco no braço do Shepley.

Ele me deu um empurrão.

— Não é da sua conta, imbecil.

— Ela não tem uma irmã?

— Ela é filha única. E deixe as amigas dela em paz, Trav. Estou falando sério.

As últimas palavras dele eram desnecessárias. Os olhos do Shepley demonstravam claramente suas emoções e seus pensamentos na maior parte do tempo, e ele obviamente estava falando sério — talvez estivesse até um pouco desesperado. Ele não estava só se apaixonando por ela. Estava de quatro.

— Você está falando da Abby.

Ele franziu a testa.

— Estou falando de qualquer amiga dela. Até mesmo o Finch. Simplesmente fique longe deles.

— Primo! — falei, enganchando o braço em volta do pescoço dele. — Você está apaixonado? Daqui a pouco começo a chorar!

— Cala a boca — resmungou o Shepley. — Só me promete que vai ficar longe das amigas dela.

Abri um largo sorriso.

— Não prometo nada.

2
O TIRO SAIU PELA CULATRA

— O que você está fazendo? — perguntou Shepley. Ele estava parado no meio da sala, com um par de tênis em uma das mãos e uma cueca suja na outra.

— Humm, faxina? — respondi, enfiando copos de tequila na lava-louça.

— Estou vendo, mas... por quê?

Sorri, de costas para o Shepley. Ele ia querer me matar.

— Estou esperando visita.

— E...?

— A Beija-Flor.

— Hã?

— A Abby, Shep. Eu convidei a Abby para vir aqui.

— Ah, cara, não. Não! Não vai ferrar as coisas pra mim, cara. Por favor.

Eu me virei, cruzando os braços sobre o peito.

— Eu tentei, Shep. De verdade. Mas sei lá. — Dei de ombros. — Tem alguma coisa nela. Não consegui me controlar.

O maxilar de Shepley se mexia visivelmente sob a pele, então ele foi para o quarto pisando duro e bateu a porta.

Terminei de encher a lava-louça e dei a volta no sofá para me certificar de que não tinha deixado nenhuma embalagem vazia de camisinha por ali. Nunca era divertido explicar uma coisa dessas.

O fato de que eu já tinha comido boa parte das alunas da faculdade não era nenhum segredo, mas eu não via motivos para lembrá-las disso quando elas vinham até o meu apartamento. Apresentação é tudo.

Com a beija-flor, porém, seria necessário muito mais do que falsa propaganda para jogá-la no meu sofá. A estratégia era dar um passo de cada vez. Se eu me concentrasse no resultado final, o processo poderia facilmente dar errado. Ela percebia as coisas. Estava mais longe do que eu de ser ingênua, anos-luz à minha frente. Essa operação era altamente instável.

Eu estava no meu quarto separando a roupa suja quando ouvi a porta da frente se abrir. Shepley geralmente prestava atenção no barulho do carro de America para que pudesse ir recebê-la na porta.

Maricas.

Murmúrios e depois o som da porta do quarto do Shepley se fechando foram o meu sinal. Fui até a sala e lá estava ela, sentada, de óculos, os cabelos presos em cima da cabeça e vestindo o que parecia um pijama. Eu não teria ficado surpreso se aquela roupa estivesse criando mofo no fundo do cesto de roupa suja.

Foi difícil não cair na gargalhada. Nem uma única vez uma mulher tinha vindo até o meu apartamento vestida assim. Minha porta já tinha visto saias, vestidos e até mesmo um tubinho transparente usado sobre um biquíni fio dental. Um bocado de vezes, maquiagem pesada e hidratante com glitter. Mas pijamas? Nunca.

Sua aparência explicou de imediato por que ela concordara com tanta rapidez em dar uma passada em casa. Ela estava tentando me causar repulsa para que a deixasse em paz. Se ela não estivesse totalmente sexy daquele jeito, talvez tivesse dado certo, mas sua pele era impecável, e a falta de maquiagem e a armação dos óculos só faziam com que seus olhos se destacassem ainda mais.

— Já estava na hora de você aparecer — eu disse, me jogando no sofá.

A princípio ela pareceu orgulhosa de sua ideia, mas, conforme conversávamos e eu permanecia inabalado, ficou claro que o plano dela havia falhado. Quanto menos ela sorria, mais eu tinha que me segurar para não sorrir de uma orelha à outra. Ela era tão divertida. Eu simplesmente não conseguia me conter.

Shepley e America se juntaram a nós dez minutos depois. Abby estava incomodada e eu estava malditamente zonzo. Nossa conversa tinha ido da Abby duvidando que eu conseguia escrever um simples ensaio para a faculdade a ela questionar minha inclinação pela luta. Até que gostei de conversar com ela sobre coisas normais. Era melhor do que a tarefa embaraçosa de pedir que ela fosse embora assim que trepássemos. Ela não me entendia, e eu meio que queria que ela entendesse, mesmo parecendo que eu a irritava.

— Quem é você... o garoto do *Karate Kid*? Onde aprendeu a lutar?

Shepley e America pareceram se sentir constrangidos por Abby. Não sei por quê — eu com certeza não me importava. Só porque eu não falava muito sobre a minha infância, não significava que eu tivesse vergonha.

— Meu pai tinha problemas com bebida e um péssimo temperamento, e meus quatro irmãos mais velhos herdaram o gene da idiotice.

— Ah — ela disse simplesmente.

Suas bochechas ficaram vermelhas e, naquele momento, senti uma pontada no peito. Eu não sabia ao certo o que era, mas me incomodava.

— Não fique constrangida, Flor. Meu pai parou de beber e meus irmãos cresceram.

— Não estou constrangida.

A linguagem corporal da Abby não batia com suas palavras. Tentei pensar em algo para dizer e mudar de assunto, e então a aparência sexy e desmazelada dela me veio à mente. Sua vergonha foi imediatamente substituída por irritação, algo com que eu me sentia bem mais confortável.

America sugeriu que víssemos TV. A última coisa que eu queria era estar no mesmo lugar que a Abby sem poder conversar com ela. Por isso me levantei.

— Está com fome, Flor?

— Já comi.

America juntou as sobrancelhas.

— Não comeu, não. Ah... hum... é mesmo, esqueci que você comeu... pizza, né? Antes de sairmos.

Abby ficou constrangida de novo, mas a raiva rapidamente encobriu a vergonha. Aprender o padrão emocional dela não levou muito tempo.

Abri a porta, tentando manter a voz casual. Nunca estivera tão ansioso para ficar sozinho como uma garota — especialmente para *não* transar com ela.

— Vamos. Você deve estar com fome.

Ela relaxou os ombros um pouco.

— Aonde você vai?

— Aonde você quiser. Podemos ir a uma pizzaria.

Eu me encolhi por dentro. Isso pode ter soado muito entusiasmado. Ela baixou o olhar para sua calça de moletom.

— Não estou vestida para isso...

Ela não fazia ideia de como estava linda. O que a tornava ainda mais atraente.

— Você está ótima. Vamos, estou morrendo de fome.

Assim que ela subiu na traseira da minha Harley, pude finalmente colocar os pensamentos em ordem. Geralmente eu ficava mais relaxado quando estava na moto. As pernas da Abby se apertaram com força em meus quadris, mas isso também era estranhamente relaxante. Quase um alívio.

Essa sensação esquisita que eu tinha quando estava perto dela era desorientadora. Eu não gostava disso, mas, por outro lado, a sensação me lembrava que ela estava ali, então era tão reconfortante quanto perturbadora. Decidi me controlar. A Abby podia ser um beija-flor, mas era apenas uma porra de uma garota. Eu não precisava perder a cabeça.

Além disso, havia algo sob aquela fachada de boa moça. Ela me odiou logo de cara porque já tinha sido machucada por alguém como eu. Mas ela não era uma vagabunda, de jeito nenhum. Nem mesmo uma vagabunda regenerada. Eu era capaz de identificar uma mulher desse tipo a quilômetros de distância. Minha arrogância foi se derretendo até sumir. Finalmente eu tinha encontrado uma garota interessante, e uma versão de mim já a havia magoado.

Mesmo tendo acabado de conhecê-la, fiquei enfurecido só de pensar que algum canalha havia ferido a Flor. O fato de que ela me associasse a alguém que poderia machucá-la era ainda pior. Dei uma última acelerada na moto quando chegamos ao Pizza Shack. A viagem não foi

35

longa o suficiente para que eu conseguisse organizar o caos dentro da minha cabeça.

Eu nem estava prestando atenção na velocidade, então, quando Abby pulou da moto e começou a gritar, não consegui evitar e dei risada.

— Fui no limite de velocidade.

— É, se estivéssemos numa estrada da Alemanha!

Ela soltou o coque improvisado do topo da cabeça e penteou os longos cabelos com os dedos.

Não consegui parar de encará-la enquanto ela rearranjava os fios e os prendia de novo. Imaginei que era assim que ela ficava ao acordar, depois tive que pensar nos primeiros dez minutos do filme *O resgate do soldado Ryan* para evitar ficar de pau duro. Sangue. Gritos. Intestinos à mostra. Granadas. Tiros. Mais sangue.

Segurei a porta aberta.

— Eu não deixaria nada acontecer com você, Beija-Flor.

Ela passou por mim batendo os pés e entrou no restaurante, ignorando meu gesto de cavalheirismo. O que foi uma pena, pois ela era a primeira mulher para quem eu já quis abrir a porta. Eu vinha esperando por esse momento, e ela nem percebeu.

Depois de segui-la para dentro da pizzaria, me dirigi até a mesa de canto onde eu geralmente sentava. O time de futebol da faculdade estava instalado no meio do salão, em várias mesas que haviam sido encostadas umas nas outras. Eles estavam rindo por eu ter entrado ali com uma garota, e cerrei os dentes. Não queria que a Abby ouvisse aquilo.

Pela primeira vez na vida, eu me senti envergonhado pelo meu comportamento. Mas não durou muito. Ao ver Abby se sentar do outro lado da mesa, mal-humorada e irritada, fiquei imediatamente animado.

Pedi duas cervejas. O olhar de desgosto no rosto dela me pegou de surpresa. A garçonete estava flertando abertamente comigo, e Abby não estava contente. Pelo jeito eu conseguia deixá-la brava mesmo sem tentar.

— Você vem sempre aqui? — ela disparou, olhando de relance para a garçonete.

Aí sim. Ela estava com ciúme. Espera. Talvez a forma como eu era tratado pelas mulheres fosse brochante. Isso não me surpreenderia. Essa mina fazia minha cabeça girar.

Apoiei os cotovelos na mesa, me recusando a deixá-la perceber que ela estava me afetando.

— Então, qual é a sua história, Flor? Você odeia os homens em geral ou é só comigo?

— Acho que é só com você.

Tive que dar risada.

— Não consigo sacar qual é a sua. Você é a primeira garota que já sentiu desprezo por mim *antes* do sexo. Você não fica toda desorientada quando conversa comigo e não tenta chamar minha atenção.

— Não é uma manobra tática. Eu só não gosto de você.

Ai!

— Você não estaria aqui se não gostasse de mim.

Minha persistência valeu a pena. A testa franzida dela se alisou e a pele ao redor dos olhos relaxou.

— Eu não disse que você é uma má pessoa. Só não gosto de ser tratada de determinada maneira pelo simples fato de ter uma vagina.

O que quer que tenha acontecido comigo naquele momento, não pude conter. Tentei segurar o riso, fracassei e caí na gargalhada. Ela não achava que eu era um babaca no fim das contas, só não gostava da minha abordagem. Fácil de consertar. Fui tomado por uma onda de alívio e ri como não fazia há anos. Talvez nunca tivesse rido tanto na vida.

— Ah, meu Deus! Assim você me mata! É isso aí, a gente tem que ser amigos. Não aceito não como resposta.

— Não me incomodo em sermos amigos, mas isso não quer dizer que você tenha que tentar transar comigo a cada cinco segundos.

— Você não vai pra cama comigo. Já entendi.

Era isso. Ela sorriu e, naquele momento, todo um mundo novo de possibilidades se abriu. Meu cérebro teve lampejos, como se estivesse zapeando por diversos canais pornôs com a Beija-Flor, então o sistema pifou e um infomercial sobre nobreza e não querer ferrar essa estranha amizade que estava surgindo apareceu no lugar.

Sorri de volta.

— Eu dou a minha palavra. Não vou nem pensar em transar com você... a menos que você queira.

Ela descansou os cotovelos delicados na mesa e se inclinou para frente. É claro que meus olhos seguiram direto para os peitos dela e a forma como eles estavam pressionados contra a beirada da mesa.

— Como isso não vai acontecer, então podemos ser amigos.

Desafio aceito.

— Então, qual é a *sua* história? — Abby quis saber. — Você sempre foi Travis "Cachorro Louco" Maddox, ou isso é só desde que veio pra cá?

Ela usou dois dedos de cada mão para fazer sinal de aspas quando disse aquele apelido imbecil de merda.

Eu me encolhi.

— Não. Foi o Adam que começou com esse lance do apelido depois da minha primeira luta.

Eu odiava aquele nome, mas ele pegou. Todo mundo parecia gostar, então Adam continuou usando-o.

Depois de um silêncio incômodo, Abby finalmente falou:

— É isso? Você não vai me dizer nada sobre você?

Ela não parecia se importar com o apelido, ou apenas aceitou a história por trás dele. Eu nunca sabia quando ela ia ficar ofendida e ter um ataque ou quando ia ser racional e ficar de boa. Deus do céu, aquilo era demais.

— O que você quer saber?

Abby deu de ombros.

— O de sempre. De onde você veio, o que você quer ser quando crescer... coisas do tipo.

Eu estava me esforçando para ficar relaxado. Falar de mim, especialmente do meu passado, era algo fora da minha zona de conforto. Dei algumas respostas vagas e não me aprofundei, mas então ouvi um dos jogadores de futebol fazer um comentário engraçadinho, o que não teria me incomodado tanto se eu não estivesse morrendo de medo que Abby percebesse do que eles estavam rindo. Ok, mentira. Eu teria ficado puto com aquilo mesmo se ela não estivesse ali.

Ela continuou perguntando coisas sobre minha família e minha formação na faculdade, enquanto eu tentava não levantar da cadeira e matar todos eles num ataque solitário. Conforme minha raiva começou a ferver, me concentrar na nossa conversa foi ficando mais difícil.

— Do que eles estão rindo? — ela perguntou por fim, fazendo um gesto para indicar a mesa ruidosa.

Balancei a cabeça em negativa.

— Me conta — ela insistiu.

Pressionei os lábios, formando uma linha fina. Se ela fosse embora, eu provavelmente não teria outra chance, e aqueles babacas do cacete teriam mais coisas do que rir.

Ela me observava com expectativa.

Foda-se.

— Eles estão rindo de eu ter trazido você para jantar primeiro. Não é geralmente... meu lance.

— *Primeiro?*

Quando caiu a ficha, o rosto dela ficou paralisado. Ela estava morrendo de vergonha de estar ali comigo.

Eu me encolhi, esperando que ela fosse embora furiosa.

Seus ombros caíram.

— Eu aqui, com medo de eles estarem rindo por você ser visto comigo vestida assim, e eles acham que eu vou transar com você — ela resmungou.

Espera. O quê?

— Qual é o problema de eu ser visto com você?

As bochechas de Abby ficaram rosadas e ela baixou o olhar para a mesa.

— Do que estávamos falando?

Suspirei. Ela estava preocupada comigo. Ela achou que eles estavam rindo das roupas dela. A Beija-Flor não era durona, afinal. Decidi fazer outra pergunta antes que ela pudesse reconsiderar.

— De você. Está estudando o quê?

— Ah, hum... estudos gerais, por enquanto. Ainda estou indecisa, mas estou pensando em fazer contabilidade.

— Mas você não é daqui. De onde você veio?

— De Wichita. Que nem a America.

— Como você veio do Kansas parar aqui?
— Só queríamos fugir.
— Do quê?
— Dos meus pais.

Ela estava fugindo. Eu tinha a impressão de que o cardigã e as pérolas que ela usava na noite em que nos conhecemos eram uma fachada. Mas para ocultar o quê? Ela ficou incomodada bem rápido com as perguntas pessoais, mas, antes que eu pudesse mudar de assunto, Kyle, do time de futebol, abriu a boca.

Assenti.

— Então, por que a Eastern?

Abby retrucou alguma coisa que eu não ouvi. As risadas e os comentários idiotas dos caras do time abafaram as palavras dela.

— Cara, era mais fácil pedir no delivery, assim você nem ia precisar parar de comer a menina pra comer a pizza.

Não aguentei. Eles não estavam faltando ao respeito apenas comigo, estavam desrespeitando a Abby também. Eu me levantei e dei alguns passos, e eles começaram a se empurrar porta afora, tropeçando em uma dúzia de pés.

Os olhos de Abby penetraram na minha nuca, me devolvendo o juízo, e voltei à nossa mesa. Ela ergueu uma sobrancelha, e minha frustração e minha raiva derreteram na hora.

— Você ia me dizer por que optou pela Eastern — eu disse. Fingir que o showzinho ao nosso lado não tinha acontecido era provavelmente a melhor forma de continuar a conversa.

— É difícil explicar — ela disse, dando de ombros. — Só parecia certo.

Se havia uma frase capaz de explicar o que eu estava sentindo naquele momento, era essa. Eu não sabia que raios estava fazendo nem o motivo, mas estar sentado de frente para ela àquela mesa me trazia uma estranha calma. Até mesmo em meio a uma onda de fúria.

Sorri e abri o cardápio.

— Sei o que você quer dizer.

3
CAVALHEIRO

Shepley *estava parado na porta como um idiota apaixonado, acenando para America enquanto ela saía do estacionamento do prédio*. Ele fechou a porta e tombou na cadeira reclinável com o sorriso mais ridículo do mundo.

— Você é um bobo — eu disse.

— Eu? Você devia ter se visto. A Abby não via a hora de ir embora.

Franzi a testa. Abby não me pareceu estar com pressa de ir embora, mas, agora que ele tinha mencionado, lembrei que ela ficou *bem* quieta quando voltamos.

— Você acha?

Shepley deu risada, reclinando-se na cadeira e puxando para cima o descanso de pés.

— Ela te odeia. É melhor desistir.

— Ela não me odeia. Eu arrasei no nosso encontro... jantar.

Ele ergueu as sobrancelhas.

— Encontro? Trav, o que você está fazendo? Porque, se isso for só um jogo e você estragar as coisas pra mim, vou te matar enquanto você estiver dormindo.

Eu me joguei no sofá e peguei o controle remoto.

— Eu não sei o que estou fazendo, mas não estou fazendo isso.

Shepley parecia confuso. Eu não o deixaria perceber que estava tão desconcertado quanto ele.

— Eu não estou brincando — disse ele, mantendo os olhos na tela da TV. — Vou sufocar você com o travesseiro.

— Já entendi — falei, irritado.

A sensação de estar fora da minha zona de conforto estava me deixando puto, e eu ainda tinha o Pepe Le Gambá ali me ameaçando de morte. O Shepley a fim de uma menina já era um mala. O Shepley apaixonado era quase insuportável.

— Lembra da Anya?

— Não tem nada a ver — disse ele, exasperado. — É diferente com a Mare. Ela é a mulher da minha vida.

— E você sabe disso depois de alguns meses? — perguntei, cético.

— Eu soube da primeira vez que vi a America.

Balancei a cabeça em negativa. Eu odiava quando ele ficava assim, com unicórnios e borboletas saindo do rabo e corações flutuando no ar. Ele sempre acabava com o coração partido, aí eu tinha que cuidar para que ele não bebesse até morrer por seis meses seguidos. Mas America parecia gostar do comportamento dele.

Enfim. Nenhuma mulher me faria ficar acabado de tanto chorar e caindo de bêbado por tê-la perdido. Se elas não permaneciam comigo, é porque não valiam a pena de qualquer forma.

Shepley se levantou e se espreguiçou, então foi se arrastando até o quarto.

— Você está falando merda, Shep.

— Como você saberia? — ele me perguntou.

Ele estava certo. Eu nunca tinha me apaixonado, mas não conseguia imaginar que isso pudesse me mudar tanto assim.

Decidi ir dormir também. Tirei a roupa e me deitei de costas na cama, de mau humor. No instante em que minha cabeça encostou no travesseiro, pensei em Abby. Repassei nossa conversa palavra por palavra. Umas poucas vezes ela havia demonstrado um traço de interesse. Ela não me odiava completamente, e isso me ajudou a relaxar. Eu não me desculpava pela minha reputação, e ela não esperava que eu fingisse. Mulheres não me deixavam nervoso. Mas Abby fazia com que eu me sentisse distraído e focado ao mesmo tempo. Agitado e relaxado. Irritado e quase malditamente zonzo. Nunca tinha me sentido tão em desacordo comigo mesmo. Algo nesse sentimento me fazia querer ficar perto dela.

Depois de duas horas com o olhar fixo no teto, me perguntando se eu a veria no dia seguinte, decidi me levantar e pegar a garrafa de Jack Daniel's na cozinha.

Os copos de dose estavam limpos na lava-louça, então peguei um e enchi até a borda. Depois de virar a dose, enchi mais uma vez. Tomei novamente de um gole só, coloquei o copo na pia e me virei. Shepley estava parado na porta do quarto com um sorriso afetado no rosto.

— E assim começa.

— No dia em que você apareceu na árvore genealógica da nossa família, eu devia ter cortado o galho — eu disse.

Ele riu uma vez e fechou a porta do quarto.

Fui me arrastando até o meu quarto, puto da vida por não ter argumento.

♡

Parecia que as aulas da manhã não iam acabar nunca, e fiquei um pouco decepcionado comigo mesmo por ter saído correndo para o refeitório. Eu nem sabia se Abby estaria lá.

Mas ela estava.

Brazil estava sentado na frente dela, conversando com Shepley. Um sorriso irônico tomou meu rosto e eu suspirei, aliviado e resignado com o fato de ser um idiota.

A moça do refeitório encheu minha badeja com sabe-se-lá-o-quê e então fui caminhando até a mesa, parando na frente da Abby, do outro lado.

— Você está sentado na minha cadeira, Brazil.

— Ah, ela é uma das suas minas, Trav?

Abby balançou a cabeça.

— Definitivamente não.

Esperei e Brazil cedeu, levando sua bandeja até um lugar vazio na ponta da mesa comprida.

— E aí, Flor? — perguntei, esperando que ela cuspisse veneno na minha direção. Para minha grande surpresa, ela não demonstrou nenhum sinal de raiva.

— O que é isso? — ela ficou encarando minha bandeja.

43

Olhei para a mistureba fumegante. Ela estava jogando conversa fora. Outro bom sinal.

— A moça do refeitório me dá medo. Não vou criticar as habilidades culinárias dela.

Abby ficou me observando cutucar a comida com o garfo em busca de algo comível, depois pareceu distraída com os murmúrios à nossa volta. A verdade é que era novidade para meus colegas me verem criar caso para sentar perto de alguém. Nem eu mesmo sabia por que tinha feito aquilo.

— Ai... a prova de biologia é depois do almoço — America gemeu.

— Você estudou? — perguntou Abby.

America torceu o nariz.

— Ah, não. Passei a noite jurando para o meu namorado que você não vai dormir com o Travis.

Shepley ficou imediatamente ranzinza com a menção da conversa da noite anterior.

Os jogadores de futebol americano sentados na ponta da mesa pararam de falar para ouvir nossa conversa, e Abby afundou no assento, olhando furiosa para America.

Ela estava com vergonha. Por algum motivo, Abby ficava constrangida com qualquer atenção que fosse.

America a ignorou e cutucou Shepley com o ombro, mas a cara fechada dele não se desfez.

— Meu Deus, Shep. Você está mal, hein?

Joguei um sachê de ketchup nele, tentando amenizar o clima. Então os alunos que nos cercavam voltaram a atenção para Shepley e America, na esperança de ter algo de que falar.

Ele não respondeu, mas os olhos cinza de Abby se ergueram para mim, acompanhados de um sorrisinho. Eu estava com tudo hoje. Ela não conseguiria me odiar nem se tentasse. Não sei por que eu estava tão preocupado. Eu não queria namorá-la ou algo do gênero. Ela só me parecia o experimento platônico perfeito. Basicamente era uma boa moça, ainda que levemente raivosa, e não precisava que eu ferrasse seus planos para o futuro. Se é que ela tinha planos.

America esfregou as costas de Shepley.

— Ele vai ficar bem. Só vai levar um tempinho para ele acreditar que a Abby consegue resistir ao seu poder de sedução.

— Eu não *tentei* seduzir a Abby — eu disse. Eu estava começando a progredir, e America estava tentando me afundar. — Ela é minha amiga.

Abby olhou para Shepley.

— Eu disse que você não tinha nada com que se preocupar.

Os olhos dele encontraram os dela e a expressão dele se suavizou. Crise evitada. Abby salvou o dia.

Esperei um pouco, tentando pensar em algo a dizer. Queria convidá-la para ir até o apê mais tarde, mas seria idiotice depois do comentário de America. Uma ideia genial surgiu na minha mente e não hesitei em colocá-la em prática:

— E *você*, estudou?

Abby fez uma careta.

— Não importa quanto eu estude. Biologia simplesmente não entra na minha cabeça.

Eu me levantei, acenando com a cabeça em direção à porta.

— Vem comigo.

— O quê?

— Vamos pegar o seu caderno. Vou te ajudar a estudar.

— Travis...

— Levante a bunda daí, Flor. Você vai gabaritar essa prova.

Os três segundos seguintes devem ter sido os mais longos da minha vida. Por fim, Abby se levantou. Passou por America e deu um puxão no cabelo dela.

— Vejo você na aula, Mare.

Ela sorriu.

— Vou guardar um lugar pra você. Vou precisar de toda ajuda possível.

Abri a porta para ela enquanto saíamos do refeitório, mas ela não pareceu notar. Mais uma vez, fiquei só horrivelmente desapontado.

Enfiei as mãos nos bolsos e acompanhei o ritmo dos passos dela durante a curta caminhada até o Morgan Hall, depois fiquei olhando enquanto ela procurava a chave do quarto.

Abby finalmente abriu a porta e jogou o livro de biologia na cama. Sentou-se e cruzou as pernas, e eu me joguei no colchão, notando como era duro e desconfortável. Não era à toa que as garotas da faculdade eram tão mal-humoradas. Era impossível ter uma boa noite de sono naqueles malditos colchões.

Abby abriu o livro na página certa e comecei o trabalho. Revisamos os pontos principais do capítulo. Era legal a forma como ela me olhava enquanto eu falava. Quase como se estivesse ao mesmo tempo absorvendo cada palavra e impressionada que eu soubesse ler. Algumas vezes eu percebia, pela expressão em seu rosto, que ela não estava entendendo, então eu voltava e explicava novamente, e os olhos dela ficavam brilhantes. Comecei a me esforçar para conseguir o brilho nos olhos depois disso.

Antes que eu me desse conta, já estava na hora da aula dela. Suspirei e bati na cabeça dela com o livro.

— Você entendeu. Você conhece esse livro de biologia de trás pra frente e de frente pra trás.

— Bom... vamos ver.

— Vou andando com você até a classe e vou ficar lhe fazendo perguntas pelo caminho.

Esperei uma recusa educada, mas ela me ofereceu um sorrisinho e assentiu.

Caminhamos até o corredor e ela suspirou.

— Você não vai ficar bravo se eu for um fracasso total nessa prova, vai?

Ela estava preocupada que eu fosse ficar bravo com ela? Eu não sabia ao certo o que pensar sobre isso, mas a sensação era incrível pra cacete.

— Você não vai fracassar, Flor. Mas precisamos começar mais cedo da próxima vez — falei, acompanhando-a até o prédio de ciências.

Fiz pergunta atrás de pergunta, e ela respondeu a maioria de imediato. Em algumas ela hesitou, mas acertou todas.

Chegamos à porta da sala de aula e pude ver a gratidão em seu rosto. Mas ela era orgulhosa demais para admitir isso.

— Manda ver! — falei, sem saber o que mais poderia dizer.

Parker Hayes passou por nós e fez um aceno de cabeça.

— Ei, Trav.

Eu odiava aquele babaca.

— Parker — falei, assentindo em resposta.

Parker era um desses caras que gostavam de me seguir por onde eu ia e usavam seu status de cavalheiro para conseguir levar alguém para a cama. Ele gostava de se referir a mim como um cafajeste, mas a verdade é que o jogo dele só era mais sofisticado. Ele não era honesto em relação a suas conquistas. Fingia se importar com elas e depois as decepcionava.

Uma noite, no primeiro ano, levei Janet Littleton para o meu apartamento depois de uma noitada no Red Door. Parker estava tentando pegar a amiga dela. Seguimos caminhos separados como casais quando saímos da casa noturna e, depois que Janet e eu trepamos e não fingi que queria um relacionamento, ela ligou toda raivosa para que a amiga fosse buscá-la. A amiga ainda estava com Parker, então ele acabou levando Janet para casa.

Depois disso, ele tinha uma nova história para contar a suas conquistas. Não importava com quem eu trepasse, ele ia lá e pegava as minhas "sobras", recontando a história de como tinha salvado Janet.

Eu o tolerava, mas por um fio.

Os olhos dele pousaram na Beija-Flor e imediatamente ganharam um brilho.

— Oi, Abby.

Eu não entendia por que Parker insistia em ir atrás das mesmas mulheres que eu pegava, mas ele havia tido aulas com a Abby durante várias semanas e só agora estava demonstrando interesse. Quase tive um acesso de fúria por saber que esse interesse repentino era por vê-la conversando comigo.

— Oi — disse Abby, pega de surpresa. Claramente ela não sabia por que de repente ele estava falando com ela. Estava escrito na cara dela. — Quem é esse? — ela me perguntou.

Dei de ombros de um jeito casual, mas minha vontade era cruzar a sala e surrar aquele almofadinha.

— Parker Hayes — respondi. O nome dele deixou um gosto amargo na minha boca. — É um dos meus companheiros da Sig Tau. — Isso também me deixou um gosto amargo. Eu tinha companheiros e irmãos, tanto da fraternidade quanto de sangue. E Parker não era nem um nem outro. Estava mais para um arqui-inimigo que a gente mantém por perto para poder ficar de olho.

— *Você* faz parte de uma *fraternidade*? — ela me perguntou, torcendo o nariz.

— Sigma Tau, a mesma que o Shep. Achei que você soubesse.

— Bom... você não parece o tipo de cara que... participa de fraternidades — disse ela, olhando para as tatuagens nos meus antebraços.

O fato de que o olhar de Abby estava de volta em mim me deixou de bom humor.

— Meu pai se formou aqui, e meus irmãos todos foram da Sig Tau. É um lance de família.

— E eles esperavam que você entrasse para a fraternidade? — ela perguntou, cética.

— Na verdade, não. Eles só são bem-intencionados — eu disse. Dei uma batidinha nos papéis e os entreguei a ela. — É melhor você entrar na sala.

Ela abriu aquele sorriso impecável.

— Obrigada pela ajuda — me cutucou com o cotovelo, e não consegui não sorrir.

Ela entrou na sala de aula e sentou ao lado de America. Parker ficou encarando-a, observando as duas conversarem. Enquanto eu descia o corredor, fantasiei pegar uma carteira e lançá-la na cabeça dele. Sem mais aulas naquele dia, eu não tinha motivo para ficar por ali. Um longo passeio na minha Harley me ajudaria a não ficar louco ao pensar em Parker tentando sorrateiramente cair nas graças da Abby, por isso fiz questão de pegar o caminho mais longo para casa, para ter mais tempo para pensar. Algumas alunas dignas do meu sofá cruzaram meu caminho, mas o rosto de Abby continuava aparecendo na minha mente, tantas vezes que começou a me irritar.

Era notório que eu tinha agido como um merda com todas as garotas acima de dezesseis anos com quem tive uma conversa em particular — e isso desde que eu tinha quinze anos. Nossa história poderia ter sido típica: bad boy se apaixona pela boa moça, mas a Abby não era nenhuma princesa. Ela estava escondendo algo. Talvez esta fosse a nossa conexão: o que quer que ela deixara para trás.

Parei a moto no estacionamento do prédio e desci. Pensar melhor na Harley, tá bom! Tudo aquilo eu tinha desvendado na minha cabeça não fazia o menor sentido. Eu estava apenas tentando justificar aquela obsessão esquisita por ela.

Invadido de repente por um péssimo humor, bati a porta depois de entrar no apartamento e sentei no sofá, ficando ainda mais puto quando não consegui encontrar o controle remoto logo de cara.

Um objeto de plástico preto aterrissou ao meu lado quando Shepley passou por ali para sentar na cadeira reclinável. Peguei o controle remoto e liguei a TV.

— Por que você leva o controle para o quarto? Aí você precisa trazer de volta pra cá toda hora — falei, irritado.

— Não sei, cara, é só um hábito. Qual é o seu problema?

— Não sei — grunhi, apertando o botão para deixar a TV sem som. — Abby Abernathy.

Shepley ergueu uma sobrancelha.

— O que tem ela?

— Ela me irrita. Acho que só preciso trepar com ela logo e acabar com isso de uma vez.

Ele ficou me olhando por um tempo, sem saber o que dizer.

— Não é que eu não aprecie o fato de você não ferrar a minha vida com a sua recém-descoberta moderação, mas você nunca precisou da minha permissão antes... A menos que... Não me diga que finalmente você está se lixando pra alguém.

— Deixa de ser babaca.

Shepley não conseguiu conter um largo sorriso.

— Você se importa com ela. Acho que só precisava que uma garota se recusasse a transar com você por um período maior do que vinte e quatro horas para isso acontecer.

— A Laura me fez esperar uma semana.

— Mas a Abby não quer nada com você, não é?

— Ela só quer ser minha amiga. Acho que tenho sorte por ela não me tratar como um leproso.

Depois de um silêncio desconfortável, Shepley disse:

— Você está com medo.

— De quê? — perguntei com um sorriso cético.

— De ser rejeitado. O *Cachorro Louco* é um de nós, no fim das contas.

Meu olho estremeceu.

— Você sabe que eu odeio essa porra de apelido, Shep.

Ele sorriu.

— Eu sei. Quase tanto quanto odeia o que você está sentindo neste momento.

— E você não está ajudando.

— Então você gosta dela e está com medo. E agora?

— Agora nada. Só é uma merda que, quando eu finalmente encontrei a garota que vale a pena ter, ela é boa demais pra mim.

Shepley tentou abafar uma risada. Era irritante que ele estivesse se divertindo tanto com a minha situação. Ele endireitou o sorriso e disse:

— Por que você não deixa que ela mesma tome essa decisão?

— Porque eu me importo com ela o suficiente para querer decidir por ela.

Ele se espreguiçou e se levantou, arrastando os pés descalços pelo carpete.

— Quer uma cerveja?

— Quero. Vamos beber à amizade.

— Então você vai continuar andando com ela? Por quê? Isso me parece tortura.

Pensei naquilo por um minuto. Realmente parecia tortura, mas não era tão ruim quanto ficar observando-a de longe.

— Eu não quero que ela fique comigo... nem com qualquer outro babaca por aí.

— Cara, isso é doideira.

— Pega a porra da minha cerveja e cala a boca.

Shepley deu de ombros. Ao contrário de Chris Jenks, ele sabia quando ficar quieto.

4
DISTRAÍDO

A decisão era insana, mas libertadora. No dia seguinte, entrei no refeitório e, sem pensar duas vezes, me sentei na frente de Abby. Estar perto dela era natural e fácil, e, exceto por ter que aguentar os olhares enxeridos da população geral de alunos e até de alguns professores, ela parecia gostar que eu ficasse por perto.

— Vamos estudar hoje ou não?
— Vamos — disse ela, tranquila.

A única coisa negativa na nossa amizade era que, quanto mais tempo passávamos juntos, mais eu gostava dela. Ficava cada vez mais difícil esquecer a cor e o formato de seus olhos e o cheiro do hidratante em sua pele. Também notei mais coisas sobre ela, por exemplo, como suas pernas eram longas e as cores que ela usava com mais frequência. Eu até comecei a ter uma boa noção de em que semana eu não deveria fazer nenhuma merda extra com ela, que, felizmente para Shepley, era a mesma semana em que ele não deveria mexer com America. Dessa forma, tínhamos três semanas para não precisar ficar espertos, em vez de duas, e podíamos alertar um ao outro.

Mesmo em seus piores dias, Abby não era temperamental como a maioria das garotas. A única coisa que parecia afetá-la eram as perguntas ocasionais sobre o nosso relacionamento, mas, contanto que eu cuidasse do assunto, ela superava bem rápido.

Quanto mais o tempo passava, menos as pessoas especulavam. Almoçávamos juntos quase todos os dias, e, nas noites em que estudávamos, eu a levava para jantar fora. Shepley e America nos convidaram para ir ao cinema uma vez. Nunca era estranho, e nem existia a questão de sermos algo além de amigos. Eu não sabia ao certo como me sentir em relação a isso, especialmente porque minha decisão de não tentar conquistá-la não me impedia de fantasiar com ela gemendo no meu sofá — até uma noite em que eu estava observando Abby e America fazendo brincadeirinhas uma com a outra no meu apartamento e imaginei Abby na minha cama.

Ela precisava sair da minha cabeça.

A única cura possível era que eu parasse de pensar nela tempo suficiente para me concentrar em minha próxima conquista.

Alguns dias depois, um rosto familiar me chamou a atenção. Eu já a tinha visto com Janet Littleton. Lucy era relativamente gata, nunca perdia a oportunidade de mostrar o decote e falava abertamente sobre como me odiava. Felizmente, bastaram trinta minutos e um convite hesitante para o Red para conseguir levá-la para minha casa. Eu mal fechei a porta e ela já estava tirando minhas roupas. Onde será que estava todo aquele ódio que ela nutria por mim no ano passado? Ela foi embora com um sorriso no rosto e decepção no olhar.

E Abby ainda estava na minha cabeça.

Nem mesmo a fadiga pós-orgasmo curaria isso, e senti algo novo: culpa.

No dia seguinte, fui correndo para a aula de história e me sentei sorrateiramente na carteira ao lado de Abby. Ela já estava com o laptop e o livro abertos, mal notando minha presença.

A sala de aula estava mais escura que o normal; as nuvens do lado de fora roubavam a luz natural que geralmente penetrava pelas janelas. Cutuquei o cotovelo dela, mas ela não estava tão receptiva quanto de costume, então peguei o lápis da mão dela e comecei a rabiscar nas margens do meu caderno. Na maior parte tatuagens, mas escrevi o nome dela em letras legais. Ela deu uma espiada com um sorriso agradecido.

Eu me inclinei e sussurrei em seu ouvido:

— Quer almoçar fora do campus hoje?

— Não posso — ela respondeu apenas mexendo os lábios.

Rabisquei no livro dela:

"Pq?"

"Tenho que fazer uso do meu plano de refeições."

"Fala sério."

"É sério."

Eu queria discutir, mas estava ficando sem espaço na página.

"Ok. Mais uma refeição misteriosa. Mal posso esperar."

Ela deu uma risadinha e eu curti aquela sensação gloriosa que me invadia sempre que a fazia sorrir. Alguns rabiscos e o desenho de um dragão depois, Chaney nos dispensou.

Joguei o lápis da Abby dentro de sua mochila enquanto ela guardava o restante de suas coisas e fomos até o refeitório.

Não recebíamos mais tantos olhares quanto antes. Os alunos acabaram se acostumando a nos ver juntos regularmente. Enquanto pegávamos a fila, conversamos sobre o novo trabalho de história que o Chaney tinha nos mandado fazer. Abby passou seu cartão de refeições e seguiu até a mesa. De imediato, notei que estava faltando algo em sua bandeja: a lata de suco de laranja que ela pegava todos os dias.

Analisei a fila de serventes de cara fechada que estavam paradas atrás do bufê. Assim que pude ver a mulher carrancuda na caixa registradora, eu soube que tinha encontrado meu alvo.

— Ei, senhora... hum... senhora...

Ela me olhou de cima a baixo antes de decidir que eu lhe causaria problemas, como a maioria das mulheres fazia momentos antes de sentir um formigamento entre as coxas.

— Armstrong — disse ela em uma voz rouca.

Tentei controlar a repulsa enquanto as coxas dela apareciam nos recônditos escuros da minha mente.

Abri meu sorriso mais charmoso.

— Que nome bonito! Eu estava me perguntando, porque você parece ser a chefe aqui... Não tem suco de laranja hoje?

— Tem um pouco lá atrás. Andei muito ocupada e não consegui trazer mais para cá.

Assenti.

— Você está sempre correndo pra caramba. Eles deviam te dar um aumento. Ninguém aqui trabalha tanto quanto você. Todos nós percebemos isso.

Ela ergueu o queixo, minimizando as dobras no pescoço.

— Obrigada. Já estava na hora de alguém perceber. Você quer suco de laranja?

— Só uma lata... se não for atrapalhar, é claro.

Ela deu uma piscada.

— Nem um pouco. Eu já volto.

Levei a latinha de suco até a mesa e a coloquei na bandeja de Abby.

— Você não precisava fazer isso. Eu ia pegar uma.

Ela tirou a jaqueta e a colocou no colo, deixando os ombros à mostra. Eles ainda estavam bronzeados do verão e um pouco brilhantes, implorando para que eu os tocasse.

Dezenas de coisas indecentes passaram pela minha cabeça.

— Bom, agora você não precisa mais — falei, oferecendo o melhor dos meus sorrisos, mas dessa vez era genuíno. Era mais um dos momentos felizes com Abby pelos quais eu esperava naqueles dias.

Brazil deu uma risada debochada.

— Ela transformou você em um empregadinho pessoal, Travis? Qual vai ser a próxima, abanar a menina com uma folha de palmeira, vestindo uma sunga?

Virei o pescoço e vi Brazil com um sorriso de espertinho. Ele não queria insinuar nada de mais com aquilo, mas estragou meu momento, e isso me deixou puto da vida. Provavelmente fiquei mesmo parecendo meio molenga, trazendo a bebida para ela.

Abby se inclinou para frente.

— Você não tem o suficiente nem para preencher uma sunga, Brazil. Cala a droga da sua boca!

— Pega leve, Abby! Eu estava brincando — ele respondeu, erguendo as mãos.

— Só... não fale assim dele — ela franziu a testa.

Fiquei encarando a cena por um instante, observando enquanto a raiva dela diminuía um pouquinho e ela voltava a atenção para mim. Aquilo definitivamente era inédito.

— Agora eu vi de tudo na vida. Uma garota acabou de me defender.

Ofereci a ela um sorrisinho e me levantei, olhando feio para Brazil uma última vez antes de levar minha bandeja para o lixo. Eu não estava com fome mesmo.

As portas pesadas de metal cederam facilmente quando as empurrei para passar. Puxei meu maço de cigarros do bolso e acendi um, tentando esquecer o que tinha acabado de acontecer.

Eu tinha passado por imbecil por causa de uma garota, o que deixava os caras da fraternidade particularmente satisfeitos, porque fazia dois anos que eu os criticava por sequer mencionar que talvez quisessem fazer mais do que simplesmente comer uma mulher. Era a minha vez agora, e eu não podia fazer nada a respeito — porque eu não conseguia. E o pior? Eu não queria.

Quando os outros fumantes ao meu redor riram, fiz o mesmo, embora eu não fizesse a mínima ideia do que eles estavam falando. Por dentro, eu estava irritado e humilhado, ou irritado por me sentir humilhado. O que quer que fosse. As garotas punham as mãos em mim e se alternavam tentando puxar conversa. Eu assentia e sorria para ser simpático, mas só queria cair fora dali e socar algo. Um acesso de fúria em público seria uma demonstração de fraqueza, e eu não faria uma merda dessas.

Abby passou e interrompi uma das garotas no meio da frase para acompanhá-la.

— Espere aí, Flor. Vou com você até a sala.

— Não precisa, Travis. Eu sei chegar lá sozinha.

Admito: aquilo doeu um pouco. Ela nem olhou para mim quando disse isso, me dispensando completamente.

Bem naquele momento, uma garota de saia curta e pernas compridas passou por mim. Seus cabelos escuros e brilhantes balançavam enquanto ela andava. Foi então que me dei conta de algo: eu precisava desistir. Comer uma gostosa aleatória era o que eu fazia de melhor, e Abby não queria nada comigo além de amizade. Eu havia planejado fazer a coisa certa e manter nossa relação platônica, mas, se eu não fizesse algo drástico, esse plano se perderia na confusão de pensamentos e emoções conflituosos que giravam dentro de mim.

Estava na hora de finalmente estabelecer um limite. De qualquer forma, eu não merecia a Abby. De que adiantava?

Joguei o cigarro no chão.

— Depois a gente se fala, Flor.

Fiz minha cara de quem estava prestes a entrar no jogo, mas não seria preciso muito. Ela havia cruzado meu caminho de propósito, na esperança de que sua saia curta e seus saltos de puta chamassem minha atenção. Eu a ultrapassei e me virei, enfiando as mãos nos bolsos.

— Está com pressa?

Ela sorriu. Estava no papo.

— Estou indo para a aula.

— Ah, é? Que aula?

Ela parou, um dos lados da boca se virando para cima.

— Travis Maddox, certo?

— Certo. Minha reputação me precede?

— Sim.

— Assumo a culpa.

Ela balançou a cabeça.

— Preciso ir para a aula.

Suspirei, fingindo desapontamento.

— Que pena. Eu ia te pedir uma ajuda.

— Com o quê?

O tom dela era ambíguo, mas ela continuava sorrindo. Eu poderia ter simplesmente pedido que ela me seguisse até minha casa para uma rapidinha e ela provavelmente teria topado, mas um certo charme seria útil para mais tarde.

— Para chegar até o meu apartamento. Meu senso de direção é péssimo.

— É mesmo? — ela perguntou, assentindo, franzindo a testa e depois sorrindo. Ela estava se esforçando para não se sentir lisonjeada.

Os dois primeiros botões de sua blusa estavam abertos, deixando à mostra a curva dos seios e alguns centímetros do sutiã. Senti o inchaço familiar na minha calça jeans e alternei o peso do corpo para o outro pé.

— Péssimo.

Sorri, observando seu olhar ir parar na minha covinha. Não sei por quê, mas a covinha sempre parecia fechar o negócio.

Ela deu de ombros, tentando permanecer calma.

— Vá na frente. Se eu vir que você está se desviando do caminho, eu buzino.

— Por aqui — falei, apontando na direção do estacionamento.

Ela já estava com a língua na minha garganta antes que tivéssemos chegado ao alto da escada do apartamento e tirando minha jaqueta antes que eu pudesse pegar a chave certa. Foi meio desajeitado, mas divertido. Eu tinha muita prática em abrir a fechadura com os lábios nos de outra pessoa. Ela me empurrou para a sala de estar no segundo em que a tranca se abriu, e agarrei seus quadris de encontro à porta para fechá-la. Ela envolveu minha cintura com as pernas e eu a ergui, pressionando a pélvis na dela.

Ela me beijava como se estivesse passando fome e soubesse que havia comida na minha boca. Não sei por quê, mas eu meio que curti aquilo. Ela mordeu meu lábio e dei um passo para trás, perdendo o equilíbrio e caindo sobre a mesinha de canto ao lado da cadeira reclinável. Diversos itens foram lançados ao chão.

— Ops — disse ela, dando risadinhas.

Sorri e observei enquanto ela se inclinava sobre as costas do sofá, de forma que sua bunda ficasse visível, assim como um pedacinho de uma fina faixa de renda branca.

Abri meu cinto e dei um passo. Ela estava facilitando as coisas. Arqueou o pescoço e jogou os longos cabelos escuros sobre as costas. Ela era gostosa pra caramba, isso eu tinha que admitir. Meu zíper mal conseguia conter o que estava ali embaixo.

Ela se virou para olhar para mim e eu me inclinei sobre ela, plantando os lábios nos dela.

— Talvez eu devesse te dizer o meu nome... — ela disse baixinho.

— Por quê? — falei, ofegante. — Eu meio que gosto assim.

Ela sorriu, enganchou os polegares em cada um dos lados da calcinha e a puxou para baixo, até cair na altura dos tornozelos. Seus olhos se conectaram aos meus, safados de um jeito revigorante.

O olhar reprovador da Abby surgiu na minha mente.

— O que você está esperando? — ela perguntou, excitada e impaciente.

— Nada — falei, balançando a cabeça.

Tentei me concentrar em sua bunda nua nas minhas coxas. Ter que me concentrar para permanecer de pau duro era definitivamente algo novo, e era culpa da Abby.

Ela se virou e arrancou minha camiseta, depois terminou de abrir o zíper da minha calça. Droga. Ou eu estava fazendo as coisas a passos de tartaruga ou essa mulher era uma versão feminina de mim. Tirei minhas botas e então a calça, chutando tudo para o lado.

Ela ergueu uma das pernas e a enganchou no meu quadril.

— Desejei isso por tanto tempo — sussurrou no meu ouvido. — Desde que te vi na orientação aos calouros, no ano passado.

Percorri sua coxa com a mão, tentando lembrar se havia falado com ela antes. Quando meus dedos chegaram ao fim da linha, ficaram completamente molhados. Ela não estava de brincadeira. Um ano de preliminares mentais facilitou muito meu trabalho.

Ela soltou um gemido no segundo em que meus dedos tocaram sua pele sensível. Estava tão molhada que não havia muita fricção, e minhas bolas estavam começando a doer. Eu só tinha comido duas mulheres nas últimas duas semanas, essa e a amiga da Janet, Lucy. Ah, espera. Com a Megan eram três. Um dia depois que conheci a Abby. Abby. Fui tomado pela culpa, o que teve um efeito bem negativo na minha ereção.

— Não se mexa — falei, correndo de cueca até meu quarto. Pesquei um pacotinho quadrado do criado-mudo e voltei rapidamente até a morena estonteante, que estava exatamente como eu a havia deixado. Ela arrancou o pacotinho da minha mão e se ajoelhou. Depois que ela demonstrou um pouco de criatividade e alguns truques um tanto quanto surpreendentes com a língua, tive o sinal verde para jogá-la no sofá.

E então eu a comi. De bruços e a estimulando com os dedos, e ela amou cada minuto.

5
COLEGAS DE QUARTO

A ninfomaníaca estava no banheiro, se vestindo e se arrumando. Ela não falou muito depois que terminamos, e eu estava pensando se pegaria o telefone dela e a colocaria na minha curtíssima lista de garotas — como Megan — que não exigiam um relacionamento para transar e que valiam o repeteco.

O telefone de Shepley tocou. Era um ruído de beijo, então devia ser America. Ela havia mudado o toque do celular dele quando chegavam mensagens de texto dela, e ele ficou feliz em permitir. Eles formavam um casal bacana, mas também me faziam querer vomitar.

Eu estava sentado no sofá, zapeando entre os canais, esperando que a garota saísse do banheiro para que eu pudesse mandá-la embora, quando notei Shepley andando agitado de um lado para o outro do apartamento.

Minhas sobrancelhas se juntaram.

— O que você está fazendo?

— É melhor você recolher suas coisas. A Mare está vindo para cá com a Abby.

Aquilo prendeu minha atenção.

— A Abby?

— É. As caldeiras do Morgan pifaram de novo.

— E daí?

— E daí que elas vão ficar aqui alguns dias.

Eu me endireitei no sofá.

— Elas? A Abby vai ficar aqui? No nosso apartamento?

— É, imbecil. Para de pensar na bunda da Jenna Jameson e escuta o que estou dizendo. Elas vão chegar em dez minutos. Com bagagem.

— Nem fodendo.

Shepley parou e olhou para mim com o cenho franzido.

— Levanta a bunda daí e me ajuda, e vê se leva o lixo pra fora — disse ele, apontando para o banheiro.

— Ai, merda! — falei, levantando de um pulo.

Ele assentiu com os olhos arregalados.

— Pois é.

Finalmente caiu a ficha. Se America ficasse brava pelo fato de eu estar com uma mulher em casa quando ela chegasse com Abby, isso deixaria Shepley em uma situação ruim. Se Abby não quisesse ficar por causa disso, isso se tornaria problema dele... e meu.

Meus olhos se concentraram na porta do banheiro. A torneira estava ligada desde que ela havia entrado. Eu não sabia se ela estava cagando ou tomando banho. Eu não conseguiria tirá-la do apartamento antes que as meninas chegassem. Seria pior se eu fosse pego tentando enxotá-la, então decidi trocar os lençóis da minha cama e arrumar as coisas.

— Onde a Abby vai dormir? — perguntei, olhando para o sofá. Eu não a deixaria se estirar sobre catorze meses de fluidos corporais.

— Não sei. Na cadeira reclinável?

— Nem ferrando que ela vai dormir na cadeira reclinável, palhaço. — Cocei a cabeça. — Acho que ela vai dormir na minha cama.

Shepley gargalhou, sua risada chegando a pelo menos duas quadras dali. Ele se curvou e agarrou os joelhos, com o rosto vermelho.

— Que foi?

Ele se levantou e apontou para mim, balançando o dedo e a cabeça. Estava se divertindo demais para conseguir falar, então só saiu andando, tentando continuar a limpeza enquanto seu corpo tremia.

Onze minutos depois, Shepley estava correndo até a porta da frente. Ele desceu as escadas e nada. A torneira no banheiro finalmente foi fechada, e ficou tudo muito quieto.

Depois de mais alguns minutos, ouvi a porta se abrindo com tudo e Shepley resmungando.

— Nossa, baby! Sua mala pesa uns dez quilos a mais que a da Abby!

Fiquei parado no corredor, vendo minha mais recente conquista surgir do banheiro. Ela ficou paralisada, olhou para Abby e America e terminou de abotoar a blusa. Definitivamente ela não estava tomando banho. Havia maquiagem borrada em todo seu rosto.

Por um minuto, fiquei pensando nas letras P, Q, P, completamente distraído da situação desconfortável. Acho que ela não era tão descomplicada quanto pensei anteriormente, o que tornava a visita de America e Abby ainda mais bem-vinda. Mesmo que eu estivesse só de cueca.

— Oi — ela cumprimentou as duas e olhou para a bagagem delas, e sua surpresa deu lugar à confusão completa.

America fuzilou Shepley com o olhar, e ele ergueu as mãos.

— Ela está com o Travis!

Essa foi minha deixa. Entrei na sala e bocejei, dando um tapinha na bunda da minha convidada.

— Minhas amigas chegaram. É melhor você ir embora.

Ela pareceu relaxar um pouco e sorriu. Envolveu-me com os braços e beijou meu pescoço. Seus lábios, macios e quentes menos de uma hora antes, na frente de Abby pareciam pegajosos e envoltos em arame farpado.

— Vou deixar o número do meu telefone na bancada da cozinha.

— Hum... não precisa — eu disse, em um tom proposital de indiferença.

— O quê? — ela perguntou, reclinando-se.

A rejeição brilhou em seus olhos, buscando nos meus algo que não fosse aquilo que eu realmente queria dizer. Que bom que a situação estava clara. Eu podia ter ligado para ela de novo e as coisas teriam se complicado. Confundi-la com uma possível transa frequente era um pouco assustador. Geralmente eu fazia julgamentos melhores.

— Toda vez é a mesma coisa! — disse America, olhando para a mulher. — *Como* você pode ficar surpresa com isso? Ele é a droga do Travis Maddox! O cara é famoso exatamente por isso, e *todas as vezes* vocês ficam surpresas! — disse ela, virando-se para Shepley. Ele a abraçou e fez um gesto para que ela se acalmasse.

61

A mulher apertou os olhos, pegando fogo de raiva e vergonha, depois irrompeu porta afora, agarrando a bolsa no meio do caminho.

A porta bateu e os ombros de Shepley ficaram tensos. Aqueles momentos o incomodavam. Eu, por outro lado, tinha uma megera a domar, então fui andando calmamente até a cozinha e abri a geladeira, como se nada tivesse acontecido. O inferno nos olhos dela prenunciava uma ira como eu nunca tinha vivenciado — não porque eu nunca tivesse cruzado com uma mulher que quisesse minha cabeça em uma bandeja de prata, mas porque eu nunca havia me importado antes para ficar por perto e ouvir o sermão.

America balançou a cabeça e atravessou o corredor. Shepley foi atrás, se inclinando por causa do peso da mala enquanto a seguia.

Justo quando achei que Abby teria um ataque, ela se jogou na cadeira reclinável. *Hum. Bom... ela está puta da vida. Melhor acabar logo com isso.*

Cruzei os braços, mantendo uma distância mínima e segura dela, ficando na cozinha.

— Qual o problema, Flor? Dia ruim?

— Não, só estou completamente indignada.

Era um começo.

— Comigo? — perguntei, sorrindo.

— É, com você. Como você pode usar alguém assim, tratá-la desse jeito?

Então realmente começou.

— Como foi que eu a tratei? Ela quis me dar o número do telefone, eu não aceitei.

Ela ficou boquiaberta. Tentei não rir. Não sei por que me divertia tanto vê-la irritada e chocada com meu comportamento, mas era divertido.

— Você pode transar com a garota, mas não pode pegar o número do telefone dela?

— Por que eu ia querer o número dela se não vou ligar?

— Por que você foi pra cama com ela se não vai ligar?

— Não prometo nada pra ninguém, Flor. Ela não exigiu um relacionamento sério antes de abrir as pernas no meu sofá.

Ela encarou o sofá com repulsa.

— Ela é filha de alguém, Travis. E se, no futuro, alguém tratar a *sua* filha desse jeito?

Esse pensamento tinha me passado pela cabeça, e eu estava preparado para responder.

— É melhor a minha filha não sair por aí tirando a roupa pra qualquer idiota que ela acabou de conhecer.

Aquela era a verdade. As mulheres mereciam ser tratadas como vagabundas? Não. Vagabundas mereciam ser tratadas como tal? Sim. E eu era um. Na primeira vez que comi a Megan e ela foi embora sem nem um abraço, eu não chorei nem me entupi de sorvete. Não reclamei com o pessoal da fraternidade que decidi transar no primeiro encontro e ela me tratou de acordo com meu comportamento. As coisas são o que são, e não faz sentido fingir proteger sua dignidade se você parece decidido a destruí-la. Mulheres são notórias por julgarem umas às outras de qualquer forma, só parando para julgar um cara por fazer isso. Já as ouvi rotulando uma colega de classe de puta antes de o pensamento sequer passar pela minha cabeça. No entanto, se eu levasse aquela puta para casa, trepasse com ela e a mandasse embora sem compromisso, de repente eu era o malvado da história. Absurdo.

Abby cruzou os braços, obviamente incapaz de argumentar, o que a deixou com ainda mais raiva.

— Então, além de admitir que você é um idiota, está dizendo que, por ela ter dormido com você, merece ser enxotada como um gato de rua?

— Estou dizendo que fui honesto com ela. Ela é adulta, foi consensual... E ela não hesitou nem por um segundo, se você quer saber. Você está agindo como se eu tivesse cometido um crime.

— Ela não parecia saber das suas intenções, Travis.

— As mulheres em geral justificam seus atos com coisas da cabeça delas. Ela não me disse logo de cara que esperava um relacionamento, assim como eu não disse a ela que esperava sexo casual. Qual é a diferença?

— Você é um canalha.

Dei de ombros.

— Já fui chamado de coisa pior.

Apesar da minha indiferença, ouvi-la dizer aquilo me fez sentir como se ela estivesse enfiando uma lasca de madeira debaixo da minha unha. Mesmo sendo verdade.

Ela encarou o sofá e se encolheu de nojo.

— Acho que vou dormir aqui na cadeira reclinável mesmo.

— Por quê?

— Não vou dormir naquela coisa! Só Deus sabe em cima do que eu estaria dormindo!

Peguei a mala dela.

— Você não vai dormir aí na cadeira nem no sofá. Vai dormir na minha cama.

— Que deve ser ainda menos higiênica do que o sofá, com certeza.

— Nunca levei ninguém para a minha cama.

Ela revirou os olhos.

— Dá um tempo!

— Estou falando muito sério. Eu trepo com elas no sofá. Não deixo que entrem no meu quarto.

— Então por que *eu* posso ficar na sua cama?

Eu queria contar a ela. Meu Deus, como eu queria falar as palavras, mas eu mal conseguia admiti-las para mim mesmo. Lá no fundo eu sabia que eu era um merda e que ela merecia coisa melhor. Parte de mim queria carregá-la para o quarto e *mostrar* por que ela era diferente, mas havia uma coisa que me impedia. Ela era meu oposto: inocente na superfície e ferida por dentro. Havia algo nela de que eu precisava na minha vida, e, embora eu não tivesse certeza do que era, não podia ceder aos meus maus hábitos e estragar tudo. Ela era do tipo que perdoava, eu podia ver isso, mas havia limites estabelecidos por ela que era melhor não cruzar.

Uma opção melhor me veio à mente e abri um sorriso presunçoso.

— Está planejando transar comigo hoje à noite?

— Não!

— Eis o porquê. Agora levante o rabo mal-humorado daí, vá tomar um banho quente e depois vamos estudar um pouco de biologia.

Abby me encarou por um momento, mas concordou. Ela quase me empurrou com o ombro quando passou por mim, depois bateu a porta do banheiro. Os canos do apartamento imediatamente reclamaram quando ela abriu a torneira.

A mala dela era pequena, apenas o essencial. Encontrei um short, uma camiseta e uma calcinha branca com listras roxas. Segurei-a na minha frente e então cavei um pouco mais fundo. Eram todas de algodão. Ela realmente não planejava ficar nua na minha frente, nem mesmo me provocar. Um pouco desanimador, mas, ao mesmo tempo, isso me fez gostar ainda mais dela. Eu me perguntei se ela sequer tinha calcinhas fio dental.

Será que ela era virgem?

Dei risada. Uma virgem na faculdade seria algo inacreditável hoje em dia.

Também encontrei um tubo de pasta de dente e a escova, além de um pequeno pote de algum tipo de creme para o rosto, então os levei comigo, apanhando uma toalha limpa no armário do corredor.

Bati na porta uma vez, mas ela não respondeu, então simplesmente entrei. Ela estava atrás da cortina de qualquer forma, e não tinha nada que eu não tivesse visto antes.

— Mare?

— Não, sou eu — respondi, colocando as coisas dela ao lado da pia.

— O que você está fazendo? Sai daqui! — ela gritou.

Dei uma risadinha. Que infantil.

— Você esqueceu de pegar a toalha, e eu trouxe suas roupas, sua escova de dentes e um creme facial esquisito que achei na sua bolsa.

— Você mexeu nas minhas coisas? — a voz dela subiu uma oitava.

Uma risada repentina ficou presa na minha garganta e eu a sufoquei. Eu havia trazido as coisas da senhorita Pudica querendo ser um cara legal, e ela estava tendo um treco. Como se eu fosse encontrar algo de interessante na mala dela. Ela era tão safada quanto uma professorinha de catecismo.

Apertei a pasta de dentes na minha escova e abri a torneira.

Abby ficou estranhamente quieta até que sua testa e seus olhos surgiram de trás da cortina. Tentei ignorá-la, sentindo seu olhar perfurar minha nuca.

Aquela irritação toda era um mistério. Para mim, o cenário era estranhamente relaxante. Com esse pensamento, fiz uma pausa; domesticidade não era algo que eu pensei que fosse vir a gostar.

— Vai embora, Travis — ela grunhiu.

— Não posso dormir sem escovar os dentes.

— Se você chegar a meio metro dessa cortina, vou arrancar seus olhos quando você estiver dormindo.

— Não vou espiar, Flor.

Na verdade, só de pensar nela se inclinando para cima de mim, mesmo que fosse com uma faca na mão, era um tanto quanto sexy. Mais a parte de se inclinar e menos a da faca.

Terminei de escovar os dentes e fui para o quarto, sorrindo o caminho todo. Em minutos os canos silenciaram, mas levou uma eternidade para que ela saísse do banheiro.

Impaciente, enfiei a cabeça pela porta.

— Anda logo, Flor! Vou apodrecer de tanto esperar aqui!

Sua aparência me surpreendeu. Eu já a vira sem maquiagem antes, mas sua pele estava rosada e brilhante, e os longos cabelos molhados estavam penteados para trás, destacando seu rosto. Não consegui evitar e fiquei encarando-a.

Abby pegou o pente e o jogou em mim. Desviei e fechei a porta, rindo até o quarto.

Pude ouvir os pezinhos dela atravessando o corredor, e meu coração começou a bater forte no peito.

— Boa noite, Abby — disse America do quarto do Shepley.

— Boa noite, Mare.

Tive que rir ao pensar que America havia me apresentado à minha forma particular de crack. Abby era como uma droga que nunca me satisfazia e que eu não queria largar. Mesmo eu não podendo chamar isso de nada além de *vício*, eu não me atrevia a experimentar nem uma lasquinha. Só a mantinha por perto, me sentindo melhor apenas por saber que ela estava ali. Não havia esperança para mim.

Duas leves batidas na porta me trouxeram de volta à realidade.

— Entra, Flor. Não precisa bater.

Abby deslizou para o meu quarto, com os cabelos escuros e úmidos, usando uma camiseta cinza e um short xadrez. Seus olhos arregalados vagavam pelo cômodo enquanto ela tirava diferentes conclusões sobre mim com base no vazio das minhas paredes. Era a primeira vez que uma mulher entrava ali. Eu nunca tinha pensado naquele momento, e não esperava que Abby fosse mudar a sensação do quarto como mudou.

Antes, era apenas o lugar onde eu dormia, onde eu nunca passava muito tempo. A presença de Abby tornava óbvias as paredes nuas, a ponto de eu sentir um pouco de vergonha. O fato de ela estar no meu quarto fazia com que eu me sentisse em casa, e o vazio não parecia certo.

— Gostei do pijama — eu disse por fim, sentando na cama. — Bem, pode vir. Não vou te morder.

Ela baixou o queixo e ergueu as sobrancelhas.

— Não tenho medo de você.

Seu livro de biologia aterrissou ao meu lado com um *tum*, depois ela parou.

— Você tem uma caneta?

Acenei com a cabeça para o criado-mudo.

— Na gaveta de cima.

No segundo em que eu disse essas palavras, meu sangue gelou. Ela ia ver meu estoque. Eu me preparei para a batalha mortal que rapidamente se seguiria.

Ela apoiou um dos joelhos na cama e se esticou, abrindo a gaveta e tateando em volta até que sua mão recuou subitamente. No segundo seguinte, ela pegou a caneta e bateu a gaveta com tudo.

— Que foi? — perguntei, fingindo ler o livro de biologia.

— Você assaltou um posto de saúde?

Como uma beija-flor sabe onde conseguir camisinhas?

— Não, por quê?

O rosto dela se contorceu.

— Por causa do seu suprimento de camisinhas pra uma vida inteira.

Lá vem.

— É melhor prevenir do que remediar, certo?

Ela não tinha como argumentar contra isso.

Em vez de gritar e me xingar de todos os nomes possíveis, como eu esperava, ela revirou os olhos. Virei as páginas do livro de biologia, tentando não parecer aliviado demais.

— Tudo bem, podemos começar por aqui. Nossa... fotossíntese? Você não aprendeu isso na escola?

— Acho que sim — disse ela, na defensiva. — É fundamentos de biologia, Trav. Eu não escolhi o currículo.

— E você está fazendo cálculo? Como você pode estar tão adiantada em matemática e atrasada em ciências?

— Não estou atrasada. A primeira metade é sempre revisão.

Ergui uma sobrancelha.

— Na verdade, não.

Ela ficou me ouvindo enquanto eu repassava o básico sobre fotossíntese e depois sobre a anatomia celular das plantas. Não importava quanto eu falasse nem o que dissesse, ela prestava atenção em cada palavra. Era fácil fingir que ela estava interessada em mim e não em tirar uma boa nota.

— Tanto faz dizer lip*ídeos* ou lip*ídios*. Fale de novo o que eles são.

Ela tirou os óculos.

— Estou acabada. Não consigo memorizar nem mais uma macromolécula.

Legal. Hora de dormir.

— Tudo bem.

De repente, Abby pareceu nervosa, o que curiosamente me acalmou. Eu a deixei sozinha com seu nervosismo e fui tomar banho. Saber que ela havia acabado de ficar nua naquele mesmo lugar me despertou alguns pensamentos bem estimulantes, por isso os últimos cinco minutos de banho tiveram de ser com água gelada. Era desconfortável, mas pelo menos me livrei da ereção.

Quando voltei para o quarto, Abby estava deitada de lado, com os olhos fechados, dura como uma tábua. Deixei cair a toalha, coloquei a cueca e deitei na cama, apagando a luz. Ela nem se mexeu, mas não estava dormindo.

Todos os músculos em seu corpo estavam tensos, mas ficaram ainda mais retesados antes de ela se virar para mim.

— Você vai dormir aqui também?
— Bem, vou. Aqui é minha cama.
— Eu sei, mas eu... — ela se interrompeu, pesando suas opções.
— Não confia em mim ainda? Juro que vou me comportar muito bem — ergui o indicador, o dedo do meio e o mindinho, num gesto carinhosamente conhecido pelo pessoal da fraternidade como *shocker*. Ela não entendeu.

Por mais que bancar o bonzinho fosse ser um saco, eu não ia espantá-la na primeira noite fazendo uma idiotice.

Abby era um equilíbrio delicado entre dureza e ternura. Pressioná-la demais parecia trazer à tona a mesma reação de um animal acuado. Era divertido caminhar na corda bamba que ela exigia, de uma forma meio aterrorizante, como se estivesse de ré em uma moto a mil quilômetros por hora.

Ela virou de costas para mim, golpeando o cobertor em volta de cada curva de seu corpo. Outro sorriso surgiu sorrateiramente em meu rosto, e me inclinei no ouvido dela.

— Boa noite, Beija-Flor.

6
DOSES

O sol estava começando a lançar sombras nas paredes do meu quarto quando abri os olhos. Os cabelos de Abby estavam emaranhados e bagunçados, cobrindo meu rosto. Inspirei fundo pelo nariz.

Cara. O que você está fazendo... além de ser esquisito?, pensei. Eu me virei de costas, mas, antes que pudesse me impedir, inspirei de novo. Ela ainda cheirava a xampu e hidratante.

Segundos depois, o alarme começou a tocar e Abby acordou. Seu braço atravessou meu peito e voltou em um movimento rápido.

— Travis? — disse ela, grogue. — O despertador.

Esperou um minuto e então suspirou, esticando o braço por cima de mim para alcançar o relógio, depois bateu contra o plástico até que o barulho parou.

Ela caiu de encontro ao travesseiro e bufou. Uma risada escapou dos meus lábios e ela se assustou.

— Você estava acordado?

— Prometi que ia me comportar. Não falei nada sobre deixar você se deitar em cima de mim.

— Eu não me deitei em cima de você. Eu não conseguia alcançar o relógio. Esse deve ser o alarme mais irritante que já ouvi em toda minha vida! Parece o som de um animal morrendo!

— Quer tomar café? — Enfiei as mãos atrás da cabeça.

— Não estou com fome.

Ela parecia brava com alguma coisa, mas ignorei. Provavelmente ela não era uma pessoa matinal. Se bem que, de acordo com essa lógica, ela também não era uma pessoa vespertina nem noturna. Pensando bem, ela meio que era uma megera mal-humorada... e eu *gostava* disso.

— Bom, eu estou. Por que você não vai comigo de moto até a cafeteria?

— Acho que eu não consigo lidar com a sua falta de habilidade na direção tão cedo pela manhã.

Ela enfiou os pezinhos ossudos nos chinelos e foi se arrastando até a porta.

— Aonde você vai?

Ela ficou instantaneamente irritada.

— Vou me vestir e ir pra aula. Você precisa de um itinerário meu enquanto eu estiver aqui?

Ela queria bancar a durona? Tudo bem, eu entraria no jogo. Caminhei até ela e segurei seus ombros. Cacete, a sensação da pele dela era tão boa de encontro à minha.

— Você é sempre tão temperamental assim, ou isso vai parar quando você acreditar que eu não estou arquitetando nenhum plano para transar com você?

— Eu *não sou* temperamental.

Eu me inclinei e sussurrei em seu ouvido:

— Não quero transar com você, Flor. Gosto demais de você para isso.

O corpo dela ficou tenso, e saí sem dizer mais nenhuma palavra. Dar pulinhos para celebrar a emoção da vitória teria sido um pouco óbvio, então me controlei até que estivesse suficientemente escondido pela porta e dei uns socos no ar para comemorar. Surpreendê-la não era fácil, mas, quando funcionava, eu sentia que estava um passo mais perto de...

De quê? Eu não tinha certeza. Simplesmente parecia certo.

Fazia um tempinho que eu não ia ao supermercado, então o café da manhã não foi lá grande coisa, mas foi razoável. Bati alguns ovos em uma vasilha, depois adicionei uma mistura de cebola, pimentão verde e vermelho e então despejei tudo numa frigideira.

Abby entrou e se sentou em uma banqueta.

— Tem certeza que não quer um pouco?

— Tenho sim. Mas obrigada.

Ela tinha acabado de sair da cama e ainda assim estava linda. Era ridículo. Eu tinha certeza de que aquilo não era típico, mas não tinha como saber. As únicas garotas que eu já tinha visto pela manhã eram as do Shepley, e não olhei para nenhuma delas com atenção suficiente para formar uma opinião.

Shepley pegou dois pratos e os colocou na minha frente. Despejei uma porção de ovos em cada um. Abby ficou olhando sem muito interesse.

America bufou quando o namorado colocou o prato na frente dela.

— Não me olhe assim, Shep. Sinto muito, eu só não quero ir.

Ele vinha se lamentando fazia dias porque America recusara seu convite para a festa de casais. Eu não a culpava. Festas de casais eram uma tortura. O fato de ela não querer ir era até admirável. A maioria das garotas faria qualquer coisa para ser convidada para esse tipo de evento.

— Baby — Shepley resmungou —, a Casa dá uma festa de casais duas vezes por ano. Falta um mês ainda. Você vai ter muito tempo para achar um vestido e fazer todas essas coisas de garotas.

Ela não estava convencida. Parei de prestar atenção até perceber que ela havia concordado em ir à festa se a Abby fosse. E, se a Abby fosse, isso significava que iria com um cara. America olhou para mim e ergui uma sobrancelha.

Shepley nem hesitou.

— O Trav não vai em festa de casais. É o tipo de festa em que você leva a namorada... e o Travis não... você sabe.

America deu de ombros.

— A gente podia arranjar alguém pra ir com ela.

Comecei a me manifestar, mas era claro que Abby não estava contente.

— Eu estou escutando, sabia? — ela resmungou.

America fez biquinho. Essa era a expressão para a qual Shepley não conseguia negar nada.

— Por favor, Abby. A gente vai achar um cara legal e divertido, e eu te garanto que vai ser um gato. Juro que você vai se divertir! Quem sabe você até fique com ele...

Franzi a testa. America ia arrumar um cara para ela. Para a festa de casais. Um dos caras da fraternidade. Ah, merda, não. Só de pensar nela paquerando *qualquer um*, os pelos da minha nuca ficaram em pé.

Joguei a frigideira na pia e ela fez um estrondo.

— Eu não disse que não vou levar a Abby na festa.

Ela revirou os olhos.

— Não me faça nenhum favor, Travis.

Dei um passo à frente.

— Não foi isso que eu quis dizer, Flor. Festas de casais são para os caras com namorada, e todo mundo sabe que eu não namoro. Mas não vou ter que me preocupar com a possibilidade de você esperar um anel de noivado depois da festa.

America fez biquinho de novo.

— Por favor, por favor, Abby!

Abby parecia estar sentindo dor.

— Não olhe pra mim desse jeito! O Travis não quer ir, eu não quero ir... Não vamos nos divertir.

Quanto mais eu pensava no assunto, mais gostava da ideia. Cruzei os braços e me apoiei de costas na pia.

— Eu não disse que não queria ir. Acho que seria divertido se nós quatro fôssemos.

Abby se contorceu quando todos os olhares se voltaram para ela.

— Por que não ficamos por aqui?

Por mim tudo bem.

America deixou os ombros caírem e Shepley se inclinou para frente.

— Porque eu tenho que ir, Abby — disse ele. — Sou calouro. Tenho que garantir que tudo corra direitinho na festa, que todo mundo tenha uma cerveja na mão, coisas do tipo.

Abby estava atormentada. Era óbvio que ela não queria ir, mas o que me assustava era que ela não conseguia dizer não a America, e Shepley estava disposto a fazer qualquer coisa para que sua namorada fosse à festa. Se Abby não fosse comigo, acabaria passando a festa — ou a noite toda — com um dos caras da fraternidade. Eles não eram maus, mas ouvir as histórias que eles contariam e imaginá-los falando sobre ela... não dava.

Caminhei até Abby e envolvi seus ombros com o braço.

— Vamos lá, Flor. Você vai comigo à festa?

Ela olhou para America e depois para Shepley. Foi apenas uma questão de segundos até que olhasse para mim, mas pareceu uma eternidade.

Quando por fim seus olhos encontraram os meus, ela baixou completamente a guarda.

— Vou — suspirou.

Não havia nenhum entusiasmo em sua voz, mas não importava. Ela iria comigo, e saber disso me fez respirar de novo.

America gritou como as garotas fazem, bateu palmas e agarrou a amiga. Shepley me deu um sorriso de gratidão e depois o mesmo para a Flor.

— Valeu, Abby — disse ele, colocando a mão nas costas dela.

Eu nunca tinha visto ninguém menos empolgada por ter um encontro comigo, mas, por outro lado, não era comigo que ela estava infeliz.

As meninas acabaram de se arrumar e partiram para a aula das oito horas. Shepley ficou lavando a louça, feliz por finalmente ter conseguido o que queria.

— Cara, valeu. Eu não achei que a America iria.

— Que merda é essa, cara? Vocês dois estavam tentando arrumar um mané qualquer para a Flor?

— Não. Quer dizer, acho que a America estava. Sei lá. O que importa?

— Importa.

— É mesmo?

— Só não... não façam isso, tá? Não quero ver a Abby dando uns amassos num canto escuro com o Parker Hayes.

Shepley assentiu, esfregando a frigideira para tirar os restos de ovo, e disse:

— Nem com qualquer outro cara.

— E?

— Por quanto tempo você acha que isso vai dar certo?

Franzi a testa.

— Não sei. O tempo que for possível. Não se intromete em coisa minha.

— Travis, você quer a Abby ou não? Ficar tentando impedir que ela saia com outros caras quando vocês nem estão juntos é uma coisa meio babaca de se fazer.

— Somos só amigos.

Ele deu um sorrisinho presunçoso e cético.

— Amigos conversam sobre a trepada do fim de semana. Por algum motivo, não vejo isso acontecendo com vocês dois.

— Não, mas isso não quer dizer que não podemos ser amigos.

Ele ergueu as sobrancelhas em descrença.

— Meio que quer sim, mano.

Ele não estava errado. Eu só não queria admitir.

— É que tem... — fiz uma pausa, olhando de relance para ver a expressão dele.

De todas as pessoas, ele seria o que menos me julgaria, mas me parecia fraqueza admitir o que eu vinha pensando e com que frequência Abby passava pela minha cabeça. Shepley entenderia, mas isso não me faria sentir melhor.

— Tem algo nela que eu preciso. É isso. É tão estranho assim que eu ache a Abby legal pra caramba e não queira dividir com mais ninguém?

— Você não pode dividir algo que não é seu.

— O que eu sei sobre namoro, Shep? Minha referência é você. Você e seus relacionamentos deturpados, obsessivos e carentes. Se ela conhecer um cara e começar a namorar, vou perdê-la.

— Então namore a Abby você.

Balancei a cabeça.

— Não estou pronto.

— Por que não? Medo? — ele quis saber, jogando na minha cara o pano de prato, que caiu no chão. Eu me abaixei para pegá-lo e fiquei torcendo-o para frente e para trás.

— Ela é diferente, Shepley. Ela é boa.

— Então o que você está esperando?

Dei de ombros.

— Acho que apenas mais um motivo.

Ele fez uma careta de desaprovação e se curvou para ligar a lava-louça. Uma mistura de sons mecânicos e fluidos preencheu a cozinha, e Shepley seguiu para o quarto dele.

— O aniversário dela está chegando, sabia? A Mare quer preparar alguma coisa legal.

— O aniversário da Abby?

— É, em pouco mais de uma semana.

— Bom, a gente precisa fazer alguma coisa. Você sabe do que ela gosta? A America já pensou em alguma coisa? Acho melhor comprar um presente. Que merda eu compro pra ela?

Shepley sorriu enquanto entrava no quarto.

— Você vai pensar em algo. A aula começa às cinco. Vai no Charger?

— Nem. Vou ver se consigo fazer a Abby subir na garupa da minha moto de novo. É o mais próximo que consigo chegar da parte interna das coxas dela.

Ele riu e fechou a porta atrás de si.

Fui para o meu quarto e vesti uma calça jeans e uma camiseta. Carteira, celular, chaves. Não conseguia imaginar ser mulher. A rotina absurda pela qual elas passavam só para sair pela porta consumia metade da vida delas.

A aula levou uma eternidade para terminar, depois cruzei o campus correndo até o Morgan Hall. Abby estava parada na frente do dormitório com um cara, e instantaneamente meu sangue ferveu. Alguns segundos depois, reconheci Finch e suspirei aliviado. Ela estava esperando que ele terminasse de fumar e ria do que ele estava dizendo. Finch estava mexendo os braços para todos os lados, claramente no meio de uma história grandiosa, e as únicas pausas que fazia eram para dar tragadas no cigarro.

Quando me aproximei, ele piscou para Abby. Tomei aquilo como um bom sinal.

— Ei, Travis — disse ele, em tom cantado.

— Finch — assenti e rapidamente voltei a atenção para Abby. — Estou indo pra casa, Flor. Precisa de carona?

— Eu ia entrar no dormitório — ela respondeu, abrindo um sorriso para mim.

Senti meu estômago se contorcer e falei sem pensar:
— Você não vai ficar comigo hoje à noite?
— Não, vou sim. Só tenho que pegar umas coisas que esqueci.
— Tipo o quê?
— Bem, meu aparelho de depilação, por exemplo. O que você tem com isso?

Meu Deus, como eu gostava dela.

— Já estava na hora de você raspar as pernas. Elas ficam ralando nas minhas, é o maior inferno.

Os olhos de Finch quase saltaram das órbitas.

Abby franziu a testa.

— É assim que os rumores começam! — Então olhou para Finch. — Estou dormindo na cama dele... *só* dormindo.

— Certo — ele respondeu com um sorriso irônico.

Antes que eu soubesse o que tinha acontecido, ela já estava lá dentro, subindo as escadas para o quarto dela, pisando duro. Subi dois degraus de cada vez para alcançá-la.

— Ah, não fique brava. Eu só estava brincando.

— Todo mundo acha que estamos transando. Você está piorando as coisas.

Parecia que, para ela, transar comigo era algo ruim. Se eu tinha dúvidas sobre se Abby estava na minha ou não, ela havia acabado de me dar a resposta: não apenas *não*, mas *nem ferrando*.

— Quem se importa com o que as pessoas pensam?

— Eu me importo, Travis! *Eu* me importo!

Ela empurrou a porta do quarto e começou a andar de um lado para o outro, abrindo e fechando gavetas e enfiando coisas em uma sacola. De repente, eu me senti afogado em um intenso sentimento de perda, do tipo em que ou você ri ou chora. Uma risadinha escapou da minha garganta.

Seus olhos cinzentos escureceram e me fitaram.

— Não é engraçado. Você quer que a faculdade inteira ache que sou uma de suas vadias?

Minhas vadias? Elas não eram minhas. Daí serem vadias.

Tirei a sacola das mãos dela. Aquilo não estava indo bem. Para ela, estar associada a mim, sem mencionar estar em um relacionamento comigo, era sinônimo de afundar sua reputação. Por que ela ainda queria ser minha amiga se era assim que se sentia?

— Ninguém acha isso. E, se acharem, é melhor torcerem para que não chegue aos meus ouvidos.

Segurei a porta aberta e ela passou como um raio. Assim que comecei a segui-la, ela parou, me forçando a me equilibrar na ponta dos pés para não trombar com ela. A porta se fechou atrás de mim, me empurrando para frente.

— Eita! — falei, topando com ela.

Abby se virou.

— Ah, meu Deus!

A princípio, achei que nossa colisão a tinha machucado. A expressão de choque em seu rosto me deixou preocupado por um segundo, mas então ela prosseguiu:

— As pessoas devem achar que estamos juntos e que você continua, sem vergonha nenhuma, com seu... *estilo de vida*. Devo parecer patética! — Ela fez uma pausa, perdida no horror daquilo, e então balançou a cabeça. — Acho que eu não devia mais ficar no seu apartamento. Devíamos nos afastar por um tempo.

Ela tirou a bolsa das minhas mãos e a peguei de volta.

— Ninguém acha que estamos juntos, Flor. Você não precisa parar de falar comigo para provar alguma coisa.

Eu me senti um pouco desesperado, o que não era nada menos que perturbador.

Ela puxou a bolsa, e eu, determinado, peguei-a de volta. Depois de alguns puxões, ela rosnou, frustrada:

— Alguma garota, uma amiga, já ficou na sua casa com você antes? Você alguma vez já deu carona de ida e volta da faculdade para alguma garota? Já almoçou com ela todos os dias? Ninguém sabe o que pensar sobre a gente, nem mesmo quando explicamos!

Fui caminhando até o estacionamento, levando a sacola dela e com a cabeça a mil.

— Vou dar um jeito nisso, tá bom? Não quero ninguém pensando coisas ruins sobre você por minha causa.

Abby sempre fora um mistério, mas seu olhar sofrido naquele momento me pegou de surpresa. Era perturbador a ponto de eu querer sumir com qualquer coisa que não a fizesse sorrir. Ela estava inquieta e claramente contrariada. Eu odiava tanto aquela situação que cheguei a me arrepender de todas as coisas questionáveis que já tinha feito, porque eram apenas mais pedras no meio do caminho.

Foi quando minha ficha caiu: nós não funcionaríamos como casal. Não importava o que eu fizesse nem como trapaceasse para cair nas graças dela, eu nunca seria bom o bastante para ela. Eu não queria que ela ficasse com alguém como eu. Teria que me conformar com as migalhas que ela pudesse me oferecer.

Foi difícil admitir isso para mim mesmo, mas, ao mesmo tempo, uma voz familiar vinda dos recônditos da minha mente sussurrava que eu precisava lutar pelo que queria. Lutar me parecia muito mais fácil do que a alternativa.

— Deixe eu te compensar por isso — falei. — Por que não vamos ao The Dutch hoje à noite?

O The Dutch era um buraco, mas bem menos lotado que o Red. Sem tantos abutres rodeando.

— Mas lá é um bar de motoqueiros — ela franziu a testa.

— Tudo bem, então vamos a uma casa noturna. Levo você pra jantar e depois podemos ir ao The Red Door. Eu pago.

— Como sair pra jantar e depois ir a uma casa noturna vai resolver o problema? Quando as pessoas nos virem juntos, vai ser pior.

Terminei de prender a sacola dela na traseira da moto e então me sentei. Ela não discutiu sobre a sacola dessa vez, o que era promissor.

— Pensa bem. Eu, bêbado, numa sala cheia de mulheres com um mínimo de roupa? Não vai demorar muito para as pessoas se darem conta de que não somos um casal.

— E o que eu devo fazer? Pegar um carinha no bar e levá-lo pra casa, para deixar as coisas bem claras?

Franzi a testa. Só de pensar nela indo para casa com um cara, fiquei com o maxilar tenso, como se tivesse chupado um limão.

— Eu não disse isso. Não precisa se empolgar.

Ela revirou os olhos e subiu na moto, abraçando minha cintura.

— Uma garota qualquer do bar vai com a gente até em casa? É *assim* que você vai me compensar?

— Você não está com ciúme, está, Beija-Flor?

— Ciúme de *quem*? Da imbecil com DST que você vai irritar e mandar embora de manhã?

Dei risada e liguei o motor. Se ao menos ela soubesse como aquilo era impossível. Quando Abby estava por perto, o resto do mundo parecia desaparecer. Eu precisava de toda minha concentração e todo meu foco para continuar um passo à frente dela.

Informamos nossos planos a Shepley e America, e então as meninas começaram sua rotina. Tomei uma chuveirada primeiro, percebendo tarde demais que deveria ter sido o último, porque elas demoravam muito mais do que eu e o Shepley para ficar prontas.

Shepley, America e eu esperamos uma eternidade até que Abby saísse do banheiro, mas, quando ela finalmente apareceu, quase perdi o equilíbrio. Suas pernas pareciam não ter fim em seu vestido preto e curto. Seus peitos estavam brincando de esconde-esconde, se fazendo notar apenas quando ela virava de determinada maneira, e seus longos cabelos pendiam para o lado em vez de estar sobre os ombros.

Eu não me lembrava de ela estar tão bronzeada, mas sua pele tinha um brilho saudável em contraste com o tecido escuro do vestido.

— Belas pernas — falei.

Ela abriu um sorriso.

— Eu te contei que meu aparelho de depilação é mágico?

Mágico o cacete. Ela era maravilhosa.

— Não acho que seja obra do aparelho.

Peguei-a pela mão, conduzindo-a até o Charger do Shepley. Ela não puxou a mão, e não a soltei até entrarmos no carro. Parecia errado soltá-la. Quando chegamos ao restaurante de sushi, entrelacei os dedos aos dela ao entrarmos.

Pedi uma rodada de saquê, depois outra. A garçonete não solicitou nossa carteira de identidade até que pedi cerveja. Eu sabia que America tinha uma identidade falsa, e fiquei impressionado quando Abby sacou a dela sem pestanejar. Assim que a garçonete olhou a identidade e saiu andando, peguei-a na mão. A foto dela estava no canto, e tudo me pareceu legítimo. Eu nunca tinha visto uma carteira de identidade do Kansas antes, mas aquela era impecável. O nome que estava escrito era Jessica James, e por algum motivo aquilo me deixou excitado. Demais.

Abby deu um peteleco na identidade, que saiu voando e quase caiu no chão, mas ela a pegou no meio do caminho e, em questão de segundos, já a tinha escondido na carteira.

Ela sorriu e retribuí o sorriso, me apoiando nos cotovelos.

— Jessica James?

Ela imitou minha posição, apoiando-se nos cotovelos e me encarando de volta. Abby era tão confiante. Aquilo era incrivelmente sexy.

— É. E daí?

— Escolha interessante.

— Assim como o seu sushi de abacate. Bem gay.

Shepley irrompeu numa gargalhada, mas parou abruptamente quando America virou a cerveja num gole só.

— Devagar, baby. O saquê demora pra fazer efeito.

America limpou a boca e abriu um largo sorriso.

— Já tomei saquê antes, Shep. Pare de se preocupar.

Quanto mais bebíamos, mais alto falávamos. Os garçons não pareciam se importar, provavelmente porque era tarde e havia poucos outros clientes no lado oposto do restaurante, e quase tão bêbados quanto a gente. Menos o Shepley. Ele era protetor demais em relação ao carro para beber além da conta quando precisaria dirigir, e amava America mais que o carro. Quando ela saía com a gente, ele não apenas prestava atenção na quantidade de bebida que ingeria como seguia todas as leis de trânsito e ligava o pisca-pisca.

Capacho.

A garçonete trouxe a conta e joguei o dinheiro na mesa, cutucando Abby até que ela se levantasse. Ela me deu uma cotovelada de brincadeira, e eu joguei casualmente o braço em volta dela enquanto cruzávamos o estacionamento.

America deslizou no banco da frente ao lado do namorado e começou a lamber a orelha dele. Abby olhou para mim e revirou os olhos, mas, apesar de ser obrigada a assistir ao showzinho dos dois, ela estava se divertindo.

Shepley entrou no estacionamento do Red e passou duas ou três vezes pelas fileiras de carros.

— Até a noite acabar a gente arruma uma vaga, Shep — America murmurou.

— Ei, tenho que achar uma vaga grande! Não quero que nenhum bêbado imbecil estrague a pintura do meu carro.

Talvez. Ou ele estava apenas prolongando o banho de língua que seu tímpano estava ganhando. Doentio.

Shepley parou no fim do estacionamento e ajudei Abby a sair do carro. Ela puxou e arrumou o vestido, depois balançou os quadris um pouquinho antes de pegar minha mão.

— Eu queria perguntar sobre a carteira de identidade de vocês — falei. — Elas são perfeitas. Não se consegue dessas por aqui. — Eu saberia. Já tinha comprado várias.

— É, já faz um tempinho que a gente tem. Era necessário...

Por que raios seria necessário que ela tivesse uma carteira de identidade falsa?

— ... em Wichita.

O cascalho fazia barulho sob nossos pés, e a mão de Abby apertava a minha enquanto ela fazia a jornada sobre as pedras em sapatos de salto.

America tropeçou. Minha reação foi soltar a mão de Abby, mas Shepley segurou a namorada antes que ela caísse.

— Que bom que você conhece as pessoas certas — disse America, dando risadinhas.

— Santo Deus, mulher! — disse Shepley, segurando o braço dela. — Acho que você já bebeu o suficiente.

Franzi as sobrancelhas, me perguntando que diabos aquilo tudo significava.

— Do que você está falando, Mare? Que pessoas certas são essas?

— A Abby tem uns antigos amigos que...

— São identidades falsas, Trav — disse Abby, interrompendo a amiga antes que ela pudesse terminar. — É preciso conhecer as pessoas certas se quiser que sejam feitas do jeito certo... Certo?

Olhei para America, sabendo que algo não se encaixava, mas ela olhava para todos os lados, menos para mim. Forçar o assunto não me parecia inteligente, especialmente quando Abby tinha acabado de me chamar de Trav. Eu poderia me acostumar com isso, vindo dela.

Estendi a mão.

— Certo.

Ela segurou minha mão, sorrindo com a expressão de uma golpista, crente que tinha acabado de me enganar. Eu definitivamente teria que revisitar o assunto mais para frente.

— Preciso de outro drinque! — disse Abby, me puxando em direção à grande porta vermelha da casa noturna.

— Mais uma dose! — gritou America.

Shepley suspirou.

— Ah, é. É disso que você precisa, mais uma dose.

Todas as cabeças na balada se voltaram quando Abby entrou, e até uns caras acompanhados ficaram descaradamente virando o pescoço ou se inclinando para trás na cadeira para olhar melhor para ela.

Ah, merda. Essa vai ser uma noite daquelas, pensei, apertando a mão dela.

Fomos até o bar mais próximo da pista de dança. Megan estava parada ao lado das mesas de bilhar, em meio às sombras enfumaçadas. Seu local costumeiro de caça. Seus grandes olhos azuis se travaram nos meus antes mesmo que eu a reconhecesse. Ela não ficou me olhando por muito tempo. A mão de Abby ainda estava na minha, e a expressão de Megan mudou no momento em que ela viu isso. Assenti para ela, que deu um sorriso forçado.

Meu lugar de costume estava vago, mas era o único vazio no bar. Cami me viu conforme eu me aproximava com Abby atrás, então deu uma risada e comunicou minha chegada às pessoas sentadas nas banquetas ao lado, avisando-as de sua iminente expulsão. Elas saíram sem reclamar.

Diga o que quiser. Ser um babaca psicótico tem lá suas vantagens.

7
ENXERGANDO VERMELHO

Antes de chegarmos ao bar, America arrastou sua melhor amiga para a pista de dança. Os sapatos de salto alto pink de Abby brilhavam sob a luz negra, e sorri quando ela deu risada dos movimentos selvagens de dança da America. Meus olhos viajaram de cima a baixo por seu vestido preto, parando em seus quadris. Abby tinha suingue, isso eu precisava admitir. Um pensamento sexual surgiu de repente na minha cabeça, e tive que desviar o olhar.

O Red Door estava meio lotado. Alguns rostos novos, mas na maioria frequentadores assíduos. Qualquer pessoa nova que chegasse era como carne fresca para aqueles de nós que não tínhamos imaginação e aparecíamos ali todo fim de semana. Especialmente garotas com a aparência de Abby e America.

Pedi uma cerveja, virei metade dela e então voltei a atenção para a pista de dança. Encará-las não era algo voluntário, especialmente porque eu sabia que devia estar com a mesma expressão que todos os otários que olhavam para elas.

A música terminou e Abby puxou America de volta para o bar. Elas estavam arfando, sorrindo e suadas apenas o suficiente para ser sexy.

— Vai ser assim a noite toda, Mare. É só ignorar — disse Shepley.

O rosto dela estava contorcido, encarando alguém atrás de mim. Eu só podia imaginar quem estava lá. Não podia ser Megan. Ela não era de ficar esperando nos bastidores.

— Parece que Vegas vomitou em um bando de abutres — America zombou.

Olhei de relance por cima do ombro e vi três garotas da fraternidade de Lexi paradas atrás de mim. Uma outra estava ao meu lado, com um sorriso brilhante no rosto. Todas elas abriram um largo sorriso quando fiz contato visual, mas eu me voltei rapidamente, virando a outra metade da cerveja. Por algum motivo, garotas que agiam daquele modo ao meu redor deixavam America muito mal-humorada. Mas eu não podia discordar da referência dela aos abutres.

Acendi um cigarro e pedi mais duas cervejas. A loira ao meu lado, Brooke, sorriu e mordeu o lábio. Fiz uma pausa, sem saber se ela ia chorar ou me abraçar. Somente quando Cami abriu as garrafas e as deslizou pelo balcão, entendi por que Brooke estava com aquela expressão ridícula no rosto. Ela pegou uma das cervejas e ia tomar um gole, mas a tirei da mão dela e a entreguei a Abby.

— Hum... não é pra você.

Brooke saiu batendo os pés para se juntar às amigas. Abby, contudo, parecia perfeitamente satisfeita, tomando goles enormes.

— Como se eu fosse comprar cerveja pra uma mina qualquer num bar — comentei. Achei que isso soaria divertido para Abby, mas ela ergueu a cerveja com um olhar amargo no rosto. — Você é diferente — adicionei com um meio sorriso.

Ela bateu a garrafa na minha, claramente irritada.

— Um brinde a ser a única garota com quem um cara sem nenhum critério não quer transar.

Ela tomou um gole, mas puxei a garrafa de sua boca.

— Você está falando sério? — Quando ela não respondeu, eu me inclinei para perto para obter um efeito mais dramático. — Em primeiro lugar... eu tenho critério, sim. Nunca transei com uma mulher feia. Nunca. Em segundo lugar, eu *queria* transar com você. Pensei em te jogar no meu sofá de cinquenta maneiras diferentes, mas não fiz isso porque não te vejo mais assim. Não é que eu não me sinta atraído por você, só acho que você é melhor do que isso.

Um sorriso convencido se abriu em seu rosto.

— Você acha que eu sou boa demais para você.

Inacreditável. Ela realmente não entendia.

— Não consigo pensar em um único cara que seja bom o bastante pra você.

A pretensão dela desapareceu, sendo substituída por um sorriso comovido e grato.

— Obrigada, Trav — ela respondeu, colocando a garrafa vazia no balcão.

Ela conseguia beber de verdade quando queria. Normalmente eu consideraria isso um desleixo, mas ela se portava com tamanha autoconfiança... Sei lá... Qualquer coisa que ela fazia era um tesão.

Eu me levantei e peguei na mão dela.

— Vamos — e a puxei até a pista de dança.

— Eu bebi demais! Vou cair!

Agarrei-a pelos quadris e puxei seu corpo apertado de encontro ao meu, sem deixar nenhum espaço entre nós.

— Cale a boca e dance.

Todas as risadinhas e sorrisos deixaram seu rosto, e seu corpo começou a se mover de encontro ao meu ao ritmo da música. Eu não conseguia manter as mãos longe dela. Quanto mais próximos ficávamos, mais perto eu precisava ficar. Seus cabelos estavam no meu rosto, e, mesmo tendo bebido o suficiente para encerrar a noite, todos os meus sentidos estavam em alerta. A forma como a bunda dela roçava em mim, os movimentos diferentes que seus quadris faziam ao ritmo da música, a maneira como ela se reclinava no meu peito e descansava a cabeça no meu ombro. Eu queria levá-la para algum canto escuro e sentir o gosto de sua boca.

Abby se virou para mim com um sorriso travesso. Suas mãos começaram nos meus ombros, depois ela deixou os dedos correrem para baixo, passando por meu peito e minha barriga. Quase fiquei louco, desejando-a ali mesmo. Ela se virou de costas para mim e meu coração bateu rápido de encontro às costelas. Ela estava ainda mais perto. Agarrei-a pelos quadris e a puxei para junto de mim.

Envolvi a cintura dela com os braços e enterrei o rosto em seus cabelos, saturados de suor, combinando com seu perfume. Qualquer pensamento racional desapareceu. A música estava acabando, mas ela não demonstrou nenhum sinal de que quisesse parar.

Abby se reclinou para trás, com a cabeça apoiada no meu ombro. Algumas mechas de seus cabelos caíram para os lados, deixando à mostra a pele brilhante do pescoço. Toda minha força de vontade desapareceu. Toquei com os lábios o local delicado atrás de sua orelha. Não consegui parar ali, abrindo a boca para lamber a umidade salgada da pele dela.

O corpo de Abby ficou tenso e ela se afastou.

— Que foi, Flor? — perguntei.

Tive que dar risada. Ela parecia querer me bater. Achei que estávamos nos divertindo, mas ela estava brava como eu nunca a tinha visto.

Em vez de soltar os cachorros em cima de mim, ela foi abrindo caminho em meio à multidão, voltando para o bar. Eu a segui, sabendo que logo descobriria o que exatamente tinha feito de errado.

Sentando-me na banqueta ao lado dela, fiquei olhando enquanto Abby fazia sinal para Cami para pedir outra cerveja. Pedi uma para mim também e observei enquanto ela virava metade da dela. A garrafa fez barulho quando ela a bateu no balcão.

— Você acha que *isso* vai fazer alguém mudar de ideia a respeito da gente?

Dei risada. Depois de toda aquela esfregação no meu pinto, de repente ela estava preocupada com as aparências?

— Estou pouco me lixando pro que pensam da gente.

Ela me olhou de cara feia e virou o rosto.

— Beija-Flor — chamei, tocando seu braço.

Ela se afastou.

— Nem vem. Eu *nunca* ficaria bêbada o bastante a ponto de deixar que você me levasse para aquele sofá.

Fui consumido por uma raiva instantânea. Eu nunca a tinha tratado desse jeito. Nunca. Ela me provocou, aí eu lhe dei um ou dois beijinhos no pescoço e ela tem um ataque?

Comecei a falar, mas Megan apareceu ao meu lado.

— Veja só, se não é o Travis Maddox.

— Oi, Megan.

Abby olhou para ela, claramente pega de surpresa. Megan era uma profissional quando se tratava de usar as situações a seu favor.

— Me apresenta pra sua namorada — disse ela, sorrindo.

Ela sabia muito bem que Abby não era minha namorada. Regra número um das vadias: se o homem que você quer está num encontro ou com uma amiga, force-o a admitir a falta de compromisso, o que cria insegurança e instabilidade.

Eu sabia onde aquilo ia parar. Se Abby realmente me achava um completo babaca, eu podia muito bem agir como um. Deslizei minha cerveja pelo balcão e ela caiu pela beirada, indo parar na lata de lixo.

— Ela não é minha namorada.

Ignorando a reação de Abby, segurei a mão de Megan e a puxei até a pista de dança. Ela obedeceu feliz, balançando nossos braços até que pisamos a madeira. Sempre era divertido dançar com Megan. Ela não tinha vergonha nenhuma e me deixava fazer o que eu quisesse, dentro e fora da pista. Como de costume, a maior parte das pessoas parou para nos observar.

Geralmente já dávamos um show, mas eu estava me sentindo excepcionalmente obsceno. Os cabelos negros da Megan bateram no meu rosto mais de uma vez, mas eu estava entorpecido. Eu a levantei e ela envolveu minha cintura com as pernas, depois se curvou para trás, esticando os braços sobre a cabeça. Ela sorria enquanto eu fazia movimentos como se estivéssemos trepando na frente do bar inteiro e, quando a coloquei de volta no chão, ela virou de costas e se curvou, agarrando os tornozelos.

O suor escorria pelo meu rosto. A pele da Megan estava tão molhada que minhas mãos deslizavam e escapavam toda vez que eu tentava tocá-la. A camiseta dela estava ensopada, e a minha também. Ela se inclinou para me dar um beijo, com a boca levemente aberta, mas eu desviei, olhando em direção ao bar.

Foi então que o vi. Ethan Coats. Abby estava inclinada na direção dele, com aquele sorriso bêbado e sedutor que diz "me leva pra casa", e que eu conseguiria identificar em uma multidão de mil mulheres.

Deixando Megan na pista de dança, fui abrindo caminho em meio à massa que tinha se reunido em volta da gente. Logo antes de alcançar Abby, Ethan esticou a mão para encostar no joelho dela. Lembrando-me do que ele tinha se safado no ano anterior, cerrei a mão em punho e me coloquei entre os dois, com as costas voltadas para ele.

— Está pronta, Flor?

Abby colocou a mão na minha barriga e me empurrou, sorrindo novamente no instante em que Ethan voltou ao seu campo de visão.

— Estou conversando, Travis.

Ela esticou a mão, sentindo quão úmida estava, e então a limpou no vestido de um jeito dramático.

— Você ao menos conhece esse cara?

O sorriso dela ficou ainda mais largo.

— Esse é o Ethan.

Ele estendeu a mão para mim.

— Prazer em conhecê-lo.

Eu não conseguia tirar os olhos de Abby enquanto ela encarava aquele doente pervertido à sua frente. Deixei a mão dele pendendo no ar, esperando que Abby lembrasse que eu estava ali.

Com desdém, ela fez um gesto na minha direção.

— Ethan, esse é o Travis.

A voz dela decididamente tinha um tom menos entusiasmado na minha apresentação do que na dele, o que me irritou ainda mais.

Olhei com ódio para Ethan e depois para a mão dele.

— Travis Maddox. — Minha voz saiu tão baixa e ameaçadora quanto consegui.

Os olhos de Ethan se arregalaram e ele retraiu a mão meio sem graça.

— Travis *Maddox*? Travis Maddox da Eastern?

Estiquei o braço por trás de Abby para me segurar no bar.

— É, e daí?

— Vi sua luta com o Shawn Smith no ano passado, cara. Achei que ia testemunhar a morte de alguém!

Apertei os olhos e cerrei os dentes.

— Quer ver isso acontecer de novo?

Ethan riu, olhando rapidamente de mim para Abby. Quando percebeu que eu não estava de brincadeira, deu um sorriso desajeitado para ela e saiu andando.

— Está pronta agora? — perguntei irritado.

— Você é um completo babaca, sabia?

— Já me chamaram de coisa pior.

Estiquei a mão e ela a segurou, deixando que eu a ajudasse a se levantar da banqueta. Ela não podia estar tão brava assim.

Com um assobio alto, fiz sinal para Shepley, que viu minha expressão e soube de imediato que estava na hora de cair fora. Usei o ombro para abrir caminho em meio à multidão, nocauteando sem nenhum arrependimento alguns pobres inocentes para acalmar minha ira até que Shepley nos alcançou e assumiu o controle por mim.

Assim que estávamos do lado de fora, peguei a mão de Abby, mas ela se soltou com força.

Girei nos calcanhares e gritei, cara a cara com ela:

— Eu devia beijar você e acabar logo com isso! Você está sendo ridícula! Beijei seu pescoço, e daí?

Abby se inclinou para trás e, percebendo que aquilo não era suficiente para criar espaço entre a gente, me empurrou. Não importava quão puto eu estivesse, ela não tinha medo algum. E isso era meio que um tesão.

— Não sou sua amiguinha de trepada, Travis.

Balancei a cabeça, pasmo. Se houvesse algo mais que eu pudesse fazer para evitar que ela pensasse assim, eu não sabia o que era. Abby era especial para mim desde o segundo em que pus os olhos nela, e tentei fazer com que ela soubesse disso a cada chance que tive. De que outra maneira eu poderia fazer com que ela entendesse isso? Como fazê-la perceber que eu a tratava de maneira diferente de todas as outras pessoas?

— Eu nunca disse que você era! Você está perto de mim vinte e quatro horas por dia, dorme na minha cama, mas, na metade desse tempo, age como se não quisesse ser vista comigo!

— Eu *vim* até aqui com você!

— Eu só te trato com respeito, Flor.

— Não, você só me trata como se eu fosse sua propriedade. Você não tinha o direito de espantar o Ethan daquele jeito!

— Você sabe quem é esse Ethan? — Quando ela balançou a cabeça, eu me inclinei para mais perto. — Pois *eu* sei. Ele foi preso no ano passado acusado de abuso sexual, só que retiraram a queixa.

Ela cruzou os braços.

— Ah, então vocês têm algo em comum?

Um véu vermelho cobriu meus olhos e, por menos de um segundo, a raiva dentro de mim ferveu. Inspirei fundo, desejando que a fúria fosse embora.

— Você está me chamando de *estuprador*?

Abby parou de falar, e sua hesitação fez com que minha ira derretesse. Ela era a única que tinha esse efeito sobre mim. Todas as outras vezes em que eu havia ficado emputecido daquele jeito, tinha socado algo ou alguém. Nunca bati em mulher, mas definitivamente eu teria esmurrado a caminhonete estacionada ao nosso lado.

— Não, só estou irritada com você! — ela disse, pressionando os lábios.

— Eu bebi, ok? Sua pele estava a centímetros da minha boca, você é linda e seu cheiro é incrível quando você fica suada. Eu te beijei! Me desculpa! Esquece!

Minha resposta a fez parar, e os cantos de sua boca se ergueram.

— Você me acha linda?

Franzi a testa. Que pergunta idiota.

— Você é muito bonita e sabe disso. Por que está sorrindo?

Quanto mais ela tentava não sorrir, mais fracassava.

— Por nada. Vamos embora.

Dei risada e balancei a cabeça.

— O que...? Você...? Você é um pé no saco!

Abby estava sorrindo de orelha a orelha com meu elogio, e do fato de que eu havia passado de psicopata a ridículo em menos de cinco minutos. Ela tentou parar de sorrir e, por sua vez, isso me fez sorrir também.

Enganchei o braço ao redor de seu pescoço, desejando que eu a *tivesse* beijado de verdade.

— Você está me deixando maluco. Você sabe disso, não sabe?

O percurso até em casa foi silencioso e, quando finalmente chegamos ao apartamento, Abby foi direto para o banheiro e ligou o chuveiro. Minha mente estava entorpecida demais para ficar procurando as coisas dela, então peguei um short e uma camiseta meus. Bati na porta, mas ela não respondeu, então entrei no banheiro, deixei as coisas em cima da pia e saí. De qualquer forma, eu não sabia direito o que dizer a ela.

Ela entrou no quarto, engolida por minhas roupas, e caiu na cama, ainda com um sorriso residual no rosto.

Fiquei observando-a por um instante e ela me encarou de volta, claramente se perguntando o que se passava na minha cabeça. O problema era que nem *eu mesmo* sabia. Seus olhos desceram pelo meu rosto até os meus lábios, e então eu soube.

— Boa noite, Flor — sussurrei e me virei para o outro lado, me xingando como nunca. Ela estava incrivelmente bêbada, e eu não ia me aproveitar disso. Ainda mais depois que ela me perdoou pelo espetáculo que fiz com a Megan.

Abby ficou inquieta durante vários minutos antes de inspirar fundo.
— Trav? — ela se levantou apoiada no cotovelo.
— O quê? — eu disse, sem me mexer.

Eu temia que, se olhasse em seus olhos, qualquer pensamento racional fosse para o espaço.

— Sei que estou bêbada e que acabamos de ter uma briga gigantesca por causa disso, mas...
— Não vou transar com você, então para de ficar pedindo.
— O quê? Não!

Dei risada e me virei, olhando para seu rosto meigo e horrorizado.
— Que foi, Beija-Flor?
— Isso — disse ela, deitando a cabeça em meu peito e esticando o braço sobre minha barriga, me abraçando forte.

Não era o que eu estava esperando. De jeito nenhum. Ergui as mãos e fiquei paralisado, incerto sobre que diabos fazer.
— Você *está* bêbada.
— Eu sei — disse ela, sem nenhuma vergonha.

Não importava quanto ela ficasse brava pela manhã, eu não podia dizer não. Repousei uma mão nas costas dela e a outra em seus cabelos úmidos, depois beijei sua testa.
— Você é a mulher mais complicada que já conheci.
— É o mínimo que você pode fazer depois de espantar o único cara que veio falar comigo hoje.
— Você quer dizer Ethan, o estuprador? É, *eu* te devo uma por essa.

— Deixa pra lá — disse ela, começando a se afastar.

Minha reação foi instantânea. Segurei o braço dela na minha barriga.

— Não, estou falando sério. Você precisa tomar mais cuidado. Se eu não estivesse lá... nem quero pensar nessa possibilidade. E agora você espera que eu peça desculpas por espantar o cara?

— Não quero que você peça desculpas. Nem se trata disso...

— Então do que se trata? — perguntei.

Eu nunca havia implorado por nada na vida, porém silenciosamente implorei que ela dissesse que me queria. Que se importava comigo. Algo do gênero. Estávamos tão próximos. Faltavam poucos centímetros para que nossos lábios se tocassem, e era uma façanha mental não ceder a essa proximidade.

Ela franziu a testa.

— Estou bêbada, Travis. Essa é a única desculpa que tenho.

— Você só quer que eu te abrace até você dormir?

Ela não respondeu.

Eu me virei e a olhei fundo nos olhos.

— Eu devia dizer não para provar meu argumento — falei, franzindo as sobrancelhas. — Mas eu me odiaria se fizesse isso e você nunca mais me pedisse de novo.

Feliz, ela aninhou a bochecha em meu peito. Com os braços a envolvendo com força, ficava difícil manter o equilíbrio mental.

— Você não precisa de nenhuma desculpa, Beija-Flor. Tudo que tem que fazer é me pedir.

8
OZ

Abby capotou antes de mim. Sua respiração se regularizou e seu corpo relaxou de encontro ao meu. Ela estava meio quente e fazia um leve ruído ao inspirar. Sentir seu corpo em meus braços era tão bom, algo com que eu poderia me acostumar com tanta facilidade... Por mais que isso me assustasse, eu não conseguia me mexer.

Conhecendo Abby, eu sabia que ela ia acordar e lembrar que era durona, então ia gritar comigo por deixar aquilo acontecer, ou, pior, ia resolver nunca mais permitir que uma coisa dessas acontecesse de novo.

Eu não era idiota o bastante para ter esperanças nem forte o suficiente para me impedir de sentir o que sentia. O que era totalmente revelador. Eu não era tão durão, afinal. Não quando se tratava de Abby.

Minha respiração ficou mais lenta e meu corpo afundou no colchão, mas lutei contra a fadiga que ia me vencendo. Não queria fechar os olhos e perder um segundo que fosse da sensação de ter Abby tão perto de mim.

Ela se mexeu e fiquei paralisado. Seus dedos pressionaram minha pele, depois ela se abraçou em mim mais uma vez antes de relaxar novamente. Beijei seus cabelos e encostei a bochecha em sua testa.

Fechando os olhos por um instante apenas, inspirei.

Abri os olhos de novo e já era de manhã. Merda. Eu sabia que não devia ter feito aquilo.

Abby estava agitada, tentando se soltar de mim. Minhas pernas estavam sobre as dela e eu ainda a abraçava.

— Para com isso, Flor, estou dormindo — falei, puxando-a para junto de mim.

Ela puxou as pernas e os braços de sob meu corpo, um de cada vez, então se sentou na cama e suspirou.

Deslizei a mão pelos lençóis, alcançando as pontas de seus dedos pequenos e delicados. Ela estava de costas para mim e não se virou.

— Qual o problema, Beija-Flor?

— Vou pegar um copo de água, você quer alguma coisa?

Balancei a cabeça e fechei os olhos. Ou ela estava fingindo que nada tinha acontecido ou estava puta da vida. Nenhuma dessas opções era boa.

Abby saiu do quarto e fique deitado mais um tempinho, tentando encontrar motivação para me mexer. Ressacas são um saco, e minha cabeça latejava. Ouvi a voz grave e abafada do Shepley, então decidi me arrastar para fora da cama.

Meus pés descalços batiam no chão de madeira enquanto eu andava com dificuldade até a cozinha. Abby estava lá, com minha camiseta e meu short, despejando calda de chocolate em uma tigela fumegante de aveia.

— Que coisa nojenta, Flor — grunhi, piscando para que meus olhos parassem de ficar embaçados.

— Bom dia pra você também.

— Ouvi dizer que seu aniversário está perto. Tá virando adulta...

Ela fez uma careta, pega desprevenida.

— É... Não sou muito ligada em aniversários. Acho que a Mare vai me levar pra jantar ou algo assim. — Ela sorriu. — Pode vir também, se quiser.

Dei de ombros, tentando fingir que o sorriso dela não havia me afetado. Abby queria que eu estivesse lá.

— Tudo bem. É no domingo da semana que vem?

— Isso. Quando é o seu aniversário?

— Só em abril. Primeiro de abril — falei, despejando leite no meu cereal.

— Ah, fala sério!

Dei uma colherada, me divertindo com a surpresa dela.

— É sério.

— Você faz aniversário no Dia da Mentira?

Eu ri. A expressão no rosto dela era impagável.

— Faço! Você vai se atrasar. É melhor eu ir me vestir.

— Vou de carona com a Mare.

Aquela pequena rejeição foi muito mais dura de ouvir do que devia ter sido. Ela estava indo para a faculdade comigo direto e de repente ia com America? Fiquei me perguntando se era pelo que tinha acontecido na noite anterior. Provavelmente Abby estava tentando se distanciar de mim mais uma vez, e isso era decepcionante, para dizer o mínimo.

— Tudo bem — respondi, virando de costas antes que ela pudesse ver o desapontamento estampado em meus olhos.

As meninas pegaram apressadas suas mochilas. America arrancou do estacionamento como se tivesse acabado de roubar um banco.

Shepley saiu do quarto colocando uma camiseta. Suas sobrancelhas se uniram.

— Elas já foram?

— Já — falei distraído, enxaguando minha tigela e jogando fora o que sobrara da aveia de Abby. Ela mal havia tocado a comida.

— Porra, a Mare nem se despediu.

— Você sabia que ela estava indo para a aula. Nem vem dar uma de bebê chorão.

Ele apontou para o próprio peito.

— Eu sou o bebê chorão? Você lembra da noite passada?

— Cala a boca.

— É o que eu achei que você fosse falar. — Ele se sentou no sofá e calçou os tênis. — Você perguntou para a Abby sobre o aniversário dela?

— Ela não disse muita coisa, só que não curte muito aniversários.

— Então, o que vamos fazer?

— Uma festa. — Shepley assentiu, esperando que eu explicasse. — Pensei numa festa surpresa. Convidar alguns amigos nossos para virem aqui e pedir para a America distrair a Abby enquanto arrumamos tudo.

Shepley colocou seu boné branco, puxando-o tão para baixo que eu não conseguia ver seus olhos.

— Ela consegue fazer isso. Mais alguma coisa?

— O que você acha de um cachorrinho?

Ele deu risada.

— O aniversário não é meu, mano.

Dei a volta no balcão da cozinha e apoiei os quadris na banqueta.

— Eu sei, mas ela mora em um dormitório. Não pode ter cachorro lá.

— E vamos deixar o bichinho aqui? Sério mesmo? O que vamos fazer com um cachorro?

— Achei um cairn terrier online. É perfeito.

— Um *o quê*?

— A Flor é do Kansas. É o mesmo cachorro que a Dorothy, do *Mágico de Oz*, tinha.

O rosto dele estava inexpressivo.

— *O mágico de Oz*.

— Qual o problema? Eu gostava do Espantalho quando era criança. Cala a boca.

— Ele vai cagar no apartamento inteiro, Travis. Vai latir e chorar e... sei lá.

— Que nem a America faz... tirando a parte de cagar no apartamento. — Shepley não se divertiu com meu comentário. — Vou levar o cachorro para passear e limpar a sujeira dele. Ele vai ficar no meu quarto. Você nem vai saber que ele está aqui.

— Você não pode proibir ele de latir.

— Pensa bem. Você tem que admitir que vou ganhar a Abby.

Ele sorriu.

— É disso que se trata? Tentar conquistar a Abby?

Minhas sobrancelhas se juntaram.

— Para.

O sorriso dele ficou mais largo.

— Pode pegar o bendito cachorro...

Eu sorri. *Eba! Vitória!*

— ... se você admitir que sente algo pela Abby.

Franzi a testa. *Merda! Derrota!*

— Para com isso, cara!

— Admita — disse Shepley, cruzando os braços.

Que imbecil. Ele realmente ia me fazer dizer aquilo.

Olhei para o chão e para todos os lugares, menos para o sorriso presunçoso e idiota do Shepley. Relutei por um tempo, mas a ideia do cãozinho era incrivelmente genial. Abby ficaria louca (em um bom sentido, pra variar), e eu poderia mantê-lo no apartamento. Ela ia querer estar lá todos os dias.

— Eu gosto dela — falei entre dentes.
Shepley colocou a mão em volta da orelha.
— O quê? Não consegui ouvir o que você disse.
— Você é um babaca! Isso você conseguiu ouvir?
Ele cruzou os braços.
— Fala.
— Eu gosto dela, tá bom?
— Não é bom o bastante.
— Eu tenho sentimentos por ela. Eu me importo com ela. Muito. Não consigo suportar quando ela não está por perto. Feliz agora?
— Por ora — disse ele, pegando sua mochila do chão. Ele jogou uma das tiras sobre o ombro, depois pegou o celular e as chaves. — Vejo você no almoço, maricas.
— Vai à merda — resmunguei.

Shepley sempre era o imbecil apaixonado agindo feito bobo. Agora ele nunca ia deixar isso quieto.

Só precisei de alguns minutos para me vestir, mas todo aquele falatório fez com que eu me atrasasse. Enfiei a jaqueta de couro e o boné de beisebol com a aba virada para trás. Minha única aula naquele dia era química II, então levar a mochila era desnecessário. Alguém na classe me emprestaria um lápis se tivéssemos algum exercício para fazer.

Óculos escuros. Chaves. Celular. Carteira. Calcei as botas e bati a porta depois de sair, descendo apressado as escadas. Guiar a Harley não era tão fascinante sem Abby na garupa. Droga, ela estava arruinando tudo.

No campus, caminhei um pouco mais rápido que o usual para chegar à aula a tempo. Com apenas um segundo sobrando, sentei sorrateiramente na carteira. A dra. Webber revirou os olhos, sem se impressionar com meu timing e provavelmente um pouco irritada com minha falta de material. Dei uma piscadela e o mais discreto sorriso tocou seus lábios. Ela balançou a cabeça e voltou a atenção aos papéis sobre sua mesa.

O lápis não se fez necessário e, assim que fomos dispensados, saí em direção ao refeitório.

Shepley estava esperando pelas meninas no meio do gramado. Arranquei o boné da cabeça dele e, antes que ele pudesse pegá-lo de volta, joguei-o como se fosse um Frisbee.

— Valeu, seu bosta — disse ele, indo pegar o boné.

— Cachorro Louco — alguém chamou atrás de mim.

Pela voz grave e sórdida, eu soube quem era.

Adam se aproximou com uma expressão de negócios.

— Estou tentando arrumar uma luta. Esteja preparado para um telefonema.

— Nós sempre estamos — disse Shepley.

Ele era meio que meu empresário. Cuidava de passar a mensagem adiante e garantia que eu estivesse no lugar certo na hora certa.

Adam assentiu e foi embora. Eu nunca tinha tido uma aula com aquele cara. Nem sabia ao certo se ele estudava na nossa faculdade. Contanto que ele me pagasse, eu não estava nem aí.

Shepley ficou observando Adam se afastar e depois pigarreou.

— Então, você ficou sabendo?

— Do quê?

— Consertaram as caldeiras do Morgan.

— E...?

— É bem provável que a America e a Abby façam as malas hoje à noite. Vamos ter que ajudar a levar as coisas delas de volta ao dormitório.

Meu rosto se contorceu. Só de pensar em ter que levar Abby de volta ao Morgan era como tomar um soco na cara. Depois da noite anterior, provavelmente ela ficaria feliz em ir embora. Talvez nem falasse comigo de novo. Um milhão de cenários lampejaram na minha mente, mas eu não conseguia pensar em nada para fazer com que ela ficasse no apartamento.

— Você está bem, cara? — perguntou Shepley.

As meninas apareceram, conversando e dando risada. Fiz uma tentativa de sorriso, mas Abby estava ocupada demais, envergonhada com alguma coisa de que America ria.

— Oi, baby — disse America, beijando Shepley.

— O que é tão engraçado? — ele perguntou.

— Ah, um carinha na aula que ficou encarando a Abby durante uma hora. Foi tão fofo!

— Contanto que ele estivesse encarando a Abby — Shepley piscou um olho.

— Quem era? — perguntei sem pensar.

Abby alternou seu peso para a outra perna, reajustando a mochila nas costas. Estava tão lotada que o zíper mal segurava o conteúdo. Devia estar pesada. Tirei-a do ombro dela.

— A Mare está imaginando coisas — disse ela, revirando os olhos.

— Abby! Sua grandessíssima mentirosa! Era o Parker Hayes, e ele estava dando *muito* na cara. Estava praticamente babando.

Contorci o rosto.

— Parker *Hayes*?

Shepley pegou na mão de America.

— Vamos almoçar. Vocês vão desfrutar a fina culinária do refeitório essa tarde?

America o beijou em resposta e Abby os seguiu, me levando a fazer o mesmo. Caminhamos juntos em silêncio. Ela ia ficar sabendo sobre as caldeiras, elas iam voltar para o Morgan e o Parker ia convidá-la para sair.

Parker Hayes era um frouxo, mas eu podia ver Abby caindo na dele. Os pais dele eram podres de ricos, ele ia fazer faculdade de medicina e, por fora, era um cara legal. Abby acabaria ficando com ele. O resto da vida dela com ele passou pela minha cabeça como um filme, e isso era tudo que eu podia fazer para me acalmar. A imagem mental de pegar meu mau humor e enfiá-lo numa caixa ajudou.

Abby colocou sua bandeja entre America e Finch. Achei melhor escolher uma cadeira um pouco mais longe, em vez de tentar manter uma conversa como se eu não tivesse acabado de perdê-la. Aquilo era uma merda, e eu não sabia o que fazer. Tanto tempo fora perdido com joguinhos. Abby não teve nem chance de me conhecer direito. Que inferno, mesmo se tivesse tido a chance, provavelmente ela estaria melhor com alguém como Parker.

— Você está bem, Trav? — ela perguntou.

— Eu? Ótimo, por quê? — devolvi a pergunta, tentando me livrar da sensação pesada que havia se assentado em cada músculo do meu rosto.

— Você está quieto.

Vários caras do time de futebol americano chegaram e se sentaram, rindo alto. Só o som de suas vozes me deu vontade de socar a parede.

Chris Jenks jogou uma batata frita no meu prato.

— E aí, Trav? Ouvi dizer que você comeu a Tina Martin. Ela estava falando um monte de você hoje.

— Cala a boca, Jenks — falei, sem desviar os olhos da comida.

Se eu olhasse para a cara de merda dele, teria derrubado o idiota da cadeira.

Abby se inclinou para frente.

— Para com isso, Chris.

Ergui o olhar para ela e, por algum motivo que eu não conseguia explicar, fiquei instantaneamente com raiva. Por que porra ela estava me defendendo? No segundo em que ela descobrisse sobre o Morgan, iria me deixar. Nunca mais falaria comigo. Embora isso fosse loucura, eu me senti traído.

— Eu posso me cuidar sozinho, Abby.

— Desculpa, eu...

— Não quero que você peça desculpas. Não quero que você faça nada — falei, irritado.

A expressão no rosto dela foi a gota-d'água. É claro que ela não queria ficar perto de mim. Eu era um babaca infantil com o controle emocional de uma criancinha de três anos. Saí rapidamente da mesa e passei pela porta, parando apenas quando alcancei minha moto.

As manoplas de borracha fizeram um ruído agudo sob minhas palmas quando as girei. O motor rugiu, raivoso, e chutei o estribo lateral para trás antes de cair fora como um morcego saindo do inferno.

Dirigi por uma hora, sem me sentir nem um pouco melhor. Mas as ruas estavam me levando a um lugar específico, e, embora eu tenha levado todo esse tempo para ceder e simplesmente ir, por fim estacionei na frente da casa do meu pai.

Ele abriu a porta e parou na entrada, fazendo um leve aceno com a mão.

Subi os dois degraus de uma vez e parei bem perto dele, que não hesitou e me puxou de lado, junto a seu corpo macio e redondo, antes de me levar para dentro.

— Já tinha passado da hora de fazer uma visita — ele me disse com um sorriso cansado.

Suas pálpebras pendiam um pouco sobre os cílios, e a pele debaixo dos olhos estava inchada, assim como o restante do rosto redondo.

Meu pai praticamente morreu por dentro durante alguns anos depois que minha mãe faleceu. Thomas assumiu um monte de responsabilidades que nenhum garoto daquela idade deveria ter, mas conseguimos nos virar, e finalmente meu pai conseguiu sair daquela. Ele nunca conversava a respeito, mas nunca perdia a oportunidade de nos compensar pelo que fizera (ou deixara de fazer).

Mesmo me lembrando dele triste e com raiva durante a maior parte da minha infância, eu não o consideraria um mau pai; ele apenas estava perdido sem a esposa. Agora eu sabia como ele se sentia. Talvez eu sentisse pela Flor uma fração do que meu pai sentia pela minha mãe, e pensar em ficar sem ela já me deixava doente.

Ele se sentou no sofá e apontou para a cadeira reclinável gasta.

— E então? Não vai sentar?

Eu me sentei, inquieto, enquanto tentava pensar no que diria.

Ele ficou me observando por um tempo antes de inspirar.

— Algo errado, filho?

— Tem uma garota, pai.

Ele sorriu um pouco.

— Uma garota.

— Ela meio que me odeia, e eu meio que...

— A ama?

— Não sei. Acho que não. Quer dizer... como vou saber?

O sorriso dele ficou mais largo.

— Quando você se pega conversando sobre ela com seu velho pai porque não sabe mais o que fazer.

Suspirei.

— Acabei de conhecer essa garota. Bom, faz um mês. Não acho que seja amor.

— Ok.

— Ok?

— Vou acreditar na sua palavra — ele disse, sem julgamento.

— Eu só... não acho que sou bom para ela.

Meu pai se inclinou para frente e tocou os lábios com os dedos. Prossegui:

— Acho que ela já foi magoada por alguém. Alguém como eu.

— Como você.

— É — assenti e suspirei de novo. A última coisa que eu queria era admitir para o meu pai o que eu andara aprontando.

A porta da frente bateu contra a parede.

— Olha só quem decidiu voltar pra casa — Trenton falou com um amplo sorriso. Ele abraçava dois sacos marrons de papel junto ao peito.

— Oi, Trent — eu disse, me levantando.

Fui atrás dele até a cozinha e o ajudei a guardar as compras.

Dávamos cotoveladas um no outro e nos empurrávamos. Trenton sempre fora o mais durão comigo, chutando minha bunda quando discordávamos, mas também era mais próximo de mim do que meus outros irmãos.

— Senti sua falta no Red na outra noite. A Cami te mandou um oi — ele disse.

— Estive ocupado.

— Com aquela garota que a Cami viu com você?

— É.

Tirei um frasco vazio de ketchup e algumas frutas mofadas da geladeira e joguei tudo no lixo antes de voltarmos à sala.

Trenton se jogou no sofá, seus joelhos batendo um contra o outro.

— O que você tem feito, otário?

— Nada — falei, olhando de relance para o meu pai.

Trenton olhou para ele e então de volta para mim.

— Interrompi alguma coisa?

— Não — falei, balançando a cabeça.

Meu pai fez um aceno de mão.

— Não, filho. Como foi o trabalho?

— Um saco. Deixei o cheque do aluguel na sua cômoda hoje de manhã, você viu?

Meu pai assentiu com um leve sorriso, e Trenton também assentiu.

— Vai ficar pra jantar, Trav?

— Nem — eu disse, me levantando. — Acho que já vou indo.

— Eu gostaria que você ficasse, filho.

Minha boca se repuxou para o lado.

— Não posso, pai, mas obrigado. Eu agradeço.

— Agradece o quê? — quis saber Trenton, com a cabeça virando de um lado para o outro, como se estivesse assistindo a uma partida de tênis. — O que foi que eu perdi?

Olhei para o meu pai.

— Ela é um beija-flor. Definitivamente um beija-flor.

— É mesmo? — disse ele, e seus olhos brilharam um pouco.

— A mesma garota? — Trenton perguntou.

— É, mas eu fui meio babaca com ela hoje. Ela me deixa louco... *mais* louco.

O sorriso do meu irmão começou pequeno, então foi se esticando até ocupar toda a largura do rosto.

— Maninho!

— Pode parar — franzi a testa.

Meu pai deu um tapa na nuca do Trent.

— Que foi? — ele gritou. — O que foi que eu falei?

Meu pai me seguiu até a porta da frente e me deu uns tapinhas no ombro.

— Você vai descobrir o que fazer. Não tenho dúvida. Mas ela deve ser realmente especial. Acho que nunca te vi assim antes.

— Obrigado, pai. — Inclinei-me para perto dele e passei os braços da melhor forma que pude ao redor de seu corpanzil, depois fui embora.

A viagem até o apartamento pareceu levar uma eternidade. Restava apenas uma pontinha de verão no ar, algo atípico para aquela época do ano, mas bem-vindo. O céu noturno me envolveu em escuridão, tornando o temor ainda pior. Vi o carro de America estacionado no lugar de costume e fiquei imediatamente nervoso. A cada passo que eu dava, parecia que estava me aproximando do corredor da morte.

Antes de alcançar a porta, ela se abriu com tudo, e America ficou lá parada, com um olhar inexpressivo no rosto.

— Ela está aqui? — perguntei.

— Está dormindo no seu quarto.

Passei por ela e me sentei no sofá. Shepley estava na cadeira reclinável, e America se jogou ao meu lado.

— Ela está bem — disse America, com um tom de voz doce e reconfortante.

— Eu não devia ter falado com ela daquele jeito — me censurei. — Num minuto eu afasto a Abby o máximo que consigo e deixo ela puta da vida, e no minuto seguinte fico morrendo de medo que ela caia em si e me corte da vida dela.

— Dê um pouco de crédito à Abby. Ela sabe exatamente o que você está fazendo. Você não é o primeiro cavalo selvagem que ela tem que domar.

— Exatamente. Ela merece coisa melhor. Eu sei disso, mas ao mesmo tempo não consigo me afastar. Não sei por quê — falei com um suspiro, esfregando as têmporas. — Não faz sentido. Nada disso faz sentido.

— A Abby entende, Trav. Não fique se martirizando — disse Shepley.

America cutucou meu braço com o cotovelo.

— Vocês já vão juntos na festa de casais. Qual o problema em chamá-la pra sair?

— Não quero *namorar* a Abby... só quero ficar por perto. Ela é... diferente.

Era mentira. America sabia, eu sabia. A verdade era que, se eu realmente me importava com a Abby, teria que deixá-la em paz.

— Diferente *como*? — ela quis saber, soando irritada.

— Ela não atura as minhas merdas, e isso é reconfortante. Você mesma disse, Mare. Eu não faço o tipo dela. Só não é... assim com a gente.

E, mesmo que *fosse*, não deveria ser.

— Você está mais próximo do tipo dela do que imagina — disse America.

Olhei em seus olhos. Ela estava falando totalmente sério. America era como uma irmã para Abby, protetora como uma mamãe ursa. Elas nunca encorajariam algo para a outra que pudesse ser nocivo. Pela primeira vez, senti uma centelha de esperança.

As placas de madeira do assoalho rangeram no corredor e nós três ficamos paralisados. A porta do meu quarto se fechou e, em seguida, ouvimos os sons dos passos de Abby.

— Oi, Abby — disse America, sorrindo. — Como foi o cochilo?

— Desmaiei durante cinco horas. Isso está mais próximo de um coma que de um cochilo.

Seu rímel estava borrado sob os olhos, e os cabelos, sujos e emaranhados. Ela estava linda. Sorriu para mim, e eu me levantei, a peguei pela mão e a levei para o quarto. Ela parecia confusa e apreensiva, me deixando ainda mais desesperado para consertar as coisas.

— Desculpa, Flor. Fui um babaca com você hoje.

Ela deixou os ombros caírem.

— Eu não sabia que você estava bravo comigo.

— Eu não estava bravo com você. Eu só tenho o péssimo hábito de atacar verbalmente aqueles com quem me importo. É uma desculpa tosca, eu sei, mas eu sinto muito — falei, envolvendo-a em meus braços.

— Com o que você estava bravo? — ela perguntou, aninhando a bochecha no meu peito.

Droga, aquela sensação era tão boa. Se eu não fosse um idiota, teria explicado a ela que eu sabia que as caldeiras tinham sido consertadas e que, só de pensar nela indo embora e passando mais tempo com Parker, me dava um medo do cacete, mas não consegui. Não queria estragar o momento.

— Nada de importante. A única coisa que me preocupa é você.

Ela ergueu o olhar para mim e sorriu.

— Consigo lidar com seus acessos de raiva.

Analisei o rosto dela por vários instantes antes de um leve sorriso se espalhar em meus lábios.

— Eu não sei por que você me aguenta, e não sei o que faria se fosse diferente.

Os olhos de Abby desceram lentamente até os meus lábios, e ela ficou sem fôlego. Todos os meus pelos se arrepiaram, e eu não tinha certeza se estava respirando ou não. Eu me inclinei para perto dela, menos de um centímetro, esperando para ver se ela ia protestar, mas então a porra do meu celular tocou. Nós dois demos um pulo.

— Alô — atendi, impaciente.

— Cachorro Louco. O Brady vai estar no Jefferson em noventa minutos.

— O *Hoffman*? Meu Deus... tá bom. Esses mil vão vir fácil, fácil. No Jefferson?

— No Jefferson — Adam confirmou. — Tá dentro?

Olhei para Abby e pisquei.

— Estaremos lá. — Desliguei, enfiei o celular no bolso e agarrei Abby pela mão. — Vem comigo.

Levei-a até a sala.

— Era o Adam — falei para o Shepley. — O Brady Hoffman estará no Jefferson em uma hora e meia.

9
ARRASADO

A *expressão de Shepley mudou. Quando Adam ligava para marcar uma* luta, ele assumia seu lado negócios. Bateu os dedos no celular, enviando mensagens de texto para as pessoas da lista. Quando ele sumiu atrás da porta do quarto, America arregalou os olhos e abriu um sorriso.

— Lá vamos nós! É melhor a gente se arrumar.

Antes que eu pudesse dizer alguma coisa, ela puxou Abby pelo corredor. O auê era desnecessário. Eu acabaria com a raça do cara, ganharia a grana para os próximos meses de contas e aluguel e a vida voltaria ao normal. Bem, mais ou menos. Abby voltaria a morar no Morgan Hall, e eu me trancaria em casa para não matar o Parker.

America estava dando ordens para que Abby trocasse de roupa, e Shepley não estava mais mexendo no telefone. Com as chaves do Charger nas mãos, ele se curvou para dar uma espiada no corredor e revirou os olhos.

— Vamos logo! — gritou.

America veio apressada pelo corredor, mas, em vez de se juntar a nós, entrou no quarto do Shepley. Ele revirou os olhos de novo, mas também estava sorrindo.

Poucos instantes depois, ela irrompeu do quarto usando um vestido verde curto, e Abby apareceu de calça jeans justa e um top amarelo, com os peitos pulando toda vez que ela se mexia.

— Ah, não! Você está tentando fazer com que eu seja morto? Você tem que se trocar, Flor.

— O quê? — ela olhou para a calça.

O problema não era o jeans.

— Ela está uma graça, Trav, deixe a menina em paz! — America retrucou.

Levei Abby pelo corredor.

— Coloque uma camiseta e tênis. Alguma coisa confortável.

— O quê? — ela perguntou, com o rosto distorcido pela confusão. — Por quê?

Parei na porta do quarto.

— Porque, com essa blusinha aí, vou ficar mais preocupado com quem está olhando pros seus peitos do que com o Hoffman — falei. Pode me chamar de machista, mas era verdade. Eu não seria capaz de me concentrar, e não ia perder uma luta por causa dos peitos da Abby.

— Achei que você tinha dito que não ligava a mínima para o que as pessoas achavam — disse ela, bufando de raiva.

Ela realmente não entendia.

— A situação é diferente, Beija-Flor.

Voltei o olhar para baixo, para os peitos dela, orgulhosamente levantados em um sutiã branco de renda. De repente, cancelar a luta me pareceu uma ideia tentadora, se fosse para passar o resto da noite tentando encontrar uma maneira de deixar aqueles seios nus e encostados no meu peito.

Consegui voltar à realidade, fazendo contato visual com os olhos dela de novo.

— Você não pode usar isso para ir ver a luta, então por favor... só... se troca, por favor — falei, enfiando-a dentro do quarto e me fechando para fora, antes que eu apertasse o foda-se e a beijasse.

— Travis! — ela gritou do outro lado da porta.

Pude ouvir sons apressados e depois o que provavelmente eram sapatos voando pelo quarto. Por fim, a porta se abriu. Ela estava de camiseta e All Star Converse. Ainda gostosa, mas pelo menos eu não ficaria tão preocupado com quem poderia estar dando em cima dela a ponto de arriscar perder a droga da luta.

— Tá melhor? — ela perguntou, bufando.

— Agora tá! Vamos!

Shepley e America já estavam no Charger, saindo do estacionamento. Coloquei meus óculos de sol e esperei que Abby estivesse bem segura antes de arrancar com a Harley.

Assim que chegamos ao campus, guiei a moto com as luzes apagadas, bem devagar, parando atrás do Jefferson.

Enquanto conduzia Abby até a entrada dos fundos, ela arregalou os olhos e deu risada.

— Você só pode estar brincando!

— Essa é a entrada VIP. Você devia ver como o resto do pessoal entra. — Dei um pulo pela janela aberta para dentro do porão e fiquei esperando no escuro.

— Travis! — ela meio gritou, meio sussurrou.

— Aqui embaixo, Flor. É só descer, os pés primeiro. Vem, eu te seguro!

— Você está louco se acha que vou pular no escuro!

— Eu te seguro, prometo! Anda logo, vai!

— Isso é loucura! — ela sibilou.

Na luz indistinta, vi as pernas dela se balançando através da pequena abertura retangular. Mesmo depois de uma manobra toda cuidadosa, ela conseguiu cair em vez de pular. Um gritinho agudo ecoou pelas paredes de concreto e então ela aterrissou nos meus braços. A pegada mais fácil da minha vida.

— Você cai que nem menina — eu disse, colocando-a de pé.

Caminhamos pelo labirinto escuro do porão até chegar à sala adjacente à principal, onde a luta seria realizada. Adam estava gritando em seu megafone, e braços estavam esticados em meio ao mar de cabeças, acenando dinheiro vivo.

— O que estamos fazendo? — ela quis saber, com as mãos pequenas apertando meu bíceps.

— Esperando. O Adam tem que fazer o discurso de abertura dele antes de eu entrar.

— É melhor eu ficar esperando aqui ou entrar? Pra onde eu vou quando a luta começar? Cadê o Shep e a Mare?

Ela parecia extremamente insegura. Eu me senti um pouco mal por ter que deixá-la sozinha ali.

— Eles foram pela outra entrada. É só me seguir, não vou deixar você entrar naquele tanque de tubarões sem mim. Fique perto do Adam, ele vai impedir que te esmaguem. Não posso cuidar de você e dar socos ao mesmo tempo.

— Me esmaguem?

— Vai ter mais gente aqui hoje. O Brady Hoffman é da Estadual. Eles têm o Círculo deles lá. Vai ser a nossa galera e a galera deles, então vai ficar uma doideira lá no salão.

— Você está nervoso?

Sorri para ela. Abby ficava especialmente linda quando estava preocupada comigo.

— Não. Mas você parece que está um pouco.

— Talvez — ela disse.

Eu queria me inclinar em sua direção e beijá-la. Fazer algo para amenizar a expressão de cordeiro assustado em seu rosto. Eu me perguntei se ela se preocupou comigo na primeira noite, quando nos conhecemos, ou se era porque agora ela me conhecia — porque se importava comigo.

— Se isso fizer você se sentir melhor, não vou deixar nem ele encostar em mim. Não vou deixar ele me acertar nem uma vez, pra agradar os fãs dele.

— Como vai fazer isso?

Dei de ombros.

— Geralmente deixo que eles acertem uma... para parecer justo.

— Você... você *deixa* as pessoas te acertarem?

— Que graça teria se eu só massacrasse o adversário e nunca levasse nenhum soco? Isso não seria bom para os negócios, ninguém apostaria contra mim.

— Que monte de baboseira — disse ela, cruzando os braços.

Ergui uma sobrancelha.

— Você acha que estou te zoando?

— Acho difícil acreditar que você só leva um golpe quando deixa.

— Quer fazer uma aposta, Abby Abernathy? — sorri.

Quando eu disse essas palavras, não tinha a intenção de usá-las para meu proveito. Mas, no momento em que ela me respondeu com um sor-

111

riso igualmente malicioso, a porra da ideia mais brilhante que já tive na vida me veio à mente.

— Quero. Aposto que ele acerta um soco em você.

— E se ele não acertar? O que é que eu ganho? — perguntei.

Ela deu de ombros enquanto os urros da multidão nos cercavam. Adam repassou as regras do jeito babaca de sempre.

Impedi que um sorriso largo e ridículo irrompesse no meu rosto.

— Se você ganhar, fico sem sexo durante um mês. — Ela ergueu uma sobrancelha. — Mas, se eu ganhar, você tem que passar um mês comigo.

— *O quê?* Já estou ficando lá de qualquer forma! Que tipo de aposta é essa? — ela gritou acima do ruído.

Ela não sabia. Ninguém tinha contado.

— Eles consertaram as caldeiras do Morgan hoje — falei, com um sorriso e uma piscadela.

Um lado de sua boca se voltou para cima. Ela não se abalou.

— Qualquer coisa é válida para tentar ver você em abstinência, pra variar.

Com a resposta dela, senti uma onda de adrenalina correndo em minhas veias, que só costumava sentir durante a luta. Beijei a bochecha dela, deixando que meus lábios ficassem apenas um instante a mais encostados em sua pele antes de entrar no salão. Eu me sentia um rei. De jeito nenhum aquele cuzão ia me atingir.

Como eu tinha previsto, havia apenas lugar em pé, e o empurra-empurra e os gritos foram amplificados assim que entramos. Assenti para Adam na direção de Abby, sinalizando para que ele cuidasse dela. Ele entendeu de imediato. Adam era um canalha ganancioso, mas já tinha sido o monstro invencível do Círculo. Eu não teria nada com que me preocupar contanto que ele cuidasse dela. E ele faria isso para que eu não me distraísse. Adam faria qualquer coisa, se isso significasse ganhar uma tonelada de dinheiro.

A multidão se abriu como uma clareira enquanto eu caminhava até o círculo, então o portão humano se fechou atrás de mim. Brady estava colado à minha frente, respirando pesado e tremendo como se tivesse acabado de tomar litros de Red Bull.

Geralmente eu não levava aquela merda toda a sério, e meu jogo era fazer com que o oponente perdesse a confiança, mas a luta daquela noite era importante, então entrei para ganhar.

Adam soou o início da luta. Ginguei, dei alguns passos para trás e esperei que Brady cometesse seu primeiro erro. Eu me esquivei do primeiro golpe dele, depois de outro. Adam gritou alguma coisa lá de trás. Ele não estava feliz, mas eu já tinha previsto isso. Ele gostava que as lutas fossem divertidas. Era a melhor maneira de ter mais gente nos porões. Mais gente era sinônimo de mais grana.

Curvei o braço e lancei o punho cerrado direto no nariz do Brady, com dureza e rapidez. Em uma noite de luta normal, eu teria me segurado, mas queria acabar logo com aquilo e passar o resto da noite comemorando com a Abby.

Acertei Hoffman diversas vezes sem parar, depois me esquivei um pouco mais, tomando cuidado para não me empolgar demais e deixar que ele me acertasse, ferrando com tudo. Brady recuperou as forças e voltou a me atacar, mas não demorou muito para ficar exausto tentando dar socos sem conseguir acertar. Eu já tinha me esquivado de murros do Trenton bem mais rápidos que aqueles.

Minha paciência tinha se esgotado, então atraí Hoffman até o pilar de cimento no centro do salão. Parei na frente do pilar, hesitando um pouco para fazer meu oponente acreditar que tinha uma oportunidade de acertar minha cara com um golpe devastador. Dei um passo para o lado enquanto ele punha toda a força que lhe restava em seu último golpe e batia o punho cerrado com tudo no pilar. A surpresa ficou óbvia nos olhos de Hoffman pouco antes de ele se curvar de dor.

Essa foi minha deixa. Eu o ataquei de imediato. Um som oco e alto indicou que Hoffman tinha finalmente ido ao chão, e, depois de um curto silêncio, o salão inteiro entrou em erupção. Adam jogou um pano vermelho na cara dele e me vi cercado de gente.

Na maioria das vezes, eu curtia a atenção e os gritos empolgados daqueles que haviam apostado em mim, mas dessa vez eles estavam no meu caminho. Tentei olhar sobre o oceano de cabeças para encontrar Abby, mas, quando finalmente consegui ter um vislumbre de onde ela deveria estar, senti um buraco no estômago. Ela não estava mais lá.

Sorrisos se transformaram em choque quando comecei a empurrar as pessoas para que saíssem da frente.

— Sai, porra! Pra trás! — gritei, abrindo caminho com mais força conforme o pânico tomava conta de mim.

Finalmente cheguei até a sala menor, procurando em desespero pela Abby no escuro.

— Beija-Flor!

— Estou aqui!

O corpo dela desabou de encontro ao meu, e arremessei os braços em volta dela. Em um instante fiquei aliviado, no seguinte irritado.

— Você me matou de susto! Quase tive que começar outra luta só pra vir te pegar! Aí eu finalmente chego aqui e você não estava!

— Que bom que você voltou. Eu não estava lá muito ansiosa para achar a saída no escuro.

Seu doce sorriso me fez esquecer todo o resto, e eu lembrei que ela era minha. Pelo menos por mais um mês.

— Acho que você perdeu a aposta.

Adam entrou batendo os pés, olhou para Abby e fechou a cara para mim.

— Precisamos conversar.

Dei uma piscada para ela.

— Não saia daí. Eu já volto.

Acompanhei-o até a sala ao lado.

— Eu sei o que você vai dizer...

— Não, não sabe — ele grunhiu. — Eu não sei o que tá rolando entre você e ela, mas *não fode* com o meu dinheiro.

Dei risada.

— Você ganhou uma puta grana hoje. Fica tranquilo que eu compenso isso pra você.

— Pode ter certeza disso! E não deixe acontecer de novo!

Adam enfiou a grana na minha mão e me deu uma esbarrada de ombro ao passar por mim. Guardei o bolo de dinheiro no bolso e voltei para a outra sala, sorrindo para Abby.

— Você vai precisar de mais roupas.

— Você realmente vai me fazer ficar no seu apartamento durante um mês?

— Você teria me feito ficar sem sexo por um mês?

Ela riu.

— É melhor darmos uma parada no Morgan.

Qualquer tentativa de encobrir minha satisfação extrema foi um fracasso épico.

— Isso vai ser interessante.

Quando Adam passou pela gente, entregou a Abby algumas notas antes de desaparecer em meio à multidão, que já se dispersava.

— Você apostou dinheiro? — perguntei, surpreso.

— Achei que devia ter a experiência completa — ela disse, dando de ombros.

Levei-a pela mão até a janela, então dei um pulo e me arrastei para cima, saindo pelo buraco. Rastejei na grama e depois me virei, me inclinando para baixo para puxar Abby.

A caminhada até o Morgan foi perfeita. Estava quente, mesmo fora de estação, e o ar tinha a sensação elétrica de uma noite de verão. Tentei não sorrir o tempo todo como um imbecil, mas foi difícil.

— E aí? Por que diabos você quer que eu fique no seu apartamento? — ela quis saber.

Dei de ombros.

— Não sei. Tudo fica melhor quando você está por perto.

Shepley e America esperaram no Charger para levar as coisas da Abby. Assim que eles saíram, voltamos até o estacionamento e subimos na moto. Ela envolveu minha cintura com os braços, e repousei a mão na dela.

Inspirei fundo.

— Fiquei feliz porque você estava lá hoje à noite, Flor. Nunca me diverti tanto numa luta em toda a minha vida.

O tempo que ela demorou para responder pareceu uma eternidade. Ela empoleirou o queixo no meu ombro.

— É porque você estava tentando ganhar a nossa aposta.

Eu me virei para olhar direto em seus olhos.

— Pode crer, estava mesmo!

Ela ergueu as sobrancelhas.

— Era por isso que você estava com aquele tremendo mau humor hoje? Porque sabia que tinham consertado as caldeiras e que eu iria embora hoje à noite?

Fiquei perdido em seus olhos por um instante, então decidi que era uma boa hora para me calar. Liguei o motor e dirigi até em casa, mais devagar do que nunca. Quando parávamos no semáforo, eu encontrava uma estranha alegria em colocar as mãos nas dela ou repousar a mão em seu joelho. Abby não parecia se importar, e confesso que eu estava perto do paraíso.

Paramos no estacionamento do meu prédio e Abby desceu da moto como uma profissional, depois fomos caminhando até as escadas.

— Odeio quando os dois já estão em casa faz um tempinho. Sinto como se a gente fosse interrompê-los — ela disse.

— Pode se acostumar. Este lugar vai ser seu durante as próximas quatro semanas — falei, me virando. — Sobe aí.

— O quê?

— Vamos, vou carregar você até lá em cima.

Ela deu uma risadinha e pulou nas minhas costas. Apertei com força suas coxas enquanto subia correndo as escadas. America abriu a porta antes de chegarmos lá em cima e sorriu.

— Olhe só pra vocês dois. Se eu não soubesse...

— Para com isso, Mare — disse Shepley do sofá.

Ótimo. Shepley estava com um humor daqueles.

America sorriu como se tivesse falado demais e escancarou a porta para podermos passar. Continuei segurando a Flor e me joguei na cadeira reclinável. Ela soltou um gritinho quando me inclinei para trás de brincadeira, soltando meu peso sobre ela.

— Você está tão alegre hoje, Trav. Que foi? — America provocou.

— Acabei de ganhar uma bolada de dinheiro, Mare. O dobro do que achei que tiraria nessa luta. Por que eu não estaria feliz?

Ela sorriu.

— Não, é alguma outra coisa — disse, observando enquanto eu dava uns tapinhas na coxa de Abby.

— Mare — Shepley disse em tom de aviso.

— Tudo bem, vou falar de outra coisa. O Parker não te convidou para ir à festa da Sig Tau nesse fim de semana, Abby?

A leveza que eu estava sentindo se dissipou de imediato, e me virei para Abby.

— Hum... convidou. Mas não vamos todos nós?

— Eu vou — disse Shepley, vendo TV.

— O que quer dizer que eu também vou — America falou, olhando para mim com expectativa. Ela estava me jogando uma isca, na esperança de que eu me oferecesse para ir também, mas eu estava mais preocupado com o fato de que Parker tinha convidado Abby para uma merda de um encontro.

— Ele vem te buscar ou algo assim? — perguntei.

— Não, ele só me falou da festa.

A boca de America se alargou em um sorriso travesso, e ela quase deu pulinhos de expectativa.

— Mas ele disse que ia te encontrar lá. Ele é uma gracinha.

Olhei irritado para ela de relance, depois voltei a olhar para Abby.

— Você vai?

— Falei pra ele que iria — ela deu de ombros. — Você vai?

— Vou — respondi sem hesitar.

Afinal de contas, não era uma festa de casais, só uma cervejada de fim de semana. Eu não me importava de ir a esse tipo de festa. E nem ferrando eu ia deixar o Parker ter uma noite inteira com a Abby. Ela ia voltar... argh, eu não queria nem pensar nisso. Ele ia dar aquele sorriso de galã dele, ou ia levá-la ao restaurante dos pais para ostentar seu dinheiro, ou ia achar alguma outra maneira desonesta de levá-la para a cama.

Shepley olhou para mim.

— Você disse na semana passada que não ia a essa festa.

— Mudei de ideia, Shep. Qual é o problema?

— Nada não — ele resmungou e foi para o quarto.

America franziu a testa.

— Você sabe qual é o problema — disse ela. — Por que você não para de deixá-lo maluco e resolve isso logo?

Ela foi se juntar a Shepley no quarto e as vozes dos dois viraram murmúrios atrás da porta fechada.

— Bom, fico feliz que todo mundo, menos eu, saiba qual é o problema — disse Abby.

Ela não era a única pessoa confusa com o comportamento de Shepley. Mais cedo ele ficou me provocando em relação a ela, e agora estava sendo meio mala. O que poderia ter acontecido nesse meio-tempo para que ele ficasse tão transtornado? Talvez ele se sentisse melhor assim que descobrisse que eu tinha finalmente decidido que estava cheio das outras mulheres e só queria a Abby. Talvez o fato de eu ter admitido que gostava dela tenha feito o Shepley ficar ainda mais preocupado. Eu não tinha exatamente nascido para namorar. É, essa hipótese fazia mais sentido.

Eu me levantei.

— Vou tomar uma ducha.

— Tem alguma coisa acontecendo com eles? — Abby perguntou.

— Não, ele só é paranoico.

— É por causa de nós dois — ela arriscou.

Uma sensação flutuante estranha tomou conta de mim. Ela disse *nós dois*.

— Que foi? — ela perguntou, me olhando desconfiada.

— Você está certa. É por causa de nós dois. Não vá dormir, tá? Quero conversar com você sobre uma coisa.

Levei menos de cinco minutos para me lavar, mas fiquei parado embaixo do jato de água por pelo menos mais cinco, planejando o que diria a Abby. Perder mais tempo não era uma opção. Ela estaria ali pelo próximo mês, e essa era a oportunidade perfeita para provar que eu não era quem ela pensava. Para ela, ao menos, eu era diferente, e poderíamos passar as próximas quatro semanas dissipando quaisquer desconfianças que Abby pudesse ter sobre mim.

Saí do chuveiro e me sequei, animado e nervoso pra caramba em relação às possibilidades que poderiam surgir com a conversa que teríamos. Pouco antes de sair do banheiro, pude ouvir uma briguinha no corredor.

America disse algo com desespero na voz. Abri uma fenda na porta e fiquei escutando. Shepley falou:

— Você me prometeu, Abby. Quando te falei para ter paciência e saber perdoar, não quis dizer que era para vocês dois se envolverem! Achei que vocês fossem apenas amigos!

— Mas nós somos! — disse Abby.

— Não são, não! — ele exclamou, furioso.

America se pronunciou:

— Baby, eu disse que vai ficar tudo bem.

— Por que você está forçando a situação, Mare? Eu já falei pra você o que vai acontecer!

— E eu falei que não vai ser assim! Você não confia em mim?

Shepley entrou no quarto pisando duro.

Após alguns segundos de silêncio, America falou de novo:

— Eu não consigo enfiar na cabeça dele que não importa se você e o Travis vão dar certo juntos ou não, isso não vai afetar a gente. Mas ele já se deu mal muitas vezes e não acredita em mim.

Droga, Shepley. Isso não era de muita ajuda. Abri a porta um pouco mais, o suficiente para ver o rosto de Abby.

— Do que você está falando, Mare? Eu e o Travis não estamos juntos. Somos apenas amigos. Você ouviu o que ele disse... que não tem interesse em mim desse jeito.

Merda. As coisas estavam piorando a cada minuto.

— Você ouviu isso? — America perguntou, com um tom de surpresa evidente na voz.

— Bom, ouvi.

— E acreditou?

Abby deu de ombros.

— Não importa. Nunca vai rolar nada entre a gente. Ele me disse que não me vê desse jeito. Além disso, ele morre de medo de se comprometer, seria impossível arrumar uma amiga além de você com quem ele não tenha dormido, e também não consigo lidar com as mudanças de humor dele. Não acredito que o Shep acha que vai acontecer alguma coisa.

Todas as pontinhas de esperança que eu tinha desceram pelo ralo com as palavras dela. A decepção foi esmagadora. Por alguns segundos, a dor foi insuportável, até que deixei a raiva me dominar. Raiva era sempre mais fácil de controlar.

— É que ele não só conhece o Travis... como conversou com o Travis, Abby.

— O que você quer dizer?

— Mare — Shepley chamou do quarto.

America suspirou.

— Você é minha melhor amiga. Acho que te conheço melhor do que você mesma às vezes. Quando vejo vocês dois juntos, a única diferença entre o relacionamento de vocês e o meu com o Shep é que você e o Travis não estão transando. Fora isso, não tem diferença nenhuma.

— Tem uma diferença enorme, *colossal*, Mare. O Shep traz uma garota diferente pra casa toda noite? Você vai a uma festa amanhã para se encontrar com um cara que tem grande potencial para ser seu namorado? Você sabe que não posso me envolver com o Travis, Mare. Não sei nem por que estamos discutindo esse assunto.

— Não estou imaginando coisas, Abby. Você passou quase todos os segundos com ele no último mês. Admita, você sente algo por ele.

Eu não conseguiria ouvir mais nenhuma palavra.

— Deixa quieto, Mare — falei.

As duas deram um pulo ao ouvir minha voz. Os olhos de Abby encontraram os meus. Ela não parecia nem um pouco constrangida nem arrependida, o que só me emputeceu ainda mais. Eu tinha oferecido o pescoço e ela retalhou minha garganta.

Eu me retirei para o quarto antes que falasse alguma merda. Ficar lá sentado não ajudou. Nem ficar em pé, andando de um lado para o outro ou fazendo flexões. As paredes pareciam se fechar ao meu redor a cada segundo. A ira fervia dentro de mim como uma substância instável, pronta para explodir.

Minha única opção era sair do apartamento, clarear a cabeça e tentar relaxar com algumas doses de bebida. The Red. Eu poderia passar no The Red. Cami estava trabalhando no bar. Ela poderia me dizer o que fazer. Ela sempre sabia como me acalmar. Trenton gostava dela pelo mesmo motivo. Ela tinha três irmãos mais novos e não recuava diante de nossos acessos de raiva.

Enfiei uma camiseta e uma calça jeans, peguei os óculos de sol, as chaves da moto e a jaqueta de couro, depois coloquei as botas antes de me dirigir ao corredor.

Abby arregalou os olhos quando me viu entrar na sala. Graças a Deus eu estava de óculos escuros. Não queria que ela visse a mágoa estampada em meu olhar.

— Vai sair? — ela me perguntou, erguendo-se na cadeira. — Aonde você vai?

Recusei-me a reconhecer a súplica em seu tom de voz.

— Sair.

10
ARRUINADO

Não demorou muito para Cami perceber que eu não era uma boa companhia aquela noite. Ela manteve o fluxo de cerveja enquanto eu me sentava na banqueta de sempre no bar do The Red. As luzes coloridas perseguiam umas às outras ao redor do ambiente, e a música era quase alta o suficiente para afogar meus pensamentos.

Meu maço de Marlboro vermelho estava quase acabando, mas não era esse o motivo da sensação pesada em meu peito. Umas poucas mulheres tinham vindo e ido, tentando puxar conversa, mas eu não conseguia erguer o olhar do cigarro semiqueimado aninhado entre meus dedos. A cinza estava tão longa que era uma questão de tempo até cair, então só fiquei olhando a brasa emitir suas centelhas contra o papel, tentando afastar da mente os sentimentos depressivos que a música não conseguia abafar.

Quando a aglomeração no bar foi ficando mais rala e Cami não precisava mais se mexer a mil quilômetros por hora, ela colocou um copinho na minha frente e o encheu de Jim Beam até a borda. Peguei o copo, mas ela cobriu meu bracelete de couro preto com seus dedos tatuados, os quais, quando ela juntava os punhos cerrados, diziam BABY DOLL.

— Muito bem, Trav. Vamos ouvir o que você tem a dizer.

— Ouvir o quê? — perguntei, numa débil tentativa de me esquivar. Ela balançou a cabeça.

— Sobre a garota?

O copo tocou meus lábios e inclinei a cabeça para trás, deixando que o líquido queimasse minha garganta.

— Que garota?

Cami revirou os olhos.

— Que garota. Sério? Com quem você acha que está falando?

— Tá bom, tá bom. É a Beija-Flor.

— *Beija-Flor?* Você só pode estar de brincadeira.

Dei uma risada.

— Abby. Ela é um beija-flor. Um beija-flor demoníaco que fode tanto com a minha cabeça que não consigo mais pensar direito. Nada mais faz sentido, Cam. Todas as regras que eu tinha estão sendo quebradas, uma por uma. Sou um molenga. Não... pior. Sou o Shep.

Ela deu risada.

— Seja bonzinho.

— Tem razão. O Shepley é um cara bacana.

— Seja bonzinho com você também — ela me disse, jogando um pano no balcão e esfregando-o em círculos. — Se apaixonar não é pecado, Trav, meu Deus.

Olhei ao redor.

— Estou confuso. Você está falando comigo ou com Deus?

— Estou falando sério. Então você sente algo por ela. E daí?

— Ela me odeia.

— Nem.

— Não, eu ouvi uma conversa dela hoje. Sem querer. Ela me acha um cafajeste.

— Ela disse isso?

— Basicamente.

— Bom, mas você meio que é mesmo.

Franzi a testa.

— Valeu.

Ela esticou as mãos, com os cotovelos apoiados no bar.

— Com base no seu comportamento, você discorda? O ponto é que... talvez com ela você não seria. Talvez por ela você pudesse ser um cara melhor. — Ela despejou mais uma dose no copo, e eu nem lhe dei a chance de me impedir antes de virá-la.

— Você está certa. Eu tenho sido um cafajeste. Será que consigo mudar? Eu não sei, porra. Provavelmente não o bastante para merecer a Abby.

Cami deu de ombros, colocando a garrafa de uísque de volta no lugar.

— Acho que você devia deixar que ela mesma julgue isso.

Acendi outro cigarro e dei um longo trago, acrescentando a fumaça dos meus pulmões ao ambiente já nebuloso.

— Me vê outra cerveja.

— Trav, acho que você já bebeu demais.

— Só me dá a porra da cerveja, Cami.

Acordei com o sol vespertino brilhando por entre as cortinas, mas também podia ser meio-dia no meio de um deserto de areia branca. Minhas pálpebras se fecharam instantaneamente, rejeitando a luz.

Uma combinação de hálito matinal, substâncias químicas e mijo de gato estava grudada na minha boca seca. Eu odiava o inevitável gosto de cabo de guarda-chuva que ficava depois de uma noite pesada enchendo a cara.

Minha mente começou a buscar lembranças da noite anterior, mas voltou sem nenhuma. Algum tipo de festa com certeza tinha acontecido, mas onde ou com quem era um completo mistério para mim.

Olhei para a esquerda e vi as cobertas puxadas. Abby já estava em pé. Meus pés descalços me deram uma sensação estranha no chão de madeira enquanto eu caminhava pesadamente pelo corredor. Encontrei Abby dormindo na cadeira reclinável. A confusão me fez parar e o pânico me dominou. Meu cérebro chapinhou no álcool que ainda pesava meus pensamentos. Por que ela não tinha dormido na cama? O que eu tinha feito para que ela fosse dormir na cadeira? Meu coração começou a bater mais rápido e então eu vi: duas embalagens vazias de camisinha.

Merda. Merda! A noite anterior voltou com tudo à minha mente, batendo como se fossem ondas: bebidas demais, aquelas garotas se recusando a ir embora quando pedi que fossem, finalmente minha oferta para que ambas se divertissem — ao mesmo tempo — e a entusiástica aceitação da ideia por parte delas.

Levei as mãos voando ao rosto. Eu as havia trazido até aqui. Trepei com elas no sofá. Era bem provável que Abby tivesse ouvido tudo. Ah, meu Deus. Eu não poderia ter ferrado mais a situação. Aquilo estava além do pior cenário possível. Assim que acordasse, Abby faria as malas e iria embora.

Eu me sentei no sofá, com as mãos ainda em concha sobre a boca e o nariz, e fiquei observando-a dormir. Eu precisava consertar aquilo. O que eu poderia fazer para consertar as coisas?

Uma ideia idiota atrás da outra passou pela minha cabeça. O tempo estava se esgotando. O mais silenciosamente possível, corri até o quarto e troquei de roupa, depois entrei sorrateiramente no quarto do Shepley.

America se mexeu, agitada, e Shepley levantou a cabeça.

— O que você está fazendo, Trav? — ele sussurrou.

— Preciso do seu carro emprestado. Só por um segundo. Tenho que buscar umas coisas.

— Tá... — disse ele, confuso.

As chaves do carro dele tilintaram quando as peguei na cômoda e então fiz uma pausa.

— Me faz um favor? Se a Abby acordar antes de eu voltar, dá uma enrolada, tá?

Ele inspirou fundo.

— Vou tentar, Travis. Mas, cara... a noite passada foi...

— Foi mal, não foi?

Ele retorceu a boca.

— Eu não acho que ela vai ficar aqui, primo, sinto muito.

Assenti.

— Pelo menos tenta.

Um último olhar para o rosto de Abby enquanto ela dormia, antes de eu sair do apartamento, me incitou a ir mais rápido. O Charger mal conseguia acompanhar o ritmo em que eu queria ir. Um sinal vermelho me pegou pouco antes de eu chegar ao mercado e eu gritei, batendo no volante.

— Droga! Abre logo!

Segundos depois, a luz piscou de vermelho para verde e os pneus giraram algumas vezes antes de ganharem tração.

Corri do estacionamento para dentro da loja, completamente ciente de que eu parecia um louco enquanto arrancava um carrinho da fileira. Em um corredor após o outro, fui pegando coisas que achei que ela ia gostar, ou que lembrava dela comendo ou até mesmo comentando. Vi uma esponja cor-de-rosa pendurada em uma das prateleiras, e aquilo foi parar no carrinho também.

Um pedido de desculpas não seria o bastante para fazê-la ficar, mas talvez um gesto como aquele fosse. Talvez Abby visse quanto eu lamentava por tudo aquilo. Parei a certa distância do caixa, me sentindo sem esperança. Nada ia funcionar.

— Senhor? Está pronto?

Balancei a cabeça, desanimado.

— Eu não... eu não sei.

A mulher ficou me encarando por um instante, enfiando as mãos nos bolsos do avental branco com listras amarelo-mostarda.

— Posso ajudar com alguma coisa?

Empurrei o carrinho até o caixa sem responder, observando enquanto ela passava no leitor as comidas favoritas da Abby. Aquela era a ideia mais imbecil da história, e a única mulher com quem eu me importava ia rir da minha cara enquanto fazia as malas para ir embora.

— São oitenta e quatro dólares e setenta e sete centavos.

Com uma passada do meu cartão de débito, as sacolas estavam nas minhas mãos. Fui correndo até o estacionamento e dentro de segundos o Charger estava fazendo voar as teias de aranha de seus pistões no caminho de volta para o apartamento.

Subi dois degraus por vez e passei voando pela porta. Pude ver a cabeça de America e de Shepley acima do topo do sofá. A televisão estava ligada, mas no mudo. Graças a Deus. Ela ainda estava dormindo. As sacolas do mercado caíram meio ruidosamente na bancada da cozinha, e tentei não fazer muito barulho enquanto guardava as compras.

— Quando a Flor acordar, vocês me avisam, tá? — pedi em voz baixa. — Eu trouxe espaguete, panquecas e morangos, além daquele treco de aveia com chocolate. E ela gosta do cereal Fruity Pebbles, não é, Mare? — perguntei, me virando.

Abby estava acordada, me encarando da cadeira. Seu rímel estava borrado sob os olhos. A aparência dela refletia quão mal eu me sentia.

— Oi, Beija-Flor.

Ela ficou me olhando por alguns segundos com uma expressão vazia. Dei alguns passos e entrei na sala de estar, mais nervoso do que na noite da minha primeira luta.

— Está com fome, Flor? Vou preparar umas panquecas. Ou tem... hum... aveia. Também trouxe pra você aquela espuma cor-de-rosa que você usa pra se depilar, além de um secador de cabelos, e um... um... só um segundo. — Apanhei uma das sacolas e levei até o quarto, jogando o conteúdo na cama.

Enquanto procurava a esponja de banho rosa que achei que ela ia gostar, notei as malas dela, feitas e esperando perto da porta. Meu estômago se revirou, e o gosto de cabo de guarda-chuva voltou. Atravessei o corredor tentando manter a compostura.

— Suas malas estão feitas.

— Eu sei — ela disse.

Uma dor física ardia em meu peito.

— Você está indo embora.

Abby olhou para America, que me encarava como se quisesse me ver morto.

— Você esperava mesmo que ela fosse ficar aqui?

— Baby — Shepley sussurrou.

— Nem começa, Shep. Nem se atreva a defender esse cara na minha frente. — America borbulhava de raiva.

Engoli em seco.

— Desculpa, Flor. Não sei nem o que dizer.

— Vamos, Abby — disse America. Ela se levantou e puxou a amiga pelo braço, mas Abby continuou sentada.

Dei um passo à frente, mas America apontou o dedo para mim.

— Que Deus me ajude, Travis! Se você tentar impedir a Abby de ir embora, vou encher você de gasolina e botar fogo enquanto você estiver dormindo!

— America — Shepley implorou.

Aquilo estava ficando ruim para todos os lados, e rápido.

— Estou *bem* — disse Abby com irritação.

— O que você quer dizer com "estou bem"? — Shepley perguntou. Ela revirou os olhos e fez um gesto na minha direção.

— O Travis trouxe umas mulheres pra casa ontem à noite, e daí?

Cerrei os olhos, tentando me livrar da dor. Por mais que eu não quisesse que ela fosse embora, nunca me ocorreu que ela estaria pouco se fodendo para aquilo tudo.

America franziu a testa.

— Tudo bem, Abby. Você está me dizendo que está *de boa* com o que aconteceu?

Abby olhou de relance em torno da sala.

— O Travis pode trazer pra casa quem ele quiser. O apartamento é *dele*.

Engoli o nó que se avolumava na minha garganta.

— Você não fez suas malas?

Ela balançou a cabeça e olhou para o relógio.

— Não, e agora vou ter que tirar tudo delas. Ainda tenho que comer, tomar banho, me vestir... — disse, caminhando para o banheiro.

America desferiu um olhar letal na minha direção, mas a ignorei e fui até a porta do banheiro, batendo de leve.

— Flor?

— O quê? — ela respondeu com a voz fraca.

— Você vai ficar? — Fechei os olhos, esperando por minha punição.

— Eu posso ir embora se você quiser, mas aposta é aposta.

Encostei a cabeça na porta.

— Não quero que você vá embora, mas não te culparia se você fosse.

— Você está me dizendo que estou liberada da aposta?

A resposta era fácil, mas eu não queria obrigá-la a ficar se ela não quisesse. Ao mesmo tempo, morria de medo de deixá-la partir.

— Se eu disser que sim, você vai embora?

— Bem, vou. Eu não moro aqui, seu bobo. — Uma risadinha flutuou através do vão da porta.

Eu não sabia dizer se ela estava chateada ou apenas cansada de ter passado a noite na cadeira reclinável, mas, se fosse a primeira opção, de jeito nenhum eu a deixaria ir embora. Eu nunca mais a veria de novo.

— Então não, a aposta ainda está valendo.

— Posso tomar um banho agora? — ela perguntou com uma vozinha fraca.

— Pode...

America entrou no corredor batendo os pés e parou bem na minha cara.

— Você é um canalha egoísta! — ela grunhiu, batendo a porta do quarto do Shepley depois de entrar.

Fui para o quarto, peguei o roupão da Abby e um par de chinelos, depois voltei até a porta do banheiro. Aparentemente ela ia ficar, mas puxar o saco nunca era má ideia.

— Flor? Trouxe algumas coisas suas.

— É só colocar aí na pia que eu pego.

Abri a porta e coloquei as coisas dela no canto da pia, olhando para o chão.

— Eu fiquei louco de raiva. Ouvi você falando pra America tudo que havia de errado comigo e isso me emputeceu. Eu só queria sair, tomar umas e pensar, mas, antes que me desse conta, eu estava pra lá de bêbado, e aquelas garotas... — Fiz uma pausa para impedir que minha voz falhasse. — Acordei hoje de manhã e você não estava na cama, e quando te vi na cadeira reclinável e as embalagens de camisinha no chão, eu fiquei com nojo.

— Você podia ter me perguntado, em vez de gastar todo aquele dinheiro no mercado só para tentar me fazer ficar.

— Não ligo para o dinheiro, Flor. Fiquei com medo de você ir embora e nunca mais falar comigo.

— Eu não queria magoar você — disse ela, sincera.

— Sei que você não queria. E não importa o que eu diga agora, porque ferrei com tudo... como sempre faço.

— Trav?

— O quê?

— Não dirija mais bêbado daquele jeito, tá?

Eu queria dizer mais coisas, pedir desculpas de novo, dizer a Abby que eu era louco por ela — e que aquilo estava me deixando literalmente maluco, porque eu não sabia como lidar com o que estava sentindo —, mas as palavras não saíram. Meus pensamentos só conseguiam se focar no fato de que, depois de tudo que tinha acontecido, de tudo que eu havia acabado de desabafar, a única coisa que ela tinha a dizer era que eu não dirigisse bêbado.

— Tá bom — falei, saindo e fechando a porta.

Fingi estar vendo TV por horas enquanto Abby se arrumava no banheiro para a festa da fraternidade, depois decidi ir me vestir antes que ela precisasse do quarto.

Havia uma camisa branca relativamente passada no armário, então a peguei, além de uma calça jeans. Eu me senti um idiota na frente do espelho lutando para fechar o botão no punho da camisa. Por fim, desisti e enrolei as mangas até os cotovelos. De qualquer forma, isso era mais a minha cara.

Atravessei o corredor e me joguei no sofá de novo, ouvindo a porta do banheiro se fechar e os pés descalços de Abby batendo no chão.

Meu relógio de pulso mal se movia e, é claro, não tinha nada na TV além de ousados resgates em tempestades e um infomercial sobre um eletrodoméstico inútil. Eu estava nervoso e entediado. O que não era uma boa combinação para mim.

Quando minha paciência se esgotou, bati na porta do quarto.

— Pode entrar — disse Abby.

Ela estava parada no meio do cômodo, com um par de sapatos de salto ao lado. Abby sempre era linda, mas naquela noite não havia um fio de cabelo fora de lugar; ela parecia ter saído da capa de uma daquelas revistas de moda em que a gente dá uma olhada na fila do caixa. Cada centímetro de sua pele estava hidratado, macio, polido à perfeição. Só de vê-la quase caí no chão. Tudo que consegui fazer foi ficar lá parado, embasbacado, até que finalmente fui capaz de formar uma única palavra:

— Uau!

Ela sorriu e olhou para seu vestido.

Seu doce sorriso me trouxe de volta à realidade.

— Você está incrível — falei, incapaz de desviar os olhos dela.

Ela se curvou para colocar os sapatos. O tecido preto, colado na pele, subiu levemente, revelando apenas um centímetro a mais de suas coxas.

Ela se levantou e me deu uma rápida olhada de cima a baixo.

— Você também está legal.

Enfiei as mãos nos bolsos, recusando-me a dizer: *Acho que estou me apaixonando por você neste exato momento* ou qualquer outra das idiotices que bombardeavam minha cabeça.

Ofereci a ela meu cotovelo, que Abby aceitou, permitindo que a escoltasse pelo corredor até a sala de estar.

— O Parker vai ter um treco quando vir você — disse America.

No geral, America era bacana, mas eu estava descobrindo como ela podia ser má se você pisasse no calo dela. Tentei não fazê-la tropeçar enquanto caminhávamos até o Charger e mantive a boca fechada no caminho inteiro até a casa da Sig Tau.

No instante em que Shepley abriu a porta do carro, pudemos ouvir a música alta e horrível vinda da casa. Casais se beijavam e socializavam, calouros corriam de um lado para o outro, tentando minimizar os danos ao jardim, e as garotas da fraternidade feminina caminhavam cuidadosamente de mãos dadas, aos pulinhos, tentando atravessar o gramado macio sem afundar o salto agulha.

Shepley e eu seguimos na frente, abrindo caminho para as meninas, logo atrás. Chutei um copo de plástico vermelho que estava no meio do caminho e segurei a porta aberta para elas. Mais uma vez, Abby ignorou totalmente meu gesto.

Havia uma pilha de copos vermelhos no balcão da cozinha, ao lado de um barril de cerveja. Enchi dois copos e levei um para Abby. Inclinei-me junto ao ouvido dela.

— Não aceite cerveja de ninguém além de mim e do Shep. Não quero que ninguém coloque nada na sua bebida.

Ela revirou os olhos.

— Ninguém vai colocar nada na minha bebida, Travis.

Claramente ela não estava familiarizada com alguns dos caras da minha fraternidade. Eu tinha ouvido histórias, mas não eram sobre nenhum deles em particular. O que era uma coisa boa, porque, se algum dia eu pegasse alguém tentando fazer esse tipo de merda, espancaria o babaca sem dó.

— Só não beba nada que não venha de mim, tá? Você não está mais no Kansas, Flor.

— Já ouvi essa antes — ela retrucou e virou meio copo de cerveja. Ela sabia beber, isso eu tinha que admitir.

Ficamos parados no corredor perto da escada, tentando fingir que estava tudo bem. Alguns dos caras da fraternidade paravam para conversar comigo, assim como algumas garotas da fraternidade feminina, mas eu as dispensei logo, na esperança de que Abby percebesse. Ela nem prestou atenção.

— Quer dançar? — perguntei, puxando de leve a mão dela.

— Não, obrigada — ela respondeu.

Eu não podia culpá-la, depois da noite anterior. Eu tinha sorte por ela sequer continuar falando comigo.

Seus dedos finos e elegantes tocaram meu ombro.

— Só estou cansada, Trav.

Coloquei a mão na dela, preparado para pedir desculpas novamente, para dizer que eu me odiava pelo que tinha feito, mas ela desviou os olhos dos meus para alguém atrás de mim.

— Oi, Abby! Você veio!

Os pelos na minha nuca se eriçaram. Parker Hayes.

Os olhos de Abby ficaram iluminados, e ela tirou a mão da minha num movimento rápido.

— É, já estamos aqui faz mais ou menos uma hora.

— Você está incrível! — ele gritou.

Torci o nariz para ele, que, de tão focado na Abby, nem notou.

— Obrigada! — ela sorriu.

Então percebi que eu não era o único que podia fazê-la sorrir daquele jeito, e de repente tive que me esforçar para controlar minha fúria.

Parker indicou a sala de estar e abriu um sorriso.

— Quer dançar?

— Não, estou meio cansada.

Um traço de alívio amenizou um pouco minha raiva. Não era comigo; ela estava mesmo cansada demais para dançar. Mas a raiva não demorou para voltar. Abby estava cansada porque ficou acordada durante metade da noite ouvindo os sons de seja lá quem fosse que eu tinha levado para casa, e a outra metade dormindo na cadeira reclinável. Agora Parker estava ali, entrando em cena como o cavaleiro de armadura brilhante, como sempre fazia. Rato maldito.

Parker olhou para mim, sem se abalar com minha expressão.

— Achei que você não viria.

— Mudei de ideia — falei, fazendo muito esforço para não dar um murro na boca dele e acabar com quatro anos de trabalho ortodôntico.

— Estou vendo — disse ele, depois olhou para Abby. — Quer tomar um pouco de ar?

Ela concordou, e eu me senti sem ar. Abby foi atrás de Parker pela escada acima. Fiquei olhando enquanto ele dava uma parada, esticava a mão para pegar a dela e os dois subiam até o segundo andar. Quando chegaram lá em cima, Parker abriu a porta dupla que dava para a varanda.

Abby sumiu de vista, e fechei os olhos bem apertados, tentando bloquear os gritos na minha cabeça. Tudo em mim dizia para ir lá e tomá-la de volta. Segurei-me ao corrimão para me controlar.

— Você parece irritadíssimo — disse America, batendo o copo no meu.

Meus olhos se abriram.

— Não. Por quê?

Ela fez uma careta.

— Não minta pra mim. Cadê a Abby?

— Lá em cima. Com o Parker.

— Ah.

— O que isso quer dizer?

Ela deu de ombros. America estava lá fazia pouco mais de uma hora e já estava com aquele olhar vidrado que eu conhecia bem.

— Você está com ciúme.

Alternei meu peso para a outra perna, sentindo-me desconfortável que alguém, além de Shepley, estivesse sendo tão direto comigo.

— Cadê o Shep?

Ela revirou os olhos.

— Fazendo seus deveres de calouro.

— Pelo menos ele não precisa ficar até mais tarde para ajudar na limpeza.

Ela levou o copo à boca e tomou um golinho. Eu não entendia como ela conseguia já estar num barato legal bebendo daquele jeito.

— Então, você está?

— Estou o quê?

— Com ciúme?

Franzi a testa. America geralmente não era tão irritante.

— Não.

— Segunda.

— Hã?

— Essa é a segunda mentira.

Olhei ao redor. Com certeza Shepley viria me salvar em breve.

— Você ferrou bonito as coisas ontem à noite — ela falou, com os olhos repentinamente límpidos.

— Eu sei.

Ela apertou os olhos, me encarando com uma raiva tão intensa que tive vontade de me encolher. America Mason era uma loirinha pequena, mas conseguia ser intimidante pra caramba quando queria.

— Você devia cair fora, Trav. — Ela olhou para cima, para o topo da escada. — É ele que ela acha que quer.

Cerrei os dentes. Eu já sabia disso, mas era ainda pior ouvir as palavras de America. Antes disso, achei que ela estivesse de boa com a ideia de Abby e eu ficarmos juntos, e de certa forma isso significava que eu não era um completo babaca por ir atrás dela.

— Eu sei.

Ela ergueu uma sobrancelha.

— Eu não acho que saiba.

Não respondi, tentando desviar o olhar. Ela agarrou meu queixo com a mão, esmagando minhas bochechas.

— Você sabe mesmo?

Tentei falar, mas os dedos dela espremiam meus lábios. Puxei a cabeça para trás e dei um tapa na mão dela para afastá-la.

— Provavelmente não. Não sou exatamente conhecido por fazer a coisa certa.

America ficou me observando por alguns segundos, então abriu um sorriso.

— Tudo bem, então.

— Hã?

Ela me deu um tapinha na bochecha e apontou para mim.

— Você, Cachorro Louco, é exatamente o tipo de cara de quem eu vim proteger a Abby. Mas quer saber de uma coisa? Todos nós somos meio ferrados de uma forma ou de outra. Mesmo com a sua mancada épica, talvez você seja exatamente o que ela precisa. Você tem mais uma chance — disse ela, esticando o indicador a uns dois centímetros do meu nariz. — Só uma. Não estrague tudo... você sabe... mais que de costume.

Então America se afastou devagar e desapareceu no corredor.

Ela era tão estranha.

A festa se desenrolou como geralmente acontece: drama, uma briga ou duas, garotas e suas discussões, um casal aqui, outro ali tretando, e como resultado a mina saindo às lágrimas, e os últimos gatos pingados desmaiando ou vomitando em áreas indevidas.

Meu olhar se voltou para o topo da escadaria mais vezes do que deveria. Embora as mulheres estivessem praticamente me implorando para levá-las para casa, me mantive vigilante, tentando não imaginar Abby e Parker dando uns amassos ou, pior ainda, ele fazendo com que ela desse risada.

— Oi, Travis — ouvi uma voz cantada e aguda vindo de trás de mim. Não me virei, mas não demorou muito para que a garota se contorcesse até entrar no meu campo de visão. Ela se apoiou nas estacas de madeira do corrimão. — Você parece entediado. Acho melhor eu te fazer companhia.

— Não estou entediado. Pode ir embora — falei, olhando para o topo da escadaria de novo. Abby estava parada no patamar, com as costas voltadas para os degraus.

A garota deu uma risadinha.

— Você é tão engraçado.

Abby passou rapidamente por mim e foi falar com America. Deixei a bêbada falando sozinha e fui atrás.

— Vocês podem ir na frente — disse Abby, sem muita animação. — O Parker me ofereceu carona até em casa.

— O quê? — America exclamou, os olhos cansados se acendendo como duas fogueiras.

— O quê? — eu disse, incapaz de conter minha irritação.

America se virou para mim.

— Algum problema?

Olhei furioso para ela. America sabia exatamente qual era o meu problema. Peguei Abby pelo cotovelo e a puxei até um canto.

— Você nem conhece o cara.

Ela soltou o braço.

— Isso não é da sua conta, Travis.

— É lógico que é! Não vou deixar você pegar carona com um completo estranho. E se ele tentar fazer alguma coisa com você?

— Vai ser ótimo! Ele é uma graça.

Eu não podia acreditar. Ela realmente estava caindo no jogo dele.

— *Parker Hayes*, Flor? Mesmo? *Parker Hayes*. Que nome é esse?

Ela cruzou os braços e ergueu o queixo.

— Para com isso, Trav. Você está sendo um imbecil.

Inclinei-me para frente, irado.

— Eu mato esse cara se ele encostar um dedo em você.

— Eu *gosto* dele.

Uma coisa era presumir que ela estava caindo na dele, outra era ouvi-la admitir isso. Abby era boa demais para mim — e obviamente era boa demais para Parker Hayes. Por que ela estava ficando toda eufórica com aquele idiota? A tensão se instalou em meu rosto em reação à ira que fluía em minhas veias.

— Tudo bem. Se ele acabar agarrando você no banco traseiro do carro e te forçar a fazer alguma coisa, não venha chorar para mim depois.

Ela ficou boquiaberta, indignada e ofendida.

— Não se preocupe, não farei isso — respondeu, esbarrando em mim com o ombro ao passar.

Eu me dei conta do que tinha falado, então a segurei pelo braço e suspirei, sem me virar completamente.

— Eu não quis dizer isso, Flor. Se ele te machucar, se ele fizer com que você se sinta só um pouquinho constrangida, você me fala.

Os ombros dela se abaixaram.

— Eu sei que você não quis dizer nada disso, mas você *precisa* dar um tempo nesse lance superprotetor e parar de bancar meu irmão mais velho.

Dei risada. Ela realmente não entendia.

— Não estou bancando o irmão mais velho, Flor. Nem de longe.

Parker apareceu no corredor e enfiou as mãos nos bolsos.

— Pronta?

— Sim, vamos — disse Abby, pegando no braço dele.

Na minha fantasia, eu corria atrás dele e enfiava o cotovelo em sua nuca, mas Abby se virou e me pegou com o olhar fixo nele.

— *Para com isso* — ela disse, sem pronunciar as palavras. Ela foi saindo com Parker, que abriu a porta para ela. Um largo sorriso se espalhou em seu rosto em agradecimento.

Claro. Ela notava quando era *ele* quem fazia isso.

11
FRIO

Voltar para casa sozinho no banco traseiro do Charger do Shepley não foi nada emocionante. America tirou os sapatos e ficou dando risadinhas enquanto cutucava a bochecha dele com o dedão do pé. Ele deve ser loucamente apaixonado por ela, porque só ficou sorrindo, divertido com a risada contagiante da namorada.

Meu telefone tocou. Era o Adam.

— Tem uma luta pra você com um novato em uma hora. No porão do Hellerton.

— Então, hum... eu não posso.

— O quê?

— Você ouviu. Eu disse que não posso.

— Você está doente? — Adam perguntou, a raiva transparecendo em seu tom de voz.

— Não. Preciso garantir que a Flor chegue bem em casa.

— Tive muito trabalho pra arranjar essa luta, Maddox.

— Eu sei, desculpa. Preciso desligar.

Quando Shepley estacionou em sua vaga de costume na frente do apartamento e o Porsche do Parker não estava lá, soltei um suspiro.

— Você vem, primo? — Shepley perguntou, se virando no banco.

— Vou — respondi, olhando para minhas mãos. — Acho que sim.

Ele levantou o banco para que eu pudesse sair, e parei bem perto do corpo pequeno de America.

— Você não tem nada com que se preocupar, Trav. Confie em mim — ela disse.

Assenti uma vez e segui os dois escadaria acima. Eles foram direto para o quarto do Shepley e trancaram a porta. Tombei na cadeira reclinável, ouvindo as incessantes risadinhas da America e tentando não imaginar o Parker colocando a mão no joelho — ou na coxa — da Abby.

Menos de dez minutos depois, um motor de carro rugiu lá fora e fui até a porta, segurando a maçaneta. Ouvi dois pares de pés subindo as escadas. Um estava de salto. Fui invadido por uma onda de alívio. Abby estava em casa.

Apenas murmúrios atravessavam a porta. Quando eles ficaram em silêncio e a maçaneta girou, abri a porta com rapidez.

Abby caiu pela soleira, mas a segurei pelo braço.

— Vai com calma aí, menina.

Ela imediatamente se virou para ver a expressão no rosto de Parker. Ele estava tenso, como se não soubesse o que pensar, mas se recuperou rápido, fingindo olhar para dentro do apartamento.

— Alguma garota humilhada e largada por aí precisando de carona?

Fuzilei-o com o olhar. Ele tinha culhão.

— Não começa.

Ele sorriu e piscou para Abby.

— Estou sempre provocando o Travis. Não consigo fazer isso mais com tanta frequência desde que ele percebeu que fica mais fácil se elas vierem de carro.

— Acho que isso simplifica as coisas — disse Abby, se virando para mim com um sorriso brincalhão.

— Não tem graça, Flor.

— *Flor?* — Parker perguntou.

Abby se remexeu, nervosa.

— É, hum... abreviação de Beija-Flor. É só um apelido, não sei nem de onde surgiu.

— Você vai ter que me contar quando descobrir. Parece uma boa história. — Parker sorriu. — Boa noite, Abby.

— Você não quer dizer "bom dia"? — ela perguntou.

— Isso também — ele falou, com um sorriso que me deu vontade de vomitar.

Abby estava ocupada babando por ele, então, para trazê-la de volta à realidade, bati a porta com força. Ela deu um pulo para trás, assustada.

— *Que foi?* — lançou.

Atravessei o corredor pisando duro, com Abby na minha cola. Ela parou na entrada do quarto, pulando em um dos pés, tentando tirar o sapato.

— Ele é legal, Trav.

Fiquei observando-a se equilibrar em um pé, então decidi ajudar antes que ela caísse.

— Você vai se magoar — eu disse, enganchando o braço na cintura dela e puxando os sapatos com a outra mão. Tirei a camisa e a joguei num canto.

Para minha surpresa, Abby levou as mãos às costas para abrir o zíper do vestido, tirou-o e depois colocou uma camiseta. Ela fez algum tipo de truque com o sutiã para tirá-lo com a camiseta vestida. Parece que todas as mulheres conhecem essa manobra.

— Tenho certeza que não há nada aqui que você já não tenha visto — ela disse, revirando os olhos.

Ela se sentou no colchão e enfiou as pernas entre a coberta e os lençóis. Fiquei olhando enquanto ela se aninhava no travesseiro, depois tirei a calça jeans, chutando-a também para o canto.

Ela estava encolhida, esperando que eu fosse para a cama. Eu estava irritado com o fato de que ela havia acabado de ir para casa com o Parker e depois se trocou na minha frente como se não fosse nada de mais. Mas, ao mesmo tempo, aquele era simplesmente o tipo de situação platônica ferrada em que nos encontrávamos, e era tudo culpa minha.

Tinha tanta coisa se acumulando dentro de mim. E eu não sabia o que fazer com tudo aquilo. Quando fizemos a aposta, não me ocorreu que ela estaria saindo com Parker. Ter um surto só a levaria direto para os braços dele. Lá no fundo, eu sabia que faria qualquer coisa para mantê-la perto de mim. Se abafar meu ciúme significasse passar mais tempo com a Abby, era isso que eu teria de fazer.

Deitei na cama ao lado dela e ergui a mão, apoiando-a em seu quadril.

— Perdi uma luta essa noite. O Adam ligou e eu não fui.

— *Por quê?* — ela perguntou, virando de frente para mim.

— Quis me certificar de que você chegaria bem em casa.

Ela torceu o nariz.

— Você não tem que bancar minha babá.

Deslizei o dedo pela extensão do braço dela, que estava quente.

— Eu sei. Acho que ainda me sinto mal pela outra noite.

— Eu já falei que não me importava.

— Foi por isso que você dormiu na sala? Porque não se importava?

— Eu não conseguia dormir depois que suas... *amigas* foram embora.

— Você dormiu muito bem na sala. Por que não conseguiu dormir comigo?

— Você quer dizer do lado de um cara que fedia como as duas bêbadas que ele tinha acabado de mandar embora? Não sei! Que egoísta da minha parte!

Eu me encolhi, tentando apagar as cenas da cabeça.

— Eu disse que sentia muito.

— E eu disse que não ligava. Boa noite — ela disse, virando de costas.

Estiquei o braço até o outro lado do travesseiro para colocar a mão na dela, acariciando a parte interna de seus dedos. Eu me inclinei e beijei seus cabelos.

— Eu estava preocupado que você não fosse nunca mais falar comigo... Mas pior ainda é ver que você não liga.

— O que você quer de mim, Travis? Você não quer que eu fique chateada com o que você fez, mas quer que eu me importe. Você disse à America que não quer me namorar, mas fica irritado quando digo a mesma coisa... tão irritado que sai feito um raio e fica ridiculamente bêbado. Não dá pra te entender.

Fiquei surpreso com as palavras dela.

— Foi por isso que você disse aquelas coisas para a America? Porque falei que não ia ficar com você?

A expressão dela era uma mescla de choque e raiva.

— Não, eu realmente quis dizer cada palavra que disse. Só não tive a intenção de te ofender.

— Eu só disse aquilo porque não quero estragar nada. Eu nem saberia ser a pessoa que você merece. Só estava tentando trabalhar isso na minha cabeça.

Dizer aquelas palavras me fez sentir náusea, mas elas tinham que ser ditas.

— Seja lá o que você quer dizer com isso... eu tenho que dormir um pouco. Tenho um encontro hoje à noite.

— Com o Parker?

— Sim. Por favor, posso dormir agora?

— Claro — falei, levantando com tudo da cama. Abby não falou uma palavra sequer enquanto eu saía do quarto.

Eu me sentei na cadeira reclinável e liguei a televisão. Bem que tentei manter a calma, mas aquela mulher me irritava. Conversar com ela era como bater um papo com um buraco negro. Não importava o que eu dissesse, até mesmo nas poucas vezes em que fui sincero em relação aos meus sentimentos. A audição seletiva dela me enfurecia. Eu não conseguia fazer com que ela me entendesse, e ser direto só parecia deixá-la brava.

O sol nasceu meia hora depois. Apesar da raiva ainda presente, consegui dar uma cochilada.

Alguns instantes mais tarde, meu celular tocou. Eu me arrastei para encontrá-lo, ainda meio dormindo, e atendi.

— Alô?

— Fala, cuzão! — Trenton gritou no meu ouvido.

— Que horas são? — perguntei, olhando para a TV. Estava passando desenho, algo típico de um sábado de manhã.

— Dez e pouco. Preciso da sua ajuda com a caminhonete do pai. Acho que é o módulo de ignição. Não está girando.

— Trent — falei, em meio a um bocejo. — Eu não manjo porra nenhuma de carro. É por isso que tenho uma moto.

— Então pede para o Shepley. Eu tenho que ir para o trabalho daqui a uma hora e não quero deixar o pai na mão.

Bocejei de novo.

— Porra, Trent, eu virei a noite em claro. O que o Tyler está fazendo?

— Levanta o rabo daí e vem pra cá! — ele gritou antes de desligar o telefone.

Joguei o celular no sofá e me levantei, olhando para o relógio na televisão. Trent quase acertou quando chutou que horas eram. Eram 10h20 da manhã.

A porta do quarto do Shepley estava fechada, então fiquei escutando por um minuto antes de bater duas vezes e enfiar a cabeça para dentro.

— Ei, Shep. Shepley!

— Que foi? — ele perguntou.

A voz dele soou como se ele tivesse engolido pedra e a feito descer com ácido.

— Preciso de ajuda.

America choramingou, mas nem se mexeu.

— Com o quê?

Ele se sentou na cama, pegou uma camiseta do chão e a enfiou pela cabeça.

— A caminhonete do meu pai não está pegando. O Trent acha que é a ignição.

Ele terminou de se vestir e se inclinou sobre America.

— Estou indo para a casa do Jim, baby, vou ficar umas horas lá.

— Humm?

Ele a beijou na testa.

— Vou ajudar o Travis com a caminhonete do Jim. Já volto.

— Tá — disse ela, voltando a dormir antes mesmo que ele saísse do quarto.

Ele calçou um par de tênis que estava na sala de estar e pegou as chaves.

— Você vem ou não? — perguntou.

Atravessei o corredor e entrei no meu quarto, me arrastando como alguém que só havia dormido quatro horas — e nem tinha sido um bom sono, ainda por cima. Vesti uma regata, moletom com capuz e calça jeans. Tentando não fazer barulho, virei devagar a maçaneta da porta, mas fiz uma pausa antes de sair. Abby estava de costas para mim, com a respiração regular, as pernas nuas estiradas em direções opostas. Senti um desejo quase incontrolável de me deitar junto dela.

— Vamos! — chamou o Shepley.

Fechei a porta e o segui até o Charger. Nós nos alternamos bocejando o caminho todo até a casa do meu pai, cansados demais para conversar.

Houve um barulho de cascalho esmagado quando o Charger chegou à frente da casa, e acenei para Trenton e meu pai antes de sair do carro.

A caminhonete estava estacionada ali. Enfiei as mãos nos bolsos do moletom, sentindo o frio no ar. Folhas caídas eram trituradas sob minhas botas enquanto eu caminhava pelo gramado.

— Vejam só quem apareceu. Oi, Shepley — disse meu pai com um sorriso.

— Oi, tio Jim. Ouvi dizer que você está com um problema de ignição.

Meu pai colocou a mão na barriga redonda.

— Estamos achando que sim... — assentiu, encarando o motor.

— Por que vocês acham isso? — Shepley perguntou, enrolando as mangas da camiseta.

Trenton apontou para o antichamas.

— Hum... derreteu. Foi a primeira pista.

— Bom palpite — disse Shepley. — Eu e o Trav vamos dar um pulo na loja de peças e comprar um novo. Depois que eu instalar, o carro vai ficar novinho em folha.

— Em teoria — falei, entregando uma chave de fenda a Shepley.

Ele desparafusou e retirou o módulo de ignição. Ficamos encarando o revestimento derretido.

Shepley apontou para o espaço vazio da peça.

— Vamos ter que trocar esses fios. Estão vendo as marcas de queimado? — perguntou, tocando o metal. — O isolamento dos fios derreteu também.

— Valeu, Shep. Vou tomar uma ducha. Preciso me arrumar para o trabalho — disse Trenton.

Shepley usou a chave de fenda para fazer um cumprimento desajeitado ao meu irmão e então a jogou na caixa de ferramentas.

— Meninos, parece que a noite de vocês foi longa — disse meu pai.

Um lado da minha boca se contorceu.

— E foi mesmo.

— Como vai a sua namorada? A America?

Shepley assentiu com um largo sorriso no rosto.

— Ela está bem, Jim. Está dormindo ainda.

Meu pai deu risada e assentiu.

— E a sua?

Dei de ombros.

— Ela tem um encontro com o Parker Hayes hoje à noite. Ela não é exatamente minha, pai.

Ele deu uma piscadela.

— Ainda.

Shepley ficou sério, lutando para não franzir a testa.

— Que foi, Shep? Você não aprova a beija-flor do Travis?

O uso tão casual do apelido da Abby pelo meu pai pegou Shepley desprevenido, e ele torceu a boca, ameaçando abrir um sorriso.

— Não, eu gosto da Abby. É só que ela é como uma irmã para a America. Eu fico nervoso com isso.

Meu pai assentiu, empático.

— Dá pra entender. Mas acho que essa é diferente, você não acha?

Shepley deu de ombros.

— Mas esse é meio que o ponto. Não quero que o primeiro coração partido do Travis seja por causa da melhor amiga da America. Sem querer ofender, Travis.

Franzi a testa.

— Você não confia em mim de jeito nenhum, não é?

— Não é isso. Bom, é mais ou menos isso.

Meu pai pôs a mão no ombro dele.

— Você está com medo porque essa é a primeira tentativa do Travis de ter um relacionamento. Se ele estragar tudo, isso vai ferrar as coisas para o seu lado.

Shepley apanhou um pano sujo e limpou as mãos.

— Eu me sinto mal por admitir, mas é isso mesmo. Mas estou torcendo por você, cara, de verdade.

Trenton bateu a porta de tela quando saiu apressado da casa. Ele me deu um soco no braço antes mesmo que eu visse que ele tinha erguido o punho.

— Até mais, otários! — Ele deu uma parada e se virou. — Eu não estava me referindo a você, pai.

Meu pai abriu um meio sorriso e balançou a cabeça.

— Não achei que estivesse, filho.

Trent sorriu e entrou em seu carro, um Dodge Intrepid vermelho-escuro detonado. Aquele carro não era legal nem quando estávamos na escola, mas Trent o adorava. Principalmente por estar totalmente quitado.

Um cachorrinho preto latiu, chamando minha atenção para a casa. Meu pai sorriu, batendo na coxa.

— Vem cá, seu medroso.

O cachorro deu alguns passos para frente e então voltou latindo para dentro de casa.

— Como ele está? — perguntei.

— Ele fez xixi no banheiro duas vezes.

Fiz uma careta.

— Foi mal.

Shepley deu risada.

— Pelo menos ele tem uma noção do lugar certo.

Meu pai assentiu e acenou com a mão, como se dando um desconto.

— É só até amanhã — falei.

— Tudo bem, filho. Ele diverte a gente. O Trent gosta dele.

— Que bom — sorri.

— Onde estávamos? — quis saber meu pai.

Esfreguei o braço latejante por causa do soco do Trent.

— O Shepley estava me lembrando do fracasso que ele acha que eu sou quando se trata de mulheres.

Shepley deu risada.

— Você é um monte de coisas, Trav. E um fracasso não é uma delas. Eu só acho que o caminho vai ser longo. E, com o seu gênio e o da Abby, a sorte não está a seu favor.

Meu corpo ficou tenso e me endireitei.

— A Abby não tem um gênio ruim.

Meu pai tentou acalmar os ânimos.

— Calma, criatura. Ele não está falando mal da Abby.

— Mas ela não é assim.

— Tá bom — ele disse com um sorrisinho.

Ele sempre soube lidar com a gente quando as coisas ficavam tensas, e geralmente tentava apaziguar a situação antes que fôssemos longe demais.

Shepley jogou o pano em cima da caixa de ferramentas.

— Vamos lá pegar a peça.

— Depois me fala quanto é.

Balancei a cabeça.

— Deixa comigo, pai. Fica pelo cachorro.

Meu pai sorriu e começou a recolher a bagunça que o Trenton tinha feito na caixa de ferramentas.

— Tudo bem, então. Até daqui a pouco.

Eu e o Shepley saímos no Charger, nos dirigindo à loja de autopeças. Uma frente fria tinha se instalado na região. Apertei as mangas do meu moletom com os punhos cerrados para aquecer as mãos.

— Que frio da porra está fazendo hoje — disse Shepley.

— É quase inverno.

— Acho que ela vai gostar do cachorro.

— Espero que sim.

Depois de algumas quadras em silêncio, ele balançou a cabeça.

— Eu não quis falar mal da Abby. Você sabe disso, né?

— Sei.

— Eu sei o que você sente por ela, e realmente espero que dê certo. Só estou nervoso.

— Ãrrã.

Shepley parou no estacionamento da O'Reilly's, mas não desligou o carro.

— Ela vai sair com o Parker Hayes hoje, Travis. Como você acha que vai ser quando ele for buscar a Abby? Já pensou nisso?

— Estou tentando não pensar.

— Bom, mas talvez você devesse. Se realmente quer que isso dê certo, você precisa parar de agir do jeito que quer e começar a agir de uma forma que funcione a seu favor.

— Como assim?

— Você acha que vai ganhar algum ponto se ficar fazendo cara feia enquanto ela se arruma e depois tratar o Parker mal? Ou acha que ela vai gostar se você disser como ela está linda e se despedir dela como um amigo faria?

— Eu não quero ser amigo dela.

— Eu sei disso, e você sabe disso, e é bem provável que a Abby também saiba... e pode ter certeza que o Parker também.

— Você precisa ficar dizendo o nome daquele bosta o tempo todo?

Shepley desligou o motor.

— Se liga, Trav. Você e eu sabemos que, enquanto você continuar mostrando ao Parker que ele está conseguindo te irritar, ele vai continuar com esse joguinho. Não dê essa satisfação ao cara, e seja melhor que ele no jogo. Ele vai acabar pisando na bola, e a Abby vai acabar largando o cara por conta própria.

Pensei no que ele estava dizendo, então olhei de relance para ele.

— Você... realmente acha isso?

— Acho. Agora vamos lá pegar a peça do Jim e voltar para casa antes que a America acorde e comece a me ligar feito louca porque não lembra do que eu falei antes de sair.

Dei risada e o acompanhei loja adentro.

— Mas que ele é um bosta, isso ele é.

Shepley não demorou para encontrar a peça e menos ainda para trocá-la. Em pouco mais de uma hora, ele havia instalado o módulo de ignição, dado partida na caminhonete e a visita ao meu pai estava encerrada. Quando acenamos em despedida, saindo com o Charger em marcha a ré, era pouco mais de meio-dia.

Conforme Shepley previra, America já estava acordada quando chegamos ao apartamento. Ela tentou agir como se estivesse irritada antes de ele explicar nossa ausência, mas era óbvio que estava feliz por ele estar em casa.

— Eu estava tão entediada. A Abby ainda está dormindo.

— Ainda? — perguntei, tirando as botas.

America assentiu e fez uma careta.

— A menina gosta de dormir. A não ser que tenha enchido a cara na noite anterior, ela dorme pra sempre. Já desisti de tentar transformá-la em uma pessoa matinal.

A porta rangeu quando a abri lentamente. Abby estava de bruços, quase na mesma posição de quando saí, só que do outro lado da cama. Parte de seus cabelos cobria seu rosto, e a outra parte estava espalhada pelo meu travesseiro em suaves ondas caramelo.

Sua camiseta estava amontoada na cintura, deixando à mostra a calcinha azul-clara. Era de algodão, nada particularmente sexy, e ela parecia estar em coma, mas mesmo assim, largada sobre meus lençóis brancos, com o sol da tarde entrando pelas janelas, sua beleza era indescritível.

— Flor? Você vai acordar hoje?

Ela murmurou algo e virou a cabeça. Dei mais alguns passos para dentro do quarto.

— Beija-Flor.

— Hum... hunf... fafo... chem.

America estava certa, Abby não acordaria tão cedo. Fechei a porta com suavidade e me juntei a eles na sala. Eles estavam comendo um prato de nachos que America tinha preparado, assistindo a alguma coisa de menina na TV.

— Ela acordou? — quis saber America.

Balancei a cabeça e me sentei na cadeira reclinável.

— Não. Mas ela estava falando alguma coisa.

Ela sorriu, apertando os lábios para não cair comida.

— Ela costuma fazer isso — disse de boca cheia. — Ouvi você saindo do quarto ontem à noite. O que rolou?

— Eu estava sendo um babaca.

Ela ergueu as sobrancelhas.

— Como assim?

— Eu estava frustrado. Praticamente contei pra ela como eu me sentia e foi como se tivesse entrado por um ouvido e saído pelo outro.

— E *como* você se sente? — ela quis saber.

— No momento, cansado.

Um nacho voou na minha cara, mas não me acertou, caindo na minha camiseta. Enfiei-o na boca, mastigando os feijões, o queijo e o creme azedo. Não estava ruim.

— Estou falando sério. O que você disse?

Dei de ombros.

— Não lembro. Algo sobre ser a pessoa que ela merece.

— Ahhh — disse America, suspirando. Ela se reclinou na direção do Shepley, com um sorriso torto. — Isso foi muito bom. Até você tem que admitir.

Shepley entortou a boca para o lado; essa seria a única reação que ela conseguiria dele.

— Você é tão ranzinza — disse ela, com a testa franzida.

Ele se levantou.

— Não, baby. Só não estou me sentindo muito bem.

Ele pegou uma cópia da revista *Car and Driver* da mesa lateral e se dirigiu ao banheiro.

Com uma cara de solidariedade, America ficou olhando enquanto Shepley saía, depois se voltou para mim, e sua expressão se metamorfoseou em nojo.

— Acho que vou ter que usar o seu banheiro pelas próximas horas.

— A menos que você queira perder o olfato pelo resto da vida.

— Seria melhor, depois do que provavelmente vai acontecer ali — disse ela, estremecendo.

America tirou o filme da pausa e ficamos assistindo ao resto dele. Eu não fazia ideia do que estava acontecendo. Uma mulher estava falando alguma coisa sobre vacas velhas e sobre como seu colega de apartamento era galinha. Perto do fim do filme, Shepley voltou a se juntar a nós e a personagem principal descobriu que gostava do colega de apartamento, que no fim das contas ela não era uma vaca velha e que o galinha, agora recuperado, estava bravo por causa de algum mal-entendido idiota. Ela só teve que sair correndo atrás dele pela rua, beijá-lo e tudo ficou bem. Não era o pior filme que eu já tinha visto na vida, mas ainda era um filme de menininha... e ainda era chato.

No meio da tarde, o apartamento estava iluminado e a TV estava ligada, embora no mudo. Tudo parecia normal, porém vazio. As placas roubadas ainda estavam nas paredes, penduradas ao lado de nossos pôsteres favoritos de cerveja com gatas seminuas em posições variadas. America tinha arrumado o apartamento e Shepley estava deitado no sofá, zapeando pelos canais. Era um sábado normal. Mas algo estava fora de lugar. Algo estava faltando.

Abby.

Mesmo com ela no quarto ao lado, desmaiada, a sensação no apartamento era diferente sem sua voz, seus socos de brincadeira ou até o som dela mexendo nas unhas. Eu tinha me acostumado com tudo isso em nosso pouco tempo juntos.

Assim que os créditos do segundo filme começaram a subir na tela, ouvi a porta do quarto se abrir e os pés de Abby se arrastando no chão. A porta do banheiro se abriu e fechou. Ela ia começar a se arrumar para sair com Parker.

Instantaneamente, meu mau humor começou a ferver.

— Trav — Shepley disse em tom de aviso.

Ouvi na minha cabeça as palavras que ele tinha dito mais cedo. Parker estava fazendo um jogo, e eu tinha que jogar melhor que ele. Minha adrenalina baixou e relaxei de encontro à almofada do sofá. Estava na hora de jogar para ganhar.

O ruído agudo do encanamento era um sinal de que Abby ia tomar banho. America se levantou e entrou quase dançando no banheiro. Eu podia ouvir as vozes delas, mas não dava para entender o que diziam.

Fui caminhando com passos suaves até o corredor e encostei o ouvido na porta.

— Não estou superfeliz que você esteja ouvindo minha namorada urinar — disse Shepley em um sussurro alto.

Levei o dedo do meio aos lábios e então voltei a atenção às vozes delas.

— Expliquei a situação para ele — disse Abby.

A descarga foi puxada e a torneira ligada, e de repente Abby deu um grito. Sem pensar, agarrei a maçaneta da porta e a abri com tudo.

— Flor?

America riu.

— Eu só dei descarga, Trav, calma.

— Ah. Está tudo bem com você, Beija-Flor?

— Estou ótima. Sai daqui!

Fechei a porta e suspirei. Aquilo foi muito burro. Depois de alguns segundos tensos, me dei conta de que nenhuma delas sabia que eu estava bem ali, do outro lado da porta, então encostei a orelha na madeira de novo.

— É pedir demais que se tenha tranca nas portas? — perguntou Abby.

— Mare?

— É realmente uma pena que vocês dois não tenham conseguido se entender. Você é a única garota que poderia ter... — Ela suspirou. — Não importa. Isso não vem ao caso agora.

A água do chuveiro parou de correr.

— Você é tão má quanto ele — disse Abby, com a voz densa, cheia de frustração. — É uma doença... Ninguém aqui consegue pensar direito. Você está brava com ele, lembra?

— Eu sei — America respondeu.

Essa foi a deixa para que eu voltasse para a sala, mas meu coração estava a um milhão por hora. Por algum motivo, se America achava que estava tudo bem, eu sentia que tinha o sinal verde, que eu não era um babaca completo por tentar fazer parte da vida de Abby.

Assim que me sentei no sofá, America saiu do banheiro.

— Que foi? — ela perguntou, sentindo algo no ar.

— Nada, baby. Vem sentar — disse Shepley, dando uns tapinhas no espaço vazio ao seu lado.

Ela fez o que ele pediu, feliz, estirando-se ao seu lado, com o torso apoiado no peito dele.

O secador de cabelos foi ligado no banheiro e olhei para o relógio. A única coisa pior do que ter que ficar de boa com o fato de que Abby ia sair com Parker era que ele precisasse esperar por ela no meu apartamento. Manter a calma por alguns minutos enquanto ela pegava a bolsa e saía era uma coisa. Olhar para a cara feia dele enquanto ele esperava por ela no meu sofá, sabendo que ele estaria pensando em uma maneira de levá-la para a cama no fim da noite, era outra bem diferente.

Um pouco da minha ansiedade foi aliviado quando Abby saiu do banheiro. Ela estava com um vestido vermelho, e a cor de seus lábios era exatamente do mesmo tom. Seus cabelos estavam ondulados, lembrando aquelas pinups da década de 50. Mas melhor. Muito... *muito* melhor.

Sorri, e nem foi forçado.

— Você... está linda.

— Obrigada — disse ela, claramente surpresa com meu comentário.

A campainha tocou, e instantaneamente um surto de adrenalina correu pelas minhas veias. Inspirei fundo, determinado a manter a calma.

Abby abriu a porta, e Parker levou vários segundos para falar alguma coisa.

— Você é a criatura mais linda que já vi na vida — ele disse por fim.

É, eu definitivamente ia vomitar antes de conseguir esmurrá-lo. Que otário.

O sorriso de America ia de um lado ao outro do rosto. Shepley parecia superfeliz também. Recusando-me a me virar, mantive os olhos na TV. Se eu visse a expressão presunçosa no rosto do Parker, passaria por cima do sofá e faria o idiota voar até o primeiro andar sem acertar um único degrau.

A porta se fechou e me dobrei para frente, com os cotovelos nos joelhos e a cabeça entre as mãos.

— Você se saiu bem, Trav — disse Shepley.

— Preciso de uma bebida.

12
VIRGEM

Menos de uma semana depois, eu já tinha esvaziado minha segunda garrafa de uísque. Entre tentar lidar com o fato de que Abby passava cada vez mais tempo com Parker e o fato de ela me pedir para liberá-la da aposta, para que pudesse sair do apartamento, minha boca vinha tocando mais o gargalo da garrafa do que meus cigarros.

Parker tinha estragado a surpresa da festa de aniversário da Abby no almoço de quinta-feira, então tive que dar um jeito de remarcá-la para sexta-feira em vez de domingo. Fiquei grato pela distração, mas isso não era o bastante.

Na quinta à noite, Abby e America estavam conversando casualmente no banheiro. O comportamento de Abby com a amiga era um contraste claro em relação à forma como ela vinha me tratando: ela mal falava comigo desde que eu me recusara a liberá-la da aposta, mais cedo naquele mesmo dia.

Na esperança de tornar as coisas mais leves, enfiei a cabeça no banheiro.

— Quer ir comer alguma coisa?

— O Shep quer ir num restaurante mexicano novo que abriu lá no centro. Se vocês quiserem ir também... — disse America, distraída, penteando os cabelos.

— Pensei em sair sozinho com a Flor hoje.

Abby retocou o batom.

— Vou sair com o Parker.

— De novo? — falei, sentindo meu rosto se comprimir.

— De novo — disse ela em tom cantado.

A campainha tocou. Abby irrompeu do banheiro e cruzou a sala correndo para abrir a porta.

Segui-a e parei atrás dela, fazendo questão de desferir meu melhor olhar mortal ao Parker.

— Você alguma vez está menos do que maravilhosa? — ele perguntou.

— Tomando como base a primeira vez em que ela veio aqui, vou dizer que sim — falei friamente.

Abby ergueu um dedo para que Parker aguardasse e se virou para mim. Eu esperava que ela fosse retrucar meu comentário, mas ela estava sorrindo. Jogou os braços em volta do meu pescoço e me abraçou forte.

A princípio fiquei tenso, achando que ela ia me bater, mas, assim que me dei conta de que estava só me abraçando, relaxei e a puxei para mim.

Ela se afastou e sorriu.

— Obrigada por organizar a minha festa de aniversário — disse, com gratidão genuína na voz. — Podemos deixar o jantar para outro dia?

Lá estava, em seus olhos, o calor de que eu sentia falta, mas acima de tudo eu estava surpreso com o fato de que, depois de não falar comigo a tarde inteira, ela estivesse em meus braços.

— Amanhã?

Ela me abraçou de novo.

— Com certeza — e acenou para mim enquanto pegava Parker pela mão e fechava a porta.

Eu me virei e esfreguei a nuca.

— Eu... eu preciso de uma...

— Bebida? — perguntou Shepley, com uma pontada de preocupação na voz. Ele olhou para a cozinha. — Não temos nada além de cerveja.

— Então acho que vou ter que dar uma passada na loja de bebidas.

— Eu vou junto — disse America, dando um pulo para pegar o casaco.

— Por que vocês não vão com o Charger? — disse Shepley, jogando as chaves para ela.

America olhou para a coleção de metal que tinha nas mãos.

— Tem certeza?

155

Ele suspirou.

— Acho que o Travis não devia dirigir. A lugar nenhum... se é que você me entende.

America assentiu entusiasmada.

— Saquei. — Ela pegou minha mão. — Vamos, Trav. Vamos refazer seu estoque de bebida. — Comecei a segui-la porta afora, mas ela parou de repente e girou nos calcanhares. — Mas...! Você precisa me prometer uma coisa. Nada de brigas hoje. Afogar as mágoas, tudo bem — disse ela, segurando meu queixo e me forçando a fazer que sim com a cabeça. — Bêbado malvado, não. — Ela empurrava meu queixo para cima e para baixo.

Puxei a cabeça para trás, afastando a mão dela.

— Promete? — ela ergueu uma sobrancelha.

— Prometo.

Ela sorriu.

— Então vamos.

Com os dedos encostados nos lábios e o cotovelo apoiado na porta, fiquei olhando o mundo passar pela janela. A frente fria havia trazido um vento selvagem, chicoteando as árvores e os arbustos e fazendo com que as lâmpadas dos postes de rua oscilassem para frente e para trás. O vestido da Abby era bem curto. Era melhor que o Parker não olhasse se a saia dela voasse com o vento. Os joelhos à mostra da Abby quando ela se sentou ao meu lado no banco traseiro do Charger me vieram à mente, e imaginei Parker notando sua pele macia e brilhante, como eu tinha notado, mas com menos admiração e mais lascívia.

Bem quando a raiva se acumulou dentro de mim, America pisou no freio.

— Chegamos.

O brilho suave da placa da Ugly Fixer Liquor iluminava a entrada. America parecia minha sombra no corredor da loja. Só precisei de um instante para achar o que estava procurando. A única garrafa adequada para uma noite como aquela: Jim Beam.

— Tem certeza que quer fazer isso? — ela perguntou, em tom de advertência. — Você tem uma festa de aniversário surpresa pra organizar amanhã.

— Tenho certeza — falei, levando a garrafa até o balcão.

No segundo em que encostei a bunda no banco do passageiro do Charger, girei a tampa da garrafa e tomei um gole, apoiando a cabeça no encosto.

America ficou me olhando por um instante, então acionou a marcha a ré.

— Isso vai ser divertido, já estou vendo.

Na hora em que chegamos ao apartamento, o nível da bebida já estava bem mais baixo na garrafa.

— Você não fez isso — disse Shepley quando viu o uísque.

— Fiz — falei, tomando mais um gole. — Quer um pouco? — perguntei, apontando a boca da garrafa na direção dele.

Ele fez uma careta.

— Não, pelo amor de Deus. Eu preciso ficar sóbrio para reagir rápido quando você der uma de Travis-sob-efeito-de-Jim-Beam pra cima do Parker mais tarde.

— Ele não vai fazer isso — disse America. — Ele prometeu.

— É mesmo — falei com um sorriso, já me sentindo melhor. — Eu prometi.

Durante a hora seguinte, Shepley e America fizeram o melhor possível para me distrair. E o sr. Beam fez o melhor possível para me manter entorpecido. Na segunda hora, as palavras do Shepley já pareciam mais lentas. America ria do sorriso idiota na minha cara.

— Viu? Ele é um bêbado feliz.

Fiz um som de baforada com a boca.

— Não estou bêbado. Ainda não.

Shepley apontou para o líquido âmbar, que diminuía.

— Se você beber o resto disso aí, vai ficar.

Olhei para o relógio.

— Três horas. O encontro deve estar bom.

Ergui a garrafa para Shepley e a levei à boca, inclinando a cabeça. O restante do conteúdo passou pelos meus lábios e dentes já amortecidos e desceu queimando até o estômago.

— Meu Deus, Travis — disse Shepley, franzindo a testa. — Você devia ir desmaiar no quarto. É melhor você não estar acordado quando ela chegar.

O som de um motor foi ficando cada vez mais alto enquanto se aproximava do prédio, depois diminuiu. Eu conhecia muito bem aquele barulho: era o Porsche do Parker.

Um sorriso frouxo se espalhou em meus lábios.

— Pra quê? É aqui que a magia acontece.

America ficou me olhando, preocupada.

— Trav... você prometeu.

Assenti.

— É, eu prometi. Só vou ajudar a Abby a sair do carro.

Minhas pernas estavam sob mim, mas eu não conseguia senti-las. As costas do sofá se revelaram um ótimo estabilizador para minha tentativa embriagada de andar.

Peguei na maçaneta, mas America cobriu gentilmente minha mão com a dela.

— Eu vou com você. Para ter certeza que você não vai quebrar sua promessa.

— Boa ideia — falei.

Abri a porta e a adrenalina ardeu instantaneamente. O Porsche balançou uma vez, e as janelas estavam embaçadas.

Sem saber ao certo como minhas pernas se moveram tão rápido na condição em que eu estava, de repente me vi lá embaixo das escadas. America agarrou minha camiseta. Apesar de pequena, ela era surpreendentemente forte.

— Travis — disse ela, em um sussurro alto. — A Abby não vai deixar as coisas irem longe demais. Tente se acalmar primeiro.

— Só vou ver se está tudo bem com ela — falei, cruzando os poucos passos até o carro do Parker.

A lateral da minha mão acertou com tanta força a janela do passageiro que fiquei surpreso de não ter quebrado o vidro. Como eles não abriram a porta, eu fiz isso por eles.

Abby estava arrumando o vestido. Seus cabelos bagunçados e os lábios sem batom indicavam o que eles estavam fazendo.

O rosto de Parker ficou tenso.

— Que é isso, Travis?!

Cerrei as mãos em punhos, mas pude sentir a mão de America em meu ombro.

— Vem, Abby. Preciso conversar com você — disse ela.

Abby piscou algumas vezes.

— Sobre o quê?

— Vem logo! — ela exclamou.

Abby olhou para Parker.

— Desculpe, tenho que ir.

Ele balançou a cabeça com raiva.

— Não, tudo bem. Vai em frente.

Peguei-a pela mão enquanto ela saía do Porsche e fechei a porta com um chute. Abby se virou e ficou entre mim e o carro, empurrando meu ombro.

— Qual é o *problema* com você? Para com isso!

O Porsche saiu guinchando do estacionamento. Peguei um cigarro do bolso da camisa e o acendi.

— Pode entrar agora, Mare.

— Vamos, Abby.

— Por que você não fica, *Abs*? — falei.

A palavra soava ridícula. A forma como Parker conseguia pronunciá-la com uma cara normal era um feito em si.

Abby assentiu para que America seguisse em frente, o que ela fez de maneira relutante.

Fiquei observando-a por um instante, dando uma ou duas tragadas no cigarro.

Abby cruzou os braços.

— Por que você fez isso?

— *Por quê?* Porque ele estava atacando você na frente do meu prédio!

— Posso estar ficando no seu apartamento, mas o que eu faço, e com quem, é da *minha* conta.

Joguei o cigarro no chão.

— Você é tão melhor que isso, Flor. Não deixe o cara te comer no carro como se você fosse uma dessas minas fáceis.

— Eu não ia transar com ele!

Acenei com a mão em direção ao espaço vazio onde estava o carro do Parker.

— Então, o que vocês estavam fazendo?

— Você nunca ficou de amasso com alguém, Travis? Nunca ficou só brincando, sem deixar as coisas chegarem a esse ponto?

Era a coisa mais idiota que eu já tinha ouvido.

— Qual o propósito disso?

Dor no saco e decepção. Parecia o máximo, realmente.

— Para um monte de gente, existe esse conceito... especialmente para aqueles que *namoram*.

— As janelas estavam embaçadas, o carro estava balançando... Como eu ia adivinhar?

— Talvez você não devesse ficar me espionando!

Espionando? Ela sabia que dava para ouvir todos os carros que estacionavam no prédio e decidiu que a minha porta era um bom lugar para ficar dando uns amassos com um cara que eu não suportava? Esfreguei o rosto em frustração, tentando manter a calma.

— Não aguento isso, Beija-Flor. Sinto que estou ficando louco.

— Você não aguenta *o quê*?

— Se você for pra cama com ele, não quero ficar sabendo. Vou ficar na cadeia um bom tempo se descobrir que ele... Só não me conte nada.

— Travis — ela disse com raiva. — Não *acredito* no que você acabou de falar. Isso seria um grande passo para mim!

— É o que todas as garotas dizem!

— Não estou me referindo às vadias com quem você anda! Estou falando de *mim*! — ela encostou a mão no peito. — Eu nunca... argh! Não importa.

Ela deu alguns passos, mas a segurei pelo braço, virando-a de frente para mim.

— Você nunca o quê? — Mesmo em meu estado lastimável, a resposta me veio à mente. — Você é *virgem*?

— E daí? — disse ela, ficando vermelha.

— Por isso a America tinha tanta certeza que aquilo não ia longe demais.

— Tive o mesmo namorado nos últimos quatro anos da escola. Ele queria ser ministro batista. Acabou não rolando!

— Ministro batista? E o que aconteceu depois dessa abstinência toda?

— Ele queria casar e continuar no... Kansas. Eu não quis.

Eu não conseguia acreditar no que Abby estava dizendo. Ela tinha quase dezenove anos e ainda era virgem? Era inacreditável nos dias de hoje. Eu não conseguia me lembrar de ter conhecido uma única virgem desde o começo do ensino médio.

Segurei seu rosto com as duas mãos.

— Virgem. Eu nunca teria imaginado, depois do jeito como você dançou comigo no Red.

— Muito engraçado — disse ela, subindo as escadas intempestivamente.

Fui atrás dela, porém caí de bunda nos degraus. Meu cotovelo bateu no canto do concreto, mas nem senti dor. Rolei de costas no chão, rindo histericamente.

— O que você está fazendo? Levanta daí! — disse Abby, me puxando para me pôr em pé.

Senti os olhos ficarem nebulosos e então estávamos na aula do Chaney. Abby estava sentada na mesa dele, usando algo que parecia um vestido de formatura, e eu estava de cueca. A sala estava vazia, e era ou crepúsculo, ou alvorada.

— Vai pra algum lugar? — perguntei, sem me preocupar com o fato de não estar vestido.

Abby sorriu, esticando a mão para tocar meu rosto.

— Não. Não vou a lugar nenhum. Estou aqui para ficar.

— Promete? — perguntei, tocando seus joelhos. Abri as pernas dela apenas o suficiente para me encaixar entre suas coxas.

— No fim disso tudo, sou sua.

Eu não sabia exatamente o que ela queria dizer com isso, mas Abby me agarrou. Seus lábios desceram pelo meu pescoço e fechei os olhos, em um completo estado de euforia. Tudo pelo que eu tinha lutado estava acontecendo. Seus dedos desceram pelo meu abdome e eu perdi um pouco a respiração quando ela enfiou a mão na minha cueca e tocou meu pau.

Por mais incrível que tivesse sido o que senti antes, tinha acabado de ser transcendido. Torci os dedos em seus cabelos e pressionei os lábios nos dela, acariciando a parte interna de sua boca com a língua.

Um de seus sapatos de salto caiu no chão, e olhei para baixo.

— Preciso ir — disse Abby, triste.

— O quê? Achei que você tinha dito que não ia a lugar nenhum.

Ela sorriu.

— Tente com mais intensidade.

— O quê?

— Tente com mais intensidade — ela repetiu, tocando meu rosto.

— Espera — falei, sem querer que o momento acabasse. — Eu te amo, Beija-Flor.

Pisquei lentamente. Quando consegui focar o olhar, reconheci meu ventilador de teto. Meu corpo inteiro doía, e minha cabeça latejava a cada batida do meu coração.

De algum lugar lá fora, a voz animada e aguda de America chegou aos meus ouvidos. Em seguida, ouvi a voz baixa do Shepley entre as vozes das meninas.

Fechei os olhos, caindo em depressão. Tudo não havia passado de um sonho. Nada daquela felicidade era real. Esfreguei o rosto, tentando encontrar motivação suficiente para me arrastar para fora da cama.

Qualquer que fosse a festa a que eu tivesse ido na noite anterior, eu esperava que tivesse valido a pena, pois eu me sentia como carne moída no fundo de uma lata de lixo.

Senti meus pés pesados enquanto me arrastava para apanhar a calça jeans amontoada no canto. Vesti-a e fui cambaleando até a cozinha, me encolhendo ao som das vozes.

— Cara, como vocês fazem barulho! — falei, abotoando a calça.

— Desculpa — disse Abby, mal olhando para mim.

Sem sombra de dúvida eu havia feito alguma coisa idiota para envergonhá-la na noite anterior.

— Quem me deixou beber daquele jeito na noite passada?

America contorceu o rosto.

— Você mesmo. Você foi comprar uma garrafa de uísque depois que a Abby saiu com o Parker. E já tinha matado a garrafa inteira quando ela voltou.

Fragmentos de lembranças voltavam à minha mente em flashes embaralhados. Abby saiu com Parker. Fiquei deprimido. Parei na loja de bebidas com America.

— Cacete — falei, balançando a cabeça. — Você se divertiu? — perguntei a Abby.

Suas bochechas ficaram vermelhas.

Ai, merda. Deve ter sido pior do que pensei.

— Você está falando sério? — ela perguntou.

— O quê? — retruquei, mas me arrependi no mesmo segundo.

America deu uma risadinha, claramente impressionada com minha perda de memória.

— Você arrancou a Abby do carro do Parker, enlouquecido de raiva, quando pegou os dois dando uns amassos que nem colegiais. As janelas estavam embaçadas e tudo!

Forcei minha memória o máximo que consegui. Não me lembrei dos amassos, mas do ciúme, sim.

Parecia que Abby estava prestes a explodir, e me encolhi ao ver seu olhar de raiva.

— Você está brava? — perguntei, esperando que uma explosão em tons agudos se infiltrasse na minha cabeça latejante.

Abby foi batendo os pés até o quarto e eu fui atrás, fechando a porta com suavidade depois que entramos.

Ela se virou. Sua cara estava diferente de antes. Eu não sabia ao certo como ler aquela expressão.

— Você se lembra de alguma coisa que me disse na noite passada? — ela perguntou.

— Não. Por quê? Fui mau com você?

— Não, você não foi mau comigo! Você... nós... — Ela cobriu os olhos com as mãos.

Quando ela ergueu os braços, uma nova e reluzente joia escorregou de seu pulso até o antebraço, chamando minha atenção.

— De onde veio isso? — perguntei, envolvendo o pulso dela com os dedos.

— É minha — ela respondeu, se soltando.

— Nunca vi isso antes. Parece nova.

— É nova.

— Onde você arrumou?

— Faz uns quinze minutos que o Parker me deu essa pulseira — disse ela.

A raiva se acumulou dentro de mim. Daquelas em que é preciso socar alguma coisa para se sentir melhor.

— Que merda aquele babaca estava fazendo *aqui*? Ele passou a noite aqui?

Ela cruzou os braços, sem se deixar abalar.

— Ele saiu para comprar meu presente de aniversário hoje de manhã e me trouxe a pulseira.

— Ainda não é seu aniversário.

Eu estava fervendo de ódio, mas o fato de ela não estar nem um pouco intimidada me ajudava a manter o controle.

— Ele não podia esperar — disse ela, erguendo o queixo.

— Não é de admirar que eu tive que te arrastar para fora daquele carro, parece que você estava... — Parei de falar, pressionando os lábios para impedir que o restante da frase saísse. Não era um bom momento para vomitar palavras que eu não teria como retirar.

— O quê? Parece que eu estava *o quê*?

Cerrei os dentes.

— Nada. Só estou bravo, e ia dizer alguma merda que eu não queria.

— Isso nunca te impediu antes.

— Eu sei. Estou tentando mudar — falei, caminhando até a porta. — Vou deixar você se vestir.

Quando estiquei a mão para pegar a maçaneta, senti uma pontada de dor do cotovelo até o ombro. Coloquei a mão no lugar e estava sensível. Ao erguê-lo, vi o que já suspeitava: um machucado recente. Minha mente se pôs a trabalhar para descobrir o que teria causado aquilo, e me lembrei de Abby dizendo que era virgem, eu caindo e depois ela me ajudando a tirar a roupa... e então... Ah, meu Deus.

— Eu caí na escada ontem à noite. E você me ajudou a ir até a cama... Nós... — falei, dando um passo em sua direção.

A lembrança de mim agarrando a Abby por trás enquanto ela estava seminua na frente do armário invadiu minha mente.

Eu quase havia tirado a virgindade dela, completamente bêbado. Só de pensar no que poderia ter acontecido, me senti envergonhado pela primeira vez desde... sempre.

— Não. Não aconteceu nada — disse ela, balançando enfaticamente a cabeça.

Eu me encolhi.

— Você deixou as janelas do carro do Parker embaçadas, te puxei para fora do carro e depois tentei...

Tentei afastar a lembrança da cabeça. Era nauseante. Ainda bem que, mesmo em meu estupor embriagado, eu tinha parado, mas e se não tivesse? Abby não merecia que sua primeira vez fosse daquele jeito com ninguém, menos ainda comigo. Uau. Por um instante, eu realmente achei que havia mudado. Bastou uma garrafa de uísque e a menção da palavra *virgem* para que eu voltasse ao modo babaca.

Eu me virei para a porta e agarrei a maçaneta.

— Você está me transformando em uma droga de um psicopata, Beija-Flor — rosnei por cima do ombro. — Não consigo pensar direito quando estou perto de você.

— Então a culpa é *minha*?

Eu me virei. Meus olhos desceram de seu rosto para seu roupão, suas pernas e depois seus pés, voltando aos olhos.

— Eu não sei. Minha memória está um pouco turva... mas eu não me lembro de você ter dito não.

Abby deu um passo à frente. A princípio, parecia que ela ia ter um ataque, mas a expressão em seu rosto ficou mais suave e ela relaxou os ombros.

— O que você quer que eu diga, Travis?

Olhei de relance para a pulseira e depois de novo para ela.

— Você esperava que eu não lembrasse?

— Não! Eu estava brava porque você tinha esquecido!

Ela não. Fazia. Sentido.

— *Por quê?*

— Porque se eu tivesse... se a gente tivesse... e você não... Eu não sei o motivo! Estava brava e ponto!

Ela estava prestes a admitir. Tinha que admitir. Abby estava emputecida porque ia me entregar sua virgindade e eu não me lembrava do que tinha acontecido. Era isso. Aquela era a hora da verdade. Nós finalmente resolveríamos nossas merdas, mas o tempo estava se esgotando. A qualquer momento, Shepley viria chamá-la para sair com America, seguindo nossos planos para a festa surpresa.

Fui apressado até ela, parando a poucos centímetros, e pus as mãos em seu rosto.

— O que estamos fazendo, Flor?

Seus olhos subiram do meu cinto e foram viajando lentamente até os meus olhos.

— Você é quem tem que me dizer.

Ela ficou inexpressiva, como se admitir que tinha sentimentos profundos por mim fosse fazer seu corpo parar de funcionar.

Uma batida na porta despertou minha ira, mas me mantive focado.

— Abby? — disse Shepley. — A Mare vai fazer umas coisas na rua, e ela pediu pra eu te falar, caso você precise sair também.

— Flor? — falei, olhando fixo em seus olhos.

— Ah, sim — ela respondeu ao Shepley. — Tenho umas coisas pra resolver.

— Tudo bem, então ela te espera — disse ele, os passos sumindo no corredor.

— Flor? — repeti, desesperado para continuar a conversa.

Ela deu alguns passos para trás, pegou umas coisas no armário e passou sorrateiramente por mim.

— Podemos conversar sobre isso depois? Tenho muita coisa para fazer hoje.

— Claro — respondi, desanimado.

13
PORCELANA

Abby não ficou muito tempo no banheiro. Para falar a verdade, ela não poderia ter saído mais rápido do apartamento. Tentei não me deixar abalar por isso. Ela costumava espanar quando surgia algo sério.

A porta da frente se fechou e America saiu com o carro do estacionamento. Mais uma vez, o apartamento parecia cheio de coisas e vazio ao mesmo tempo. Eu odiava estar lá sem ela e me perguntava o que eu fazia antes de nos conhecermos.

Peguei um saco plástico que eu tinha ido buscar no shopping uns dias antes. Eu havia mandado imprimir algumas fotos minhas e da Abby tiradas com meu celular.

As paredes brancas finalmente tinham alguma cor. No exato momento em que pendurei a última foto, Shepley bateu à porta.

— Ei, cara.

— E aí?

— Temos coisas a fazer.

— Eu sei.

Fomos até o apartamento do Brazil, na maior parte do tempo em silêncio. Quando chegamos, Brazil abriu a porta, segurando pelo menos duas dúzias de bexigas. Os longos fios prateados ficavam encostando no rosto dele, que os afastava com a mão, cuspindo alguma coisa que tinha grudado em sua boca.

— Eu estava me perguntando se vocês tinham cancelado. O Gruver está trazendo o bolo e as bebidas.

Passamos por ele e entramos na sala de estar, cujas paredes não eram muito diferentes das minhas, mas ou o apartamento deles já tinha vindo mobiliado, ou eles tinham conseguido aquele sofá no Exército da Salvação.

Brazil prosseguiu:

— Mandei alguns reservas do time irem pegar comida e as caixas de som matadoras do Mikey. Uma das meninas da Sigma Cappa tem umas luzes para emprestar, mas não se preocupem, eu não convidei elas. Eu disse que era para uma festa no fim de semana que vem. Vamos ficar de boa.

— Que bom — disse Shepley. — A America teria um ataque se aparecesse aqui e desse de cara com um bando de garotas de fraternidade.

Brazil abriu um sorriso.

— As únicas garotas que vão vir são algumas colegas de classe da Abby e as namoradas do pessoal do time. Acho que a Abby vai adorar.

Sorri enquanto observava Brazil espalhar as bexigas pelo teto, deixando os fios penderem.

— Também acho. Shep?

— O quê?

— Só ligue para o Parker no último minuto. Assim, vamos ter convidado o cara, e, se ele conseguir vir, pelo menos não vai ficar aqui o tempo todo.

— Saquei.

Brazil inspirou fundo.

— Me ajuda a afastar os móveis, Trav?

— Claro — falei, indo atrás dele até a sala ao lado.

A sala de jantar e a cozinha eram um cômodo só, e as cadeiras já estavam alinhadas nas paredes. O balcão tinha uma fileira de copinhos limpos e uma garrafa fechada de tequila Patrón.

Shepley parou, encarando a garrafa.

— Isso não é para a Abby, é?

Brazil sorriu, os dentes brancos se destacando em contraste com a pele morena.

— Hum... é. É a tradição. Se o time de futebol está dando a festa, ela recebe o tratamento do time.

— Vocês não podem fazer a Abby beber tantas doses assim — disse Shepley. — Travis. Fala pra ele.

Brazil ergueu as mãos.

— Eu não vou forçar a Abby a fazer nada. Para cada dose que beber, ela ganha uma nota de vinte. É o nosso presente para ela.

O sorriso dele sumiu quando notou a testa franzida do Shepley.

— O presente de vocês é coma alcoólico?

Assenti com a cabeça.

— Vamos ver se ela topa tomar uma dose de aniversário por vinte pratas, Shep. Não tem nada de mal nisso.

Afastamos a mesa de jantar e ajudamos os reservas do time com a comida e as caixas de som. A namorada de um dos caras começou a borrifar spray aromatizador pelo apartamento todo.

— Nikki! Para com essa merda!

Ela levou a mão à cintura.

— Se vocês não cheirassem tão mal, eu não teria que fazer isso. Dez caras suados em um apartamento é algo que começa a feder bem rapidinho! Vocês não querem que a Abby entre aqui e o apartamento esteja parecendo um vestiário masculino pós-jogo de futebol, não é?

— Ela tem razão — eu disse. — Falando nisso, preciso voltar e tomar um banho. Vejo vocês em meia hora.

Shepley limpou a testa e assentiu, tirando o celular de um dos bolsos da calça jeans e as chaves do outro.

Ele digitou uma mensagem rápida para America. Em segundos, o telefone dele fez um som. Ele abriu um sorriso.

— Quem diria! Elas estão seguindo o cronograma.

— É um bom sinal.

Voltamos correndo ao apartamento. Em quinze minutos eu estava de banho tomado, barba feita e trocado. Shepley não demorou muito mais que isso, mas não parei de olhar para o relógio.

— Calma — disse ele, abotoando a camisa xadrez verde. — Elas ainda estão fazendo compras.

Ouvimos um som alto de motor parando no estacionamento, a porta de um carro se fechando e então passos subindo os degraus.

Abri a porta e sorri.

— Bem na hora.

Trenton sorriu, segurando uma caixa de papelão com buracos nas laterais e uma tampa.

— Ele já comeu, tomou água e fez a caca do dia. Deve ficar de boa por um tempinho.

— Você é demais, Trent. Valeu.

Olhei atrás do meu irmão e vi meu pai sentado ao volante de sua picape. Ele acenou para mim, e fiz o mesmo em resposta.

Trenton abriu a tampa um pouquinho e sorriu.

— Seja bonzinho, carinha. Tenho certeza que vamos nos ver de novo.

O cachorro bateu o rabinho na caixa quando coloquei a tampa de volta, então o levei para dentro do apartamento.

— Ahhhh, cara! Por que no meu quarto? — Shepley reclamou.

— Caso a Flor entre no meu quarto antes.

Peguei meu celular e digitei o número dela. O telefone tocou uma vez e de novo.

— Alô?

— Está na hora do jantar! Para onde vocês duas fugiram?

— Nos demos ao luxo de ser mimadas hoje. Você e o Shep sabiam comer antes de aparecermos. Tenho certeza que ainda conseguem.

— Não brinca! A gente se preocupa com vocês, sabia?

— Estamos bem — ela disse, e senti um sorriso em sua voz.

America falou ao fundo:

— Diga a ele que eu devolvo você em breve. Tenho que parar na casa do Brazil para pegar umas anotações para o Shep, e depois vamos pra casa.

— Ouviu? — Abby perguntou.

— Ouvi. A gente se vê depois então, Flor.

Desliguei o telefone e fui rapidinho atrás do Shepley até o Charger. Eu não sabia ao certo por quê, mas estava nervoso.

— Você ligou para o babaca?

Shepley assentiu, acelerando o carro.

— Enquanto você estava tomando banho.

— Ele vai?

— Mais tarde. Ele não ficou feliz por ter sido avisado tão em cima da hora, mas quando lembrei que isso foi necessário por causa da merda da boca grande dele, ele não teve muito do que reclamar.

Sorri. Parker sempre me incomodara. Não convidá-lo deixaria Abby infeliz, então tive que ir contra meu bom senso e deixar que o Shepley ligasse para ele.

— Não vai ficar bêbado e bater no cara — disse meu primo.

— Não posso prometer nada. Pare ali, onde ela não possa ver — falei, apontando para o estacionamento lateral.

Fomos correndo até o apartamento do Brazil e bati na porta. Estava silencioso.

— Somos nós! Abre aí!

A porta se abriu e Chris Jenks ficou parado na entrada, com um sorriso idiota na cara. Ele balançava para frente e para trás, já bêbado. Ele era a única pessoa que eu detestava mais que o Parker. Ninguém tinha como provar, mas havia rumores de que o Jenks tinha colocado algo na bebida de uma garota em uma festa da fraternidade. A maioria acreditou, já que essa seria a única maneira de ele conseguir transar com alguém. Mas, como não havia testemunhas, eu só tentava ficar de olho nele.

Fuzilei Shepley com o olhar, e ele ergueu as mãos. Obviamente ele também não sabia que o Jenks estaria lá.

Dei uma olhada para o relógio e ficamos esperando no escuro, com dúzias de fios prateados pendurados acima da nossa cabeça. Todo mundo estava tão junto, amontoado na sala de estar esperando por Abby, que os movimentos de uma única pessoa nos faziam pender todos para um lado ou para o outro.

Batidas na porta nos fizeram paralisar. Eu estava esperando que America entrasse, mas nada aconteceu. Algumas pessoas sussurravam, enquanto outras faziam "shhh".

Outra batida fez com que Brazil entrasse em ação, e ele deu passos rápidos até a porta, escancarando-a, revelando America e Abby.

— FELIZ ANIVERSÁRIO! — gritamos em uníssono.

Abby ficou de olhos arregalados e depois abriu um sorriso, cobrindo rapidamente a boca. America a cutucou para que entrasse, e todo mundo se reuniu em volta dela.

Enquanto eu me aproximava de Abby, a galera foi dispersando. Ela estava fenomenal, com um vestido cinza e sapatos de salto amarelos. Coloquei as mãos em cada lado de seu rosto sorridente e pressionei os lábios em sua testa.

— Feliz aniversário, Beija-Flor.

— Mas é só amanhã — ela falou, sorrindo para todos ao redor.

— Bom, já que te avisaram sobre a festa, tivemos que fazer umas alterações de última hora para surpreender você. Surpresa?

— Muito!

Finch veio correndo desejar feliz aniversário a ela, e America a cutucou com o cotovelo.

— Ainda bem que eu consegui te arrastar comigo hoje, senão você estaria com cara de bunda!

— Você está linda — falei, fazendo questão de analisá-la de cima a baixo.

Linda não era a palavra mais poética que eu poderia ter usado, mas não queria exagerar.

Brazil se aproximou de Abby para lhe dar um abraço de urso.

— Espero que você saiba que esse papo da America de que "o Brazil me dá arrepios" foi só para fazer você entrar aqui.

America deu risada.

— Funcionou, não é?

Abby balançou a cabeça, ainda com um largo sorriso no rosto e os olhos arregalados, chocada com tudo aquilo. Ela se inclinou junto ao ouvido da amiga e sussurrou alguma coisa, então America lhe respondeu também em sussurros. Eu teria que perguntar a ela mais tarde do que se tratava.

Brazil aumentou o volume da música e todo mundo gritou.

— Vem cá, Abby! — ele disse, indo até a cozinha.

Ele pegou a garrafa de tequila no bar e parou em frente aos copinhos alinhados no balcão.

— Feliz aniversário do time de futebol, garotinha — ele sorriu, enchendo cada copo até a borda com tequila Patrón. — É assim que comemoramos aniversários: você faz dezenove anos e vira dezenove doses de tequila. Você pode beber ou dar pra alguém, mas, quanto mais beber, mais dessas aqui você ganha — disse, abrindo em leque várias notas de vinte.

— Ai, meu Deus! — Abby deu um gritinho agudo. Seus olhos brilharam ao ver tantas verdinhas.

— Bebe tudo, Flor! — falei.

Ela olhou com ar de dúvida para Brazil.

— Ganho uma nota de vinte para cada dose de tequila que beber?

— Isso mesmo, peso leve. Calculando pelo seu tamanho, acho que vamos perder só umas sessenta pratas até o fim da noite.

— Refaça as contas, Brazil — disse Abby.

Ela levou o primeiro copo até a boca e encostou a borda no lábio inferior. Inclinou a cabeça para trás para esvaziar o conteúdo, soltando-o na outra mão. Foi a coisa mais sexy que eu já tinha visto.

— Caramba! — falei, subitamente excitado.

— Isso é um desperdício, Brazil — disse Abby, limpando os cantos da boca. — A gente vira Jose Cuervo, não Patrón.

O sorriso presunçoso sumiu do rosto do Brazil, e ele deu de ombros.

— Vai fundo então. Tenho a carteira de doze jogadores de futebol aqui que dizem que você não consegue virar dez doses.

Ela estreitou os olhos.

— O dobro ou nada, e eu consigo beber quinze.

Não consegui evitar e abri um sorriso, ao mesmo tempo me perguntando como, em nome de Deus, eu iria me comportar se ela continuasse agindo como uma golpista de Las Vegas. Aquilo era absurdamente sensual.

— Uau! — Shepley gritou. — Só não pode ir pro hospital no dia do seu aniversário, Abby!

— Ela consegue — disse America, encarando Brazil.

— Quarenta pratas por copo virado? — perguntou Brazil, meio incerto.

— Está com medo? — foi a vez de Abby perguntar.

— É claro que não! Eu te dou vinte por copo e, quando você chegar em quinze, duplico o total.

Ela virou outra dose.

— É assim que se comemoram aniversários no Kansas.

O som estava alto, e fiz questão de dançar com Abby todas as músicas que ela queria. O apartamento estava repleto de universitários com um sorriso no rosto, uma cerveja na mão e um copo de tequila na outra. De vez em quando Abby ia até a cozinha para virar mais uma dose, depois voltava para nossa pista de dança improvisada na sala de estar.

Os deuses dos aniversários deviam estar satisfeitos com meus esforços, porque, justo quando Abby já estava meio alta, começou uma balada lenta. Uma das minhas favoritas. Mantive os lábios junto ao seu ouvido, cantando para ela e me inclinando para trás para falar as partes mais importantes, que eu queria que ela entendesse que vinham do meu coração. Provavelmente ela não captou essa parte, mas isso não me impediu de tentar.

Eu a curvei para trás e seus braços se esticaram para baixo, os dedos quase encostando no chão. Ela riu alto e então a levantei, e continuamos nos movendo para frente e para trás. Ela envolveu meu pescoço com os braços e suspirou, encostada em minha pele. O cheiro dela era tão bom, era inacreditável.

— Você não vai poder fazer isso quando eu estiver no décimo copo.
— Ela deu uma risadinha.
— Já falei que você está incrível?

Ela balançou a cabeça e me abraçou, descansando no meu ombro. Apertei-a junto a mim e enterrei o rosto em seu pescoço. Quando estávamos assim, calados, felizes, ignorando o fato de que não devíamos ser nada além de amigos, eu não desejava estar em nenhum outro lugar.

A porta se abriu e Abby deixou os braços caírem.

— Parker! — ela gritou com a voz aguda, correndo para abraçá-lo.

Ela o beijou na boca, e passei de me sentir como um rei para um cara à beira de cometer assassinato.

Ele ergueu o pulso dela e sorriu, dizendo algo sobre a droga da pulseira.

— Ei — America disse alto no meu ouvido. Embora o volume da voz dela estivesse mais elevado que o normal, ninguém mais ouviu.

— Ei — respondi, ainda encarando Parker e Abby.

— Fica tranquilo. O Shepley disse que o Parker veio só dar uma passada. Ele tem um compromisso amanhã de manhã e não pode ficar muito tempo.

— Ah, é?

— É, então se controla. Respira fundo. Logo, logo ele vai embora.

Abby puxou Parker até a cozinha, pegou outro copo de tequila e o matou, batendo-o no balcão de boca para baixo, como tinha feito nas cinco vezes anteriores. Brazil lhe entregou outra nota de vinte, e ela voltou dançando para a sala de estar.

Sem hesitar, eu a puxei e dançamos com America e Shepley.

Shepley deu um tapa na bunda dela.

— Um!

America deu o segundo, depois todos os convidados fizeram o mesmo.

No número dezenove, esfreguei as mãos, fazendo-a pensar que eu daria um tapa daqueles.

— Minha vez!

Ela esfregou o bumbum.

— Pega leve! Já estou com dor na bunda!

Incapaz de conter minha diversão, elevei a mão bem acima do ombro. Abby fechou os olhos e, depois de um instante, deu uma espiada. Parei bem perto da bunda dela e dei um tapinha de leve.

— Dezenove! — gritei.

Os convidados vibraram, e America começou a cantar uma versão alcoolizada de "Parabéns a você". Quando chegou a parte de dizerem o nome dela, a sala inteira cantou "Beija-Flor", o que fez com que eu me sentisse meio orgulhoso.

Outra música lenta começou a tocar, mas dessa vez Parker a puxou para o meio da pista de dança. Ele parecia um robô com dois pés esquerdos, duro e desajeitado.

Tentei não ficar olhando, mas, antes de a música acabar, vi os dois saindo de fininho até o corredor. Meus olhos encontraram os de America. Ela sorriu, deu uma piscadinha e balançou a cabeça, silenciosamente me dizendo para não fazer nenhuma idiotice.

Ela estava certa. Abby não ficou lá com ele por nem cinco minutos antes de eles irem até a porta da frente. A expressão desconfortável e constrangida no rosto dela me dizia que Parker havia tentado tornar aqueles minutos memoráveis.

Ele a beijou na bochecha e Abby fechou a porta depois que ele saiu.

— O papai foi embora! — gritei, puxando-a para o centro da sala. — Hora de começar a festa!

O pessoal vibrou, animado.

— Espera aí. Tenho um cronograma a seguir! — disse Abby, entrando na cozinha para tomar outra dose.

Vendo quantas faltavam, peguei uma da ponta e bebi. Ela tomou mais uma, e fiz o mesmo.

— Mais sete, Abby — disse Brazil, entregando-lhe mais dinheiro.

Na hora seguinte, nós dançamos, demos risada e conversamos, sobre nada especialmente importante. Os lábios de Abby estavam travados em um sorriso, e eu não consegui evitar de ficar com o olhar fixo nela a noite toda.

Uma vez ou outra, eu a peguei olhando para mim, e isso me fez imaginar o que aconteceria quando voltássemos ao apartamento.

Abby tomou sem pressa as próximas doses de tequila, mas, por volta da décima, ela já estava mal. Dançou em cima do sofá com America, pulando e dando risada, mas então ela perdeu o equilíbrio.

Segurei-a antes que ela caísse.

— Você já provou seu argumento — falei. — Já bebeu mais do que qualquer garota que conhecemos. Vou cortar seu barato agora.

— Nem ferrando que você vai me impedir! — ela falou enrolado. — Tenho seiscentos paus esperando por mim no fundo do último copo de tequila, e não vai ser você quem vai me dizer que não posso fazer algo extremo para descolar uma grana.

— Se você está precisando tanto de dinheiro, Flor...

— Não vou pegar dinheiro seu emprestado — ela falou em tom de desdém.

— Eu ia sugerir penhorar a pulseira — sorri.

Ela me deu um tapa no braço ao mesmo tempo em que America começou a contagem regressiva para a meia-noite. Quando os ponteiros do relógio se encontraram no número doze, todos nós comemoramos.

Eu nunca quis tanto beijar uma mulher na minha vida.

America e Shepley foram mais rápidos, beijando cada uma de suas bochechas. Eu a ergui do chão e a girei no ar.

— Feliz aniversário, Beija-Flor — falei, me segurando para não grudar os lábios nos dela.

Todo mundo na festa sabia o que ela tinha ido fazer no corredor com Parker. Seria bem sacana da minha parte fazer com que ela ficasse mal aos olhos das pessoas.

Ela ficou me encarando com aqueles grandes olhos cinza e me senti derreter dentro deles.

— Tequila! — ela berrou, cambaleando até a cozinha.

O grito dela me alertou, trazendo todo o barulho e a movimentação ao redor de volta à minha realidade.

— Você parece detonada, Abby. Acho que está na hora de encerrar a noite — disse Brazil quando ela chegou ao balcão.

— Não sou de desistir — ela retrucou. — Quero ver o meu dinheiro.

Juntei-me a ela quando Brazil colocou uma nota de vinte sob os dois últimos copos. Ele gritou aos outros caras do time:

— Ela vai beber todos! Preciso de quinze!

Eles reclamaram e reviraram os olhos, pegando a carteira para empilhar as notas de vinte atrás do último copo.

— Eu nunca teria acreditado que perderia cinquenta paus em uma aposta de quinze doses com uma garota — Chris grunhiu.

— Acredite, Jenks — disse ela, pegando um copo em cada mão.

Ela virou os dois, mas fez uma pausa.

— Beija-Flor? — falei, dando um passo em sua direção.

Ela ergueu um dedo e Brazil sorriu.

— Ela vai perder — disse.

— Não vai não — America balançou a cabeça. — Respira fundo, Abby.

Ela fechou os olhos e inspirou, pegando o último copo no balcão.

— Minha nossa, Abby! Você vai morrer de coma alcoólico! — Shepley gritou.

— Ela tem a manha — afirmou America.

Abby inclinou a cabeça para trás e deixou a tequila fluir pela garganta. A festa inteira assobiava e gritava enquanto Brazil lhe entregava a pilha de dinheiro.

— Valeu — ela disse com orgulho, enfiando o dinheiro no sutiã.

Eu nunca tinha visto uma coisa daquelas na vida.

— Você está incrivelmente sexy — falei ao pé do ouvido dela enquanto voltávamos para a sala. Ela me envolveu com os braços, provavelmente para deixar a tequila assentar. — Tem certeza que está bem?

Ela queria dizer "Estou bem", mas as palavras saíram enroladas.

— Você precisa fazer a Abby vomitar, Trav. Pra eliminar um pouco do álcool.

— Meu Deus do céu, Shep, deixa a menina em paz. Ela está bem — disse America, irritada.

Shepley juntou as sobrancelhas.

— Só estou tentando evitar que algo ruim aconteça.

— Abby? Você está bem? — quis saber America.

Ela conseguiu abrir um sorriso, parecendo meio sonolenta.

America olhou para o namorado.

— É só esperar o efeito passar que ela vai ficar sóbria. Não é a primeira vez que ela faz isso. Fica calmo.

— Inacreditável — disse Shepley. — Travis?

Encostei a bochecha na testa da Abby.

— Flor? Quer se garantir e vomitar?

— Não — disse ela. — Quero dançar. — E me abraçou mais forte.

Olhei para ele e dei de ombros.

— Contanto que ela esteja de pé e se mexendo...

Nada contente, Shepley saiu como um raio em meio à galera na pista de dança até ficar fora do nosso campo de visão. America estalou a língua e revirou os olhos, então foi atrás dele.

Abby pressionou o corpo no meu. Mesmo a música sendo rápida, estávamos dançando lentamente no meio da sala, cercados de pessoas saltitando e balançando os braços. Luzes azuis, roxas e verdes dançavam conosco, no chão e nas paredes. As luzes azuis se refletiam no rosto de Abby, e tive que me concentrar muito para não beijá-la.

Quando a festa começou a morrer, algumas horas depois, Abby e eu ainda estávamos na pista de dança. Ela havia melhorado um pouco depois que lhe dei algumas torradas com queijo, e tentou dançar com America uma música pop boba, mas, fora isso, ficou apenas nos meus braços, os pulsos travados atrás do meu pescoço.

A maior parte da galera já tinha ido embora ou desmaiado em algum lugar do apartamento, e a briguinha entre Shepley e America foi piorando aos poucos.

— Se vocês vão pegar carona comigo, estou indo embora — disse Shepley, seguindo em direção à porta.

— Não quero ir embora — Abby resmungou, com os olhos semicerrados.

— Acho que a noite já deu o que tinha que dar. Vamos pra casa.

Quando dei um passo em direção à porta, ela nem se mexeu. Estava encarando o chão, parecendo um pouco esverdeada.

— Você vai vomitar, não vai?

Ela ergueu a cabeça para mim, mal conseguindo abrir os olhos.

— Acho que sim.

Ela balançou para frente e para trás algumas vezes antes que eu a segurasse.

— Você, Travis Maddox, até que é sexy quando não está sendo um galinha — disse ela, um sorriso enorme e ridículo de bêbada contorcendo sua boca.

— Hum... valeu — falei, reposicionando-a para que pudesse segurá-la melhor.

Abby encostou a palma da mão na minha bochecha.

— Quer saber de uma coisa, sr. Maddox?

— O quê, baby?

A expressão no rosto dela ficou séria.

— Em uma outra vida, eu poderia te amar.

Fiquei observando-a por um instante, encarando seus olhos vidrados. Ela estava bêbada, mas, só por um momento, não me pareceu errado fingir que ela estava sendo sincera.

— E eu poderia te amar nesta vida.

Ela inclinou a cabeça e pressionou os lábios no canto da minha boca. Ela pretendia me beijar, mas errou o lugar. Então deixou a cabeça cair no meu ombro.

Olhei ao redor e vi que todas as pessoas ainda conscientes estavam paralisadas, olhando em choque para o que tinham acabado de testemunhar.

Sem dizer uma única palavra, eu a carreguei até o Charger, onde America estava parada, de pé, com os braços cruzados.

Shepley apontou para Abby.

— Olha para ela! Ela é sua amiga e você deixou que ela fizesse uma coisa insanamente perigosa! Você encorajou a Abby!

America apontou para si mesma.

— Eu conheço a minha amiga, Shep! Já vi a Abby fazer bem mais do que isso por dinheiro!

Lancei um olhar para ela.

— Estou falando de bebida. Já vi a Abby beber muito mais que isso por dinheiro — ela especificou. — Vocês entenderam o que eu quis dizer.

— Ouça o que você está dizendo! — Shepley gritou. — Você veio lá do Kansas com a Abby para mantê-la longe de encrenca. Olhe pra ela! Ela está com um nível perigoso de álcool no sangue e quase inconsciente! Esse não é um comportamento que você deveria achar normal!

America estreitou os olhos.

— Ah! Obrigada pela declaração de utilidade pública sobre o que não fazer na faculdade, senhor "Eu tenho dezoito anos, faço parte da fraternidade e já tive bilhões de namoradas 'sérias'"! — Ela usou os dedos para fazer aspas invisíveis quando falou a palavra *sérias*.

Shepley ficou de queixo caído, sem achar nem um pouco engraçado.

— Entra nessa merda de carro. Você bêbada é má.

America deu risada.

— Você ainda não me viu má, filhinho da mamãe!

— E daí que nós somos chegados?

— Eu e o meu rabo também somos! Isso não quer dizer que vou telefonar pra ele duas vezes por dia!

— Você é uma vaca!

O rosto de America ficou completamente sem cor.

— Me. Leva. Pra. Casa.

— Eu adoraria, se você *entrasse na porra do carro*! — ele gritou a última parte. O rosto dele ficou vermelho, as veias saltadas no pescoço.

America abriu a porta e entrou no banco de trás, deixando a porta aberta. Ela me ajudou a colocar Abby ao lado dela, depois tombei no banco do passageiro.

O percurso até em casa foi curto e completamente em silêncio. Quando Shepley parou no estacionamento e desligou o motor, saí com dificuldade do carro e levantei o banco.

Abby estava com a cabeça apoiada no ombro de America, e os cabelos cobriam seu rosto. Estiquei a mão e a puxei para fora, jogando-a sobre meu ombro. America saiu rapidamente depois disso e foi direto para o carro dela, pegando as chaves na bolsa.

— Mare — disse Shepley, com o arrependimento já óbvio no tom de voz.

Ela se sentou no banco do motorista, bateu a porta na cara dele e saiu de marcha a ré.

Abby estava de cabeça para baixo, os braços pendurados nas minhas costas.

— Ela vai ter que voltar para pegar a Abby, não vai? — perguntou Shepley, com uma expressão de desespero no rosto.

Abby soltou um gemido e seu corpo deu um tranco súbito. O horrível grunhido que sempre acompanha o vômito veio antes do som de algo jorrando. Senti a parte de trás das pernas molhada.

— Me diz que ela não fez isso — falei, paralisado.

Shepley se curvou para trás por um segundo e depois se endireitou.
— Ela fez.

Subi correndo as escadas, dois degraus de cada vez, e fiquei apressando Shepley enquanto ele procurava a chave do apartamento. Assim que ele abriu a porta, corri para o banheiro.

Abby se inclinou sobre a privada esvaziando o conteúdo de seu estômago, litros por vez. Seus cabelos já estavam molhados de vômito por causa do incidente lá fora, mas peguei um elástico na pia e juntei seus longos fios em um rabo de cavalo. As partes molhadas estavam grudadas, mas as puxei para trás mesmo assim e prendi os cabelos dela com o elástico. Eu já tinha visto muitas garotas fazerem isso na sala de aula, então não levei muito tempo para sacar como fazer.

O corpo de Abby deu um tranco novamente. Umedeci um pano que peguei no armário do corredor e me sentei ao lado dela, segurando-o em sua testa. Ela se apoiou na banheira e gemeu.

Limpei gentilmente o rosto dela com o pano e tentei ficar imóvel quando ela deitou a cabeça no meu ombro.

— Você vai sobreviver? — perguntei.

Ela franziu a testa e teve ânsia, mantendo a boca fechada apenas tempo suficiente para posicionar a cabeça acima da privada. Ela vomitou de novo, fazendo jorrar mais líquido.

Abby era tão pequena, e a quantidade de líquido que ela estava expelindo não me parecia normal. Comecei a ficar preocupado.

Saí cambaleando do banheiro e voltei com duas toalhas, um lençol, três cobertores e quatro travesseiros. Ela gemia sobre a privada, e seu corpo tremia. Arrumei as coisas como um ninho ao redor da banheira e fiquei esperando, sabendo que provavelmente passaríamos a noite ali, naquele canto do banheiro.

Shepley apareceu na porta.

— Quer que eu... ligue para alguém?

— Ainda não. Vou ficar de olho nela.

— Eu tô bem — disse Abby. — Essa sou eu não entrando em coma alcoólico.

Shepley franziu a testa.

— Não, isso é *idiotice*. É isso que é.

— Ei, você deu uma olhada no... hum...

— No presente dela? — disse ele, com uma sobrancelha erguida.

— É.

— Dei — ele respondeu, claramente insatisfeito.

— Valeu, cara.

Abby se reclinou para trás mais uma vez, de encontro à banheira, e prontamente limpei seu rosto. Shepley umedeceu outro pano limpo e jogou para mim.

— Obrigado.

— Grite se precisar de mim — disse ele. — Vou ficar rolando na cama, tentando pensar em uma forma de fazer a Mare me perdoar.

Relaxei encostado na banheira da melhor forma que pude e puxei Abby para junto de mim. Ela suspirou, deixando o corpo se fundir ao meu. Mesmo com ela coberta de vômito, ali, perto dela, era o único lugar onde eu queria estar. As palavras que ela disse na festa se repetiram na minha cabeça.

Em uma outra vida, eu poderia te amar.

Abby estava fraca, passando mal nos meus braços, dependendo de mim para cuidar dela. Naquele instante, reconheci que meus sentimentos por ela eram muito mais fortes do que eu pensava. Em algum momento entre conhecê-la e abraçá-la ali, no chão do banheiro, eu havia me apaixonado.

Ela suspirou mais uma vez e descansou a cabeça no meu colo. Certifiquei-me de que ela estivesse coberta antes de me permitir tirar um cochilo.

— Trav? — ela sussurrou.

— O quê?

Ela não respondeu. Sua respiração ficou regular e sua cabeça ficou pesada nas minhas pernas. A porcelana fria da banheira nas minhas costas e o piso implacável sob a minha bunda eram brutais, mas eu não me atrevia a me mexer. Ela estava confortável e ficaria assim. Depois de vinte minutos observando-a respirar, as partes do meu corpo que doíam começaram a ficar amortecidas e meus olhos se fecharam.

OZ

O dia não tinha começado bem. Abby estava em algum lugar com America, tentando dissuadi-la de largar o Shepley, enquanto ele roía as unhas na sala de estar, esperando que Abby operasse um milagre.

Eu tinha levado o cachorro para fora uma vez, paranoico que America fosse aparecer a qualquer instante e estragar a surpresa. Eu o alimentei e peguei uma toalha para ele se aninhar, mas mesmo assim ele estava chorando.

Empatia não era meu forte, mas ninguém poderia culpar o bichinho. Ficar sentado em uma caixa minúscula não era a melhor ideia de diversão para ninguém. Ainda bem que, segundos antes de elas voltarem, o monstrinho tinha ficado quieto e dormido.

— Elas voltaram! — disse Shepley, levantando do sofá em um pulo.

— Ok — falei, fechando a porta do quarto dele. — Fica fri...

Antes que eu terminasse a frase, ele abriu a porta da frente e desceu as escadas correndo. A entrada do apartamento era um ótimo lugar para observar o sorriso de Abby com a ávida reconciliação de Shepley e America. Ela enfiou as mãos nos bolsos de trás da calça e entrou.

As nuvens de outono lançavam uma sombra cinza sobre tudo, mas o sorriso de Abby era como o verão. A cada passo que ela dava, se aproximando de mim, meu coração batia mais forte no peito.

— E eles viveram felizes para sempre — falei, fechando a porta.

Nós nos sentamos no sofá e puxei as pernas dela para o meu colo.

— O que você quer fazer hoje, Flor?

— Dormir. Ou descansar... ou dormir.

— Posso te dar seu presente antes?

Ela me deu um empurrão.

— Fala sério! Você comprou um presente pra mim?

— Não é uma pulseira de diamantes, mas acho que você vai gostar.

— Vou amar, mesmo sem ver o que é.

Tirei as pernas dela do meu colo e fui buscar o presente. Tentei não balançar a caixa, na esperança de que o cachorro não acordasse e acabasse fazendo ruídos que estragassem a surpresa.

— Shhh, carinha. Nada de chorar, hein? Seja um bom menino.

Coloquei a caixa aos pés dela, me agachando atrás.

— Anda logo, quero ver sua cara de surpresa.

— *Anda logo?* — ela perguntou, abrindo o presente, então ficou de boca aberta. — Um *cachorrinho?* — gritou, esticando a mão para dentro da caixa.

Ela ergueu o filhote junto ao rosto, tentando segurá-lo enquanto ele não parava de se contorcer e esticar o pescoço, desesperado para encher a boca de Abby de beijos.

— Gostou?

— Se gostei? Amei! Você me deu um cachorrinho!

— É um cairn terrier. Precisei dirigir durante três horas para pegá-lo na quinta-feira depois da aula.

— Então, quando você disse que ia com o Shepley levar o carro dele até a oficina...

— Fomos pegar o seu presente.

— Ele rebola! — ela riu.

— Toda garota do Kansas precisa de um Totó — falei, tentando evitar que a bola de pelos caísse do colo dela.

— Ele realmente tem cara de Totó! Esse vai ser o nome dele — disse ela, franzindo o nariz para ele.

Ela estava feliz, o que me deixava feliz também.

— Você pode deixá-lo aqui. Eu cuido dele quando você voltar para o Morgan. Assim posso ter certeza que você vai vir aqui quando seu mês acabar.

— Eu viria de qualquer forma, Trav.

— Eu faria qualquer coisa por esse sorriso no seu rosto.

Minhas palavras a fizeram parar, mas então ela voltou rapidamente a atenção para o cachorro.

— Acho que você precisa de um cochilo, Totó. Sim, precisa sim.

Eu a puxei para o meu colo e a ergui quando me levantei.

— Então vem.

Eu a carreguei até o quarto, puxei as cobertas e a coloquei na cama. Aquela ação normalmente teria sido algo excitante, mas eu estava cansado demais. Estiquei a mão para fechar as cortinas e então me joguei no travesseiro.

— Obrigada por ficar comigo na noite passada — disse ela, com a voz um pouco rouca e sonolenta. — Você não precisava dormir no chão do banheiro.

— A noite passada foi uma das melhores da minha vida.

Ela se virou e me lançou um olhar hesitante.

— Dormir entre a privada e a banheira no chão frio com uma imbecil vomitando foi uma de suas melhores noites? Isso é triste, Trav.

— Não, te fazer companhia quando você estava mal e ter você dormindo no meu colo foi uma das minhas melhores noites. Não foi confortável, não dormi merda nenhuma, mas passei seu aniversário de dezenove anos com você. E você é bem meiga quando está bêbada.

— Tenho certeza que eu estava muito charmosa vomitando.

Eu a puxei para perto de mim, dando uns tapinhas no Totó, que estava aninhado no pescoço dela.

— Você é a única mulher que conheço que continua linda mesmo com a cabeça dentro da privada. Acho que isso diz algo sobre você.

— Obrigada, Trav. Não vou fazer você bancar minha babá de novo.

Eu me apoiei no travesseiro.

— Não tem problema. Ninguém segura seus cabelos para trás como eu.

Ela deu uma risadinha e fechou os olhos. Mesmo cansado como eu estava, era difícil parar de olhar para ela. Seu rosto estava sem maquiagem, exceto pela pele fina sob os olhos, ainda um pouco manchada de rímel. Ela ficou meio inquieta antes de relaxar os ombros.

Pisquei algumas vezes, com os olhos cada vez mais pesados. Parecia que eu tinha acabado de cair no sono quando ouvi a campainha tocar.

Abby nem se mexeu.

Duas vozes masculinas murmuravam na sala de estar, uma delas do Shepley. Em um intervalo entre as duas, a voz aguda de America soou, e nenhuma delas parecia feliz. Quem quer que fosse, não estava fazendo uma visita.

Ouvi o som de passos no corredor e então a porta se abriu com tudo. Parker estava parado na entrada do quarto. Ele olhou para mim e depois para Abby, com o maxilar tenso.

Eu sabia o que ele estava pensando, e passou pela minha cabeça explicar por que Abby estava na minha cama, mas não fiz isso. Pelo contrário, estiquei a mão e a coloquei no quadril dela.

— Fecha a porta quando tiver terminado de se meter na minha vida — falei, repousando a cabeça ao lado da de Abby.

Ele foi embora sem dizer uma palavra. Não bateu a porta do quarto, mas usou toda sua força para fechar a porta da frente do apartamento.

Shepley deu uma espiada no meu quarto.

— Que merda, mano. Isso não é nada bom.

Estava feito; não podia ser mudado agora. As consequências não eram uma preocupação no momento, mas, deitado ao lado de Abby, olhando para seu rosto lindo e perfeitamente satisfeito, o pânico começou a tomar conta de mim. Quando descobrisse o que eu tinha feito, ela ia me odiar.

As meninas saíram apressadas para a aula na manhã seguinte. A Flor mal teve tempo de falar comigo, por isso seus sentimentos quanto ao dia anterior não estavam nada claros para mim.

Escovei os dentes e me vesti, depois encontrei o Shepley na cozinha. Ele estava sentado em uma banqueta, tomando leite ruidosamente de colher. Estava vestindo um moletom com capuz e a cueca boxer cor de rosa que America tinha comprado para ele porque achava "sexy".

Peguei um copo da lava-louça e o enchi com suco de laranja.

— Parece que vocês se resolveram.

Ele abriu um sorriso, parecendo quase embriagado de felicidade.

— É, nós fizemos as pazes. Já te contei como a America é na cama depois que a gente briga?

Fiz uma careta.

— Não, e por favor não conte.

— Brigar com ela assim é assustador, mas tentador se fizermos as pazes desse jeito toda vez. — Quando não respondi, ele continuou: — Eu vou casar com essa mulher.

— Sei. Bom, quando você tiver terminado o papo de veadinho, precisamos ir.

— Cala a boca, Travis. Não pense que eu não sei o que está rolando com você.

Cruzei os braços.

— E o que está rolando comigo?

— Você está apaixonado pela Abby.

— *Pff*. Obviamente você ficou inventando merda na sua cabeça pra não pensar na America.

— Você vai negar? — Shepley nem piscou, e tentei olhar para todos os lados, menos para ele.

Depois de um minuto, eu me remexi, nervoso, mas permaneci em silêncio.

— Quem é o veadinho agora?

— Vai se foder.

— Admita.

— Não.

— Não, você não vai negar que está apaixonado pela Abby? Ou não, você não vai admitir? Porque, de uma forma ou de outra, seu babaca, você está apaixonado por ela.

— E...?

— EU SABIA! — disse Shepley, chutando a banqueta para trás, fazendo com que ela escorregasse até a sala.

— Eu... só... cala a boca, Shep — falei. Meus lábios formaram uma linha dura.

Ele apontou para mim enquanto caminhava até seu quarto.

— Você acabou de admitir. Travis Maddox apaixonado. Agora posso dizer que já vi de tudo na vida.

— Vai vestir sua calcinha e vamos logo!

Shepley ficou dando risadinhas para si mesmo no quarto, e fiquei com o olhar fixo no chão. Dizer isso em voz alta, a uma outra pessoa, tornava o lance real, e eu não sabia ao certo o que fazer com aquilo.

Menos de cinco minutos depois, eu já estava mexendo nas estações de rádio no Charger enquanto Shepley saía do estacionamento do prédio. Ele parecia estar com um bom humor excepcional enquanto ziguezagueávamos pelo trânsito em alta velocidade e diminuíamos apenas o suficiente para não jogar os pedestres por cima do capô. Por fim, ele encontrou uma vaga adequada para estacionar e nos dirigimos à aula de inglês II, a única que tínhamos juntos.

A última fileira era o novo lugar onde eu e Shepley nos sentávamos já fazia várias semanas, na tentativa de me livrar do bando de mulheres comíveis que geralmente cercavam minha carteira.

A dra. Park entrou voando na sala de aula, jogando sobre a mesa uma sacola, uma pasta e uma xícara de café.

— Meu Deus, que frio é esse? — disse ela, apertando o casaco em torno de sua estrutura corporal pequenina. — Está todo mundo aqui? — Mãos se levantaram e ela assentiu, sem prestar atenção de verdade. — Ótimo. Boa notícia: hoje tem prova surpresa!

Todo mundo grunhiu e ela abriu um sorriso.

— Vocês ainda vão me amar. Papel e caneta, pessoal, eu não tenho o dia todo.

A sala se encheu dos mesmos sons enquanto todo mundo pegava o material. Rabisquei meu nome no topo de uma folha de papel e sorri ao ouvir os sussurros desesperados do Shepley.

— Pra quê? Prova surpresa em inglês II? Que merda ridícula — ele sibilou.

A prova não teve nada de mais, e a aula terminou com mais um trabalho a ser entregue no fim da semana. Nos últimos minutos de aula, um cara na fileira à minha frente virou o pescoço para trás. Reconheci-o da aula. Seu nome era Levi, mas eu só sabia disso porque tinha ouvido a dra. Park chamá-lo diversas vezes. Seus cabelos escuros e ensebados estavam sempre penteados para trás, afastados do rosto cheio de marcas de acne. Levi nunca estava no refeitório e não era de nenhuma fraternidade. Também não fazia parte do time de futebol e nunca ia às festas. Pelo menos não às que eu frequentava.

Baixei o olhar para ele e depois voltei a atenção para a dra. Park, que estava contando uma história sobre a última visita de seu amigo gay predileto.

Meu olhar baixou de novo. Ele ainda estava me encarando.

— Precisa de alguma coisa? — perguntei.

— Ouvi falar da festa do Brazil esse fim de semana. Boa jogada.

— Hã?

A garota à direita dele, Elizabeth, se virou também, os cabelos castanho-claros balançando. Ela era namorada de um dos caras da minha fraternidade. Seus olhos se iluminaram.

— É, pena que perdi o show.

Shepley se inclinou para frente.

— O quê? A minha briga com a Mare?

O cara deu risada.

— Não, a festa da Abby.

— A festa de aniversário? — perguntei, tentando entender o que ele queria dizer.

Diversas coisas que tinham acontecido poderiam virar fofoca, mas nada que chegaria a um cara aleatório como aquele.

Elizabeth verificou se a dra. Park estava olhando na nossa direção e então se virou de novo para trás.

— A Abby e o Parker.

Outra garota se virou.

— Ah, é. Ouvi falar que o Parker pegou vocês dois no quarto na manhã seguinte. É verdade?

— Onde você ouviu isso? — perguntei, com a adrenalina gritando nas veias.

Elizabeth deu de ombros.

— Por toda parte. As pessoas estavam falando sobre isso hoje de manhã na minha aula.

— Na minha também — disse Levi.

A outra garota apenas assentiu.

Elizabeth se virou um pouco mais, inclinando-se na minha direção.

— Ela realmente transou com o Parker no corredor do Brazil e depois foi para casa com você?

Shepley franziu a testa.

— Ela está ficando no nosso apartamento.

— Não — disse a garota ao lado de Elizabeth. — Ela e o Parker estavam dando uns amassos no sofá do Brazil, aí ela se levantou e dançou com o Travis, o Parker foi embora puto da vida, e ela foi pra casa com o Travis... e com o Shepley.

— Não foi isso que eu ouvi — falou Elizabeth, claramente tentando conter o entusiasmo. — Disseram que foi meio que um *ménage à trois*. E aí... qual é a real, Travis?

Levi parecia estar adorando a conversa.

— Ouvi dizer que sempre foi o contrário.

— Como assim? — perguntei, já irritado com o tom dele.

— Que o Parker sempre pegou as *suas* sobras.

Estreitei os olhos. Quem quer que fosse aquele cara, ele sabia muito mais do que devia sobre mim. Inclinei-me na direção dele.

— Isso não é da porra da sua conta, babaca.

— Ok — disse Shepley, colocando a mão na minha carteira.

Levi se virou de imediato, e Elizabeth ergueu as sobrancelhas antes de fazer o mesmo.

— Otário de merda — resmunguei. Olhei para Shepley. — Daqui a pouco é hora do almoço. Alguém vai falar alguma coisa pra Abby. Estão dizendo que nós dois trepamos com ela. Merda. *Merda*, Shepley, o que que eu faço?

Imediatamente, ele começou a enfiar as coisas na mochila, e fiz o mesmo.

— Dispensados — disse a dra. Park. — Saiam logo daqui e sejam cidadãos produtivos hoje.

Minha mochila batia nas costas enquanto eu corria pelo campus, indo direto para o refeitório. Avistei America e Abby a apenas alguns passos da entrada.

Shepley agarrou America pelo braço.

— Mare — disse, ofegante.

Levei as mãos à cintura, tentando recuperar o fôlego.

— Tem uma multidão de mulheres raivosas perseguindo você? — Abby me perguntou, brincando.

Balancei a cabeça em negativa. Minhas mãos tremiam, por isso agarrei as tiras da mochila.

— Eu estava tentando te encontrar... antes de você... entrar aqui — falei sem fôlego.

— O que está acontecendo? — America perguntou ao Shepley.

— Está rolando um boato — ele começou. — Todo mundo está dizendo que o Travis levou a Abby pra casa e... Os detalhes variam, mas a coisa é bem ruim.

— *O quê?* Você está falando sério? — Abby gritou.

America revirou os olhos.

— Quem se importa, Abby? As pessoas vêm fazendo especulações sobre você e o Trav há semanas. Não é a primeira vez que alguém acusa vocês dois de terem transado.

Olhei para Shepley, na esperança de que ele descobrisse uma saída para a situação desagradável em que eu tinha me metido.

— O quê? — Abby perguntou. — Tem mais alguma coisa, não é?

Shepley se contorceu.

— Estão dizendo que você transou com o Parker no apartamento do Brazil e depois deixou o Travis... levar você pra casa, se é que me entende.

Ela ficou boquiaberta.

— Que ótimo! Agora eu sou a vadia da faculdade?!

Eu tinha causado aquilo, e é claro que Abby estava sofrendo as consequências.

— A culpa é minha. Se fosse qualquer outra pessoa, não estariam falando isso de você.

Entrei no refeitório com as mãos cerradas.

Abby se sentou, e me certifiquei de sentar do outro lado da mesa, afastado dela. Boatos já haviam sido espalhados antes sobre eu ter trepado com alguém, e algumas vezes o nome do Parker também estava envolvido, mas eu nunca tinha me importado, até agora. Abby não merecia que pensassem isso dela só porque ela era minha amiga.

— Você não tem que sentar longe, Trav. Vem, senta aqui — disse ela, indicando o lugar vazio na sua frente.

— Ouvi dizer que você teve um baita aniversário, Abby — disse Chris Jenks, jogando um pedaço de alface no meu prato.

— Não começa, Jenks — avisei, com ódio no olhar.

Ele sorriu, elevando as bochechas redondas e rosadas.

— Ouvi dizer que o Parker está furioso. Ele disse que passou pelo apartamento de vocês ontem, e você e o Travis ainda estavam na cama.

— Eles estavam tirando um cochilo, Chris — disse America com desdém.

Abby me encarou.

— O Parker apareceu por lá?

Eu me mexi, desconfortável.

— Eu ia te contar.

— *Quando?* — ela retrucou.

America se inclinou para falar ao ouvido da amiga, provavelmente explicando o que todos, menos ela, sabiam.

Abby apoiou os cotovelos na mesa, cobrindo o rosto com as mãos.

— Isso está ficando cada vez melhor.

— Então vocês realmente não chegaram aos finalmentes? — Chris perguntou. — Que merda. E eu achando que a Abby era a mina certa pra você no fim das contas, Trav.

— É melhor você parar agora, Chris — Shepley avisou.

— Se você não transou com ela, se importa se eu tentar? — disse Chris, dando risada para seus colegas de time.

Sem pensar, pulei de onde estava sentado e atravessei a mesa, partindo para cima do Chris. Em câmera lenta, o rosto dele se metamorfoseou de um sorriso para olhos arregalados e boca aberta. Agarrei-o pela garganta com uma das mãos, e um bom punhado da camiseta dele com a outra. Os nós dos meus dedos mal sentiram o impacto na cara dele. Minha fúria estava no auge, e eu precisava extravasar. Chris cobriu o rosto, mas continuei enchendo-o de porrada.

— Travis! — Abby gritou, correndo em volta da mesa.

Meu punho cerrado congelou no meio do caminho e então soltei a camiseta dele, deixando que caísse como uma bola no chão. A expressão no rosto de Abby fez com que eu hesitasse; ela estava com medo do que tinha acabado de presenciar. Ela engoliu em seco e deu um passo para trás. O medo dela só me deixou com mais raiva — não dela, mas porque fiquei com vergonha.

Passei por ela e fui empurrando qualquer um em meu caminho. Eu havia conseguido duas façanhas. Primeiro, tinha ajudado a começar um boato sobre a garota por quem eu estava apaixonado e, segundo, quase a matei de medo.

A solidão do meu quarto parecia o único local adequado para mim. Eu estava envergonhado demais até para pedir conselhos ao meu pai. Shepley me alcançou sem falar nada, entrou no Charger ao meu lado e deu partida.

Não conversamos enquanto ele dirigia até o apartamento. A cena que inevitavelmente se desenrolaria quando Abby decidisse voltar para casa era algo que minha mente se recusava a processar.

Shepley estacionou na vaga de sempre e eu saí, subindo as escadas como um zumbi. Não havia um final feliz possível para tudo aquilo. Ou Abby iria embora por estar com medo do que tinha visto, ou, ainda pior, eu teria que liberá-la da aposta de forma que ela pudesse partir, mesmo que ela não quisesse.

Meu coração não parava de se alternar entre deixar Abby em paz e decidir que não havia problema algum em tentar conquistá-la. Assim que entrei no apartamento, arremessei a mochila na parede e bati com tudo a porta do quarto atrás de mim. Isso não fez com que eu me sentisse melhor; na verdade, ficar andando de um lado para o outro batendo os pés, como se fosse uma criancinha, só me fez lembrar de quanto tempo da Abby eu estava desperdiçando ao correr atrás dela — se é que eu poderia sequer usar esse termo.

O zunido agudo do Honda da America soou por um breve instante antes de ela desligar o motor. Abby devia estar com ela, e das duas uma: ou ela entraria gritando, ou o completo oposto. Eu não sabia ao certo qual opção me faria sentir pior.

— Travis? — disse Shepley, abrindo a porta.

Balancei a cabeça e sentei na beirada da cama, que afundou com meu peso.

— Você nem sabe o que ela vai dizer. Talvez ela só queira ver como você está.

— Eu disse que não.

Ele fechou a porta. As árvores lá fora estavam marrons, começando a perder a cor que restava. Em breve não teriam mais folhas. E, quando elas tivessem caído, Abby teria ido embora. Droga, eu me sentia deprimido.

Alguns minutos depois, houve outra batida na porta.

— Travis? Sou eu, abre a porta.

Soltei um suspiro.

— Vai embora, Flor.

A porta rangeu quando ela abriu uma fresta. Eu não me virei. Não precisava. Totó estava atrás de mim e ficou batendo o rabinho nas minhas costas ao vê-la.

— O que está acontecendo com você, Trav? — ela me perguntou.

Eu não sabia como contar a verdade a ela, e uma parte de mim sabia que ela não me daria ouvidos de qualquer forma, então simplesmente fiquei com o olhar fixo do lado de fora da janela, contando as folhas que caíam. A cada folha que se soltava e flutuava até o chão, estávamos mais próximos do momento em que Abby desapareceria da minha vida. Minha ampulheta natural.

Ela ficou em pé ao meu lado, de braços cruzados. Fiquei esperando que ela gritasse ou me punisse de alguma forma pelo meu surto no refeitório.

— Você não vai conversar comigo?

Ela começou a se virar em direção à porta e eu suspirei.

— Lembra daquele dia quando o Brazil falou besteira pra mim e você me defendeu? Bom... foi isso que aconteceu. Eu só fui meio longe demais.

— Você já estava com raiva antes de o Chris dizer alguma coisa — ela falou, sentando ao meu lado na cama.

De imediato, Totó foi rastejando até o colo dela, implorando por atenção. Eu conhecia aquela sensação. Todas as minhas palhaçadas, minhas proezas imbecis — era tudo para, de alguma forma, conseguir a atenção dela, e Abby não parecia perceber nada daquilo. Nem mesmo meu comportamento maluco.

— Eu já disse uma vez. Você precisa se afastar, Flor. Deus sabe que eu não consigo me afastar de você.

Ela esticou a mão para encostar no meu braço.

— Você não quer que eu vá embora.

Ela não fazia ideia de como estava certa — e ao mesmo tempo errada. Meus sentimentos conflituosos em relação a ela eram de enlouquecer. Eu estava apaixonado, não conseguia imaginar uma vida sem ela, mas ao mesmo tempo queria que ela tivesse coisa melhor. Com isso em mente, pensar em Abby com outro cara era insuportável. Nenhum de nós dois poderia sair ganhando e, ainda assim, eu não podia perdê-la. Esse ir e vir constante me deixava exausto.

Puxei Abby de encontro a mim e beijei sua testa.

— Não importa quanto eu tente. Você vai me odiar no fim das contas.

Ela me envolveu com os braços, entrelaçando os dedos no meu ombro.

— Precisamos ser amigos. Não aceito "não" como resposta.

Ela roubara minha fala da primeira vez em que tínhamos saído juntos, na pizzaria, o que parecia ter acontecido centenas de vidas atrás. Eu não sabia ao certo quando as coisas tinham se tornado tão complicadas.

— Muitas vezes fico te observando enquanto você está dormindo — falei, envolvendo-a com os braços. — Você sempre parece tão em paz. Eu não tenho esse tipo de calma. Tenho essa raiva e essa fúria fervendo dentro de mim... menos quando te observo dormindo. Era isso que eu estava fazendo quando o Parker entrou. Eu estava acordado, e ele entrou no quarto e simplesmente ficou parado, com um olhar chocado no rosto. Eu sabia o que ele estava pensando, mas não esclareci as coisas. Não expliquei, porque eu *queria* que ele achasse que tinha acontecido algo entre a gente. Agora a faculdade inteira acha que você transou com nós dois na mesma noite. Desculpa.

Abby deu de ombros.

— Se ele acredita em fofoca, o problema é dele.

— Ele viu a gente juntos na cama, seria difícil não pensar isso.

— Ele sabe que estou ficando aqui com você. Pelo amor de Deus, eu estava totalmente vestida!

Suspirei.

— Provavelmente ele estava puto demais para perceber isso. Eu sei que você gosta dele, Flor. Eu devia ter explicado. Eu devo isso a você.

— Não importa.

— Você não está brava? — perguntei, surpreso.

— É com isso que você está tão preocupado? Você achou que eu ficaria brava quando me contasse a verdade?

— Mas você devia ficar! Se alguém acabasse com a minha reputação, eu ficaria com raiva.

— Você não está nem aí para a sua reputação. O que aconteceu com o Travis que não liga a mínima para o que qualquer pessoa pensa? — ela me provocou, me cutucando de leve com o cotovelo.

— Isso foi antes de eu ver a expressão no seu rosto quando você soube o que todo mundo estava dizendo. Não quero que você se magoe por minha causa.

— Você nunca faria nada para me magoar.

— Eu preferia cortar um braço — suspirei.

Relaxei a bochecha de encontro aos seus cabelos. O cheiro dela era sempre tão bom, assim como a sensação da sua pele. Estar perto da Abby funcionava como um sedativo. Meu corpo inteiro relaxou, e de repente eu me senti tão cansado que não queria me mover. Ficamos sentados com os braços em volta um do outro, a cabeça dela encostada no meu pescoço, por um tempão. Nada além daquele momento estava garantido, então permaneci ali, com a Beija-Flor.

Quando o sol começou a se pôr, ouvi uma batida na porta.

— Abby? — A voz da America soou baixo do lado de fora.

— Entra, Mare — falei, sabendo que ela provavelmente estava preocupada por estarmos tão quietos.

Ela entrou com Shepley e sorriu quando nos viu nos braços um do outro.

— A gente vai comer alguma coisa. Vocês estão a fim de ir ao Pei Wei?

— Argh... Comida asiática *de novo*, Mare? Mesmo? — perguntei.

— Sim, *mesmo* — disse ela, parecendo um pouco mais relaxada. — Vocês vêm ou não?

— Estou morrendo de fome — disse Abby.

— É claro que está, você não comeu nada no almoço — falei, franzindo a testa. Então me levantei e a puxei comigo. — Vamos lá. Vamos arrumar comida pra você.

Eu não estava pronto para soltá-la ainda, então mantive o braço em volta dela durante o trajeto até o Pei Wei. Ela não pareceu se importar e até se apoiou em mim no carro enquanto eu concordava em dividir uma refeição de número quatro com ela.

Assim que encontramos uma mesa, coloquei meu casaco ao lado da Abby e fui até o banheiro. Era estranho como todos estavam fingindo que eu não tinha acabado de encher alguém de porrada, como se nada tivesse acontecido. Segurei as mãos em concha sob a água e lavei o rosto, me olhando no espelho. Gotas pingavam do meu nariz e do meu queixo. Mais uma vez, eu teria que engolir minha insatisfação e entrar na onda, seguindo o humor forçado de todo mundo. Como se tivéssemos que manter um faz de conta para ajudar Abby a seguir em frente em sua pequena bolha de ignorância, onde ninguém sentia nada com muita intensidade e tudo acontecia de acordo com as expectativas.

— Droga! A comida não chegou ainda? — perguntei, sentando-me ao lado dela.

O celular dela estava sobre a mesa, então o peguei, liguei a câmera, fiz uma cara boba e tirei uma foto.

— O que você está fazendo? — Abby quis saber, com uma risadinha.

Procurei meu nome na lista de contatos dela e anexei minha foto.

— É para lembrar como você me adora quando eu te ligar.

— Ou como você é besta — disse America.

Ela e Shepley ficaram a maior parte do tempo falando sobre as aulas e as fofocas mais recentes da faculdade, tomando cuidado para não mencionar ninguém envolvido na treta que rolou mais cedo.

Abby ficou observando-os com o queixo apoiado na mão, sorrindo e sendo bela, sem esforço algum. Seus dedos eram tão pequenos, e me peguei observando como o dedo anelar dela estava vazio. Ela olhou de relance para mim e se inclinou para me empurrar de brincadeira com o ombro. Então se endireitou e continuou ouvindo a conversa da America.

Nós demos risada e fizemos piadas até o restaurante fechar, depois voltamos para casa. Eu me sentia exausto, e, mesmo o dia tendo sido longo pra caramba, não queria que acabasse.

Shepley carregou America nas costas escadaria acima, e permaneci para trás, puxando o braço da Abby. Fiquei olhando para nossos amigos até que eles entrassem no apartamento, e então, inquieto, coloquei as mãos dela nas minhas.

— Eu te devo um pedido de desculpas por hoje. Então... desculpa.

— Você já pediu desculpas. Está tudo bem.

— Não, eu pedi desculpas pelo lance com o Parker. Não quero que você fique achando que sou algum tipo de psicopata que sai por aí atacando as pessoas por qualquer coisinha — falei. — Mas eu te devo um pedido de desculpas porque não te defendi pelo motivo certo.

— Que seria... — ela começou.

— Eu parti pra cima dele porque ele disse que queria ser o próximo da fila, não porque ele estava zoando você.

— Insinuar que existe uma fila é motivo suficiente para você me defender, Trav.

— Esse é o meu ponto. Fiquei louco da vida porque levei isso como uma confissão de que ele queria transar com você.

Abby ficou pensando por um instante, então agarrou as laterais da minha camiseta e pressionou a testa no meu peito.

— Quer saber de uma coisa? Não estou nem aí — ela disse, erguendo o olhar para mim, acompanhado de um sorriso. — Não me importo com o que as pessoas estão dizendo, nem que você tenha perdido o controle, nem por que motivo você detonou a cara do Chris. A última coisa que eu quero é ter uma reputação ruim, mas estou cansada de explicar a nossa amizade pra todo mundo. Eles que vão pro inferno!

Dei um meio sorriso.

— Nossa *amizade*? Às vezes eu me pergunto se você realmente escuta o que eu falo.

— O que você quer dizer?

A bolha com a qual ela se cercava era impenetrável, e eu me perguntei o que aconteceria se algum dia eu conseguisse atravessá-la.

— Vamos entrar. Estou cansado.

Ela assentiu e subimos as escadas juntos, entrando no apartamento. America e Shepley já estavam aos murmúrios, felizes, no quarto, e Abby sumiu dentro do banheiro. Ouvi o som agudo do encanamento, e então a água do chuveiro bateu de encontro ao piso frio.

Totó ficou me fazendo companhia enquanto eu esperava. Ela não perdeu tempo; sua rotina noturna estava completa em menos de uma hora.

Ela se deitou na cama, com os cabelos molhados encostados no meu braço, então exalou de um jeito longo e relaxante.

— Só nos restam duas semanas. Qual o drama que você vai fazer quando eu voltar para o Morgan?

— Não sei — respondi. Eu não queria pensar nisso.

— Ei. — Ela encostou em mim. — Eu estava brincando.

Forcei meu corpo a relaxar no colchão, lembrando que, naquele momento, ela ainda estava ao meu lado. Não funcionou. Nada funcionava. Eu precisava da Abby nos meus braços. Bastante tempo já havia sido desperdiçado.

— Você confia em mim, Flor? — perguntei, um pouco nervoso.

— Confio, por quê?

— Vem cá — eu disse, puxando-a de encontro a mim.

Fiquei esperando que ela protestasse, mas ela só ficou tensa por alguns instantes antes de deixar que seu corpo se fundisse ao meu. Seu rosto relaxou no meu peito.

Instantaneamente, senti os olhos pesarem. No dia seguinte eu tentaria pensar em uma maneira de adiar a partida dela, mas naquele momento dormir com Abby nos braços era a única coisa que eu queria fazer.

15
AMANHÃ

Duas semanas. Isso era o que me restava para curtir nosso tempo juntos ou para, de alguma forma, mostrar a Abby que eu podia ser quem ela precisava que eu fosse.

Coloquei meu charme em ação, usei todos os meios possíveis, não poupei nenhuma despesa. Fomos jogar boliche, jantar, almoçar e ao cinema. Também passamos tanto tempo quanto possível no apartamento: alugamos filmes, pedimos comida, tudo para conseguir ficar sozinho com ela. Não tivemos uma única briga.

Adam ligou algumas vezes. Mesmo comigo fazendo um bom show, ele não estava contente com a curta duração das lutas. Dinheiro era dinheiro, mas eu não queria desperdiçar nenhum tempo longe da Flor.

Ela estava mais feliz do que nunca e, pela primeira vez na vida, eu me sentia um ser humano completo e normal, em vez de um cara arruinado e raivoso.

À noite, deitávamos na cama e ficávamos aninhados como um casal que estivesse junto há muito tempo. Quanto mais a última noite dela no apartamento se aproximava, mais eu lutava para permanecer animado e fingir que não estava desesperado para manter nossa vida daquele jeito.

Na penúltima noite, Abby quis jantar no Pizza Shack. Migalhas de pão no carpete vermelho, cheiro de gordura e condimentos no ar — sem os babacas do time de futebol por ali, tudo estava perfeito.

Perfeito, porém triste. Foi o primeiro lugar onde jantamos juntos. Abby riu bastante, mas em momento algum se abriu. Não mencionou o tempo que passamos juntos. Ainda em sua bolha. Ainda alienada. Ver que meus esforços estavam sendo ignorados me enfurecia às vezes, mas ser paciente e mantê-la feliz era a única maneira de eu ter alguma chance de sucesso.

Ela caiu no sono relativamente rápido naquela noite. Como ela dormia a apenas alguns centímetros de mim, fiquei observando-a, tentando gravar a fogo a imagem dela na minha memória. A forma como seus cílios repousavam de encontro à pele; o modo como seus cabelos molhados caíam de encontro ao meu braço; o cheiro frutado e suave que emanava de seu corpo hidratado; o ruído quase inaudível que saía de seu nariz quando ela exalava. Abby parecia tão tranquila, tão à vontade dormindo na minha cama.

As paredes que nos cercavam estavam cobertas de fotos do tempo que ela passou no meu apartamento. Estava escuro, mas cada uma delas estava gravada nas minhas lembranças. Agora que aquele lugar finalmente parecia um lar, ela estava partindo.

Na manhã do último dia, parecia que eu seria engolido pela tristeza, sabendo que ela faria as malas na manhã seguinte e voltaria para o Morgan Hall. A Flor estaria por ali, talvez me fizesse uma visita de vez em quando, mas ela ficaria com Parker. Eu estava prestes a perdê-la.

A cadeira reclinável rangeu um pouco enquanto eu balançava para frente e para trás, esperando que ela acordasse. O apartamento estava quieto. Quieto demais. O silêncio pesava sobre mim.

A porta do quarto de Shepley rangeu quando foi aberta e fechada, e os pés descalços do meu primo estapearam o chão. Seus cabelos estavam espetados, seus olhos espremidos. Ele seguiu até o sofá e ficou me olhando sob o capuz do moletom.

Talvez estivesse frio. Nem notei.

— Trav? Você vai continuar vendo a Abby.

— Eu sei.

— Pela sua cara, não parece que sabe.

— Não vai ser a mesma coisa, Shep. Vamos ter vidas separadas. Vamos nos distanciar. Ela vai ficar com o Parker.

— Você não sabe disso. O Parker vai acabar mostrando que é um cuzão. Ela vai perceber.

— Então ela vai ficar com alguém como ele.

Shepley suspirou e colocou uma das pernas em cima do sofá.

— O que eu posso fazer?

— Eu não me sentia assim desde que a minha mãe morreu. Não sei o que fazer — falei, quase engasgando. — Vou perder a Abby.

Ele juntou as sobrancelhas.

— Então você cansou de lutar?

— Eu tentei de tudo. Não consigo fazer ela entender. Talvez ela não se sinta da mesma forma que eu.

— Ou talvez ela esteja tentando não se sentir assim. Escuta. A America e eu vamos cair fora. Você ainda tem hoje à noite. Faça alguma coisa especial. Compre uma garrafa de vinho. Prepare uma massa. Você faz uma massa boa pra cacete.

Um dos cantos da minha boca se voltou para cima.

— Massa não vai fazer a Abby mudar de ideia.

Shepley sorriu.

— Nunca se sabe. A sua comida foi o que me fez ignorar o fato de que você é completamente maluco e vir morar com você.

Assenti.

— Vou tentar. Vou tentar de tudo.

— Simplesmente torne a noite memorável, Trav — disse ele, dando de ombros. — Talvez ela mude de ideia.

Shepley e America se ofereceram para pegar algumas coisas no mercado para que eu pudesse preparar um jantar para Abby. Ele até concordou em passar em uma loja de departamentos para comprar um novo conjunto de talheres, para que não tivéssemos que usar os garfos e facas descombinados que tínhamos em nossas gavetas.

Minha última noite com a Abby estava preparada.

Enquanto eu dispunha os guardanapos no lugar, Abby chegou com uma calça jeans desfiada e uma camisa branca esvoaçante.

— Estou com água na boca. Seja lá o que você estiver preparando, o cheiro é muito bom!

Despejei o fettuccine alfredo no prato fundo e coloquei o frango à moda cajun por cima, depois espalhei tomates picados e cebolinha.

— Era isso que eu estava cozinhando — falei, colocando o prato na frente da banqueta dela.

Ela se sentou e arregalou os olhos, então ficou observando enquanto eu me servia.

Coloquei uma fatia de pão de alho no prato dela, e ela abriu um sorriso.

— Você pensou em tudo.

— É, pensei — respondi, tirando a rolha do vinho.

O líquido vermelho-escuro respingou um pouco enquanto fluía para dentro da taça, e ela deu uma risadinha.

— Você não precisava fazer tudo isso, sabia?

Pressionei os lábios.

— Precisava sim.

Abby deu uma garfada e depois outra, mal tendo tempo de engolir. Um leve "hum" saiu de seus lábios.

— Está muito bom, Trav. Você não disse que sabia cozinhar.

— Se eu tivesse te contado antes, você ia querer que eu cozinhasse toda noite.

O sorriso forçado que de alguma forma consegui colocar no rosto desapareceu rapidamente.

— Também vou sentir sua falta, Trav — ela disse, mastigando.

— Você ainda vai aparecer por aqui, não vai?

— Você sabe que eu vou. E você também vai aparecer no Morgan, para me ajudar a estudar, que nem antes.

— Mas não vai ser a mesma coisa — suspirei. — Você vai estar namorando o Parker, a gente não vai ter tempo... Vamos acabar seguindo rumos diferentes.

— Não vai mudar tanta coisa assim.

Dei uma única risada.

— Quem poderia imaginar, da primeira vez que nos encontramos, que estaríamos sentados aqui agora? Eu nunca teria acreditado, três meses atrás, que ia ficar tão triste de me despedir de uma garota.

A expressão de Abby ficou melancólica.

— Eu não quero que você fique triste.

— Então não vá embora.

Ela engoliu em seco, e suas sobrancelhas se moveram quase imperceptivelmente.

— Eu não posso morar aqui, Travis. Isso é loucura.

— Quem disse? Acabei de ter as duas melhores semanas da minha vida.

— Eu também.

— Então por que eu sinto que nunca mais vou ver você de novo?

Ela me observou por um instante, mas não respondeu. Em vez disso, Abby se levantou, deu a volta no balcão da cozinha e veio se sentar no meu colo. Eu queria desesperadamente olhar em seus olhos, mas temia que, se fizesse isso, eu tentaria beijá-la, e nossa noite seria arruinada.

Ela me abraçou, sua bochecha macia pressionada na minha.

— Você vai perceber o pé no saco que eu era e vai esquecer completamente de sentir a minha falta — sussurrou no meu ouvido.

Esfreguei a mão em círculos entre suas escápulas, tentando engolir a tristeza.

— Promete?

Ela me olhou nos olhos, pegando meu rosto com ambas as mãos. Acariciou meu maxilar com o polegar. Pensei em implorar que ela ficasse, mas ela não me daria ouvidos. Não lá de dentro de sua bolha.

Abby fechou os olhos e se inclinou para mim. Eu sabia que ela queria beijar o canto da minha boca, mas me virei de forma que nossos lábios se encontrassem. Era minha última chance. Eu tinha que lhe dar um beijo de despedida.

Ela ficou paralisada por um instante, mas então seu corpo relaxou e ela deixou os lábios nos meus.

Por fim, Abby se afastou, disfarçando com um sorriso.

— Amanhã vai ser um dia corrido. Vou arrumar a cozinha e depois vou pra cama.

— Eu te ajudo.

Lavamos a louça em silêncio, com Totó dormindo aos nossos pés. Sequei e guardei o último prato, depois a peguei pela mão para conduzi-la através do corredor. Cada passo era pura agonia.

Abby tirou a calça jeans e a camisa, depois vestiu uma velha camiseta minha, de algodão cinza. Tirei a roupa e fiquei só de cueca, como tinha feito dezenas de vezes antes com ela no quarto, mas dessa vez a gravidade pairava no ambiente.

Deitamos na cama e apaguei a luz. Imediatamente a envolvi com os braços e suspirei, e ela aninhou o rosto no meu pescoço.

As árvores do lado de fora lançavam sombras nas paredes. Tentei me concentrar em suas formas e na maneira como o vento leve mudava as silhuetas refletidas nos diferentes ângulos da parede. Qualquer coisa para manter minha mente longe dos números no relógio ou de quão próximos estávamos da manhã.

Manhã. Minha vida mudaria para pior em apenas algumas horas. Meu Deus do céu. Eu não conseguiria tolerar isso. Apertei os olhos com força, tentando bloquear esses pensamentos.

— Trav? Você está bem?

Demorei um tempinho para formular as palavras.

— Nunca me senti menos bem na vida.

Ela pressionou a testa no meu pescoço, e a abracei mais apertado.

— Que bobagem — ela disse. — A gente vai se ver todos os dias.

— Você sabe que não é verdade.

Ela ergueu a cabeça só um pouquinho. Eu não sabia ao certo se ela estava me encarando ou se preparando para dizer alguma coisa. Fiquei esperando no escuro, em silêncio, sentindo como se o mundo fosse desmoronar ao meu redor a qualquer instante.

Sem aviso algum, Abby encostou os lábios no meu pescoço, abrindo-os para sentir o gosto da minha pele, e a umidade morna de sua boca permaneceu naquele ponto.

Baixei o olhar para ela, pego completamente de surpresa. Uma centelha familiar ardia em seus olhos. Sem saber ao certo como aquilo havia acontecido, eu tinha finalmente conseguido chegar até ela. Finalmente Abby tinha se dado conta dos meus sentimentos por ela, e a luz de repente tinha sido acesa.

Eu me inclinei para baixo, pressionando os lábios nos dela, com suavidade e lentidão. Quanto mais nossas bocas se fundiam, mais emocionado eu ficava com a realidade do que estava acontecendo.

Abby me puxou para mais perto. Cada movimento que ela fazia era mais uma afirmação de sua resposta. Ela sentia o mesmo que eu. Ela se importava comigo. Ela me queria. Eu tinha vontade de sair correndo pelo quarteirão, gritando para comemorar, e ao mesmo tempo não queria afastar a boca da dela.

Seus lábios se abriram e deslizei a língua lá dentro, saboreando e buscando delicadamente.

— Quero você — ela disse.

As palavras dela foram assimiladas pela minha consciência e eu entendi o que ela quis dizer. Parte de mim queria arrancar cada pedaço de tecido que havia entre nós, e a outra parte ficou em alerta. Estávamos finalmente falando a mesma língua. Não havia necessidade de apressar nada agora.

Tentei me afastar um pouco, mas Abby apenas se tornou mais determinada. Recuei até ficar de joelhos, mas ela permaneceu comigo.

Agarrei-a pelos ombros para mantê-la a uma certa distância.

— Espera um pouco — sussurrei, com a respiração acelerada. — Você não tem que fazer isso, Flor. Não é disso que se trata essa noite.

Mesmo eu querendo fazer a coisa certa, com a intensidade inesperada de Abby, associada ao fato de que eu não transava fazia um certo tempo — com certeza meu recorde de todos os tempos —, meu pinto estava orgulhosamente de pé na cueca.

Abby se inclinou na minha direção de novo, e dessa vez deixei que ela chegasse perto o bastante para encostar os lábios nos meus. Ela ergueu o olhar para mim, séria e decidida.

— Não me faça implorar — sussurrou de encontro à minha boca.

Não importava quão nobre eu tivesse a intenção de ser, aquelas palavras vindas de sua boca me destruíram. Agarrei-a pela nuca e selei os lábios nos seus.

Os dedos de Abby percorreram a extensão das minhas costas e pararam no elástico da minha cueca, parecendo contemplar o próximo movimento. Seis semanas de tensão sexual reprimida me sobrepujaram e caímos no colchão. Meus dedos se emaranharam em seus cabelos, enquanto eu me posicionava entre seus joelhos. Assim que nossas bocas se encontraram novamente, ela deslizou a mão pela frente da minha cueca. Quando seus dedos macios tocaram minha pele nua, soltei um grunhido baixo. Foi a melhor sensação que eu poderia imaginar.

A velha camiseta cinza que Abby estava vestindo foi a primeira coisa a sumir. Graças à lua cheia que iluminava um pouco o quarto, pude admirar seus seios nus por alguns segundos, antes de seguir impaciente para o restante de seu corpo. Minha mão agarrou sua calcinha e foi deslizando por suas pernas. Saboreei sua boca enquanto seguia a linha interna de sua perna, viajando pela extensão de sua coxa. Meus dedos deslizaram sobre a pele macia e úmida de Abby, e ela deixou escapar um gemido longo e ofegante. Antes de ir mais fundo, uma conversa que havíamos tido não fazia muito tempo foi repassada na minha cabeça. Abby era virgem. Se aquilo era realmente o que ela queria, eu precisaria ser gentil. A última coisa que eu queria era machucá-la.

Seus joelhos se arqueavam e estremeciam a cada movimento da minha mão. Lambi e chupei diferentes pontos em seu pescoço, enquanto esperava que ela tomasse uma decisão. Seus quadris se moviam de um lado para o outro, para frente e para trás, me lembrando da forma como ela tinha dançado comigo no Red. Ela mordeu o lábio inferior, afundando os dedos nas minhas costas.

Posicionei-me acima dela. Eu ainda estava de cueca, mas podia sentir sua pele nua. Ela estava tão quente que me segurar era a coisa mais difícil que eu teria de fazer. Um centímetro a mais e eu poderia ter atravessado a cueca para estar dentro dela.

— Beija-Flor — falei, ofegante —, não precisa ser hoje. Eu espero até você estar pronta.

Abby esticou a mão até a gaveta de cima do criado-mudo e a abriu. Ouvi o som do plástico estalando em seus dedos, então ela rasgou a embalagem quadrada com os dentes. Era um sinal verde, o mais direto que poderia haver.

Afastei a mão de suas costas e puxei a cueca para baixo, chutando-a longe com violência. Qualquer paciência que eu tinha já era. A única coisa que conseguia pensar era em estar dentro dela. Coloquei a camisinha e abaixei os quadris entre suas coxas, encostando as partes mais sensíveis da minha pele nas dela.

— Olha pra mim, Beija-Flor — sussurrei.

Seus grandes olhos cinza se ergueram para me espiar. Era tão surreal. Era com isso que eu tinha sonhado desde a primeira vez que ela havia revirado os olhos para mim, e estava finalmente acontecendo. Inclinei a cabeça para baixo para beijá-la com ternura, então me movi para frente e me retesei, fazendo pressão dentro dela com o máximo de gentileza possível. Quando recuei, olhei fundo em seus olhos. Seus joelhos apertavam firme meus quadris, e ela mordia o lábio inferior com mais força do que antes, mas seus dedos pressionavam minhas costas, puxando-me para mais perto. Quando fiz pressão dentro dela novamente, ela cerrou os olhos com força.

Beijei-a com delicadeza, com paciência.

— Olha pra mim — sussurrei.

Ela gemeu, grunhiu e gritou. A cada ruído que Abby fazia, ficava mais difícil controlar meus movimentos. Por fim, ela relaxou o corpo, permitindo que eu me movesse dentro dela de maneira mais ritmada. Quanto mais rápido eu me movia, menos controle sentia. Toquei cada centímetro de sua pele, lambi e beijei seu pescoço, suas bochechas, seus lábios.

Ela me puxava sem parar para dentro dela, e a cada vez eu fazia pressão mais fundo.

— Eu te desejei por tanto tempo, Abby. Você é tudo que eu quero — sussurrei de encontro à sua boca.

Agarrei sua coxa com uma das mãos e me apoiei no cotovelo. Nossos corpos deslizavam encostados um no outro, e gotas de suor começavam a se formar em nossa pele. Pensei em virá-la ou puxá-la para cima de mim, mas decidi sacrificar a criatividade para poder olhar em seus olhos e permanecer o mais próximo possível dela.

Bem quando pensei que poderia fazer aquilo durar a noite toda, Abby suspirou.

— Travis.

O som dela falando meu nome, ofegante, me pegou de surpresa e me deixou no limite. Tive que ir mais rápido, pressionando mais fundo, até que todos os músculos do meu corpo se tensionaram. Grunhi e me contorci algumas vezes antes de, por fim, desmoronar.

Inspirei pelo nariz encostado ao pescoço dela. Seu cheiro era uma mistura de suor, hidratante... e o meu cheiro. Era absurdamente fantástico.

— Esse foi um primeiro beijo e tanto — disse ela, com uma expressão cansada e satisfeita.

Analisei o rosto dela e abri um sorriso.

— Seu último primeiro beijo.

Abby piscou e eu caí no colchão ao seu lado, esticando o braço sobre sua barriga nua. De repente, a manhã era algo que eu esperava ansiosamente. Seria nosso primeiro dia juntos, e, em vez de fazer as malas com uma sensação de tristeza mal disfarçada, poderíamos dormir até tarde, passar uma quantia absurda de tempo na cama e simplesmente curtir o dia como casal. O que soava bem próximo do paraíso para mim.

Há três meses, ninguém teria me convencido de que eu me sentiria assim. Agora, não havia nada que eu quisesse tanto.

Uma respiração intensa e relaxante moveu meu peito para cima e para baixo, lentamente, enquanto eu adormecia ao lado da segunda mulher que já amara na vida.

16
ESPAÇO E TEMPO

A princípio, não entrei em pânico. No início, a bruma sonolenta em que eu estava proporcionou confusão suficiente para alimentar uma sensação de calma. Logo de cara, quando estiquei a mão para Abby do outro lado dos lençóis e ela não estava ali, o que senti foi apenas um leve desapontamento, seguido de curiosidade.

Provavelmente ela estava no banheiro, ou talvez comendo cereal no sofá. Ela havia acabado de entregar sua virgindade a mim, alguém com quem havia passado um bom tempo e gasto um bom esforço fingindo não ter nada além de sentimentos platônicos. Era muita coisa para absorver.

— Flor? — chamei.

Levantei a cabeça, na esperança de que ela voltasse para a cama comigo. No entanto, depois de um tempo, desisti e me sentei.

Sem fazer a mínima ideia do que me esperava, vesti a cueca que tinha chutado longe na noite anterior e enfiei uma camiseta.

Arrastei os pés pelo corredor até o banheiro e bati à porta, que se abriu um pouquinho. Não ouvi nenhum movimento, mas mesmo assim chamei por ela.

— Beija-Flor?

Ao abrir mais a porta, foi-me revelado o que era esperado. O banheiro estava vazio e escuro. Então fui até a sala de estar, com a plena expectativa de vê-la na cozinha ou no sofá, mas ela não estava em lugar nenhum.

— Beija-Flor? — chamei, esperando uma resposta.

O pânico começou a se acumular dentro de mim, mas me recusei a surtar até descobrir que diabos estava acontecendo. Entrei como um raio no quarto do Shepley, abrindo a porta sem bater.

America estava deitada ao lado dele, enredada em seus braços da forma como imaginei que Abby estaria nos meus naquele momento.

— Vocês viram a Abby? Ela não está aqui.

Shepley se ergueu apoiado no cotovelo, esfregando os olhos com os nós dos dedos.

— Hã?

— A Abby — falei, impaciente, acendendo a luz. Tanto Shepley quanto America se encolheram. — Vocês viram a Abby?

Vários cenários se passaram pela minha cabeça, criando diferentes graus de alarme. Talvez ela tivesse saído para passear com Totó e alguém a tivesse sequestrado, ou machucado, ou talvez ela tivesse caído e rolado escada abaixo. Porém as unhas do Totó estavam fazendo clique-clique no chão do corredor, então não podia ser isso. Quem sabe ela tinha ido buscar algo no carro da America.

Fui correndo até a porta da frente e olhei ao redor. Depois desci apressado as escadas, examinando cada centímetro entre o apartamento e o carro da America.

Nada. Abby havia desaparecido.

Shepley apareceu na entrada, apertando os olhos e se abraçando por causa do frio.

— Então... Ela acordou a gente cedo. Quis ir embora.

Subi as escadas de volta, dois degraus por vez, e segurei os ombros nus do Shepley, empurrando-o até o lado oposto da sala e prensando-o contra a parede. Ele agarrou minha camiseta com uma cara meio brava, meio espantada.

— Que merd... — ele começou.

— Você levou a Abby embora? Para o Morgan? No meio da noite, porra? Por quê?

— Porque ela me pediu!

Empurrei-o contra a parede de novo, a raiva cega começando a me dominar.

America saiu do quarto com os cabelos bagunçados e o rímel borrado sob os olhos. Ela estava de roupão, apertando o cinto.

— Que merda está acontecendo? — ela perguntou, parando no meio do caminho ao me ver.

Shepley soltou o braço com um solavanco e levantou a mão.

— Mare, fica aí.

— Ela estava brava? Chateada? Por que ela foi embora? — perguntei entre dentes.

America deu mais um passo na nossa direção.

— Ela só detesta despedidas, Travis! Não fiquei nem um pouco surpresa quando ela quis ir embora antes de você acordar!

Mantive Shepley contra a parede e olhei para America.

— Ela... ela estava chorando?

Imaginei Abby enojada por ter permitido que um merda como eu — alguém para quem ela não dava a mínima — tirasse sua virgindade, depois pensei que, de alguma forma, eu a tinha machucado sem querer.

O rosto de America se contorceu de medo, passando para confusão e depois para raiva.

— Por quê? — ela perguntou. Seu tom era mais acusatório que questionador. — Por que ela estaria chorando ou chateada, Travis?

— Mare — Shepley falou em tom de aviso.

Ela deu mais um passo à frente.

— O que você fez?

Soltei meu primo, mas ele pegou um punhado da minha camiseta enquanto eu encarava sua namorada.

— Ela estava chorando? — exigi saber.

America balançou a cabeça.

— Ela estava bem! Só queria ir embora! O que você fez? — ela gritou.

— Aconteceu alguma coisa? — perguntou Shepley.

Sem pensar, eu me virei e desferi um golpe, errando por pouco o rosto dele.

America soltou um berro, cobrindo a boca com as mãos.

— Travis, para!

Shepley passou os braços em volta dos meus na altura dos cotovelos, seu rosto a centímetros do meu.

— Liga pra ela! — ele gritou. — Vê se fica calmo, porra, e liga pra Abby!

Passos leves e rápidos atravessaram o corredor e voltaram. America estava com a mão esticada, segurando meu celular.

— Liga pra ela.

Peguei-o da mão dela e digitei o número da Abby. Tocou até cair na caixa postal. Desliguei e liguei de novo. E mais uma vez. E de novo. Ela não atendia. Abby me odiava.

Joguei o celular no chão, meu peito subindo e descendo. Quando as lágrimas arderam em meus olhos, peguei a primeira coisa que minhas mãos alcançaram e a lancei do outro lado da sala. O que quer que fosse, se desfez em pedaços.

Virando-me, eu vi as banquetas uma na frente da outra, me lembrando do nosso jantar. Peguei uma pelas pernas e a esmaguei contra a geladeira, até quebrar. A porta da geladeira se abriu e a chutei. A força fez com que abrisse de novo, então chutei mais uma vez, até Shepley sair correndo para mantê-la fechada.

Entrei feito um raio no quarto. Os lençóis bagunçados na cama pareciam estar tirando uma onda com a minha cara. Meus braços se debatiam para todos os lados enquanto eu os arrancava do colchão — o lençol de baixo, o de cima e o cobertor —, então voltei à cozinha para jogar tudo aquilo no lixo, depois fiz o mesmo com os travesseiros. Ainda insano de raiva, fiquei parado no meio do quarto, tentando me acalmar, mas era impossível. Eu tinha perdido tudo.

Andando de um lado para o outro, parei em frente à mesinha de cabeceira. A lembrança de Abby esticando a mão ali dentro me veio à mente. As dobradiças rangeram quando abri a gaveta, revelando o pote cheio de camisinhas. Eu mal tinha tocado nelas desde que conhecera Abby. Agora que ela havia feito sua escolha, eu não conseguia me imaginar com nenhuma outra pessoa.

Senti o vidro frio nas mãos enquanto pegava o pote e o arremessava ao outro lado do quarto. Ele bateu na parede junto à porta e se estilhaçou, espalhando as pequenas embalagens pelo quarto todo.

Meu reflexo no espelho acima da cômoda olhou para mim. Meu queixo estava caído, e eu encarei meus olhos. Meu peito arfava, eu tremia e, pelos padrões de qualquer pessoa, parecia fora de mim, mas naquele ponto o controle já estava totalmente longe do meu alcance. Eu me aproximei e esmurrei o espelho com o punho cerrado. Cacos espetaram meus dedos, deixando para trás um círculo de sangue.

— Travis, para! — Shepley disse do corredor. — Para com isso, cacete!

Eu corri até ele, o empurrei e fechei a porta do meu quarto com toda força. Pressionei as mãos espalmadas contra a madeira e dei um passo para trás, chutando a porta até entortar a parte inferior. Puxei-a pelas laterais até ela se soltar das dobradiças, então a joguei para o outro lado do quarto.

Shepley me segurou.

— Eu disse para você parar! — ele gritou. — Você está deixando a America apavorada!

A veia na testa dele ficou saltada, aquela que só aparecia quando ele estava enraivecido.

Eu o empurrei e ele me empurrou de volta. Tentei novamente esmurrá-lo, mas ele se esquivou.

— Eu vou lá ver a Abby! — America disse em tom de súplica. — Vou descobrir se ela está bem e pedir para ela te ligar!

Deixei as mãos caírem nas laterais do corpo. Apesar do vento frio que invadia o apartamento por causa da porta aberta, o suor escorria das minhas têmporas. Meu peito subia e descia, como se eu tivesse corrido uma maratona.

America foi correndo até o quarto do Shepley. Dentro de cinco minutos, ela estava vestida, prendendo os cabelos em um coque. Ele a ajudou a vestir o casaco e lhe deu um beijo de despedida, assentindo com a cabeça para tranquilizá-la. Ela apanhou as chaves e deixou a porta bater depois de sair.

— Senta, porra — disse Shepley, apontando para a cadeira reclinável.

Fechei os olhos e fiz o que ele mandou. Minhas mãos tremiam quando as levei ao rosto.

— Você tem sorte. Eu estava a dois segundos de ligar para o Jim. E para todos os seus irmãos — ele ameaçou.

Balancei a cabeça.

— Não ligue pro meu pai — falei. — Não ligue pra ele.

Lágrimas salgadas faziam meus olhos arderem.

— Fala.

— Eu trepei com ela. Quer dizer, eu não *trepei* com ela, a gente...

Shepley assentiu.

— A noite passada foi difícil para vocês dois. De quem foi a ideia?

— Dela — pisquei. — Eu tentei me esquivar. Me ofereci para esperar, mas ela praticamente implorou.

Ele parecia tão confuso quanto eu.

Joguei as mãos para o alto e deixei que caíssem no meu colo.

— Talvez eu tenha machucado a Abby, sei lá.

— Como ela agiu depois? Ela disse algo?

Pensei por um instante.

— Ela disse que foi um primeiro beijo e tanto.

— Hã?

— Algumas semanas atrás, ela deixou escapar que ficava nervosa com o primeiro beijo, e eu tirei sarro dela.

Ele juntou as sobrancelhas.

— Não me parece que ela tenha ficado chateada com isso.

— Eu disse que era o último primeiro beijo dela. — Dei risada uma vez e usei a barra da camiseta para limpar o suor do nariz. — Pensei que estava tudo bem, Shep. Que ela finalmente tinha me deixado entrar. Por que ela me pediria para... e depois iria embora?

Ele balançou a cabeça lentamente, tão perplexo quanto eu.

— Não sei, primo. Mas a America vai descobrir. Vamos saber em breve o que está rolando.

Fiquei encarando o chão, pensando no que aconteceria em seguida.

— O que eu vou fazer? — perguntei, erguendo o olhar para ele.

Shepley agarrou meu antebraço.

— Você vai limpar a bagunça que fez para se manter ocupado até elas ligarem.

Fui andando até o meu quarto. A porta estava caída sobre o colchão, e havia pedaços de espelho e estilhaços de vidro no chão. Parecia que uma bomba havia explodido ali.

Shepley apareceu com uma vassoura, uma pá de lixo e uma chave de fenda.

— Eu recolho o vidro. Você dá um jeito na porta.

Assenti, pegando a larga placa de madeira de cima da cama. Logo depois de fazer o último giro com a chave de fenda, meu celular tocou. Levantei desordenado do chão para pegá-lo na mesinha de cabeceira.

Era America.

— Mare? — falei, quase engasgando.

— Sou eu. — A voz de Abby estava fraca e nervosa.

Eu queria implorar que ela voltasse, suplicar seu perdão, mas não sabia ao certo o que tinha feito de errado. Então fiquei com raiva.

— Que porra aconteceu com você ontem à noite? Acordei hoje de manhã e você tinha ido embora... Você simplesmente desaparece sem se despedir? *Por quê?*

— Eu sinto muito. Eu...

— Você *sente muito?* Eu estou ficando louco! Você não atende o telefone, sai daqui escondida e... *por quê?* Achei que a gente finalmente tinha se entendido!

— Eu só precisava de um tempo para pensar.

— Pensar em quê? — Fiz uma pausa, com medo de como ela responderia à pergunta que eu estava prestes a fazer. — Eu... eu te machuquei?

— Não! Não é nada disso! Eu sinto muito, muito mesmo. Tenho certeza que a America te falou que eu não sou boa com despedidas.

— Eu preciso te ver — falei, desesperado.

Abby suspirou.

— Tenho muita coisa pra fazer hoje, Trav. Tenho que desfazer as malas e pilhas de roupa suja para lavar.

— Você se arrependeu.

— Não é... não é isso. Nós somos amigos. Isso não vai mudar.

— *Amigos?* Então que porra foi o que aconteceu na noite passada?

Eu podia ouvi-la prendendo a respiração.

— Eu sei o que você quer. Só não posso fazer isso agora.

— Então você só precisa de um tempo? Você podia ter dito isso, não precisava fugir de mim.

217

— Pareceu mais fácil.

— Mais fácil pra quem?

— Eu não conseguia dormir. Não parei de pensar em como seriam as coisas de manhã, colocando as malas no carro da Mare, e... eu não conseguiria fazer isso, Trav.

— Já basta que você não vai mais morar aqui. Você não pode simplesmente desaparecer da minha vida assim.

— A gente se vê amanhã — disse ela, tentando soar casual. — Não quero que nada fique esquisito, tá? Só preciso de um tempo para organizar algumas coisas. É só isso.

— Tudo bem — falei. — Eu espero.

A linha ficou em silêncio e Shepley ficou me observando, cauteloso.

— Travis... você acabou de instalar a porta. Chega de baderna, ok?

Meu rosto se enrugou e assenti. Tentei ficar com raiva, pois isso era muito mais fácil de controlar do que a dor física devastadora no meu peito, mas tudo que senti foram ondas após ondas de tristeza. Eu estava cansado demais para lutar.

— O que ela disse?

— Ela precisa de um tempo.

— Tudo bem. Isso não é o fim. Você consegue lidar com isso, certo?

Inspirei fundo.

— É, eu consigo lidar com isso.

A pá de lixo tinia com os cacos de vidro enquanto Shepley a levava até a cozinha. Sozinho no quarto, cercado pelas fotos de nós dois, tive vontade de quebrar algo de novo, então fui até a sala esperar pela America.

Felizmente, ela não demorou muito para voltar. Imaginei que estivesse preocupada com Shepley.

A porta se abriu e me levantei.

— Ela veio com você?

— Não, não veio.

— Ela disse mais alguma coisa?

America engoliu em seco, hesitando para responder.

— Ela disse que vai manter a promessa dela e que, a essa hora amanhã, você não vai mais sentir falta dela.

Meus olhos vagaram até o chão.

— Ela não vai voltar — falei, caindo no sofá.

America deu um passo à frente.

— O que isso quer dizer, Travis?

Segurei o topo da cabeça com ambas as mãos.

— O que aconteceu ontem à noite não foi a maneira dela me dizer que queria ficar comigo. Ela estava dizendo adeus.

— Você não sabe disso.

— Eu conheço a Abby.

— Ela se importa com você.

— Ela não me ama.

America inspirou, e quaisquer reservas que ela tivesse em relação a meu ataque de fúria desapareceram conforme uma expressão solidária suavizava seu rosto.

— Você não sabe disso também. Escuta, dê espaço a ela. A Abby não é o tipo de garota que você está acostumado, Trav. Ela surta com facilidade. Da última vez que alguém mencionou um relacionamento sério, ela se mudou para outro estado. Isso não é tão ruim quanto parece.

Ergui o olhar para ela, sentindo uma minúscula ponta de esperança.

— Você acha?

— Travis, a Abby foi embora porque os sentimentos dela por você a deixam assustada. Se você soubesse de tudo, seria mais fácil te explicar, mas não posso te contar.

— Por que não?

— Porque prometi para a Abby, e ela é minha melhor amiga.

— Ela não confia em mim?

— Ela não confia nela mesma. Você, contudo, precisa confiar em *mim*. — America agarrou minhas mãos e me levantou. — Vai tomar um banho quente e demorado e depois vamos sair para comer. O Shepley me falou que é noite de pôquer na casa do seu pai.

Balancei a cabeça.

— Não posso ir à noite de pôquer. Eles vão perguntar sobre a Beija-Flor. E se a gente fosse ver a Flor?

America ficou lívida.

— Ela não vai estar em casa.

— Vocês vão sair?
— Ela vai.
— Com quem? — Precisei de apenas alguns segundos para sacar. — Com o Parker.

Ela confirmou com um movimento de cabeça.

— É por isso que ela acha que eu não vou sentir falta dela — eu disse, a voz falhando.

Eu não conseguia acreditar que ela estava fazendo isso comigo. Era simplesmente cruel.

America não hesitou em deter um novo ataque de fúria.

— Vamos ao cinema então, ver uma comédia, é claro, depois vamos ver se a pista de kart ainda está aberta, e você pode me jogar pra fora da pista de novo.

America era esperta. Ela sabia que a pista de kart era um dos poucos lugares aonde eu não tinha ido com a Abby.

— Eu não te joguei pra fora da pista. Você é que não sabe dirigir merda nenhuma.

— Vamos ver — disse ela, me empurrando em direção ao banheiro. — Pode chorar se for preciso. Pode gritar. Arranque isso de você, depois vamos nos divertir. Não vai durar para sempre, mas vai te manter ocupado esta noite.

Eu me virei na entrada do banheiro.

— Obrigado, Mare.

— Tá, tá... — disse ela, voltando para Shepley.

Liguei o chuveiro, deixando o vapor aquecer o ambiente antes de entrar sob a água. O reflexo no espelho me alarmou. Havia círculos escuros sob meus olhos cansados, e minha postura, antes confiante, estava arqueada; eu era a visão do inferno.

No chuveiro, deixei a água escorrer sobre meu rosto, mantendo os olhos fechados. As feições delicadas de Abby estavam queimadas a ferro atrás das minhas pálpebras. Não era a primeira vez que isso acontecia; eu a via sempre que fechava os olhos. Agora que ela se fora, era como ficar preso em um pesadelo.

Eu me engasguei com algo que se acumulava em meu peito. De tempos em tempos, a dor se renovava. Eu sentia falta dela. Meu Deus, como eu sentia falta dela. Tudo que tínhamos vivido juntos repassava na minha mente sem parar.

Com as palmas estiradas na parede de azulejos, cerrei os olhos bem apertados.

— Por favor, volte — falei baixinho.

Ela não podia me ouvir, mas isso não me impedia de desejar que ela voltasse e me salvasse da terrível dor que eu sentia sem ela ali.

Depois de engolir meu desespero sob a água, inspirei fundo algumas vezes e me recompus. O fato de Abby ter ido embora não deveria ter sido tamanha surpresa, mesmo depois do que tinha acontecido na noite anterior. O que America dissera fazia sentido. Abby era tão nova nisso e estava tão assustada quanto eu. Nós dois tínhamos um jeito patético de lidar com nossas emoções, e, no segundo em que percebi que havia me apaixonado por ela, eu soube que ela ia acabar comigo.

A água quente lavou a raiva e o medo, e um otimismo renovado tomou conta de mim. Eu não era nenhum otário que não fazia a mínima ideia de como conseguir uma mulher. Em algum ponto nos meus sentimentos pela Abby, eu tinha me esquecido disso. Estava na hora de acreditar em mim de novo, e de lembrar que a Abby não era apenas uma garota que poderia partir meu coração — ela também era minha melhor amiga. Eu sabia como fazê-la sorrir e conhecia suas coisas prediletas. E ainda tinha um cachorro nessa briga.

Os ânimos estavam mais leves quando voltamos da pista de kart. America estava dando risadinhas por ter derrotado Shepley quatro vezes seguidas, e ele fingia estar aborrecido.

Ele ficou procurando as chaves no escuro.

Segurei meu celular, lutando pela décima terceira vez contra a vontade irrefreável de ligar para Abby.

— Por que você não liga logo para ela? — quis saber America.

— Ela ainda deve estar no encontro. É melhor não... interromper — falei, tentando afastar da cabeça o pensamento do que poderia estar acontecendo.

— É mesmo? — ela perguntou, genuinamente surpresa. — Você não disse que queria convidá-la para jogar boliche amanhã? Não é educado convidar uma garota para sair no dia, sabia?

Shepley finalmente encontrou o buraco da fechadura e abriu a porta, nos deixando entrar.

Eu me sentei no sofá, encarando o nome da Abby na minha lista de contatos.

— Foda-se — falei, clicando no nome dela.

O telefone tocou uma vez, e de novo. Meu coração socava minhas costelas, mais do que antes de uma luta.

Abby atendeu.

— Como está indo o encontro, Flor?

— Que foi, Travis? — ela sussurrou. Pelo menos ela não estava com a respiração acelerada.

— Quero ir jogar boliche amanhã. Preciso da minha parceira.

— *Boliche*? Você não podia ter me ligado mais tarde? — Ela queria que as palavras saíssem cortantes, mas o tom de sua voz era o oposto. Eu podia dizer que ela estava feliz por eu ter ligado.

Minha confiança avançou para um novo nível. Ela não queria estar lá com o Parker.

— Como eu vou saber quando vocês vão ter terminado? Ai. Isso não soou bem... — brinquei.

— Ligo pra você amanhã para falarmos sobre isso, ok?

— Não, não está nada ok. Você disse que quer ser minha amiga, mas nós não podemos sair juntos? — Ela ficou em silêncio e imaginei que estava revirando aqueles maravilhosos olhos cinza. Fiquei com ciúme porque o Parker podia vê-los e eu não. — Não revire os olhos. Você vai ou não vai?

— Como você sabe que revirei os olhos? Está me perseguindo?

— Você sempre revira os olhos. Sim? Não? Você está desperdiçando um tempo precioso do seu encontro.

— Sim! — ela respondeu em um sussurro alto, com um sorriso na voz. — Eu vou.

— Te pego às sete.

O telefone fez um som oco quando o joguei na ponta do sofá, então meus olhos se fixaram em America.

— Você tem um encontro? — ela perguntou.

— Tenho — falei, recostando-me na almofada.

Ela tirou as pernas do colo do Shepley, provocando-o sobre a corrida enquanto ele zapeava pelos canais na TV. Não demorou muito para que ela se entediasse.

— Vou voltar para o dormitório.

Shepley franziu a testa; ele nunca ficava feliz quando ela ia embora.

— Me manda uma mensagem.

— Vou mandar — disse ela, sorrindo. — A gente se vê, Trav.

Fiquei com inveja por ela estar indo embora, por ter o que fazer. Eu havia terminado fazia dias os únicos dois trabalhos da faculdade que tinha de entregar.

O relógio acima da televisão chamou minha atenção. Os minutos se passavam lentamente, e, quanto mais eu dizia a mim mesmo para parar de prestar atenção, mais meus olhos se prendiam nos números digitais. Depois de uma eternidade, apenas meia hora tinha se passado. Minhas mãos estavam agitadas. Eu me sentia cada vez mais entediado e inquieto, até o ponto em que cada segundo era uma tortura. Tornou-se uma luta constante afastar os pensamentos sobre Abby e Parker. Por fim, eu me levantei.

— Vai sair? — Shepley perguntou, com um traço de sorriso no rosto.

— Não posso simplesmente ficar aqui sentado. Você sabe como o Parker está babando por ela. Isso está me deixando maluco.

— Você acha que eles...? Nem. A Abby não faria isso. A America disse que ela era... Deixa pra lá. Minha boca grande ainda vai me meter em encrenca.

— Virgem?

— Você sabia?

Dei de ombros.

— A Abby me contou. Você acha que porque a gente... ela faria...?

— Não.

Esfreguei a nuca.

— Você está certo. Acho que está. Quer dizer, espero que sim. Ela é bem capaz de fazer alguma merda só para me afastar.

— E daria certo? Você se afastaria por causa disso?

Olhei nos olhos do Shepley.

— Eu amo a Abby, Shep. Mas sei o que eu faria com o Parker se ele se aproveitasse dela.

Ele balançou a cabeça.

— A escolha é dela, Trav. Se for isso que ela decidir, você vai ter que deixar quieto.

Peguei a chave da moto e apertei os dedos em volta dela, sentindo as pontas afiadas do metal espetarem minha mão.

Antes de subir na Harley, liguei para Abby.

— Você já está em casa?

— Estou, ele me deixou aqui faz uns cinco minutos.

— Em mais cinco estou aí.

Desliguei antes que ela pudesse protestar. O ar gelado que batia no meu rosto enquanto eu dirigia ajudava a amortecer a raiva que pensar no Parker me dava, mas fui tomado por um sentimento de náusea quando me aproximei do campus.

O motor da moto soou alto nos tijolos do Morgan Hall. Diante das janelas escuras e do estacionamento vazio, eu e minha Harley fazíamos a noite parecer absurdamente quieta e a espera excepcionalmente longa. Por fim, Abby apareceu na entrada. A tensão tomou conta de todos os meus músculos enquanto eu esperava por um sorriso ou um surto da parte dela.

Ela não fez nenhum dos dois.

— Você não está com frio? — perguntou, apertando a jaqueta no corpo.

— Você está bonita — falei, observando que ela não estava de vestido. Obviamente ela não havia tentado ficar toda sexy para ele, o que era um alívio. — Se divertiu?

— Hum... sim, obrigada. O que você está fazendo aqui?

Acelerei o motor.

— Eu ia dar uma volta para clarear as ideias. Quero que você venha comigo.

— Está frio, Trav.

— Você quer que eu vá buscar o carro do Shep?

— A gente vai jogar boliche amanhã. Você não pode esperar até lá?

— Passei de ficar com você todos os segundos do dia a te ver durante dez minutos, se tiver sorte.

Ela sorriu e balançou a cabeça.

— Só se passaram dois dias, Trav.

— Estou com saudades. Senta aí e vamos.

Ela avaliou minha oferta, então fechou o zíper da jaqueta e subiu na garupa da moto.

Puxei seus braços ao meu redor sem pedir desculpas, bem apertado, a ponto de ser difícil expandir o peito o suficiente para inalar fundo — porém, pela primeira vez em toda aquela noite, eu sentia que podia respirar.

17
SUBESTIMADO

A Harley não nos levou a nenhum lugar específico. Prestar atenção no trânsito e nas esporádicas viaturas de polícia que cruzavam nosso caminho foi suficiente a princípio para manter meus pensamentos ocupados, porém, depois de um tempo, éramos os únicos na rua. Sabendo que a noite em algum momento acabaria, decidi que daria minha última cartada quando a deixasse no Morgan. A despeito de nossos encontros platônicos para jogar boliche, se ela continuasse saindo com Parker, em algum momento isso também acabaria. Tudo acabaria.

Pressionar Abby nunca era uma boa ideia, mas, a menos que eu colocasse todas as cartas na mesa, eu tinha grandes chances de perder a única beija-flor que já havia encontrado. Eu repetia na minha cabeça o que diria a ela e de que maneira. Teria que ser direto, algo que Abby não tivesse como ignorar nem fingir que não tinha ouvido ou entendido.

O ponteiro vinha flertando com a extremidade vazia do medidor de combustível já fazia diversos quilômetros, então parei no primeiro posto de gasolina aberto com que nos deparamos.

— Você quer alguma coisa? — perguntei.

Ela balançou a cabeça, descendo da moto. Passou os dedos pelas mechas longas e brilhantes de seus cabelos emaranhados e abriu um sorriso tímido.

— Para com isso, você está linda.

— Só se for para aparecer em um clipe de rock dos anos 80.

Dei risada e bocejei, colocando a mangueira na abertura do tanque de gasolina da Harley.

Abby pegou o celular para verificar o horário.

— Meu Deus, Trav. São três da manhã.

— Você quer voltar? — perguntei, meu estômago se retorcendo.

— É melhor.

— Ainda vamos jogar boliche hoje à noite?

— Eu disse que vamos.

— E você ainda vai comigo na festa da Sig Tau que vai rolar daqui a algumas semanas, né?

— Você está insinuando que eu não cumpro minhas promessas? Acho isso um pouco ofensivo.

Puxei a mangueira do tanque de gasolina e a prendi na base.

— Eu só não sei mais o que você vai fazer.

Eu me sentei na moto e ajudei Abby a subir atrás de mim. Ela colocou os braços ao meu redor, dessa vez por conta própria, e eu suspirei, perdido em pensamentos antes de ligar o motor. Agarrei o guidão, inspirei e, bem quando criei coragem para falar com ela, decidi que um posto de gasolina não era o melhor cenário para expor minha alma.

— Você é importante pra mim, viu? — disse Abby, tensionando os braços.

— Não entendo você, Beija-Flor. Achei que conhecesse as mulheres, mas você é incrivelmente confusa. Não te entendo.

— Eu também não te entendo. Supostamente você é o garanhão da Eastern. Não estou tendo a experiência completa que eles prometem às calouras no folheto.

Não pude evitar e me senti ofendido. Mesmo que fosse verdade.

— Isso é inédito. Nunca uma garota transou comigo só pra me fazer deixá-la em paz.

— Não foi isso que aconteceu, Travis.

Dei partida no motor e arranquei sem dizer mais nenhuma palavra. O percurso até o Morgan foi excruciante. Na minha cabeça, eu me convencia a confrontar a Abby, e logo em seguida me convencia do contrário. Apesar de meus dedos estarem amortecidos de frio, dirigi devagar, temendo o momento em que ela soubesse de tudo e me rejeitasse uma última vez.

Quando estacionei na entrada do Morgan Hall, senti como se meus nervos tivessem sido cortados, incendiados e destroçados. Abby desceu da moto, e sua expressão triste fez um leve pânico arder dentro de mim. Ela poderia me mandar para o inferno antes que eu tivesse a chance de dizer alguma coisa.

Acompanhei-a até a porta e ela pegou as chaves, mantendo a cabeça baixa. Incapaz de esperar mais um segundo que fosse, ergui o queixo dela com gentileza, esperando pacientemente que seus olhos encontrassem os meus.

— Ele te beijou? — perguntei, tocando seus lábios suaves com o polegar.

Ela se afastou.

— Você realmente sabe como destruir uma noite perfeita, não é?

— Você achou que foi perfeita? Quer dizer que se divertiu?

— Eu sempre me divirto quando estou com você.

Abaixei os olhos e minha expressão se comprimiu.

— Ele te beijou?

— Beijou — ela suspirou, irritada.

Fechei os olhos com força, sabendo que minha próxima pergunta poderia resultar em desastre.

— Aconteceu mais alguma coisa?

— Não é da sua conta! — disse ela, abrindo a porta com tudo.

Eu a fechei e me coloquei na frente dela.

— Eu preciso saber.

— Não, não precisa! Sai da frente, Travis! — ela golpeou com o cotovelo a lateral do meu corpo, tentando passar por mim.

— Beija-Flor...

— Você acha que, porque eu não sou mais virgem, vou sair trepando com qualquer um que me quiser? *Valeu!* — disse ela, empurrando meu ombro.

— Eu não disse isso, droga! É pedir demais querer ter um pouco de paz de espírito?

— E *por que* você teria paz de espírito se soubesse se transei ou não com o Parker?

— Como você pode não saber? É óbvio pra todo mundo, menos pra você!

— Então acho que sou uma imbecil. É uma atrás da outra com você essa noite, Trav — disse ela, esticando a mão para alcançar a maçaneta.

Segurei seus ombros com as duas mãos. Ela estava fazendo aquilo de novo, aquela rotina inconsciente com a qual eu havia me acostumado. O momento de mostrar minhas cartas era agora.

— O que eu sinto por você... é muito louco.

— Na parte da loucura você está certo — ela retrucou, se afastando de mim.

— Eu fiquei treinando isso na minha cabeça o tempo todo em que estávamos na moto, então me ouve.

— Travis...

— Eu sei que a gente tem problemas, tá? Sou impulsivo, esquentado, e você me faz perder a cabeça como ninguém. Num minuto você age como se me odiasse, e no seguinte como se precisasse de mim. Eu nunca faço nada direito, eu não te mereço... mas, porra, Abby, eu te *amo*. Eu te amo mais do que jamais amei alguém ou alguma coisa em toda a minha vida. Quando você está por perto, não preciso de bebida, nem de dinheiro, nem de luta, nem de transas sem compromisso... eu só preciso de você. Eu só penso em você. Eu só sonho com você. Eu só quero você.

Ela não disse nada durante vários segundos. Ergueu as sobrancelhas, e seus olhos pareciam confusos enquanto ela processava tudo que eu havia dito. Ela piscou algumas vezes.

Peguei seu rosto com ambas as mãos e olhei fundo em seus olhos.

— Você transou com ele?

Seus olhos brilharam de lágrimas e ela fez que não com a cabeça. Sem mais nenhum pensamento, meus lábios grudaram nos dela, e deslizei a língua para dentro de sua boca. Ela não me afastou; em vez disso, sua língua desafiou a minha, e ela agarrou minha camiseta, me puxando para perto. Um gemido involuntário escapou da minha garganta e a envolvi com os braços.

Quando eu soube que tinha minha resposta, recuei, sem fôlego.

— Liga pro Parker. Fala que você não vai mais sair com ele. Fala pra ele que você está comigo.

Ela fechou os olhos.

— *Não posso* ficar com você, Travis.

— Mas que inferno! Por que não? — perguntei, soltando-a.

Abby balançou a cabeça. Ela havia se provado imprevisível um milhão de vezes antes, mas o jeito como ela me beijou significava mais do que amizade, e havia muito mais por trás disso do que apenas solidariedade ou pena. O que me levou a uma única conclusão.

— Inacreditável. A única garota que eu quero, e ela não me quer.

Ela hesitou antes de falar.

— Quando a America e eu nos mudamos para cá, foi para que a minha vida seguisse um determinado rumo. Ou melhor, para que *não seguisse* determinado rumo. As lutas, as apostas, as bebidas... foi tudo isso que eu deixei para trás. Mas quando estou com você... está tudo lá novamente, em um pacote tatuado e irresistível. Eu não me mudei para um lugar a centenas de quilômetros para viver tudo isso de novo.

— Eu sei que você merece alguém melhor do que eu. Você acha que eu não sei disso? Mas se existe alguma mulher feita para mim... essa mulher é você. Eu faço o que for preciso, Flor. Está me ouvindo? Eu faço qualquer coisa.

Ela se virou de costas, mas eu não desistiria. Ela finalmente estava falando. E, se ela fosse embora dessa vez, talvez não tivéssemos outra chance.

Segurei a porta fechada.

— Eu vou parar de lutar assim que me formar. Nunca mais vou beber uma gota de álcool. Vou te dar o felizes para sempre, Beija-Flor. Se você acreditar em mim, eu consigo fazer isso.

— Eu não *quero* que você mude.

— Então me diz o que fazer. Me diz e eu faço — implorei.

— Você pode me emprestar seu celular? — ela me pediu.

Franzi a testa, incerto quanto ao que ela faria.

— Claro. — Peguei o celular no bolso e o entreguei a ela.

Ela passou os dedos pelos botões por um instante e depois discou, fechando os olhos enquanto esperava.

— Desculpa te ligar tão cedo — ela gaguejou —, mas isso não podia esperar. Eu... não posso jantar com você na quarta.

Ela havia ligado para o Parker. Minhas mãos tremiam de apreensão. Eu me perguntava se ela ia pedir que ele fosse buscá-la — para salvá-la — ou alguma outra coisa.

Ela prosseguiu:

— Pra falar a verdade, eu não posso mais te ver. Eu... tenho certeza que estou apaixonada pelo Travis.

Meu mundo inteiro parou. Tentei repassar na minha mente as palavras que ela dissera. Eu tinha ouvido direito? Ela tinha mesmo dito o que achei que tinha, ou era apenas uma ilusão que refletia o meu desejo?

Abby me devolveu o celular, e depois, relutante, espiou os meus olhos.

— Ele desligou na minha cara — ela disse com a testa franzida.

— Você me ama?

— São as tatuagens — ela respondeu, irreverente e dando de ombros, como se não tivesse acabado de dizer a única coisa que eu sempre quis ouvir.

A Beija-Flor me amava.

Um largo sorriso se espalhou em meu rosto.

— Vem pra casa comigo — pedi, envolvendo-a em meus braços.

Abby ergueu as sobrancelhas.

— Você disse tudo aquilo só pra me levar pra cama? Eu devo ter causado uma impressão e tanto!

— A única coisa que consigo pensar agora é em ter você nos meus braços a noite toda.

— Vamos.

Não hesitei. Assim que Abby estava segura na garupa da moto, fui correndo para casa, pegando cada atalho, atravessando cada sinal amarelo, costurando pelo pouco tráfego que havia àquela hora da madrugada.

Quando chegamos ao apartamento, pareceu um ato simultâneo desligar o motor e erguê-la em meus braços.

Ela deu risadinhas de encontro a meus lábios enquanto eu tentava acertar a fechadura. Quando a coloquei no chão e fechei a porta, soltei um longo suspiro de alívio.

— Isso aqui não parecia mais um lar desde que você foi embora — falei, beijando-a novamente.

Totó veio correndo, abanando o rabinho felpudo, batendo com as patinhas nas pernas da Abby. Ele tinha sentido falta dela quase tanto quanto eu.

A cama do Shepley rangeu, então seus pés pisaram duro no chão. A porta dele se abriu com tudo enquanto ele apertava os olhos para tentar enxergar contra a luz.

— Nem vem, Trav, você não vai fazer essa merda! Você está apaixonado pela Ab... — seus olhos se focaram e ele percebeu o erro — ... by. Oi, Abby.

— Oi, Shep — ela disse com um sorriso divertido, colocando Totó no chão.

Antes que Shepley pudesse fazer perguntas, puxei Abby pelo corredor. Caímos nos braços um do outro. Eu não tinha planejado nada além de tê-la ao meu lado na cama, mas ela arrancou minha camiseta com vontade. Ajudei-a com sua jaqueta, então ela tirou o suéter e a regata. Não havia questionamento algum em seus olhos, e eu é que não iria discutir.

Em pouco tempo, estávamos completamente nus, e a vozinha dentro de mim que queria ir com calma e saborear o momento foi facilmente calada pelos beijos desesperados da Abby e os gemidos suaves que ela emitia quando eu tocava praticamente qualquer parte de seu corpo.

Eu a deitei no colchão e ela esticou a mão na direção na mesinha de cabeceira. Instantaneamente, lembrei que havia quebrado sem cerimônia o pote de camisinhas, para marcar meu comprometimento com o celibato.

— Merda — falei, arfando. — Eu joguei fora.

— O quê? *Todas?*

— Achei que você não... Se eu não estava com você, não ia precisar delas.

— Você está de brincadeira! — disse ela, jogando a cabeça para trás em frustração.

Eu me reclinei, respirando com dificuldade, descansando a testa em seu peito.

— Eu não podia ter certeza de nada quando se tratava de você.

Os momentos seguintes foram um borrão. Abby fez uma contagem esquisita, concluindo que não poderia ficar grávida naquela semana, e, antes que eu me desse conta, estava dentro dela, sentindo cada centímetro de seu corpo de encontro a cada centímetro do meu. Eu nunca tinha ficado com uma mulher sem aquela fina proteção de látex — porém, ao que parecia, uma fração de milímetro fazia muita diferença. Cada movimento criava sentimentos conflituosos e esmagadores: retardar o inevitável ou me entregar, porque a sensação era absurdamente boa.

Quando Abby ergueu o quadril de encontro ao meu e seus gemidos descontrolados se transformaram em um grito de satisfação, não consegui mais me conter.

— Abby — sussurrei, desesperado. — Eu preciso... eu preciso...

— Não pare — ela implorou.

Suas unhas se afundaram nas minhas costas. Fiz pressão dentro dela mais uma vez, uma última vez. Devo ter ficado barulhento, porque ela levou a mão rapidamente até minha boca. Fechei os olhos, deixando tudo fluir, sentindo minhas sobrancelhas se juntarem enquanto meu corpo tremia violentamente e depois ficava rígido. Respirando com dificuldade, olhei fundo em seus olhos. Com um sorriso cansado e satisfeito, ela ergueu o olhar para mim, esperando por algo. Beijei-a repetidas vezes, então peguei seu rosto com ambas as mãos e toquei seus lábios com os meus novamente, dessa vez com mais ternura.

Sua respiração se acalmou e ela soltou um suspiro. Deitei na cama, relaxando ao seu lado, depois a puxei para mim. Ela descansou a bochecha no meu peito, seus cabelos caindo como uma cascata no meu braço. Beijei sua testa, entrelaçando os dedos em suas costas.

— Não vai embora dessa vez, hein? Quero acordar assim amanhã de manhã.

Abby beijou meu peito, mas não olhou para mim.

— Não vou a lugar nenhum.

Naquela manhã, deitado ao lado da mulher que eu amava, uma promessa silenciosa se formou em minha mente. Eu me tornaria um homem melhor por ela, alguém que ela merecesse. Nada de perder as estribeiras. Nada de ataques de raiva ou surtos de violência.

Toda vez que eu pressionava os lábios em sua pele, esperando que ela acordasse, repetia essa promessa na minha cabeça.

Porém lidar com a vida lá fora enquanto tentava permanecer fiel à promessa se revelou uma luta e tanto. Pela primeira vez, eu não apenas me importava com alguém, mas também estava desesperado para manter essa pessoa ao meu lado. Sentimentos de superproteção e ciúme enfraqueciam o juramento que eu havia feito poucas horas antes.

Na hora do almoço, Chris Jenks me irritou e eu tive uma recaída. Felizmente Abby foi paciente e me perdoou, mesmo quando ameacei o Parker, menos de vinte minutos depois.

Abby havia provado mais de uma vez que poderia me aceitar como eu era, mas eu não queria ser o babaca violento a que todo mundo estava acostumado. A mistura da minha fúria com aqueles novos sentimentos de ciúme era algo mais difícil de controlar do que eu poderia ter imaginado.

Comecei a evitar situações que pudessem me levar a um estado de raiva e tentei ignorar o fato de que não só Abby era absurdamente gostosa, mas todos os cuzões da faculdade também estavam curiosos para saber como ela havia domado o único homem que todos achavam que nunca pararia em um relacionamento. Parecia que todos estavam esperando que eu ferrasse com tudo para que pudessem "experimentar" a Abby, o que só me deixava mais perturbado e briguento.

Para manter a mente ocupada, concentrei-me em tornar claro para as outras mulheres que eu estava fora do mercado, o que emputeceu metade da população feminina da faculdade.

Ao entrar no Red com a Abby no Halloween, notei que o ar cortante de outono não diminuiu o número de mulheres usando fantasias vulgares. Abracei minha namorada ao meu lado, grato por ela não ser do tipo que se vestia como uma Barbie Prostituta ou como uma cruza de jogadora de futebol americano com um travesti biscate, o que significava que eu não precisaria me preocupar com caras encarando os peitos dela ou olhando quando ela se abaixasse.

Shepley e eu jogamos bilhar enquanto as meninas assistiam. Estávamos ganhando de novo, depois de ter embolsado trezentos e sessenta dólares nos dois últimos jogos.

De canto de olho, vi o Finch se aproximar de America e Abby. Eles ficaram rindo um tempo, depois ele as puxou para a pista de dança. A beleza da Abby se destacava, mesmo em meio a tanta pele nua, glitter e decotes berrantes das Brancas de Neve safadas e árbitras periguetes.

Antes que a música tivesse acabado, America e Abby deixaram Finch na pista e foram em direção ao bar. Fiquei na ponta dos pés para procurar a cabeça delas naquele mar de gente.

— Sua vez — disse Shepley.

— As meninas sumiram.

— Devem ter ido pegar bebida. Pega leve, babão.

Hesitante, eu me abaixei e me concentrei na bola, mas errei a caçapa.

— Travis! Essa estava fácil! Assim você me mata! — reclamou Shepley.

Eu ainda não conseguia ver as meninas. Tendo conhecimento de dois incidentes envolvendo abuso sexual no ano anterior, eu ficava preocupado sabendo que Abby e America estavam sozinhas. Colocar droga na bebida de uma garota desavisada não era novidade, nem mesmo em nossa pequena cidade universitária.

Descansei o taco de bilhar na mesa e fui saindo em direção à pista de dança.

Shepley colocou a mão no meu ombro.

— Aonde você vai?

— Encontrar as meninas. Lembra do que aconteceu no ano passado com aquela Heather?

— Ah. É mesmo.

Quando finalmente encontrei Abby e America, vi dois caras pagando bebidas para elas. Os dois eram baixos, um deles meio barrigudo, com uma barba de uma semana na cara suada. Ciúme era a última coisa que eu deveria ter sentido ao olhar para ele, mas o fato de que o cara estava claramente dando em cima da minha namorada fazia a situação ter menos a ver com a aparência dele e mais com meu ego — mesmo que ele não soubesse que ela estava comigo, deveria ter presumido, só de olhar para Abby, que ela não estava sozinha. Meu ciúme se misturou com irritação. Eu tinha dito dezenas de vezes a ela que aceitar bebida de um estranho era algo potencialmente perigoso; a raiva me dominou rapidamente.

O cara gritou para ser ouvido com a música alta, se inclinando na direção da Abby:

— Quer dançar?

Ela balançou a cabeça.

— Não, obrigada. Estou com meu...

— Namorado — falei, interrompendo-a.

Desferi um olhar de ódio para os dois caras. Era patético tentar intimidar dois homens vestidos com togas, porém ainda assim lancei mão da minha expressão assassina. Fiz um aceno de cabeça para o outro lado do salão.

— Caiam fora. Agora.

Eles deram alguns passos para trás, então olharam para America e Abby antes de sumir na multidão.

Shepley beijou America.

— Não posso te levar em lugar nenhum, hein?

Ela deu uma risadinha e Abby sorriu para mim.

Eu estava bravo demais para retribuir.

— Que foi? — ela perguntou, surpresa.

— Por que você deixou o cara te pagar uma bebida?

America soltou Shepley.

— A gente não deixou, Travis. Falamos pra eles não pagarem nada.

Peguei a garrafa da mão da Abby.

— Então o que é isso?

— Você está falando sério? — ela perguntou.

— Claro, porra — respondi, jogando a cerveja na lata de lixo ao lado do bar. — Já te falei mil vezes... você não pode aceitar bebida de estranhos. E se ele colocou alguma coisa aí dentro?

America ergueu o copo.

— As bebidas não saíram da nossa vista, Trav. Você está exagerando.

— Não estou falando com você — retruquei, fuzilando Abby com o olhar.

Em um lampejo, os olhos dela refletiram minha ira.

— Não fala assim com ela.

— Travis — disse Shepley em tom de aviso —, deixa quieto.

— Não gosto que você deixe outros caras te comprarem bebida — falei.

Abby ergueu uma sobrancelha.

— Você está tentando começar uma briga?

— Você gostaria de chegar no bar e me ver dividindo uma bebida com uma mina?

— Tudo bem. Você não dá mais atenção pra nenhuma outra mulher. Entendi. Eu devia fazer o mesmo esforço.

— Seria legal — respondi entre dentes.

— Você vai ter que dar um tempo no lance do namorado ciumento, Travis. Eu não fiz nada de errado.

— Eu venho até aqui e um cara está te comprando bebida!

— Não grita com ela! — disse America.

Shepley colocou a mão no meu ombro.

— A gente já bebeu demais. Vamos embora.

A raiva de Abby se elevou.

— Preciso avisar o Finch que estamos indo embora — ela resmungou, me empurrando com o ombro para ir até a pista de dança.

Eu a peguei pelo pulso.

— Eu vou com você.

Ela torceu o braço para se soltar.

— Sou completamente capaz de dar alguns passos sozinha, Travis. Qual é o problema?

Abby foi abrindo caminho até Finch, que estava pulando e balançando os braços no meio da pista. O suor escorria de sua testa. A princípio ele sorriu, mas, quando ela gritou que estava indo embora, ele revirou os olhos.

Abby tinha falado meu nome, pude ler em seus lábios. Ela havia colocado a culpa em mim, o que me deixou ainda mais louco da vida. É claro que eu ficaria bravo se ela fizesse algo que pudesse lhe causar algum mal. Ela não pareceu se importar tanto quando eu estava esmagando a cabeça do Chris Jenks, mas, quando fiquei indignado com o fato de ela ter aceitado bebida de estranhos, Abby teve a audácia de ficar irritada.

Bem quando a minha raiva ferveu e se transformou em fúria, algum babaca com uma fantasia de pirata agarrou Abby e pressionou o corpo no dela. O lugar virou um borrão, e, antes que eu me desse conta, meu punho estava acertando a cara dele. O pirata caiu no chão, mas, quando Abby foi derrubada junto, voltei à realidade.

Com a palma das mãos estirada no chão de madeira, ela parecia perplexa. Fiquei paralisado, em choque, observando-a enquanto, em câmera lenta, ela virava a mão e via que estava coberta do sangue que jorrava do nariz do pirata.

Fui correndo levantá-la.

— Ai, merda! Você está bem, Flor?

Quando Abby ficou em pé, puxou o braço com um tranco.

— Você está *louco*?

America agarrou Abby pelo pulso e a puxou em meio à multidão, soltando-a apenas quando já estávamos lá fora. Tive que apressar os passos para acompanhar o ritmo delas.

No estacionamento, Shepley destravou o Charger e Abby entrou no banco de trás.

Tentei me explicar, mas ela parecia pra lá de emputecida.

— Desculpa, Beija-Flor, eu não sabia que ele estava segurando você.

— Seu punho ficou a centímetros do meu rosto! — disse ela, pegando o pano sujo de óleo que o Shepley oferecia. Ela limpou o sangue da mão, esfregando o pano em volta de cada dedo, claramente revoltada.

Eu me encolhi.

— Eu não teria batido no cara se achasse que fosse pegar em você. Você sabe disso, né?

— Cala a boca, Travis. Só cala a boca — disse ela, olhando fixo para frente.

— Flor...

Shepley bateu no volante.

— Cala a boca, Travis! Você já pediu desculpa, agora cala a porra da sua boca!

Não consegui dizer mais nada. Shepley estava certo: eu havia ferrado a noite, e de repente Abby me chutando no meio-fio se tornou uma assustadora possibilidade.

Quando chegamos ao nosso prédio, America deu um beijo de despedida no namorado.

— A gente se vê amanhã, baby.

Ele assentiu, resignado, e a beijou também.

— Te amo.

Eu sabia que elas estavam indo embora por minha causa. Senão, elas passariam a noite no apartamento, como faziam todo fim de semana.

Abby passou por mim e foi até o Honda da America sem dizer uma palavra.

Corri para alcançá-la, tentando abrir um sorriso desajeitado na tentativa de amenizar a situação.

— Por favor, não vai embora brava comigo.

— Ah, eu não estou indo embora brava. Eu estou furiosa.

— Ela precisa de um tempo para esfriar a cabeça, Travis — me avisou America, destrancando o carro.

Quando a trava do passageiro se abriu, entrei em pânico, colocando a mão na porta.

— Não vai embora, Beija-Flor. Eu passei dos limites. Me desculpa.

Abby ergueu a mão, mostrando os restos de sangue seco na palma.

— Me liga quando você tiver crescido.

Apoiei o quadril na porta.

— Você não pode ir embora.

Abby ergueu uma sobrancelha, e Shepley veio correndo na nossa direção.

— Travis, você está bêbado. E está a ponto de cometer um erro enorme. Deixa a Abby ir pra casa esfriar a cabeça... Vocês podem conversar amanhã, quando você estiver sóbrio.

— Ela não pode ir embora — falei, encarando-a com desespero.

— Não vai funcionar, Travis — disse ela, puxando a porta. — Sai!

— O que você quer dizer com "não vai funcionar"? — perguntei, agarrando-a pelo braço.

O medo de que ela terminasse tudo ali mesmo fez com que eu reagisse sem pensar.

— Quero dizer essa sua cara triste. Não vou cair nessa — ela respondeu, puxando o braço.

Um alívio passageiro recaiu sobre mim. Ela não ia terminar comigo. Ainda não, pelo menos.

— Abby... — disse Shepley. — Esse é o momento sobre o qual eu te falei. Talvez você devesse...

— Fica fora disso, Shep — America reagiu, dando partida no carro.

— Eu vou fazer merda. Vou fazer muita merda, Flor, mas você tem que me perdoar.

— Eu vou acordar com um hematoma enorme na bunda amanhã! Você bateu naquele cara porque estava bravo *comigo*! O que eu devo concluir disso? Porque estou vendo sinais de alerta por toda parte agora!

— Eu nunca bati em uma garota na minha vida — falei, surpreso que ela sequer pensasse que eu poderia encostar a mão nela ou em qualquer mulher que fosse.

— E eu não vou ser a primeira! — ela disse, puxando a porta. — Agora sai, droga!

Assenti, saindo do caminho. A última coisa que eu queria era que ela fosse embora, mas era melhor do que arriscar deixá-la tão puta da vida a ponto de me mandar à merda.

America deu ré e fiquei olhando a Abby pela janela.

— Você vai me ligar amanhã, não vai? — perguntei, tocando o para-brisa.

— Vamos embora, Mare — disse ela, olhando fixo para frente.

Quando não pude mais ver os faróis traseiros do carro da America, entrei no apartamento.

— Travis, nada de sair quebrando tudo, mano — Shepley avisou. — Estou falando sério.

Assenti, me arrastando até o quarto, derrotado. Parecia que, justo quando eu estava começando a entender as coisas, a merda do meu temperamento botava as asas de fora. Eu precisava manter as emoções sob controle, ou acabaria perdendo a melhor coisa que já tinha acontecido na minha vida.

Para passar o tempo, cozinhei bistecas de porco e purê de batatas, mas só fiquei remexendo no prato, sem conseguir comer. Lavar roupa ajudou a fazer passar uma hora, depois decidi dar banho no Totó. Ficamos brincando um tempinho, mas então até ele desistiu e foi deitar na cama. Ficar olhando para o teto, ruminando quão idiota eu tinha sido, não me parecia nada interessante, então decidi tirar todos os pratos do armário e lavá-los à mão.

A noite mais longa da minha vida.

As nuvens começaram a se colorir, sinalizando o nascer do sol. Apanhei as chaves da moto e fui dar uma volta, indo parar na frente do Morgan Hall.

Harmony Handler estava de saída para correr. Ela ficou me olhando por um instante, com a mão na porta.

— Oi, Travis — disse com seu típico sorriso discreto, que rapidamente se desfez. — Nossa. Você está doente ou algo do gênero? Precisa que eu te leve a algum lugar?

Minha aparência devia estar péssima. Harmony sempre fora um doce de pessoa. O irmão dela era da Sig Tau, por isso eu não a conhecia tão bem assim. Irmãs eram proibidas.

— Oi, Harmony — falei, tentando sorrir. — Eu queria surpreender a Abby com um café da manhã. Você pode me deixar entrar?

— Humm... — ela hesitou, olhando pela porta de vidro. — A Nancy pode surtar. Você tem certeza que está bem?

Nancy era a coordenadora do Morgan Hall. Eu já tinha ouvido falar dela, mas nunca a tinha visto e duvidava que ela fosse perceber minha presença. O boato que rolava no campus era que ela bebia mais que qualquer moradora e raramente era vista fora do quarto.

— Foi só uma longa noite. Ah, vai — sorri. — Você sabe que ela não vai ligar.

— Tudo bem, mas não fui eu.

Levei a mão ao coração.

— Prometo não contar nada.

Subi as escadas e bati suavemente na porta da Abby. A maçaneta se virou com rapidez, mas a porta se abriu devagar, revelando Abby e America do outro lado do cômodo. Kara, a colega de quarto de Abby, soltou a maçaneta e voltou a mão para debaixo das cobertas.

— Posso entrar?

Abby se sentou rapidamente.

— Você está bem?

Entrei e caí de joelhos na frente dela.

— Desculpa, Abby. Me desculpa — falei, abraçando sua cintura e enterrando a cabeça em seu colo.

Ela aninhou minha cabeça em seus braços.

— Eu... hum... — America gaguejou. — Eu vou indo.

Kara se levantou pisando duro e foi pegar suas coisas de banho.

— Sempre fico bem limpa quando você está por perto, Abby — disse ela, batendo a porta depois de sair.

Ergui o olhar para Abby.

— Eu sei que fico louco quando se trata de você, mas Deus sabe que estou tentando, Flor. Não quero estragar tudo.

— Então não faça isso — ela disse simplesmente.

— É difícil pra mim, sabe? Parece que a qualquer segundo você vai se dar conta do merda que eu sou e vai me deixar. Quando você estava dançando, ontem à noite, vi uns dez caras diferentes te observando. Daí você vai para o bar, e vejo você agradecer aquele cara pela bebida. E depois aquele babaca na pista de dança te agarra.

— Você não me vê dando socos por aí toda vez que uma garota conversa com você. Eu não posso ficar trancada no apartamento o tempo todo. Você vai ter que dar um jeito no seu temperamento.

— É, eu vou — falei, concordando com a cabeça. — Eu nunca quis uma namorada antes, Beija-Flor. Não estou acostumado a me sentir assim em relação a alguém... a *ninguém*. Se você for paciente comigo, eu juro que vou dar um jeito nisso.

— Vamos esclarecer algumas coisas: você não é um merda, você é incrível. Não importa quem compra bebida pra mim, ou quem me convida para dançar, ou quem me paquera. Eu vou pra casa com você. Você me pediu para confiar em você, mas não parece que você confia em mim.

Franzi a testa.

— Isso não é verdade.

— Se você acha que vou te largar pelo primeiro cara que cruzar o meu caminho, então você não confia em mim.

Apertei-a forte.

— Não sou bom o bastante para você, Flor. Isso não quer dizer que não confio em você. Só estou me preparando para o inevitável.

— Não diga isso. Quando estamos sozinhos, você é perfeito. *Nós* somos perfeitos. Mas então você deixa o resto do mundo estragar isso. Eu não espero que você se transforme da noite para o dia, mas você tem que escolher suas batalhas. Você não pode sair na porrada toda vez que alguém olhar pra mim.

Assenti, sabendo que ela estava certa.

— Eu faço qualquer coisa. Só... diz que me ama.

Eu estava plenamente ciente de como soava ridículo, mas não me importava.

— Você sabe que sim.

— Preciso ouvir você dizer.

— Eu te amo — ela disse, então me deu um beijo suave e se afastou alguns centímetros. — Agora chega de bancar o bebezinho.

Assim que ela me beijou, meu coração adquiriu um ritmo mais lento e todos os músculos do meu corpo relaxaram. Eu ficava aterrorizado com quanto precisava dela. Eu não conseguia imaginar que o amor fosse assim para todo mundo, ou os homens andariam feito loucos por aí no segundo em que tivessem idade suficiente para notar as mulheres.

Talvez fosse só comigo. Talvez fosse só com nós dois. Talvez juntos nós fôssemos uma entidade volátil que ou implodiria ou se fundiria. De uma forma ou de outra, parecia que, no momento em que a conheci, minha vida tinha virado de ponta-cabeça. E eu não queria que fosse de nenhum outro jeito.

18
LUCKY THIRTEEN

Meio animado, meio nervoso pra cacete, entrei na casa do meu pai com os dedos entrelaçados nos da Abby. A fumaça do charuto do meu pai e dos cigarros dos meus irmãos flutuava da sala de jogos e se mesclava com o leve cheiro almiscarado do carpete, mais velho que eu.

Embora Abby tivesse ficado brava a princípio por não ter sido avisada com mais antecedência que conheceria minha família, ela parecia mais à vontade que eu. Levar namoradas em casa não era um hábito dos Maddox, e qualquer tentativa de prever como eles reagiriam era duvidosa, na melhor das hipóteses.

Trenton foi o primeiro que vimos.

— Santo Cristo! É o merdinha!

Qualquer esperança de que meus irmãos fingissem ser alguma coisa além de selvagens era pura perda de tempo. Eu os adorava de qualquer jeito e, conhecendo a Abby, sabia que ela sentiria o mesmo.

— Ei, ei... olha o jeito como você fala, tem uma moça aqui — disse o meu pai, apontando para Abby.

— Flor, esse é o meu pai, Jim Maddox. Pai, essa é a Beija-Flor.

— Beija-Flor? — ele perguntou, com uma expressão divertida no rosto.

— Abby — disse ela, apertando a mão dele.

Apontei para os meus irmãos, e todos a cumprimentaram com a cabeça quando falei seus nomes.

— Trenton, Taylor, Tyler e Thomas.

Abby parecia um pouco assustada, e eu não podia culpá-la. Eu nunca tinha falado muito da minha família, e cinco irmãos juntos seriam de embaralhar a cabeça de qualquer um. Para falar a verdade, cinco Maddox eram pura e simplesmente aterrorizantes para a maioria das pessoas.

Quando éramos pequenos, as crianças da vizinhança aprenderam rápido a não mexer com nenhum de nós, e somente uma vez alguém cometeu o erro de confrontar os cinco juntos. Nós éramos uns ferrados, mas nos uníamos como uma fortaleza se necessário. Isso ficava claro até mesmo para aqueles que não pretendíamos intimidar.

— A Abby tem sobrenome? — meu pai perguntou.

— Abernathy — disse ela educadamente.

— Prazer em te conhecer, Abby — disse Thomas, sorrindo.

Abby não teria notado, mas a expressão do Thomas era uma fachada para o que ele realmente estava fazendo: analisando cada palavra e cada movimento dela. Ele sempre ficava de olho em pessoas que pudessem vir a balançar nosso já vacilante barco. Ondas não eram bem-vindas, e Thomas se encarregava de acalmar tempestades em potencial.

"Nosso velho não aguenta", ele costumava dizer. Nenhum de nós podia argumentar contra tal lógica. Quando um de nós se metia em encrenca, íamos até ele, que resolvia a parada antes que nosso pai descobrisse alguma coisa. Anos cuidando de um bando de garotos briguentos e violentos fizeram com que Thomas se tornasse homem feito muito antes que o esperado. Todos nós o respeitávamos por isso, inclusive meu pai, mas tanto tempo sendo nosso protetor o deixou um pouco controlador. Porém Abby ficou ali, toda sorrisos, ignorando o fato de que agora era alvo do escrutínio do guardião da família.

— Um prazer *mesmo* — disse Trenton, secando a Abby de um jeito que faria qualquer outro cara ser assassinado.

Meu pai deu um tapa na nuca dele, o que o fez gritar:

— O que foi que eu disse? — esfregando a nuca.

— Sente-se, Abby. Observe enquanto tiramos o dinheiro do Trav — disse Tyler.

Puxei uma cadeira para Abby e ela se sentou. Lancei um olhar agressivo para Trenton, que respondeu com uma piscadela. Espertinho.

— Você conheceu o Stu Ungar? — Abby perguntou, apontando para uma foto empoeirada.

Eu não conseguia acreditar no que tinha ouvido.

Os olhos do meu pai brilharam.

— Você sabe quem é Stu Ungar?

Ela fez que sim com a cabeça.

— Meu pai também é fã dele.

Ele se levantou, apontando para a foto ao lado.

— E esse aqui é o Doyle Brunson.

Ela abriu um sorriso.

— Meu pai viu o Doyle jogar uma vez. Ele é incrível.

— O avô do Trav era profissional. A gente leva o pôquer muito a sério aqui — meu pai sorriu.

Não somente Abby nunca tinha mencionado que sabia alguma coisa de pôquer, como também era a primeira vez que eu a ouvia falar de seu pai.

Enquanto observávamos Trenton embaralhar as cartas, tentei esquecer o que tinha acabado de acontecer. Com suas longas pernas, curvas delicadas, porém perfeitamente proporcionais, e grandes olhos, Abby era excepcionalmente linda, mas conhecer Stu Ungar pelo nome já fazia dela um tremendo sucesso na minha família. Eu me endireitei na cadeira. Nenhum dos meus irmãos levaria para casa alguém que conseguisse superar *isso*.

Trenton ergueu uma sobrancelha.

— Quer jogar, Abby?

Ela balançou a cabeça.

— Acho melhor não.

— Você não sabe jogar? — meu pai perguntou.

Eu me inclinei para dar um beijo na testa dela.

— Joga... Eu te ensino.

— Dê adeus ao seu dinheiro, Abby — Thomas riu.

Ela pressionou os lábios e pegou na bolsa duas notas de cinquenta, que estendeu para o meu pai, então esperou enquanto ele as trocava por fichas. Trenton sorriu, ansioso para tirar vantagem da autoconfiança dela.

— Boto fé nas habilidades do Travis como professor — ela disse.

Taylor bateu palma.

— É isso aí! Vou ficar rico hoje!

— Vamos começar com pouco dessa vez — disse meu pai, jogando uma ficha de cinco dólares no centro da mesa.

Trenton distribuiu as cartas e abri as da Abby em leque.

— Você já jogou cartas alguma vez na vida?

— Faz um tempinho.

— Rouba-monte não conta, Poliana — disse Trenton, olhando para suas cartas.

— Cala a boca, Trent — grunhi, lançando a ele um rápido olhar ameaçador antes de voltar às cartas da Abby. — Você precisa de cartas altas, números consecutivos e, se tiver muita sorte, do mesmo naipe.

Perdemos algumas rodadas, mas então Abby se recusou a me deixar ajudar. Depois disso, ela pegou o ritmo rapidinho. Três mãos mais tarde, ela já havia detonado os caras sem pestanejar.

— Que saco! — Trenton praguejou. — Sorte de principiante é uma merda!

— Ela aprende rápido, Trav — disse meu pai, mexendo a boca em volta do charuto.

Tomei um gole da minha cerveja, me sentindo o rei do mundo.

— Você está me deixando orgulhoso, Beija-Flor!

— Obrigada.

— Quem não sabe fazer, ensina — disse Thomas, com um sorriso presunçoso.

— Muito engraçado, babaca — murmurei.

— Arruma uma cerveja pra menina — disse meu pai, um sorriso divertido levantando suas bochechas rechonchudas.

Feliz, me levantei num pulo, peguei uma garrafa na geladeira e usei a borda lascada da bancada da cozinha para tirar a tampa. Abby abriu um sorriso quando coloquei a cerveja na frente dela e não hesitou em tomar um de seus característicos goles enormes.

Ela limpou a boca com o dorso da mão e ficou esperando meu pai colocar as fichas dele na mesa.

Quatro mãos depois, Abby virou o que restava de sua terceira cerveja e ficou observando Taylor com atenção.

— É com você, Taylor. Vai dar uma de bebezinho ou vai se comportar como um homem?

Estava ficando difícil me conter. Observar Abby detonando meus irmãos — e um veterano do pôquer como meu pai —, mão após mão, estava me deixando com tesão. Eu nunca tinha visto uma mulher tão sexy em toda minha vida, e essa mulher era minha namorada.

— Que se foda — disse Taylor, jogando as últimas fichas na mesa.

— O que você tem, Beija-Flor? — perguntei com um largo sorriso no rosto. Eu me sentia como uma criança na noite de Natal.

— Taylor? — Abby o encorajou, completamente inexpressiva.

Um amplo sorriso se espalhou no rosto dele.

— Flush! — ele gritou, espalhando as cartas na mesa.

Todos nós olhamos para Abby. Ela analisou os homens em volta da mesa e então bateu suas cartas abertas.

— Vejam e chorem, meninos! Ases e oitos!

— Um full house? Caraca! — Trenton exclamou.

— Desculpa. Eu sempre quis dizer isso — disse ela, dando uma risadinha enquanto recolhia suas fichas.

Thomas apertou os olhos.

— Isso não é sorte de principiante. Ela joga.

Fiquei observando meu irmão por um instante. Ele não tirava os olhos da Abby.

Então olhei para ela.

— Você já tinha jogado pôquer, Flor?

Ela pressionou os lábios e deu de ombros, exibindo um doce sorriso. Joguei a cabeça para trás e caí na gargalhada. Tentei dizer a ela como estava orgulhoso, mas as palavras se tornaram reféns da incontrolável tremedeira que tomou conta do meu corpo. Bati na mesa algumas vezes, tentando me controlar.

— Sua namorada acabou de passar a perna na gente! — disse Taylor, apontando na minha direção.

— Não acredito! — Trenton reclamou, se levantando.

— Belo plano, Travis. Trazer uma jogadora profissional para a nossa noite de pôquer — disse meu pai, piscando para Abby.

— Eu não sabia! — falei, balançando a cabeça.

— Ah, tá — disse Thomas, ainda dissecando minha namorada com os olhos.

— Não sabia mesmo! — repeti.

— Odeio dizer isso, mano, mas acho que acabei de me apaixonar pela sua garota — disse Tyler.

De repente, minha risada se foi e franzi a testa.

— Opa!

— É isso aí. Eu estava pegando leve com você, Abby, mas vou ganhar meu dinheiro de volta agora mesmo — Trenton avisou.

Fiquei de fora nas últimas rodadas, observando os meninos tentarem recuperar o dinheiro deles. Uma mão após a outra, Abby os esmagava. Ela nem fingia que estava pegando leve com eles.

Quando meus irmãos ficaram falidos, meu pai encerrou a noite, e Abby devolveu cem dólares para cada um, menos para meu pai, que não aceitou.

Peguei na mão dela e fomos caminhando até a porta. Ver minha namorada saquear meus irmãos foi divertido, mas fiquei decepcionado por ela ter devolvido uma parte do dinheiro.

Ela apertou de leve minha mão.

— Que foi?

— Você acabou de distribuir quatrocentos dólares, Flor!

— Se fosse noite de pôquer na Sig Tau, eu ficaria com o dinheiro, mas não posso roubar seus irmãos quando acabei de conhecê-los.

— Eles teriam ficado com o seu dinheiro!

— E eu não teria perdido um segundo de sono por causa disso — disse Taylor.

De canto de olho, notei que Thomas encarava Abby da cadeira reclinável na sala de estar. Ele estava mais calado que de costume.

— Por que você fica encarando a minha garota, Tommy?

— Qual é mesmo o seu sobrenome? — ele perguntou.

Abby se mexeu, nervosa, mas não respondeu.

Coloquei o braço em volta da cintura dela e me virei para o meu irmão, sem saber aonde ele queria chegar. Ele achava que sabia de alguma coisa e estava se preparando para sua jogada.

— É Abernathy. O que você tem com isso? — respondi no lugar dela.

— Posso entender por que você não ligou os pontos antes, Trav, mas agora não tem mais desculpa — disse ele, com um ar presunçoso.

— De que merda você está falando? — perguntei.

— Por acaso você é parente do Mick Abernathy? — Thomas perguntou a Abby.

Todas as cabeças se viraram na direção dela, esperando pela resposta. Ela mexeu nos cabelos, claramente nervosa.

— Como você conhece o Mick?

Entortei ainda mais o pescoço na direção dela.

— Ele é só um dos melhores jogadores de pôquer que já existiram. Você conhece?

— Ele é meu pai — Abby disse. Pareceu quase doloroso para ela responder à pergunta.

A sala veio abaixo.

— NÃO ACREDITO!

— EU SABIA!

— ACABAMOS DE JOGAR PÔQUER COM A FILHA DO MICK ABERNATHY!

— MICK ABERNATHY! PUTA MERDA!

As palavras ressoavam nos meus ouvidos, mas levei vários segundos para processar a informação. Três dos meus irmãos estavam pulando e gritando, mas, para mim, a sala inteira parecia congelada, e o mundo, silencioso.

Minha namorada, que por acaso também era minha melhor amiga, era filha de uma lenda do pôquer — alguém que meus irmãos, meu pai e até meu avô idolatravam.

A voz da Abby me trouxe de volta ao presente.

— Eu falei pra vocês que era melhor eu não jogar.

— Se você tivesse dito que era filha do Mick Abernathy, acho que a gente teria te levado mais a sério — disse Thomas.

Ela deu uma olhada para mim, esperando minha reação.

— Você é a Lucky Thirteen? — perguntei, pasmo.

Trenton se levantou e apontou para ela.

— A Lucky Thirteen está na nossa casa! Não é possível! Eu não acredito nisso!

— Esse foi o apelido que os jornais me deram. Mas a história não foi exatamente aquela — disse Abby, inquieta.

Mesmo em meio à estrondosa comoção dos meus irmãos, a única coisa em que eu conseguia pensar era como aquilo era um tesão — a garota por quem eu estava apaixonado era praticamente uma celebridade. Melhor ainda, ela era famosa por algo incrivelmente foda.

— Preciso levar a Abby pra casa, pessoal — falei.

Meu pai deu uma espiada nela por cima dos óculos.

— Por que não foi exatamente aquela?

— Eu não *roubei* a sorte do meu pai. Tipo, isso é ridículo. — Ela deu uma risadinha, torcendo nervosamente o cabelo em volta do dedo.

Thomas balançou a cabeça.

— Não, o Mick deu aquela entrevista. Ele disse que, à meia-noite do seu aniversário de treze anos, a sorte dele secou.

— E a sua nasceu — acrescentei.

— Você foi criada por mafiosos! — disse Trent, animado.

— Hum... não. — Ela riu uma vez. — Eles não me criaram. Eles só... estavam sempre por perto.

— Aquilo foi um absurdo, o Mick jogar o seu nome na lama daquele jeito em todos os jornais. Você era só uma criança — disse meu pai, balançando a cabeça em desaprovação.

— Na verdade, foi sorte de principiante — Abby observou.

Eu podia dizer, pela expressão em seu rosto, que ela estava se sentindo quase humilhada com toda aquela atenção.

— Você aprendeu com Mick Abernathy — o tom do meu pai era reverente. — Você jogava com profissionais, e ganhava, aos treze anos de idade, pelo amor de Deus! — Ele olhou para mim e sorriu. — Não aposte contra ela, filho. Ela não perde.

Minha mente voltou na hora à luta, quando Abby apostou contra mim sabendo que perderia e teria que morar comigo por um mês. Todo aquele tempo eu achei que ela não estivesse nem aí para mim, e naquele momento me toquei que isso não podia ser verdade.

— Hum... a gente precisa ir, pai. Tchau, pessoal.

Corri pelas ruas em alta velocidade, costurando em meio ao tráfego. Conforme o ponteiro do velocímetro avançava, as coxas da Abby me apertavam mais forte, me deixando ainda mais ansioso para chegar logo ao apartamento.

Ela não disse uma palavra quando estacionei a Harley e a conduzi pela escada, nem quando a ajudei a tirar a jaqueta.

Ela soltou os cabelos e fiquei parado, olhando para ela com deslumbramento. Era quase como se ela fosse uma pessoa diferente, e eu mal podia esperar para tocá-la.

— Eu sei que você está com raiva — ela disse, olhando para o chão. — Desculpa não ter te contado antes, mas não gosto de falar disso.

As palavras dela me deixaram pasmo.

— Com raiva? Estou com tanto tesão que nem consigo enxergar direito. Você acabou de roubar o dinheiro dos babacas dos meus irmãos sem nem pestanejar, ganhou status de lenda com meu pai e tenho certeza que perdeu de propósito a aposta que fizemos antes da minha luta.

— Eu não diria isso...

— Você achou que ia ganhar?

— Bom... não, não exatamente — ela respondeu, tirando os sapatos de salto.

Mal pude conter o sorriso que avançava devagar pelo meu rosto.

— Então você *queria* ficar aqui comigo. Acho que acabei de me apaixonar por você de novo.

Ela chutou os sapatos para dentro do armário.

— Como você pode não estar bravo comigo?

Suspirei. Talvez eu devesse estar bravo. Mas eu simplesmente... não estava.

— Isso é importante, Flor. Você devia ter me contado, mas eu entendo por que não contou. Você veio pra cá pra fugir de tudo aquilo. É como se o céu tivesse clareado. Tudo faz sentido agora.

— Bom, isso é um alívio.

— Lucky Thirteen — falei, agarrando a barra da blusa dela e a puxando para cima.

— Não me chama assim, Travis. Não é uma coisa boa.

— Você é famosa, Beija-Flor!

Desabotoei a calça jeans dela e a puxei para baixo, ajudando-a a tirá-la.

— Meu pai passou a me *odiar* depois disso. Ele ainda me culpa por todos os problemas dele.

Arranquei minha camiseta e a abracei junto a mim, impaciente para sentir a pele dela colada na minha.

— Ainda não acredito que a filha do Mick Abernathy está parada na minha frente. Fiquei com você esse tempo todo e não fazia a mínima ideia.

Ela me empurrou.

— Eu não sou *a filha do Mick Abernathy*, Travis! Foi isso que eu deixei pra trás. Sou a Abby. *Apenas* a Abby! — ela disse, caminhando até o armário, de onde pegou uma camiseta e a vestiu.

— Desculpa. Estou um pouco mexido por causa da sua fama.

— Sou só eu! — ela abriu a palma da mão no peito, com uma ponta de desespero na voz.

— Tá, mas...

— Mas *nada*. Está vendo como você está me olhando agora? Foi exatamente por isso que eu não te contei. — Ela fechou os olhos. — Eu nunca mais vou viver daquele jeito, Trav. Nem com você.

— Eita! Calma, Beija-Flor. Não vamos nos deixar levar pela emoção. — Peguei-a nos braços, subitamente preocupado com o rumo que a conversa estava tomando. — Não importa o que você foi ou o que você não é mais. Eu só quero você.

— Acho que temos isso em comum, então.

Levei-a com gentileza para a cama e me aninhei ao seu lado, inalando o leve aroma de charuto mesclado ao xampu dela.

— Somos eu e você contra o mundo, Flor.

Ela se enroscou junto a mim, parecendo satisfeita com as minhas palavras. Quando relaxou no meu peito, soltou um suspiro.

— Qual é o problema? — perguntei.

— Eu não quero que ninguém saiba, Trav. Não queria nem que *você* soubesse.

— Eu te amo, Abby. Não vou mais tocar nesse assunto, tá? Seu segredo está a salvo comigo — assegurei, pressionando suavemente os lábios em sua testa.

Ela esfregou o rosto na minha pele e eu a abracei apertado. Os eventos daquela noite pareciam um sonho. Era a primeira vez que eu levava uma garota para casa, e não apenas ela era filha de um famoso jogador de pôquer como conseguira levar todos nós à falência de uma vez. Sendo a ovelha negra da família, eu finalmente sentia que havia ganhado um pouco de respeito dos meus irmãos. E tudo isso por causa da Abby.

Fiquei deitado na cama, acordado, sem conseguir fazer minha mente parar por tempo suficiente para cochilar. A respiração da Abby tinha ficado regular fazia uma meia hora.

Meu celular vibrou uma vez, indicando uma mensagem de texto. Eu o peguei e franzi a testa de imediato. O nome do remetente estava na tela: Jason Brazil.

Cara, o Parker tá falando merda.

Com muito cuidado, puxei o braço de sob a cabeça da Abby e usei ambas as mãos para digitar uma mensagem em resposta.

 Eu: Quem disse?
Brazil: Eu, ele tá aqui do meu lado.
 Eu: Ah, é? O q ele tá dizendo?
Brazil: É da Flor. Quer mesmo saber?
 Eu: Para de ser cuzão.
Brazil: Ele falou q ela ainda liga pra ele.
 Eu: Negativo.
Brazil: Disse q tá esperando vc ferrar tudo, e q ela só tá esperando um bom momento pra t chutar.
 Eu: É mesmo?
Brazil: Disse q ela falou q estava super infeliz mas q vc era meio louco e ela estava esperando a melhor hora de t largar.
 Eu: Se ela ñ estivesse deitada do meu lado, eu passaria aí pra acabar com a merda da cara dele.

Brazil: Ñ vale a pena. Td mundo sabe q ele tá mentindo.
Eu: Ainda fico puto.
Brazil: Eu sei. Ñ liga pro babaca. Vc tá com a mina do seu lado.

Se a Abby não estivesse dormindo ao meu lado, eu teria pulado na minha moto, seguido direto até a casa da Sig Tau e destruído a churrasqueira de cinco mil dólares do Parker. Talvez levasse um taco para detonar o Porsche dele.

Meia hora se passou antes que a raiva finalmente começasse a ceder. Abby não tinha se mexido. O ruído sutil que ela fazia quando estava dormindo ajudou a desacelerar meu coração, e não tardou para que eu conseguisse voltar a abraçá-la e relaxar.

A Abby não estava ligando para o Parker. Se ela estivesse infeliz, teria me falado. Inspirei fundo e fiquei observando a sombra da árvore lá fora dançar na parede.

♡

— Ele não fez isso — disse Shepley, parando no meio do caminho.

As meninas tinham saído para comprar roupa para a festa de casais, então convenci o Shepley a ir comigo até a loja de móveis.

— Pior que fez. — Virei meu celular para ele ver. — O Brazil dedurou o babaca ontem à noite via mensagem.

Shepley suspirou e balançou a cabeça.

— Ele devia saber que ia chegar ao seu ouvido. Tipo... como não chegaria? Aqueles caras são mais fofoqueiros que as mulheres.

Parei ao ver um sofá que chamou minha atenção.

— Aposto que ele fez por querer. Esperando que chegasse ao meu ouvido.

Shepley concordou.

— Vamos falar a verdade. Seu antigo eu teria tido um acesso de fúria e assustado tanto a Abby que ela sairia correndo para os braços do Parker.

— Cretino — falei, enquanto um vendedor se aproximava.

— Bom dia, senhores. Posso ajudar?

Shepley se jogou no sofá e pulou algumas vezes antes de concordar com um aceno de cabeça.

— Aprovado.

— Tá. Vou levar esse — falei.

— Vai levar esse? — meu primo disse, um pouco surpreso.

— Vou — respondi, também levemente surpreendido com a reação dele. — Vocês entregam?

— Sim, senhor. Gostaria de saber o preço?

— É este que está escrito aqui, não é?

— É sim.

— Então vou levar. Onde pago?

— Por aqui, senhor.

O vendedor tentou, em vão, me convencer a levar outros itens para combinar com o sofá, mas eu tinha mais coisas para comprar naquele dia.

Shepley deu nosso endereço e o vendedor me agradeceu pela venda mais fácil do ano.

— Aonde vamos agora? — Shepley perguntou, tentando acompanhar meu ritmo até o Charger.

— Ao Calvin.

— Vai fazer outra tatuagem?

— Vou.

Ele ficou me observando, desconfiado.

— O que você está fazendo, Trav?

— O que eu sempre disse que faria se encontrasse a mulher certa.

Ele parou diante da porta do passageiro.

— Não sei se é uma boa ideia. Você não acha que devia falar sobre isso com a Abby primeiro... para ela não ter um treco?

Franzi a testa.

— Ela pode dizer não.

— É melhor ela dizer não do que você fazer isso e ela sair correndo apavorada do apartamento. Vocês estão tão bem. Por que você não deixa rolar por um tempo?

Coloquei as mãos nos ombros dele.

— Isso não soa de jeito nenhum como algo que eu faria — respondi e o movi para o lado.

Ele deu a volta no carro e se sentou no banco do motorista.

— Ainda acho que não é uma boa ideia.

— Anotado.

— E depois vamos pra onde?

— Pra Steiner's.

— A joalheria?

— É.

— Por quê, Travis? — disse Shepley, com a voz mais dura que antes.

— Você vai ver.

Ele balançou a cabeça.

— Você está *tentando* fazer a Abby sair correndo?

— Vai acontecer uma hora, Shep. Só quero estar preparado. Para quando chegar o momento certo.

— Nenhum momento no futuro próximo é certo. Eu estou tão apaixonado pela America que fico maluco às vezes, mas a gente ainda não tem idade pra essa merda, Travis. E... e se ela disser não?

Cerrei os dentes só de pensar nisso.

— Não vou fazer o pedido até saber que ela está pronta.

Ele entortou a boca.

— Quando eu penso que você não pode ficar mais louco, você faz alguma coisa para me lembrar que já passou há muito tempo da categoria de doido de pedra.

— Você vai ver a pedra que eu vou comprar.

Shepley entortou o pescoço lentamente na minha direção.

— Você já foi lá escolher, não foi?

Sorri.

19
A CASA DO PAPAI

Era sexta-feira, o dia da festa de casais, três dias depois de ter feito a Abby sorrir com o novo sofá e então, minutos mais tarde, virar algumas doses de uísque por causa das minhas novas tatuagens.

As meninas tinham ido fazer o que mulheres fazem em dia de festa, e eu estava sentado na frente do apartamento, nos degraus, esperando o Totó fazer suas necessidades.

Por motivos que eu não conseguia identificar com precisão, meus nervos estavam à flor da pele. Eu já tinha tomado alguns goles de uísque para tentar me acalmar, mas foi inútil.

Fiquei encarando meu pulso, na esperança de que qualquer sensação agourenta que eu tivesse fosse alarme falso. Falei para o Totó se apressar, porque estava um frio da porra lá fora, e ele se agachou e fez o que tinha que fazer.

— Já estava na hora, carinha! — eu disse, erguendo-o no colo e entrando no apartamento.

— Acabei de ligar para a floricultura. Bom, *floriculturas*. A primeira não tinha o suficiente — me informou Shepley.

Sorri.

— As meninas vão pirar. Você pediu para a entrega ser feita antes que elas cheguem em casa?

— Pedi.

— E se elas chegarem mais cedo?

— Vai dar tempo, Travis.

Assenti.

— Ei — disse Shepley com um meio sorriso. — Você está nervoso em relação a hoje à noite?

— Não — respondi, franzindo a testa.

— Está sim, seu molenga! Você está nervoso com a festa de casais!

— Para de ser cuzão — falei, me retirando para o meu quarto.

Minha camisa preta já estava passada, pendurada no cabide. Não era nada de especial — uma das duas camisas sociais que eu tinha.

Aquela seria minha primeira festa de casais, sim, e eu estava indo com a minha namorada, mas o nó no meu estômago tinha outro motivo. Um que eu não conseguia distinguir exatamente. Como se algo terrível estivesse à espreita num futuro próximo.

Tenso, fui até a cozinha e tomei mais uma dose de uísque. A campainha tocou, e levantei a cabeça para ver Shepley atravessando a passos rápidos a sala de estar com uma toalha na cintura.

— Eu podia ter atendido — falei.

— Sim, mas aí você teria que parar de chorar sobre o seu Jim Beam — ele resmungou, abrindo a porta.

Um homem pequeno, carregando dois buquês gigantescos, maiores que ele, estava parado na entrada do apartamento.

— Ah, sim... Por aqui, camarada — disse Shepley, escancarando a porta.

Dez minutos depois, o apartamento estava começando a ter a aparência que eu havia imaginado. Eu tivera a ideia de dar flores para Abby antes da festa de casais, mas um buquê não seria suficiente.

Assim que o cara da floricultura saiu, outro chegou, depois mais um. Quando todas as superfícies do apartamento exibiam orgulhosamente pelo menos dois ou três buquês de rosas vermelhas, cor-de-rosa, amarelas e brancas, eu e o Shepley ficamos satisfeitos.

Tomei um banho rápido, fiz a barba e estava vestindo a calça quando o motor do Honda da Mare soou com um estrondo no estacionamento. Depois de alguns instantes, ela entrou pela porta da frente, seguida por Abby. A reação delas às flores foi imediata; Shepley e eu sorríamos feito dois idiotas enquanto elas soltavam gritinhos de felicidade.

Shepley olhou em volta, orgulhoso.

— Nós saímos para comprar flores para vocês duas, mas nenhum de nós achou que um buquê seria o suficiente.

Abby envolveu meu pescoço com os braços.

— Vocês são... o máximo. Obrigada.

Dei um tapinha na bunda dela, deixando minha mão se demorar na curva suave logo acima de sua coxa.

— Faltam trinta minutos para a festa, Flor.

Elas se arrumaram no quarto do Shepley enquanto esperávamos. Levei cinco minutos para abotoar minha camisa, achar um cinto e calçar as meias e os sapatos. As meninas, porém, demoraram uma eternidade.

Impaciente, Shepley bateu à porta. A festa já tinha começado fazia quinze minutos.

— Hora de ir, senhoritas.

America saiu do quarto com um vestido que parecia uma segunda pele, e ele assobiou, um sorriso instantâneo cintilando em seu rosto.

— Cadê ela? — eu quis saber.

— A Abby está tendo um probleminha com o sapato. Ela vai sair em um segundo — explicou America.

— Esse suspense está me matando, Beija-Flor! — gritei.

A porta rangeu e Abby surgiu, mexendo nervosa no curto vestido branco. Seus cabelos estavam puxados para o lado, e, embora seus peitos estivessem cuidadosamente ocultos, eram realçados pelo tecido justo.

America me cutucou e eu pisquei.

— Puta merda!

— Está preparado para surtar? — ela perguntou.

— Não estou surtando, ela está incrível.

Abby sorriu com um ar travesso e então se virou lentamente para revelar o decote profundo nas costas do vestido.

— Ah, agora estou surtando — falei, indo até ela e a afastando do olhar do Shepley.

— Não gostou do vestido? — ela perguntou.

— Você precisa de uma jaqueta.

Fui correndo até o armário e coloquei o casaco sobre os ombros dela.

— Ela não pode usar isso a noite toda, Trav — America riu.

— Você está linda, Abby — disse Shepley, tentando se desculpar pelo meu comportamento.

— Você está linda — falei, desesperado para ser ouvido e compreendido sem causar uma briga. — Está incrível... mas não pode usar isso. Sua saia é... uau, suas pernas estão... sua saia é curta demais, e isso aí é só metade de um vestido! Não tem nem a parte de trás!

— É assim mesmo, Travis — Abby sorriu. Pelo menos ela não estava irritada.

— Vocês gostam de se torturar? — Shepley franziu a testa.

— Você não tem um vestido mais comprido? — perguntei.

Ela olhou para baixo.

— Na verdade, ele é bem simples na parte da frente. São só as costas que ficam bem à mostra.

— Beija-Flor — falei, me encolhendo —, não quero que você fique brava, mas não posso te levar na minha fraternidade assim. Vou arrumar briga em cinco minutos.

Ela ficou na ponta dos pés e me beijou.

— Eu tenho fé em você.

— Essa noite vai ser um saco — grunhi.

— Essa noite vai ser fantástica — disse America, ofendida.

— Só pensa como vai ser fácil tirar esse vestido depois — Abby observou.

Ela se esticou para beijar meu pescoço. Fiquei encarando o teto, tentando não deixar que seus lábios, brilhantes de gloss, enfraquecessem meu argumento.

— Esse é o problema. Todos os outros caras lá vão ficar pensando a mesma coisa.

— Mas você é o único que vai descobrir — ela respondeu, animada.

Quando não falei nada, ela recuou para me olhar nos olhos.

— Você quer mesmo que eu troque de roupa?

Analisei o rosto dela, e todas as outras partes de seu corpo, então expirei.

— Não importa o que estiver vestindo, você é maravilhosa. Eu preciso me acostumar com isso, certo? — Abby deu de ombros e balancei a cabeça. — Tudo bem, já estamos atrasados. Vamos.

Mantive o braço em torno de Abby enquanto cruzávamos o gramado até a casa da Sigma Tau. Ela tremia de frio, então fui caminhando rápido e desajeitado, tentando levá-la para o ambiente fechado o mais rápido que seus sapatos de salto permitissem. No segundo em que empurramos as espessas portas duplas, coloquei um cigarro na boca para engrossar o nevoeiro típico de festas de fraternidade. As caixas de som lá embaixo zuniam como pulsações sob nossos pés.

Depois que guardamos o casaco das meninas, levei Abby até a cozinha, com Shepley e America logo atrás. Ficamos ali, tomando nossa cerveja e ouvindo Jay Gruber e Brad Pierce discutirem minha última luta. Lexie acariciou a camisa do Brad, claramente entediada com o papo de homem.

— Cara, você tatuou o nome da sua namorada no pulso? Por que você fez isso? — disse Brad.

Virei a mão para mostrar o apelido da Abby gravado na minha pele.

— Eu sou louco por ela — respondi, baixando a cabeça para minha namorada.

— Você mal conhece a garota — disse Lexie com desdém.

— Conheço sim.

De canto de olho, vi Shepley puxando America em direção às escadas, então peguei Abby pela mão e segui os dois. Infelizmente, Brad e Lexie fizeram o mesmo. Descemos em fila as escadas até o porão, a música ficando mais alta a cada degrau.

No instante em que alcancei o último degrau, o DJ colocou uma música lenta. Sem hesitar, puxei Abby para a pista de dança, entre os móveis que tinham sido arrastados para o lado.

A cabeça dela se encaixava perfeitamente na curva do meu pescoço.

— Estou feliz por nunca ter vindo a uma festa dessas antes — sussurrei no ouvido dela. — Acertei em ter trazido somente você.

Ela pressionou a bochecha no meu peito e os dedos nos meus ombros.

— Todo mundo está te encarando com esse vestido — falei. — Até que é legal... estar com a garota que todos os caras querem.

Ela se reclinou para revirar os olhos de maneira exagerada.

— Eles não me querem. Só estão curiosos para saber por que *você* me quer. E, de qualquer forma, tenho dó de qualquer um que ache que tem alguma chance comigo. Estou completamente apaixonada por você.

Como ela podia não saber?

— Sabe por que eu te quero? Eu não sabia que estava perdido até que você me encontrou. Não sabia que estava sozinho até a primeira noite em que passei na minha cama sem você. Você é a única coisa certa na minha vida. Você é o que eu sempre esperei, Beija-Flor.

Ela pegou meu rosto com as duas mãos e a envolvi com os braços, erguendo-a do chão. Nossos lábios se tocaram suavemente, e fiz questão de comunicar em silêncio, com aquele beijo, quanto eu a amava, porque eu nunca conseguiria fazer isso apenas com palavras.

Depois de algumas músicas e um momento hostil, embora divertido, entre Lexie e America, decidi que era uma boa hora para voltarmos para cima.

— Vamos, Flor. Preciso fumar.

Abby me acompanhou pelas escadas, e me certifiquei de pegar o casaco dela antes de seguir para a varanda. No segundo em que pusemos os pés lá fora, fiz uma pausa, assim como Abby, e Parker, e a garota de maquiagem pesada em quem ele estava enfiando o dedo.

O primeiro movimento foi do Parker, que puxou a mão de sob a saia da moça.

— Abby — ele disse, surpreso e sem fôlego.

— Oi, Parker — ela cumprimentou, segurando o riso.

— Como, hum... como você está?

Ela deu um sorriso educado.

— Ótima, e você?

— Hum — ele olhou para a garota. — Abby, essa é a Amber. Amber... Abby.

— *Aquela* Abby? — ela perguntou.

Parker fez que sim, constrangido. Amber apertou a mão da Abby com um olhar de desdém e então me encarou como se tivesse acabado de encontrar o inimigo.

— Prazer em te conhecer... eu acho.

— Amber — Parker chamou atenção.

Eu ri e abri as portas para que eles passassem. Parker segurou Amber pela mão e entrou na casa.

— Isso foi... estranho — disse Abby, balançando a cabeça enquanto envolvia o próprio corpo com os braços. Ela olhou pela balaustrada para os poucos casais que desafiavam o vento frio.

— Pelo menos ele desencanou e não está mais enchendo o saco para voltar com você — comentei, sorrindo.

— Eu não acho que ele estava tentando voltar comigo, e sim me manter longe de você.

— Ele levou *uma* garota pra casa *uma* vez pra mim. Agora age como se toda vez aparecesse em casa pra salvar cada caloura que já comi.

Abby me lançou um olhar enviesado.

— Já te falei como *odeio* essa palavra?

— Desculpa — eu disse, puxando-a para o meu lado.

Acendi um cigarro e dei uma longa tragada, depois virei a mão. As delicadas, porém espessas linhas pretas se entrelaçavam para formar a palavra *Beija-Flor*.

— Não é estranho que essa tatuagem seja não apenas a minha preferida, mas que eu goste de saber que ela está aqui?

— Bem estranho — disse Abby. Olhei para ela, que riu. — Estou brincando. Não posso dizer que entendo, mas é meigo... de um jeito meio Travis Maddox.

— Se é tão bom ter isso no braço, não posso nem imaginar como vai ser colocar uma aliança no seu dedo.

— Travis...

— Daqui a quatro, talvez cinco anos — falei, me encolhendo por dentro por ter ido tão longe.

Abby inspirou.

— Precisamos ir devagar. Bem, bem devagar.

— Não começa, Flor.

— Se a gente continuar nesse ritmo, estarei grávida antes de me formar. Não estou pronta para me mudar para a sua casa, não estou preparada para usar aliança e certamente não estou pronta para ter um relacionamento definitivo com alguém.

Coloquei as mãos em seus ombros.

— Esse não é o discurso "quero conhecer outras pessoas", é? Porque eu não vou dividir você. Nem ferrando.

— Eu não quero mais ninguém — disse ela, exasperada.

Relaxei e a soltei, me virando para segurar a balaustrada.

— O que você está dizendo, então? — perguntei, aterrorizado com a possível resposta.

— Estou dizendo que precisamos ir devagar. *Só* isso.

Assenti, infeliz.

Abby pegou no meu braço.

— Não fique bravo.

— Parece que damos um passo para frente e dois para trás, Flor. Toda vez que acho que estamos falando a mesma língua, você ergue um muro entre a gente. Eu não entendo... A maior parte das garotas pressiona o namorado para que o relacionamento fique sério, para que falem sobre seus sentimentos, para que sigam para a próxima fase...

— Achei que já tínhamos concordado que eu não sou como a maioria das garotas...

Abaixei a cabeça, frustrado.

— Estou cansado de tentar adivinhar. Pra onde você acha que isso vai, Abby?

Ela pressionou os lábios na minha camisa.

— Quando penso no meu futuro, vejo você nele.

Abracei-a ao meu lado, e cada músculo do meu corpo relaxou com aquelas palavras. Ficamos observando as nuvens se moverem pelo céu negro, sem estrelas. As risadas e o vozerio lá embaixo fizeram com que um sorriso cintilasse em seu rosto.

Pela primeira vez naquele dia, a sensação agourenta que pairava sobre mim começou a desvanecer.

— Abby! Você está aí! Te procurei por toda parte! — disse America, irrompendo pela porta e erguendo o celular. — Acabei de desligar o telefone. Estava falando com o meu pai. O Mick ligou para eles ontem à noite.

Abby torceu o nariz.

— O Mick? Por que ele ligaria para os seus pais?

America ergueu as sobrancelhas.

— Sua mãe continua desligando o telefone na cara dele.

— O que ele queria?

America pressionou os lábios.

— Saber onde você estava.

— Eles não contaram pra ele, contaram?

America assumiu uma expressão triste.

— Ele é seu pai, Abby. Meu pai achou que ele tinha o direito de saber.

— Ele vai vir até aqui — disse Abby, com a voz se enchendo de pânico. — Ele vai vir até aqui, Mare!

— Eu sei! Sinto muito! — disse America, tentando consolar a amiga, que se afastou e cobriu o rosto com as mãos.

Eu não sabia ao certo que merda estava acontecendo, mas pus as mãos nos ombros da minha namorada.

— Ele não vai machucar você, Beija-Flor. Não vou deixar.

— Ele vai dar um jeito — disse America, observando a amiga com um olhar pesado. — Ele sempre faz isso.

— Tenho que cair fora daqui.

Abby apertou o casaco e puxou a maçaneta da porta-balcão. Ela estava perturbada demais para conseguir primeiro abaixar a maçaneta e depois puxar a porta. Conforme as lágrimas começaram a escorrer em seu rosto, cobri suas mãos com as minhas. Depois de ajudá-la a abrir a porta, Abby olhou para mim. Eu não sabia se suas bochechas estavam ruborizadas de vergonha ou do frio, mas queria fazer com que aquela sensação sumisse.

Coloquei um braço em volta dela e juntos atravessamos a casa até a porta da frente. Ela se movia com rapidez, desesperada para chegar à segurança do apartamento. Eu só tinha ouvido falar dos méritos de Mick Abernathy como jogador de pôquer. Ao ver Abby sair correndo como uma garotinha amedrontada, odiei cada momento em que minha família perdeu tempo admirando o cara.

No meio do caminho, America esticou a mão e agarrou o casaco da minha namorada.

— Abby! — ela sussurrou, apontando para um pequeno grupo de pessoas.

Elas estavam reunidas ao redor de um homem velho e desleixado, com a barba por fazer e sujo a ponto de parecer que fedia. Ele estava apontando para a casa, segurando uma pequena foto. Os casais assentiam, falando sobre a imagem.

Abby foi como um raio até o homem e arrancou a foto de suas mãos.
— Que *diabos* você está fazendo aqui?

Olhei para a foto na mão dela. Ela não devia ter mais de quinze anos, mirrada, cabelos marrons sem vida e olhos fundos. Parecia muito infeliz. Não era de admirar que quisesse cair fora.

Os três casais em torno dele recuaram. Olhei de relance para o rosto pasmo deles, então esperei que o homem respondesse. Era o Mick Abernathy, cacete. Eu o reconheci pelos inconfundíveis olhos astutos aninhados naquele rosto sujo.

Shepley e America ficaram cada um de um lado da Abby. Segurei os ombros dela por trás.

Mick olhou para o vestido dela e estalou a língua, desaprovando.
— É isso aí, Docinho. Você pode tirar a garota de Vegas...
— Cala a boca, Mick. Só dá meia-volta — ela apontou para atrás dele — e volta para o lugar de onde você veio, qualquer que seja ele. Não quero você por aqui.
— Não posso, Docinho. Preciso da sua ajuda.
— Que novidade! — America zombou.

Mick estreitou os olhos para ela, depois voltou a atenção para a filha.
— Você está bonita, cresceu... Eu não teria te reconhecido na rua.

Abby suspirou.
— O que você quer?

Ele ergueu as mãos e encolheu os ombros.
— Parece que me meti numa confusão, menina. Seu velho aqui precisa de dinheiro.

A tensão dominou o corpo inteiro de Abby.
— De quanto?
— Eu estava indo bem, estava mesmo. Só precisei pegar um pouquinho emprestado pra poder continuar e... você sabe.

— Eu sei — ela retrucou. — De quanto você precisa?
— Dois cinco.
— Que merda, Mick, dois mil e quinhentos? Se você sumir daqui, eu te dou esse dinheiro agora mesmo — falei, sacando a carteira.
— Ele quer dizer vinte e cinco mil — disse Abby, com frieza na voz. Mick me olhou de cima a baixo, do rosto até os sapatos.
— Quem é esse palhaço?
Ergui os olhos e instintivamente me inclinei em direção à minha presa. A única coisa que me impedia de atacá-lo era o corpo frágil de Abby entre nós dois — e saber que aquele homenzinho execrável era o pai dela.
— Agora posso ver por que um cara esperto como você foi reduzido a pedir mesada para a filha adolescente.
Antes que Mick pudesse falar, Abby sacou o celular.
— Pra quem você deve dessa vez, Mick?
Ele coçou o cabelo grisalho e ensebado.
— Bom, Docinho, é uma história engraçada...
— *Pra quem?* — ela gritou.
— Pro Benny.
Ela se inclinou na minha direção.
— Pro Benny? Você está devendo pro *Benny*? Que merda você estava... — Então fez uma pausa. — Não tenho tudo isso de dinheiro, Mick.
Ele sorriu.
— Algo me diz que você tem.
— Pois eu não tenho! Você realmente se superou dessa vez, hein? Eu sabia que você não ia parar até acabar morrendo!
Ele se mexeu, e o sorriso presunçoso desapareceu de seu rosto.
— Quanto você tem?
— Onze mil. Eu estava economizando para comprar um carro.
Os olhos de America voaram na direção dela.
— Onde você conseguiu onze mil dólares, Abby?
— Nas lutas do Travis.
Puxei-a pelos ombros até que ela olhasse para mim.
— Você conseguiu *onze mil dólares* com as minhas lutas? Quando você apostava?

— Adam e eu tínhamos um acordo — ela disse casualmente.

De repente, os olhos de Mick ficaram cheios de animação.

— Você pode duplicar isso em um fim de semana, Docinho. Você consegue os vinte e cinco pra mim no domingo, aí o Benny não manda os capangas dele atrás de mim.

— Isso vai me deixar dura, Mick. Tenho que pagar a faculdade — disse Abby, com um tom de tristeza na voz.

— Ah, você consegue recuperar esse dinheiro rapidinho — ele acenou com a mão, como se não fosse nada.

— Quando é o prazo final? — quis saber Abby.

— Segunda de manhã. Quer dizer, à meia-noite — disse ele, sem nenhum constrangimento.

— Você não tem que dar uma porra de um centavo pra ele, Beija-Flor — falei.

Mick agarrou Abby pelo pulso.

— É o mínimo que você pode fazer! Eu não estaria nessa merda hoje se não fosse você!

America afastou a mão dele com um tapa e o empurrou.

— Não se atreva a começar com essa merda de novo, Mick! Ela não te obrigou a pegar dinheiro emprestado com o Benny!

Mick fuzilou Abby com o olhar. O ódio em seus olhos fazia desaparecer qualquer conexão com ela como sua filha.

— Se não fosse por ela, eu teria meu próprio dinheiro. Você tirou tudo de mim, Abby. Eu não tenho nada!

Ela engoliu o choro.

— Vou conseguir o dinheiro para você pagar o Benny até domingo. Mas depois disso quero que você me deixe em paz, cacete. Não vou fazer isso de novo, Mick. De agora em diante, você está por contra própria, está me ouvindo? Fique. Longe. De. Mim.

Ele pressionou os lábios e assentiu.

— Como quiser, Docinho.

Abby se virou e foi em direção ao carro.

America suspirou.

— Façam as malas, meninos. Estamos indo para Vegas.

Ela foi caminhando até o Charger, e Shepley e eu ficamos paralisados.

— Espera. O quê? — Ele olhou para mim. — Tipo, Las Vegas? Em Nevada?

— Parece que sim — falei, enfiando as mãos nos bolsos.

— Vamos simplesmente pegar um avião para Vegas — disse Shepley, ainda tentando processar a situação.

— É isso aí.

Ele foi abrir o carro para America e Abby entrarem, depois bateu a porta com o rosto inexpressivo.

— Eu nunca fui pra Vegas.

Um sorriso travesso esticou um dos lados da minha boca.

— Então chegou a hora de você perder a virgindade.

20
GANHA-SE UM POUCO, PERDE-SE UM POUCO

Abby mal falou enquanto fazíamos as malas, e menos ainda a caminho do aeroporto. Ela ficava com o olhar perdido na maior parte do tempo, a não ser que um de nós lhe perguntasse algo. Eu não sabia ao certo se ela estava afogada em desespero ou apenas focada no enorme desafio que tinha pela frente.

Na hora de fazer o check-in no hotel, America cuidou de tudo, mostrando sua identidade falsa como se tivesse feito isso milhares de vezes antes.

E então me ocorreu que ela provavelmente *tinha* feito isso antes. Vegas era o lugar onde elas haviam conseguido identidades falsas tão perfeitas e o motivo pelo qual America nunca parecia se preocupar com o que Abby aguentava. Elas tinham visto tudo aquilo antes, nas entranhas da Cidade do Pecado.

Shepley era inconfundivelmente um turista, com a cabeça inclinada para trás, boquiaberto com o teto pomposo. Levamos nossas bagagens para o elevador e puxei Abby para o meu lado.

— Você está bem? — perguntei, beijando sua têmpora.

— Eu não queria estar aqui — ela respondeu, engasgada.

As portas se abriram, revelando a intricada estampa do carpete no corredor. America e Shepley seguiram por um lado, eu e Abby por outro. Nosso quarto ficava no fim do corredor.

Abby enfiou o cartão magnético na ranhura e abriu a porta. O quarto era grande, fazendo com que a cama king size no meio dele parecesse pequena.

Encostei a mala dela na parede e apertei todos os interruptores até que as espessas cortinas se separassem, revelando as luzes piscantes e o trânsito da The Strip. Outro botão fez com que um segundo conjunto de cortinas, mais finas, se abrisse.

Abby não prestou atenção na janela. Nem ergueu o olhar. O brilho e o ouro tinham perdido o resplendor para ela fazia anos.

Coloquei as outras malas no chão e dei uma olhada ao redor do quarto.

— Isso aqui é legal, hein? — Abby olhou feio para mim. — Que foi?

Ela abriu sua mala com um único movimento e balançou a cabeça.

— Não estamos de férias. Você nem devia estar aqui, Travis.

Em dois passos eu estava atrás dela, abraçando sua cintura. Ela estava diferente ali, mas eu não. Eu ainda podia ser alguém com quem ela pudesse contar, alguém que a protegeria dos fantasmas do passado.

— Eu vou aonde você for — falei junto ao ouvido dela.

Ela apoiou a cabeça no meu peito e suspirou.

— Tenho que descer lá. Você pode ficar aqui ou ir dar uma volta. A gente se vê mais tarde, tá?

— Eu vou com você.

Ela se virou de frente para mim.

— Não quero você por lá, Trav.

Eu não esperava isso dela, especialmente com aquela frieza na voz. Abby tocou meu braço.

— Preciso me concentrar para ganhar catorze mil dólares em um fim de semana. Não gosto de quem vou me tornar enquanto estiver naquelas mesas, e não quero que você veja.

Tirei o cabelo da frente de seus olhos e beijei sua bochecha.

— Tudo bem, Flor.

Eu não podia fingir que entendia o que ela queria dizer, mas respeitaria.

America bateu à porta e entrou, usando o mesmo vestido colado da festa de casais. Seus sapatos eram altíssimos, e ela havia aplicado duas camadas extras de maquiagem. Parecia dez anos mais velha.

Acenei para ela, então peguei o cartão magnético extra de cima da mesa. America já estava preparando Abby para a noite, parecendo um treinador que incentiva o lutador antes de um round de boxe.

Shepley estava parado no corredor, com o olhar fixo nas três bandejas com restos de comida deixadas no chão do outro lado.

— O que você quer fazer primeiro? — perguntei.

— Qualquer coisa, menos casar com você.

— Engraçado pra cacete. Vamos descer.

A porta do elevador se abriu e o lugar ganhou vida. Era como se os corredores fossem as veias e as pessoas fossem o sangue. Grupos de mulheres vestidas como estrelas pornôs, famílias, estrangeiros, as ocasionais despedidas de solteiro e os funcionários do hotel seguiam uns aos outros em um caos organizado.

Levamos um tempo para passar pelas lojas que ladeavam as saídas do hotel e chegar à avenida, então caminhamos até ver uma multidão reunida em frente a um dos cassinos. As fontes estavam ligadas, dando um show ao som de alguma canção patriótica. Shepley estava hipnotizado, incapaz de se mover enquanto observava a água dançar e ser borrifada.

Deviam ser os dois últimos minutos do show, porque logo as luzes diminuíram, a água emitiu um chiado e foi desaparecendo, e a galera se dispersou.

— O que foi aquilo? — perguntei.

Shepley ainda estava com o olhar fixo na agora calma lagoa.

— Não sei, mas foi legal.

As ruas estavam lotadas de Elvis, Michael Jacksons, dançarinas de cabaré e personagens de desenho animado, todos prontamente disponíveis para tirar uma foto — por um preço, claro. Em determinado momento, comecei a ouvir um barulho de algo batendo, então localizei de onde vinha. Havia homens parados na calçada estalando uma pilha de folhetos nas mãos. Eles entregaram um ao Shepley — era a foto de uma mulher de peitos ridiculamente grandes em uma pose sedutora. Eles estavam vendendo prostitutas e anunciando clubes de striptease. Shepley jogou o folheto no chão. A calçada estava coberta deles.

Uma garota passou pela gente, olhando para mim com um sorriso bêbado. Ela carregava os sapatos de salto nas mãos. Enquanto caminhava devagar, notei seus pés enegrecidos. O chão estava imundo, a base para a extravagância e o glamour da superfície.

— Estamos a salvo — disse Shepley, indo até um vendedor de rua que comercializava Red Bull e qualquer bebida alcoólica que se pudesse imaginar. Ele pediu dois energéticos com vodca e abriu um sorriso quando tomou o primeiro gole. — Acho que nunca mais vou querer ir embora.

Dei uma olhada no celular para ver que horas eram.

— Já passou uma hora. Vamos voltar.

— Você lembra onde é? Porque eu não lembro...

— Por aqui.

Refizemos nossos passos. Fiquei feliz por finalmente encontrarmos o hotel, porque, para falar a verdade, eu também não sabia exatamente como voltar para lá. Não era difícil andar pela Strip, mas havia muita distração no meio do caminho, e Shepley estava definitivamente no modo "férias".

Procurei pela Abby nas mesas de pôquer, sabendo que era lá que ela estaria. Captei um vislumbre de seus cabelos caramelados — ela estava sentada, ereta e confiante, a uma mesa cheia de velhos, com America ao lado. As meninas faziam um contraste nítido com o restante das pessoas acampadas na área do pôquer.

Shepley me chamou de uma mesa de blackjack, e ficamos jogando para fazer hora.

Meia hora depois, ele cutucou meu braço. Abby estava de pé, conversando com um moreno de cabelos escuros, terno e gravata. Ele a segurava pelo braço, e me levantei de imediato.

Shepley agarrou minha camiseta.

— Se segura, Travis. Ele trabalha aqui. Dá um tempo. Você pode fazer nós quatro sermos chutados pra fora daqui se não se controlar.

Fiquei observando-os. Ele sorria, mas Abby parecia estar focada nos negócios. Então ele cumprimentou America.

— Elas conhecem o cara — falei, tentando ler os lábios para adivinhar a conversa. A única coisa que consegui discernir foi "jantar comigo" vindo do babaca de terno e Abby dizendo "estou acompanhada".

Shepley não conseguiu me segurar dessa vez, mas parei a alguns metros deles quando vi o cara beijar a bochecha da Abby.

— Foi bom te ver de novo. Até amanhã... às cinco, ok? Preciso estar aqui embaixo às oito — disse ele.

Meu estômago deu um nó e meu rosto parecia em chamas. Ao notar minha presença, America cutucou o braço da Abby.

— Quem era aquele cara? — perguntei.

Abby fez um sinal de cabeça na direção dele.

— Jesse Viveros. A gente se conhece há muito tempo.

— Quanto tempo?

Ela olhou de relance para sua cadeira vazia na mesa de pôquer.

— Travis, depois a gente conversa.

— Acho que ele desistiu da ideia de ser ministro batista — disse America, olhando para Jesse com um sorriso safado.

— É seu ex-namorado? — perguntei, instantaneamente com raiva. — Achei que você tinha dito que ele era do Kansas.

Abby desferiu à amiga um olhar impaciente e colocou a mão no meu queixo.

— Ele sabe que não tenho idade para estar aqui, Trav. Ele me deu até a meia-noite. Eu te explico tudo depois, mas agora tenho que voltar para o jogo, tudo bem?

Cerrei os dentes e fechei os olhos. Minha namorada tinha acabado de concordar em sair com o ex-namorado dela. Tudo dentro de mim queria ter um surto típico de Travis Maddox, mas Abby precisava que eu agisse como adulto naquele momento. Indo contra meus instintos, decidi deixar pra lá e me curvei para beijá-la.

— Tudo bem. Te vejo à meia-noite. Boa sorte.

Eu me virei, abrindo caminho em meio à multidão, e ouvi a voz de Abby aumentar pelo menos duas oitavas.

— Cavalheiros?

Isso me fez lembrar daquelas garotas que falavam como crianças para tentar atrair minha atenção, na esperança de soar inocentes.

— Não entendo por que ela teve que fazer um acordo com aquele Jesse — grunhi.

— Pra poder ficar aqui, não? — disse Shepley, novamente com o olhar fixo no teto.

— Existem vários outros cassinos. A gente podia simplesmente ir a um outro qualquer.

— Ela conhece as pessoas aqui, Travis. Provavelmente ela veio nesse aqui por saber que, se fosse pega, não seria entregue aos tiras. Ela tem uma carteira de identidade falsa, mas aposto que não ia demorar para ser reconhecida pelos seguranças. Esses cassinos pagam uma grana alta pra quem entrega golpistas, não é?

— Acho que sim — respondi, franzindo a testa.

Fomos encontrar as meninas na mesa, observando enquanto America coletava os ganhos da amiga.

Abby olhou para o relógio.

— Preciso de mais tempo.

— Quer ir tentar as mesas de blackjack?

— Não posso perder dinheiro, Trav.

Sorri.

— Você não consegue perder, Flor.

America balançou a cabeça.

— Blackjack não é o jogo dela.

— Ganhei um pouco — eu disse, afundando a mão no bolso. — Tenho seiscentos dólares. Pode ficar com o dinheiro.

Shepley também entregou suas fichas a Abby.

— Só consegui trezentos. São seus.

Ela suspirou.

— Valeu, pessoal. Mas ainda faltam cinco mil.

Ela olhou para o relógio de novo, depois ergueu a cabeça e viu Jesse se aproximando.

— Como se saiu? — ele perguntou, sorrindo.

— Ainda faltam cinco mil, Jess. Preciso de mais tempo.

— Fiz tudo que eu podia, Abby.

— Obrigada por me deixar ficar.

Ele abriu um sorriso desconfortável. Obviamente ele tinha tanto medo daquelas pessoas quanto a Abby.

— Talvez eu consiga fazer meu pai conversar com o Benny por você...

— Esse é um problema do Mick. Vou pedir a ele uma extensão do prazo.

Jesse balançou a cabeça.

— Você sabe que isso não vai acontecer, Docinho, não importa com quanto dinheiro você apareça. Se for menos do que ele deve, o Benny vai mandar alguém atrás dele. E você, fique o mais longe possível.

— Eu tenho que tentar — disse Abby, com a voz partida.

Ele deu um passo à frente, aproximando-se dela para manter a voz baixa.

— Entre em um avião, Abby. Está me ouvindo?

— Estou — ela retrucou.

Ele suspirou e fez cara de solidariedade, então abraçou Abby e beijou os cabelos dela.

— Sinto muito. Se eu não corresse o risco de perder o emprego, você sabe que eu tentaria pensar em alguma saída.

Os pelos na minha nuca se eriçaram, algo que só acontecia quando eu me sentia ameaçado e estava prestes a lançar toda minha fúria contra alguém.

Segundos antes de eu partir para cima dele, Abby se afastou do cara.

— Eu sei — disse ela. — Você fez o que pôde.

Ele ergueu o queixo dela com o dedo.

— Vejo você amanhã às cinco. — E se curvou para beijar o canto de sua boca, depois saiu andando.

Foi então que me dei conta de que meu corpo estava inclinado para frente, e Shepley mais uma vez me segurava pela camiseta, com os nós dos dedos brancos.

O olhar de Abby estava pregado no chão.

— O que é que tem às cinco? — perguntei, borbulhando de raiva.

— A Abby concordou em jantar com o Jesse se ele deixasse ela ficar aqui. Ela não teve escolha, Trav — disse America.

Abby ergueu seus grandes olhos para mim, se desculpando.

— Você tinha escolha — falei.

— Você já lidou com a máfia, Travis? Lamento se seus sentimentos estão feridos, mas um jantar de graça com um velho amigo não é um preço alto a se pagar para manter o Mick vivo.

Mantive o maxilar cerrado, me recusando a abrir a boca e deixar sair palavras das quais eu me arrependeria mais tarde.

— Vamos, pessoal, temos que encontrar o Benny — disse America, puxando Abby pelo braço.

Shepley caminhava ao meu lado enquanto seguíamos as meninas pela Strip até o prédio do Benny, que ficava a uma quadra das luzes brilhantes, em um lugar aonde o ouro não chegava. Abby fez uma pausa, depois subiu alguns degraus até uma porta grande e verde. Ela bateu, e segurei sua outra mão para impedi-la de tremer.

O porteiro apareceu na entrada. Ele era imenso — negro, parrudo e intimidante —, e o típico verme de Vegas estava parado ao seu lado. Correntes douradas, olhos desconfiados e uma pança de comer demais a comidinha da mamãe.

— Benny — Abby sussurrou.

— Ora, ora... Você não é mais a Lucky Thirteen, hein? O Mick não me contou que você tinha ficado tão bonita. Eu estava esperando por você, Docinho. Ouvi dizer que tem um pagamento para mim.

Ela assentiu, e Benny fez um gesto, apontando para o restante de nós.

— Eles estão comigo — disse ela, com a voz surpreendentemente forte.

— Receio que seus companheiros terão que esperar do lado de fora — disse o porteiro, em um tom grave incomum.

Peguei Abby pelo braço, usando meu ombro como proteção.

— Ela não vai entrar aí sozinha. Eu vou junto.

Benny olhou para mim por um instante, depois sorriu para o porteiro.

— É justo. O Mick vai ficar feliz em saber que você tem um amigo tão bom.

Entramos. Mantive a pegada firme no braço de Abby, certificando-me de ficar entre ela e a maior das ameaças: o porteiro. Seguimos Benny até um elevador, depois subimos quatro andares.

Quando as portas se abriram, vimos uma grande mesa de mogno. Benny foi mancando até sua cadeira revestida de veludo e se sentou, fazendo um gesto para que ocupássemos os dois assentos vazios do outro lado da mesa. Eu me sentei, mas a adrenalina fluía pelas minhas veias, tornando-me nervoso e inquieto. Eu conseguia ouvir e ver tudo na sala, inclusive os dois capangas nas sombras atrás da mesa do Benny.

Abby pegou minha mão e apertei de leve a dela, para confortá-la.

— O Mick me deve vinte e cinco mil. Acredito que você tenha o valor total — disse Benny, rabiscando algo em um bloco de notas.

— Pra falar a verdade — Abby fez uma pausa, pigarreando — faltam cinco mil, Benny. Mas eu tenho o dia todo amanhã para conseguir o restante. E cinco mil não é problema, certo? Você sabe que eu sou boa nisso.

— Abigail — Benny franziu o cenho —, assim você me decepciona. Você conhece minhas regras muito bem.

— Por... por favor, Benny. Estou pedindo que você pegue os dezenove mil e novecentos, e amanhã eu te trago o resto.

Os olhos pequenos e brilhantes de Benny se desviaram de Abby para mim, e então de volta para ela. Os capangas saíram da escuridão, e os pelos na minha nuca se arrepiaram de novo.

— Você sabe que não aceito nada além do valor total. O fato de você estar tentando me entregar menos que isso me diz algo. Sabe o quê? Que você não tem certeza se vai conseguir tudo.

Os capangas deram mais um passo à frente. Analisei os bolsos dos dois, à procura de qualquer forma sob suas roupas que pudesse significar algum tipo de arma. Ambos tinham facas, mas não percebi nenhuma arma de fogo, o que não queria dizer que eles não tivessem alguma enfiada na bota, mas eu duvidava que qualquer um deles fosse tão rápido quanto eu. Se fosse preciso, eu poderia tirar a arma deles e sair correndo como um raio dali.

— Eu posso conseguir o seu dinheiro, Benny — disse Abby, dando uma risadinha nervosa. — Ganhei oito mil e novecentos em seis horas.

— Então você está me dizendo que vai me trazer oito mil e novecentos em mais seis horas? — Benny abriu um sorriso diabólico.

— O prazo é só amanhã à meia-noite — falei, olhando de relance para trás e percebendo a aproximação dos homens que vinham das sombras.

— O... o que você está fazendo, Benny? — perguntou Abby, com a postura rígida.

— O Mick me ligou hoje. Ele me disse que você está cuidando da dívida dele.

— Estou fazendo um favor a ele. Eu não devo nenhum dinheiro a você — disse ela, austera.

Benny apoiou os cotovelos curtos e grossos na mesa.

— Estou pensando em ensinar uma lição ao Mick, e estou curioso para saber até onde vai a sua sorte, menina.

Por instinto, levantei com agilidade da cadeira, puxando Abby comigo, colocando-a atrás de mim e seguindo de costas em direção à porta.

— O Josiah está do lado de fora, meu jovem. Para onde exatamente você acha que vai fugir?

— Travis — disse Abby em tom de aviso.

Não teria mais conversa. Se eu deixasse um daqueles imbecis passar por mim, eles feririam Abby. Empurrei-a mais para trás de mim.

— Espero que você saiba, Benny, que, quando eu derrubar os seus homens, não é com a intenção de te desrespeitar. Mas eu estou apaixonado por essa moça e não posso deixar que você a machuque.

Benny irrompeu em uma risada cacarejante.

— Tenho que lhe dar algum crédito, meu filho. Você é o cara mais corajoso que já passou por essa porta. Vou te preparar para o que você está prestes a enfrentar. O camarada mais alto à sua direita é o David. Se ele não conseguir derrubar você a socos, vai usar a faca que tem no coldre. O homem à sua esquerda é o Dane, meu melhor lutador. Aliás, ele tem uma luta amanhã, e nunca perdeu nenhuma. Tome cuidado para não machucar as mãos, Dane. Apostei alto em você.

Dane sorriu para mim, com olhos selvagens e cheios de diversão.

— Sim, senhor.

— Benny, para com isso! Eu posso conseguir o dinheiro pra você! — Abby gritou.

— Ah, não... Isso está ficando interessante muito rápido — Benny deu uma risada abafada, se recostando na cadeira.

David veio para cima de mim. Ele era desajeitado e lento, e, antes que tivesse a chance de tentar pegar a faca, deixei-o incapacitado, dando-lhe uma joelhada certeira no nariz. Depois, desferi dois socos na cara de rato dele. Sabendo que não se tratava de uma luta de porão, que eu estava brigando para que Abby e eu saíssemos dali com vida, dei tudo de mim a cada golpe. A sensação era boa, como se cada ponta de raiva contida dentro de mim tivesse finalmente permissão de jorrar de uma vez. Mais dois socos e uma cotovelada depois, David estava no chão, caído em uma poça de sangue.

Benny jogou a cabeça para trás, rindo de um jeito histérico e socando a mesa, animado.

— Bom, vá em frente, Dane. Ele não assustou você, assustou?

Dane me abordou com mais cautela, com o foco e a precisão de um lutador profissional. Seu punho cerrado voou em direção ao meu rosto, mas desviei para o lado, golpeando-o com o ombro com toda a força. Caímos juntos para trás, de encontro à mesa de Benny.

O capanga me agarrou, me derrubando. Ele era mais rápido do que eu tinha previsto, mas não o bastante. Nós nos engalfinhamos no chão por um momento, enquanto eu ganhava tempo para conseguir uma boa pegada, mas então Dane conseguiu se levantar, posicionando-se para me esmurrar enquanto eu estava preso embaixo dele.

Agarrei as bolas do cara e as torci, o que foi um choque para ele, que gritou, fazendo uma pausa longa o suficiente para que eu me levantasse. Eu me ajoelhei sobre ele, segurando-o pelos cabelos, metendo um soco atrás do outro na lateral de sua cabeça. O rosto dele batia com força na mesa do Benny a cada golpe, então ele ficou de pé, desorientado e sangrando.

Observei-o por um instante, depois o ataquei novamente, deixando minha fúria fluir a cada golpe. Dane se esquivou uma vez e acertou meu maxilar com os nós dos dedos.

Ele podia até ser um bom lutador, mas o Thomas batia muito mais forte. Aquilo seria moleza.

Sorri e ergui o indicador.

— Essa foi a sua vez.

A risada irrefreada do Benny enchia a sala enquanto eu acabava com o capanga. Com o cotovelo, acertei bem o meio da cara dele, nocauteando-o antes de ele atingir o chão.

— Que jovem incrível! Simplesmente incrível! — disse Benny, batendo palmas, extasiado.

Agarrei Abby imediatamente, puxando-a para trás de mim, quando Josiah ocupou o vão da porta com sua estrutura física maciça.

— Devo cuidar disso, senhor? — ele perguntou.

A voz dele era rouca, mas inocente, como se estivesse apenas fazendo o único trabalho em que era bom e não desejasse realmente machucar nenhum de nós.

— Não! Não, não... — disse Benny, ainda dando risadinhas com meu desempenho. — Qual é o seu nome?

— Travis Maddox — respondi, respirando com dificuldade. Limpei na calça jeans as mãos sujas com o sangue de Dane e David.

— Travis Maddox, acredito que você possa ajudar a sua namoradinha aqui a sair dessa encrenca.

— E como seria isso? — arfei.

— O Dane tinha uma luta amanhã à noite. Eu apostei alto nele, mas não me parece que ele esteja em condições de lutar tão cedo. Sugiro que você assuma o lugar dele e ganhe uma grana pra mim, e eu perdoo os cinco mil e cem restantes da dívida do Mick.

Eu me virei para Abby.

— Beija-Flor?

— Você está bem? — ela perguntou, limpando o sangue do meu rosto.

Ela mordeu o lábio e fez uma careta. Seus olhos se encheram de lágrimas.

— O sangue não é meu, baby. Não precisa chorar.

Benny se levantou.

— Sou um homem ocupado, meu filho. Topa ou passa?

— Topo — falei. — É só me dar as coordenadas e estarei lá.

— Você vai lutar com o Brock McMann. Ele não é nenhuma mocinha. Foi expulso do UFC no ano passado.

Eu o conhecia de nome.

— É só me dizer onde preciso estar.

Benny me deu as informações, então um sorriso de tubarão se espalhou em seu rosto.

— Eu gosto de você, Travis. Acho que seremos bons amigos.

— Duvido — respondi.

Abri a porta para Abby e mantive uma posição protetora ao seu lado até sairmos pela porta da frente.

— Meu Deus! — America gritou ao ver o sangue cobrindo minhas roupas. — Vocês estão bem?

Ela agarrou Abby pelos ombros e analisou o rosto da amiga.

— Estou bem. Só mais um dia no escritório. Para nós dois — disse Abby, secando as lágrimas.

De mãos dadas, fomos correndo até o hotel, com Shepley e America atrás.

A única pessoa que pareceu notar minhas roupas cobertas de sangue foi um garoto no elevador.

Assim que chegamos ao quarto, me despi e entrei no banho para lavar aquela coisa sórdida de mim.

— Que diabos aconteceu lá? — Shepley por fim perguntou.

Eu podia ouvir as vozes murmuradas dos três enquanto ficava debaixo do chuveiro, relembrando a última hora. Por mais apavorante que fosse saber que Abby estava correndo perigo real, a sensação de ir com tudo para cima dos dois capangas do Benny foi incrível pra cacete. Era a melhor droga que existia.

Eu me perguntava se eles já haviam acordado, ou se o Benny simplesmente os tinha arrastado para fora e os largado num beco.

Uma estranha calma tomou conta de mim. Socar repetidas vezes aqueles caras foi uma válvula de escape para toda a raiva e a frustração que eu havia acumulado durante anos, e agora eu me sentia quase normal.

— Eu vou matar o Mick! Vou matar aquele filho da puta! — gritou America.

Desliguei o chuveiro e enrolei uma toalha em torno da cintura.

— Um dos caras que eu derrubei tinha uma luta amanhã à noite — falei para o Shepley. — Vou assumir o lugar dele e, em compensação, o Benny vai perdoar os cinco mil que faltam da dívida do Mick.

America se levantou.

— Isso é ridículo! Por que estamos ajudando o Mick, Abby? Ele te jogou aos lobos! Eu vou *matar* o Mick!

— Não se eu matar primeiro — eu disse, borbulhando de raiva.

283

— Entrem na fila — disse Abby.

Shepley se remexia, nervoso.

— Então você vai lutar amanhã?

Assenti.

— Num lugar chamado Zero's. Às seis horas. É com o Brock McMann, Shep.

Ele balançou a cabeça.

— De jeito nenhum. Nem ferrando, Trav! O cara é um maníaco!

— É — falei —, mas ele não está lutando pela garota dele, não é? — Abracei Abby e beijei o topo de sua cabeça. Ela ainda tremia. — Você está bem, Beija-Flor?

— Isso é errado. Isso é errado em tantos sentidos. Não sei com qual deles devo tentar te convencer a não fazer isso.

— Você não me viu hoje? Vou ficar bem. Eu já vi o Brock lutar. O cara é duro na queda, mas não é imbatível.

— Eu não quero que você faça isso, Trav.

— Bom, eu não quero que você vá jantar com seu ex-namorado amanhã à noite. Acho que nós dois vamos ter que fazer algo desagradável para salvar a pele do seu pai imprestável.

21
MORTE LENTA

Shepley se sentou ao meu lado na sala pequena, mas bem iluminada. Era a primeira vez que eu lutaria fora de um porão. O público seria composto pelo submundo de Vegas: moradores locais, mafiosos, traficantes e suas acompanhantes gostosas. A multidão do lado de fora da salinha era um exército negro, cada vez mais alto, e com muito mais sede de sangue. Eu estaria cercado por uma gaiola, em vez de por pessoas.

— Eu ainda acho que você não devia fazer isso — disse America, do outro lado da sala.

— Agora não, baby — Shepley respondeu. Ele estava me ajudando a prender a bandagem nas mãos.

— Você está nervoso? — ela perguntou. America estava quieta, algo que não lhe era característico.

— Não, mas estaria melhor se a Flor estivesse aqui. Você sabe dela?

— Vou mandar uma mensagem. Ela vai chegar a tempo.

— Ela amava aquele cara? — eu quis saber, me perguntando no que consistiria a conversa deles no jantar. Obviamente ele não era nenhum pastor, e eu não sabia o que ele esperava em troca de seu favor.

— Não — respondeu America. — Pelo menos ela nunca disse que amava. Eles cresceram juntos, Travis. O Jesse foi a única pessoa com quem ela pôde contar por um bom tempo.

Eu não tinha certeza se isso me fazia sentir melhor ou pior.

— Ela respondeu sua mensagem?

— Ei — disse Shepley, me dando um tapinha na bochecha. — Ei! O Brock McMann está te esperando. Sua cabeça precisa estar cem por cento nisso aqui. Para de dar uma de maricas e se concentra!

Assenti, tentando me lembrar das vezes em que vira o Brock lutar. Ele tinha sido expulso do UFC por golpes proibidos, além de rumores de que havia confrontado o presidente da organização. Já fazia um tempo, mas ele era conhecido como um cara que lutava sujo e fazia merdas ilegais quando o juiz não estava olhando. O elemento-chave seria evitar ir para o chão. Se ele travasse as pernas em mim, as coisas poderiam ir por água abaixo bem rápido.

— Você vai evitar riscos, Trav. Deixe ele atacar primeiro. Meio que do mesmo jeito que você lutou quando estava tentando ganhar a aposta com a Abby. Você não vai lutar com um renegado qualquer de faculdade. Isso aqui não é o Círculo, e você não precisa dar show para a galera.

— O cacete que não.

— Você precisa vencer, Travis. Você está lutando pela Abby, não se esqueça disso.

Concordei com a cabeça. Shepley estava certo. Se eu perdesse, Benny não conseguiria seu dinheiro, e Abby ainda estaria em perigo.

Um homem alto e grande de terno e cabelos ensebados entrou na salinha.

— Sua vez. Seu treinador pode ficar com você na gaiola, mas as garotas... Onde está a outra?

Formou-se uma linha entre minhas sobrancelhas.

— Ela está vindo.

— Elas têm assentos reservados no fim da segunda fileira, no seu corner.

Shepley se virou para America.

— Vou levar você até lá. — Então olhou para o cara de terno. — Ninguém encosta nela. Porra, eu mato a primeira pessoa que fizer isso.

O cara abriu um sorriso tênue.

— O Benny já falou: nada de distrações. Vamos ficar de olho nelas o tempo todo.

Shepley assentiu e estendeu a mão para America, que a pegou, e eles me seguiram em silêncio pela porta.

As vozes amplificadas dos mestres de cerimônias ecoavam pelos imensos alto-falantes posicionados em cada canto da vasta sala, que se parecia com uma pequena casa de shows. Havia ali, por baixo, umas mil pessoas, e todas estavam em pé, torcendo ou me olhando com desconfiança enquanto eu entrava.

O portão da gaiola se abriu e entrei.

Shepley ficou observando enquanto o cara de terno levava America até a cadeira e, assim que se convenceu de que ela estava bem, se virou para mim.

— Lembre-se: seja esperto. Deixe ele atacar primeiro. O objetivo é vencer pela Abby.

Assenti.

Segundos depois, uma música alta soou nos alto-falantes, e as arquibancadas explodiram em frenesi. Brock McMann apareceu sob a luz dos refletores que iluminavam a expressão severa de seu rosto. Ele tinha um séquito que mantinha os espectadores afastados enquanto ele dava pulinhos para soltar os músculos. Eu me dei conta de que era bem provável que ele estivesse treinando para aquela luta havia semanas — se não meses.

Pra mim tudo bem. Eu tinha apanhado dos meus irmãos a vida toda. Tive muito treinamento.

Olhei para America. Ela deu de ombros e eu franzi a testa. A maior luta da minha vida estava a minutos de começar e Abby não estava lá. Assim que me voltei para ver o Brock entrar na gaiola, ouvi a voz do Shepley.

— Travis! Travis! Ela chegou!

Eu me virei, procurando com desespero por Abby, e a vi descendo os degraus em velocidade máxima. Ela parou bem perto da gaiola, batendo as mãos na grade.

— Estou aqui! Estou aqui — disse ela, meio sem fôlego.

Nós nos beijamos pelo buraco da grade, e ela segurou meu rosto com os dedos que conseguiu fazer passar por ali.

— Eu te amo. — Ela balançou a cabeça. — Você não precisa fazer isso.

Sorri.

— Preciso sim.

— Vamos logo com isso, Romeu. Eu não tenho a noite toda — disse Brock do outro lado.

Eu não me virei, mas Abby olhou para ele por cima do meu ombro. Quando o viu, suas bochechas ficaram vermelhas de raiva e sua expressão ficou fria. Menos de um segundo depois, seus olhos se voltaram para mim, cálidos novamente. Ela abriu um sorriso maroto.

— Ensine bons modos a esse babaca.

Dei uma piscadela e sorri.

— Como você quiser, baby.

Brock me encontrou no centro do ringue, em posição de combate.

— Seja esperto! — Shepley gritou.

Eu me inclinei para sussurrar no ouvido do meu oponente.

— Eu só quero que você saiba que sou um grande fã seu, mesmo você sendo meio babaca e trapaceiro. Então não leve para o lado pessoal quando você for nocauteado essa noite.

O maxilar quadrado se mexia com violência sob sua pele, e seus olhos se acenderam — não de raiva, mas de confusão e espanto.

— Seja *esperto*, Travis! — Shepley gritou de novo, vendo a expressão em meus olhos.

O gongo soou e, de imediato, parti para o ataque. Usando cada partícula de força que eu tinha, liberei a mesma fúria que tinha soltado para cima dos capangas do Benny.

Brock cambaleou para trás, tentando se posicionar para manter a guarda ou me dar um chute, mas não lhe dei tempo de fazer nenhum dos dois, usando ambos os punhos cerrados para derrubá-lo.

Foi um alívio extraordinário não precisar me conter. Desfrutando da pura adrenalina que me rasgava, esqueci de mim mesmo, e Brock se esquivou do meu golpe, voltando com um gancho de direita. Seus murros tinham muito mais potência que os dos amadores com quem eu lutava na faculdade — e isso era incrível pra cacete. Lutar contra ele me trouxe lembranças de alguns dos mais sérios desentendimentos que tive com meus irmãos, quando as palavras se agravavam até dar lugar à porrada.

Eu me senti em casa trocando socos com Brock; naquele momento, minha fúria tinha um propósito e um lugar.

A cada vez que ele me acertava um golpe, isso só servia para amplificar minha adrenalina, e eu podia sentir meus já potentes socos ganhando ainda mais energia.

Ele tentou me derrubar para lutarmos no chão, mas plantei os pés em uma posição meio agachada, me estabilizando diante de seus movimentos desesperados para me tirar o equilíbrio. Enquanto ele dava socos por toda parte, minha mão cerrada entrava em contato com sua cabeça, seus ouvidos e suas têmporas diversas vezes.

A fita outrora branca em volta dos meus dedos agora estava vermelha, mas eu não sentia dor, apenas o puro prazer de liberar todas as emoções negativas que vinham pesando sobre mim por tanto tempo. Lembrei de como foi relaxante detonar os homens do Benny. Ganhando ou perdendo, eu estava ansioso para ver que tipo de pessoa me tornaria depois dessa luta.

O juiz, Shepley e o treinador do Brock me cercaram, me puxando e me afastando do meu oponente.

— O gongo, Travis! Para! — disse Shepley.

Ele me arrastou para um dos cantos, e Brock foi puxado para o outro. Eu me virei para olhar para Abby. Ela estava contorcendo as mãos, mas seu largo sorriso me dizia que estava tudo bem. Pisquei um olho para ela, que me respondeu com um beijo soprado. Aquele gesto me encheu de energia de novo, e voltei ao centro da gaiola com determinação renovada.

Mais uma vez o sino tocou, e o ataquei novamente, dessa vez tomando mais cuidado para me esquivar, não apenas socar. Uma ou duas vezes, Brock me envolveu com os braços, respirando com dificuldade, e tentou me morder ou me dar uma joelhada no saco. Eu só tive que empurrá-lo para longe e atingi-lo com mais força.

No terceiro round, Brock cambaleou, deu um murro e errou. Ele estava ficando rapidamente sem energia. Eu também estava exausto, dando mais pausas entre os golpes. A adrenalina que antes irrompia pelo meu corpo parecia ter sido drenada, e minha cabeça estava começando a latejar.

Brock me acertou um soco, depois outro. Bloqueei um terceiro e então, pronto para acabar com aquilo, fui para a matança. Com a força que me restava, esquivei-me do joelho dele e me virei num giro, plantando o cotovelo bem no meio do seu nariz. Sua cabeça voou para trás, olhando para o teto, então ele deu alguns passos e caiu.

O barulho da multidão era ensurdecedor, mas eu só conseguia ouvir uma voz.

— Ah, meu Deus! É isso aí, baby! — Abby gritava.

O juiz foi dar uma olhada no Brock, depois veio até mim e ergueu meu braço. Shepley, America e Abby entraram no ringue e se agruparam ao meu redor. Levantei Abby nos braços e plantei os lábios nos dela.

— Você conseguiu — ela disse, segurando meu rosto com as mãos.

A comemoração foi interrompida quando Benny e um bando novo em folha de guarda-costas entraram na gaiola. Coloquei Abby no chão e entrei na frente dela, assumindo uma posição defensiva.

Benny era todo sorrisos.

— Muito bem, Maddox. Você salvou o dia. Se tiver um minuto, eu gostaria de conversar com você.

Voltei o olhar para Abby, que me agarrou pela mão.

— Tá tudo bem. A gente se encontra na saída — falei, apontando com a cabeça para a porta mais próxima. — Em dez minutos.

— Dez? — ela perguntou, com um olhar preocupado.

— Dez — confirmei, beijando sua testa. Olhei para o Shepley. — Fique de olho nas meninas.

— Acho que eu devia ir com você.

Eu me inclinei para falar no ouvido dele.

— Se eles quiserem matar a gente, Shepley, não tem muita coisa que a gente possa fazer. Acho que o Benny tem alguma outra coisa em mente. — Eu me afastei e dei um tapa no braço dele. — Te vejo em dez minutos.

— Não em onze nem em quinze. *Dez* minutos — disse Shepley, afastando Abby, que estava relutante em me deixar.

Acompanhei Benny até a sala em que tinha ficado esperando antes da luta. Para minha surpresa, ele fez com que seus homens aguardassem do lado de fora.

Ele esticou os braços, fazendo um gesto ao redor.

— Achei que assim seria melhor. Pra você ver que nem sempre eu sou esse... cara mau pelo qual me fazem passar.

A linguagem corporal e o tom de voz dele estavam relaxados, mas mantive os ouvidos e os olhos abertos para quaisquer surpresas.

Benny sorriu.

— Eu tenho uma proposta pra você, filho.

— Eu não sou seu filho.

— É verdade — ele concordou. — Mas, depois que eu lhe oferecer cento e cinquenta mil por luta, acho que você pode desejar ser.

— Que luta? — eu quis saber.

Imaginei que ele diria que Abby ainda lhe devia dinheiro; não fazia a mínima ideia de que ele tentaria me oferecer um emprego.

— É óbvio que você é um jovem muito feroz e talentoso. Seu lugar é naquela gaiola. Posso fazer isso acontecer... e também posso tornar você um homem muito rico.

— Estou ouvindo.

O sorriso dele se alargou.

— Vou agendar uma luta por mês.

— Eu ainda estou na faculdade.

Ele deu de ombros.

— Daremos um jeito de marcar as lutas de acordo com o seu cronograma na faculdade. Se você quiser, trago você e a Abby pra cá de primeira classe nos fins de semana. Mas, ganhando dinheiro assim, talvez você até decida dar um tempo na escola.

— Seis dígitos por luta? — Fiz as contas, tentando não demonstrar minha surpresa. — Para lutar e o que mais?

— É isso aí, garoto. Para lutar. E fazer com que eu ganhe dinheiro.

— Só lutar... e posso parar quando eu quiser.

Ele sorriu.

— Bem, claro que sim, mas eu não vejo isso acontecendo tão cedo. Você ama isso. Eu vi. Você estava embriagado com a violência naquela gaiola.

Fiquei parado por um instante, ruminando sobre a oferta.

— Preciso pensar. Me deixe falar com a Abby.

— É justo.

Coloquei as malas sobre a cama e me joguei ao lado delas. Eu havia mencionado a oferta do Benny à Abby, mas ela não estava nem um pouco receptiva. Assim, o voo de volta foi um pouco tenso, por isso decidi deixar quieto até chegarmos em casa.

Abby estava secando o Totó depois de dar banho nele. Ele tinha ficado com o Brazil, e ela estava indignada com o cheiro do cachorrinho.

— Ah! Agora sim! — Ela dava risadinhas enquanto ele se sacudia, borrifando água nela e no chão. Ele ficou apoiado nas patas traseiras, cobrindo o rosto dela com minúsculos beijos de filhote. — Também senti sua falta, bonitinho.

— Beija-Flor? — chamei-a, nervoso, torcendo os dedos.

— O quê? — disse ela, esfregando Totó com uma toalha amarela.

— Eu quero fazer isso. Quero lutar em Vegas.

— Não — ela disparou, sorrindo para a carinha feliz do cachorro.

— Você não está me ouvindo. Eu vou fazer isso. Daqui a alguns meses você vai ver que tomei a decisão certa.

Ela ergueu o olhar para mim.

— Você vai trabalhar para o Benny?

Assenti, nervoso, e então sorri.

— Eu só quero cuidar de você, Flor.

Lágrimas embaçaram seus olhos.

— Eu não quero nada comprado com esse dinheiro, Travis. Não quero nada que tenha a ver com o Benny, nem com Vegas, nem com nada daquilo.

— Você não via problema algum em comprar um carro com o dinheiro das minhas lutas aqui.

— É diferente, e você sabe.

Franzi a testa.

— Vai ficar tudo bem, Flor. Você vai ver.

Ela ficou me observando por um instante, depois suas bochechas ficaram vermelhas.

— Então por que você me perguntou, Travis? Se ia trabalhar para o Benny não importando o que eu dissesse?

— Porque quero o seu apoio, mas é muito dinheiro para recusar. Eu seria louco de dizer não.

Ela fez uma pausa por um bom tempo, deixou os ombros penderem e então assentiu.

— Tudo bem, então. Você tomou sua decisão.

Minha boca se esticou em um largo sorriso.

— Você vai ver, Beija-Flor. Vai ser o máximo! — Levantei da cama, fui andando até ela e beijei seus dedos. — Estou morrendo de fome, e você?

Ela negou com a cabeça.

Beijei a testa dela antes de ir até a cozinha. Meus lábios entoavam um som animado de uma canção qualquer enquanto eu apanhava duas fatias de pão e um pouco de salame e queijo. *Cara, ela não sabe o que está perdendo*, pensei, apertando a mostarda sobre as fatias.

Terminei de comer em três mordidas, depois fiz o lanche descer com cerveja, me perguntando o que mais tinha lá para comer. Eu não havia me dado conta de como meu corpo estava ansioso por comida até chegarmos em casa. Além da luta, o nervosismo provavelmente também tinha algo a ver com isso. Agora que Abby tinha conhecimento dos meus planos e estava tudo certo, a tensão dera lugar ao apetite.

Ela atravessou o corredor e entrou na sala com a mala na mão. Não olhou para mim quando se encaminhou à porta da frente.

— Beija-Flor? — chamei.

Fui caminhando até a porta, que ainda estava aberta, e vi Abby se aproximar do Honda da America.

Quando ela não respondeu ao meu chamado, desci as escadas correndo e cruzei o gramado, onde estavam Shepley, America e Abby.

— O que você está fazendo? — perguntei, apontando para a mala.

Ela deu um sorriso sem graça, e ficou óbvio que algo não estava certo.

— Flor?

— Vou levar minhas coisas até o Morgan. Lá eles têm todas aquelas lavadoras e secadoras, e eu tenho uma quantidade enorme de roupa suja para lavar.

Franzi a testa.

— Você ia embora sem me falar nada?

— Ela ia voltar, Trav. Você é tão paranoico — disse America.

— Ah — falei, ainda inseguro. — Você vai ficar aqui hoje à noite?

— Não sei. Depende de quando vou terminar de lavar e secar minhas roupas.

Embora eu soubesse que ela provavelmente ainda estava se sentindo desconfortável com minha decisão sobre o Benny, deixei isso pra lá e a puxei para junto de mim.

— Em três semanas, vou pagar pra alguém lavar e secar suas roupas. Ou você pode simplesmente jogar fora as roupas sujas e comprar novas.

— Você vai lutar para o Benny de novo? — perguntou America, chocada.

— Ele me fez uma oferta irrecusável.

— Travis... — Shepley começou.

— Não venham pra cima de mim com essa também. Se não mudei de ideia pela Flor, não vai ser por vocês.

America trocou olhares de relance com Abby.

— Bom, é melhor a gente ir, Abby. Vai levar uma eternidade pra você lavar e secar essa pilha de roupas.

Eu me inclinei para beijar seus lábios. Ela me puxou e me beijou com ardor, fazendo com que eu me sentisse um pouco melhor em relação a sua inquietação.

— A gente se vê depois — falei, segurando a porta do carro aberta enquanto ela se sentava no banco do passageiro. — Eu te amo.

Shepley ergueu a mala dela e a colocou no porta-malas do Honda, e America ocupou seu lugar, esticando a mão para puxar o cinto de segurança.

Fechei a porta da Abby e cruzei os braços junto ao peito.

Shepley ficou parado ao meu lado.

— Você não vai lutar para o Benny de verdade, vai?

— É muito dinheiro, Shepley. Seis dígitos por luta.

— *Seis* dígitos?

— Você conseguiria dizer não?

— Eu diria se achasse que a America ia me largar por causa disso.

Dei risada.

— A Abby não vai me *largar* por causa disso.

America saiu de marcha a ré do estacionamento, e notei lágrimas escorrendo pelas bochechas da Abby.

Eu me apressei até a janela do lado dela, batendo de leve no vidro.

— O que aconteceu, Flor?

— Vai, Mare — ela disse, secando os olhos.

Fui correndo ao lado do carro, batendo com força na janela. Abby não olhava para mim, e um terror absoluto penetrou meus ossos.

— Beija-Flor? America! Para a merda desse carro! Abby, não faz isso! America virou na rua principal e acelerou.

Saí correndo como louco atrás delas, mas, quando o Honda estava quase fora do meu campo de visão, me virei e fui até a minha Harley. Enfiei a mão no bolso para pegar as chaves e pulei no banco da moto.

— Travis, não faz isso — Shepley avisou.

— Porra, ela está me largando, Shep! — gritei, dando partida na moto e acelerando ao máximo, voando rua abaixo.

America tinha acabado de fechar a porta do carro quando entrei no estacionamento do Morgan Hall. Quase deixei a moto cair quando parei e não consegui baixar o estribo lateral na primeira tentativa. Corri até o Honda e, desajeitado, abri a porta do passageiro. America cerrou os dentes, preparada para meu ataque.

Olhei para a estrutura do edifício do Morgan, sabendo que Abby estava em algum lugar ali dentro.

— Você tem que me deixar entrar, Mare — implorei.

— Sinto muito. — Ela deu ré e saiu do estacionamento.

Tão logo subi correndo os degraus, dois por vez, uma garota que eu nunca tinha visto estava saindo. Segurei a porta, mas ela bloqueou meu caminho.

— Você não pode entrar sem uma moradora.

Tirei as chaves da moto do bolso e as chacoalhei diante de seu rosto.

— Minha namorada, Abby Abernathy, deixou as chaves do carro dela no meu apartamento. Só estou passando aqui pra devolver.

A garota assentiu, incerta, e saiu do meu caminho.

Pulando vários degraus de uma vez, cheguei enfim ao andar da Abby e à porta de seu quarto. Inspirei algumas vezes.

— Flor? — chamei, tentando não falar alto. — Você tem que me deixar entrar, baby. Precisamos conversar sobre isso.

Ela não respondeu.

— Beija-Flor, por favor. Você está certa. Eu não te dei ouvidos. Vamos sentar e discutir isso um pouco mais, tá? Eu só... Por favor, abre a porta. Você está me deixando apavorado.

— Vai embora, Travis — disse Kara lá de dentro.

Soquei a porta com a lateral do punho cerrado.

— Flor? Abre a porra dessa porta! Não vou embora até você falar comigo! Beija-Flor!

— *Que foi?* — Kara grunhiu, abrindo a porta. Ela empurrou os óculos para cima e fungou. Para uma garota tão pequena, ela tinha uma expressão bem severa.

Suspirei, aliviado porque ao menos eu poderia ver minha namorada. Olhando além do ombro da Kara, notei que ela não se encontrava em minha linha de visão.

— Kara — pedi, tentando manter a calma. — Fala pra Abby que preciso conversar com ela, por favor.

— Ela não está aqui.

— Ela está aqui — falei, perdendo rapidamente a paciência.

Ela ficou alternando o peso do corpo entre uma perna e outra.

— Eu não vi a Abby essa noite. Pra falar a verdade, não vejo faz vários dias.

— Eu sei que ela está aí! — berrei. — Beija-Flor?

— Ela não... *Ei!* — disse ela, quando a empurrei com o ombro para entrar no quarto.

A porta bateu na parede. Puxei a maçaneta e olhei atrás da porta, depois dentro dos armários e até debaixo da cama.

— Beija-Flor! Onde ela está?

— Eu não sei! — Kara gritou.

Fui até o corredor, olhando em ambas as direções, e Kara bateu a porta com tudo depois que saí, então ouvi o clique da trava.

Eu senti a parede fria nas costas e de repente me dei conta de que estava sem casaco. Escorregando lentamente até o chão na parede de concreto, cobri o rosto com as mãos. Abby podia me odiar naquele momento, mas ela teria que voltar para casa em algum ponto.

Depois de vinte minutos, peguei meu celular e enviei uma mensagem a ela.

Flor, por favor. Eu sei q vc tá brava, mas ainda podemos conversar sobre isso.

E depois mais uma.

Vem pra casa, por favor.

E outra.

Por favor? Eu te amo.

Ela não respondeu. Esperei mais meia hora, então mandei mais mensagens.

Tô no Morgan, vc pode pelo menos me ligar p/ dizer se vai voltar pra cá hj?

Beija-Flor, desculpa, porra. Pfv, vem pra casa. Preciso t ver.

Vc sabe q ñ sou eu quem tá sendo irracional aqui. Vc podia ao menos me responder.

porra ñ mereço isso, tá eu sou um merda por achar q poderia resolver todos os nossos problemas com dinheiro, mas pelo menos não saio correndo toda vez q temos um

desculpa, eu ñ quis dizer isso

o q vc quer q eu faça? faço o q vc quiser, ok? Só, pfv, fala cmg.

isso é uma merda

estou apaixonado por vc. ñ entendo como vc pode simplesmente cair fora

Logo antes do nascer do sol, quando eu tinha certeza de que tinha sido um completo babaca e era bem provável que Abby me achasse um louco, me levantei do chão. O fato de os seguranças não terem aparecido em momento algum para me escoltar para fora era inacreditável, mas, se eu ainda estivesse sentado no corredor quando as garotas começassem a sair para as aulas, essa sorte muito provavelmente teria fim.

Depois de descer as escadas derrotado, subi na moto e, embora a camiseta fosse a única coisa que separasse minha pele do ar frígido do inverno, ignorei-o. Na esperança de ver Abby na aula de história, fui direto degelar minha pele sob uma ducha quente.

Shepley ficou parado na porta do meu quarto enquanto eu me vestia.

— O que você quer, Shep?

— Você conversou com ela?

— Não.

— De jeito nenhum? Nem por mensagem? Nada?

— Eu disse que não — retruquei.

— Trav — ele suspirou. — Acho que ela não vai estar na aula hoje. Não quero que eu e a America fiquemos no meio disso, mas foi o que ela disse.

— Talvez ela esteja — falei, fechando a fivela do cinto. Passei a colônia predileta de Abby, vesti meu casaco e peguei minha mochila.

— Aguenta aí, eu te levo.

— Não, vou de moto.

— Por quê?

— Caso ela concorde em voltar comigo para o apartamento, pra gente conversar.

— Travis, acho que está na hora de você considerar o fato de que talvez ela não...

— Cala a porra da sua boca, Shep — falei, olhando de relance na direção dele. — Só dessa vez, não seja tão racional. Não tente me salvar. Só seja meu amigo, tá?

Ele assentiu.

— Pode deixar.

America saiu do quarto dele, ainda de pijama.

— Travis, está na hora de desencanar. Acabou para ela no segundo em que você deixou claro que iria trabalhar para o Benny.

Quando não respondi, ela continuou:

— Travis...

— Para. Sem querer ofender, Mare, mas eu nem consigo olhar pra sua cara agora.

Sem esperar por resposta, bati a porta atrás de mim. Atos teatrais eram bons só para aliviar um pouco da ansiedade que eu sentia em relação a ver a Abby. Era melhor que ficar de quatro, em pânico no meio da sala de aula, implorando que ela voltasse. Não que eu não fosse tão longe caso isso se fizesse necessário para que ela mudasse de ideia.

Caminhar lentamente até a sala de aula e até subir de escada não me impediu de chegar meia hora mais cedo. Eu tinha esperanças de que Abby aparecesse na aula e que tivéssemos tempo para conversar antes, mas, quando o pessoal da aula anterior começou a sair, ela ainda não estava lá.

Eu me sentei ao lado de sua carteira vazia e fiquei mexendo no meu bracelete de couro enquanto os outros alunos entravam na sala e ocupavam seus lugares. Para eles, era apenas mais um dia. Observar o mundo deles continuar enquanto o meu chegava ao fim era perturbador.

Exceto por alguns retardatários entrando de fininho atrás do sr. Chaney, todo mundo estava lá — todo mundo, menos Abby. O professor abriu seu livro, cumprimentou a classe e começou a aula. Suas palavras pareciam um borrão enquanto meu coração nocauteava o peito, inchando mais a cada respiração. Cerrei os dentes e meus olhos ficaram marejados ao pensar em Abby com outro cara, aliviada por estar longe de mim, o que amplificou minha raiva.

Eu me levantei e olhei fixo para a carteira vazia da Abby.

— Hum... sr. Maddox? Está se sentindo bem? — perguntou o sr. Chaney.

Chutei a carteira dela e depois a minha, mal percebendo os sustos e os gritos dos alunos que me observavam.

— PUTA QUE PARIU! — gritei, chutando minha carteira de novo.

— Sr. Maddox — disse o professor em um tom estranhamente calmo. — Acho que é melhor o senhor ir tomar um ar.

Fiquei parado ao lado das carteiras tombadas, respirando com dificuldade.

— Saia da minha sala, Travis. Agora — Chaney ordenou, dessa vez com um tom mais firme de voz.

Puxei com força minha mochila do chão e abri a porta com tudo, ouvindo o som da madeira batendo na parede atrás dela.

— Travis!

O único detalhe que registrei foi que a voz era feminina. Eu me virei, esperando por meio segundo que fosse Abby.

Megan veio lentamente pelo corredor, parando ao meu lado.

— Achei que você tinha aula. — Ela sorriu. — Vai fazer alguma coisa interessante esse fim de semana?

— Do que você precisa?

Ela ergueu uma sobrancelha, os olhos brilhando em reconhecimento.

— Eu te conheço. Você está puto. As coisas não deram certo com a freirinha?

Não respondi.

— Eu podia ter lhe dito isso. — Ela deu de ombros, então deu um passo para chegar mais perto de mim, sussurrando tão próxima do meu ouvido que seus lábios carnudos roçaram minha orelha. — Nós somos iguais, Travis: não somos bons para ninguém.

Voltei rapidamente os olhos para os dela, depois desci para os lábios e voltei para os olhos. Ela se inclinou com seu sorrisinho sexy, sua marca registrada.

— Cai fora, Megan — disparei.

O sorriso dela sumiu, e saí andando.

22
BOM PARA NINGUÉM

A semana seguinte pareceu interminável. America e eu decidimos que seria melhor se ela ficasse no Morgan por um tempo. Relutante, Shepley acabou concordando. Abby perdeu três dias de aulas de história e arranjou outro lugar que não o refeitório para comer. Tentei encontrá-la depois de algumas de suas aulas, mas ou ela não estava indo, ou saía mais cedo. E não atendia minhas ligações.

Shepley me garantiu que Abby estava bem, que nada havia acontecido com ela. Por mais agonizante que fosse saber que eu estava a dois graus de separação dela, teria sido pior cortar todos os laços e não fazer a mínima ideia nem se ela estava viva ou morta. Mesmo parecendo que ela não queria nada comigo, eu não conseguia deixar de nutrir esperanças de que, em algum momento, ela acabasse me perdoando, ou começasse a sentir tanto a minha falta quanto eu sentia a dela e aparecesse no apartamento. Pensar em nunca mais vê-la era doloroso demais, então decidi continuar à espera.

Na sexta-feira, Shepley bateu na minha porta.

— Entra — falei da cama, com o olhar fixo no teto.

— Vai sair hoje à noite, camarada?

— Não.

— Você devia ligar para o Trent. Tomar umas e desligar a mente dos problemas por um tempo.

— Não.

Ele suspirou.

— Escuta, a America está vindo pra cá, mas... Eu odeio fazer isso com você... mas você não pode ficar enchendo o saco dela por causa da Abby.

Eu quase não consegui convencer ela a vir. Ela só quer ficar no meu quarto. Tudo bem?

— Tá.

— Liga pro Trent. E você precisa comer alguma coisa e tomar banho. Sua aparência está uma merda.

Com isso, Shepley encostou a porta, que ainda não fechava direito por causa da vez em que a derrubei aos chutes. Toda vez que alguém a fechava, me vinha à mente o dia em que destruí o apartamento porque a Abby me deixou, e o fato de que ela voltou não muito tempo depois.

Cerrei os olhos, porém, como todas as outras noites naquela semana, não consegui dormir. Era insano pensar que pessoas como Shepley passavam por esse tormento repetidas vezes com garotas diferentes. Se eu conhecesse alguém novo depois da Abby, mesmo se a garota estivesse à altura dela, eu não conseguia imaginar entregar meu coração de novo. Não para sentir tudo aquilo outra vez. Era como uma morte lenta. No fim, eu estava certo o tempo todo.

Vinte minutos depois, pude ouvir a voz da America na sala de estar. Os sons deles conversando baixinho, enquanto se escondiam de mim no quarto do Shepley, ecoavam por todo o apartamento.

Até mesmo a voz da America era demais para aguentar. Era excruciante saber que ela provavelmente havia acabado de falar com a Abby.

Eu me forcei a levantar e ir até o banheiro para tomar uma ducha e fazer outros rituais básicos de higiene que eu havia negligenciado durante a última semana. A voz da America foi afogada pela água, mas, no segundo em que desliguei o chuveiro, pude ouvi-la de novo.

Eu me vesti e apanhei as chaves da moto, preparado para dar uma longa volta na Harley. Era bem provável que acabasse indo parar na casa do meu pai para contar as novidades.

Assim que passei pelo quarto do Shepley, o celular da America tocou; era o toque que ela tinha escolhido para Abby. Senti meu estômago se contorcer.

— Eu posso ir te buscar e te levar pra jantar — disse ela.

Abby estava com fome; talvez ela fosse até o refeitório.

Fui correndo até a Harley e saí do estacionamento em alta velocidade, atravessando sinais vermelhos e placas de pare no caminho todo até o campus.

Quando cheguei ao refeitório, Abby não estava lá. Esperei alguns minutos, mas ela não apareceu. Meus ombros caíram, e me arrastei em direção ao estacionamento. Era uma noite silenciosa. Fria. O oposto da noite em que levei Abby até o Morgan depois que ganhei nossa aposta, fazendo com que eu me lembrasse de como me sentia vazio sem ela ao meu lado.

Uma silhueta pequena surgiu a alguns metros de distância, caminhando sozinha em direção ao refeitório. Era Abby.

Seus cabelos estavam presos em um coque, e, quando ela chegou mais perto, notei que não usava maquiagem. Os braços estavam cruzados junto ao peito, e ela não estava de casaco, usando apenas um espesso cardigã cinza para repelir o frio.

— Beija-Flor? — falei, saindo das sombras.

Abby parou, alarmada, e então relaxou um pouco quando me reconheceu.

— Meu Deus, Travis! Você quase me mata de susto!

— Se você atendesse o telefone quando eu te ligo, eu não precisaria te seguir no escuro.

— Você está com uma cara horrível.

— Estive no inferno uma ou duas vezes essa semana.

Ela apertou os braços em volta do corpo, e tive que me controlar para não abraçá-la a fim de mantê-la aquecida.

Abby suspirou.

— Estou indo pegar algo pra comer. Te ligo depois, tá?

— Não. Nós precisamos conversar.

— Trav...

— Eu recusei a oferta do Benny. Liguei pra ele na quarta-feira e disse não.

Minha esperança era que ela abrisse um sorriso ou pelo menos mostrasse algum sinal de que aprovava minha decisão.

Seu rosto permaneceu inexpressivo.

— Eu não sei o que você quer que eu diga, Travis.

— Diz que me perdoa. Que me aceita de volta.

— Não posso.

Meu rosto se contorceu.

Ela tentou dar a volta por mim. Por instinto, me pus na sua frente. Se ela fosse embora dessa vez, eu a perderia.

— Eu não comi, não dormi... não consigo me concentrar. Eu *sei* que você me ama. Tudo vai voltar a ser como era se você me aceitar de volta.

Ela fechou os olhos.

— A gente não dá certo juntos, Travis. Acho que você está obcecado com o pensamento de me possuir mais do que qualquer outra coisa.

— Isso não é verdade. Eu te amo mais do que amo a minha própria vida, Beija-Flor.

— É exatamente disso que eu estou falando. Isso é papo de gente louca.

— Não é loucura. É a verdade.

— Tudo bem... então qual é a ordem pra você? É o dinheiro, eu, sua vida... ou tem algo que vem antes do dinheiro?

— Eu percebi o que eu fiz, ok? Eu entendo por que você pensa assim, mas, se eu soubesse que você ia me deixar, eu nunca teria... Eu só queria cuidar de você.

— Você já disse isso.

— Por favor, não faz isso. Eu não suporto essa sensação... Isso está... está me matando — falei, à beira do pânico.

O muro que Abby mantinha ao seu redor quando não passávamos de amigos estava erguido novamente, ainda mais sólido que antes. Ela não estava me ouvindo. Eu não conseguia chegar até ela.

— Pra mim chega, Travis.

Eu me encolhi.

— Não diz isso.

— *Acabou*. Vai pra casa.

Minhas sobrancelhas se juntaram.

— *Você* é a minha casa.

Ela fez uma pausa e, por um instante, senti como se realmente tivesse conseguido me fazer entender, mas seus olhos perderam o foco e o muro surgiu mais uma vez.

— Você fez sua escolha, Trav. E eu fiz a minha.

— Eu vou ficar longe de Las Vegas e longe do Benny... Vou terminar a faculdade. Mas eu *preciso* de você. Você é a minha melhor amiga.

Pela primeira vez desde que eu era criança, lágrimas quentes queimaram meus olhos e rolaram por uma das minhas bochechas. Incapaz de me conter, abracei Abby e plantei os lábios nos dela. Sua boca estava fria e rígida, então aninhei seu rosto nas mãos, beijando-a com mais intensidade, desesperado para obter uma reação.

— Me beija — implorei.

Ela manteve a boca tensa, mas seu corpo estava sem vida. Se eu a soltasse, ela teria caído.

— Me beija! — supliquei. — Por favor, Beija-Flor! Eu disse pra ele que não vou!

Abby me empurrou.

— Me deixa em paz, Travis!

Ela passou por mim, mas a agarrei pelo pulso. Ela manteve o braço reto, estirado atrás de si, e não se virou.

— Eu te *imploro*. — Caí de joelhos, com a mão dela na minha. Meu hálito exalava um vapor branco enquanto eu falava, fazendo com que eu me lembrasse do frio. — Estou te implorando, Abby. Não faz isso.

Ela olhou de relance para trás, então seus olhos se desviaram do próprio braço para o meu, vendo a tatuagem em meu pulso. A tatuagem com o nome dela.

Abby desviou o olhar, voltando-o em direção ao refeitório.

— Me solta, Travis.

Foi como se o ar tivesse sido nocauteado dos meus pulmões, e, com toda a esperança aniquilada, relaxei a mão e deixei que ela se soltasse.

Abby não olhou para trás enquanto se afastava de mim, e minhas mãos se abriram na calçada. Ela não ia voltar. Abby não me queria mais, e não havia nada que eu pudesse fazer ou dizer para mudar essa situação.

Diversos minutos se passaram antes que eu conseguisse recuperar minhas forças para me reerguer. Meus pés não queriam se mover, porém, de alguma forma, forcei-os a cooperar por tempo suficiente para chegar até a Harley. Sentei no banco da moto e permiti que as lágrimas caíssem.

Perda era algo que eu havia vivenciado apenas uma vez antes, mas agora a sensação era mais real. Perder Abby não era uma lembrança de infância — era algo que estava ali, na minha cara, me debilitando como uma doença, me roubando os sentidos e causando uma dor física excruciante.

As palavras da minha mãe ecoavam nos meus ouvidos. Abby era a garota pela qual eu precisava lutar, e continuei lutando por ela até me sentir completamente derrotado. Nada disso algum dia seria o bastante.

Um Dodge Intrepid vermelho parou ao lado da minha moto. Nem tive que olhar para ver quem era.

Trenton desligou o motor, repousando um dos braços para fora da janela aberta.

— Oi.

— Oi — falei, secando as lágrimas com a manga da jaqueta.

— Noite difícil?

— É — assenti, encarando o tanque da Harley.

— Acabei de sair do trampo. Preciso de uma merda de uma bebida. Vamos até o Dutch.

Inspirei fundo, tremendo um pouco. Trenton, como meu pai e o restante dos meus irmãos, sempre soube lidar comigo. Ambos sabíamos que eu não deveria dirigir naquele estado.

— Tá.

— Tá? — ele repetiu com um leve sorriso surpreso.

Girei a perna para trás sobre o banco da moto e fui caminhando até o lado do passageiro do carro dele. O calor das saídas de ar fez minha pele arder e, pela primeira vez naquela noite, senti como o frio estava cortante e percebi que não estava vestido adequadamente para a temperatura.

— O Shepley te ligou?

— Ligou. — Ele saiu da vaga e foi costurando lentamente pelo estacionamento, encontrando a rua a uma velocidade de tartaruga. Ele olhou para mim. — Acho que um cara chamado French ligou pra mina dele. Disse que você e a Abby estavam brigando do lado de fora do refeitório.

— A gente não estava brigando. Eu só estava... tentando reconquistar a Abby.

Ele assentiu, saindo para a rua.

— Foi o que imaginei.

Não falamos nada até assumir nossos lugares nas banquetas do Dutch. A multidão era bruta, mas Bill, o dono e barman, conhecia nosso pai desde que éramos moleques, e a maioria dos frequentadores regulares do bar nos vira crescer.

— Que bom ver vocês, meninos. Fazia um tempinho — disse Bill, secando o balcão antes de colocar uma cerveja e uma dose de uísque na frente de cada um.

— E aí, Bill — disse Trenton, virando sua dose.

— Está tudo bem, Travis? — Bill perguntou.

Meu irmão respondeu por mim:

— Ele vai se sentir melhor depois de algumas rodadas.

Fiquei grato. Naquele instante, se eu falasse, poderia ter me desfeito ali mesmo.

Trenton continuou a me pagar doses de uísque até meus dentes ficarem amortecidos e eu estar à beira de desmaiar — o que deve ter acontecido em algum momento entre o bar e o apartamento, porque acordei na manhã seguinte no sofá, com as roupas da noite anterior, sem saber como tinha chegado até ali.

Shepley fechou a porta da frente, e ouvi o som familiar do Honda da America acelerando e indo embora.

Eu me sentei e fechei um olho.

— Vocês tiveram uma noite legal?

— Sim. E vocês?

— Acho que sim. Você me ouviu chegar?

— Ouvi. O Trent te carregou até aqui e te jogou no sofá. Você estava rindo, então eu diria que a noite foi um sucesso.

— O Trent pode ser um cuzão, mas é um bom irmão.

— Isso ele é. Está com fome?

— Nem fodendo — grunhi.

— Tudo bem, então. Vou preparar um pouco de cereal pra mim.

Eu me sentei no sofá, repassando na minha cabeça a noite anterior. As últimas horas eram difusas, mas, quando voltei ao momento em que encontrei Abby no campus, me encolhi.

— Eu falei para a Mare que tenho planos com você hoje. Pensei em irmos até aquele lugar que vende madeira pra trocarmos a porcaria da sua porta que não para de ranger.

— Você não tem que bancar a minha babá, Shep.

— Não estou fazendo isso. Vamos sair daqui a meia hora. Mas primeiro se livra desse cheiro de gambá — disse ele, sentando na cadeira reclinável com sua tigela de cereal. — E depois vamos voltar pra casa e estudar para as provas finais.

— Merda — falei, soltando um suspiro.

— Vou pedir pizza para o almoço e podemos deixar o que sobrar para o jantar.

— O feriado de Ação de Graças está chegando, lembra? Vou comer pizza por dois dias seguidos em todas as refeições. Não, obrigado.

— Tá, comida chinesa então.

— Você pensou em todos os detalhes — comentei.

— Eu sei. Vai por mim, isso ajuda.

Assenti devagar, torcendo para que ele estivesse certo.

Os dias se passavam lentamente, mas ficar acordado até tarde estudando com Shepley, e às vezes com America, ajudava a encurtar as longas noites sem sono. Trenton prometeu não contar sobre a Abby ao nosso pai, nem ao restante dos Maddox, até depois do Dia de Ação de Graças, mas eu ainda temia o feriado, pois tinha dito a eles que ela passaria conosco. Eles perguntariam por ela, e então veriam na minha cara quando eu mentisse.

Depois da minha última aula antes do feriado, liguei para o Shepley.

— Oi. Eu sei que isso deve ser tabu, mas eu preciso que você descubra o que a Abby vai fazer no feriado.

— Bom, essa é fácil. Ela vai viajar com a gente. Ela sempre passa o feriado na casa da America.

— É mesmo?

— É, por quê?

— Por nada — falei, desligando o telefone abruptamente.

Caminhei pelo campus sob o chuvisco, esperando que Abby saísse da aula. Do lado de fora do prédio do Hoover, vi algumas pessoas da turma dela de cálculo reunidas. A nuca do Parker entrou no meu campo de visão, depois Abby.

Ela estava encolhida em seu casaco de inverno, parecendo desconfortável enquanto ele tagarelava sem parar.

Puxei meu boné para baixo e corri na direção deles. Os olhos de Abby se voltaram para os meus; ao me reconhecer, suas sobrancelhas se ergueram de maneira infinitesimal.

O mesmo mantra se repetia na minha cabeça: *Não importa que comentário espertalhão o Parker faça, vá de boa. Não ferre com isso. Não. Ferre. Com. Isso.*

Para minha surpresa, ele foi embora sem me dirigir uma palavra.

Enfiei as mãos no bolso da frente do meu moletom.

— O Shepley me disse que você vai com ele e com a Mare para Wichita amanhã.

— É.

— Você vai passar o feriado inteiro na casa da America?

Ela deu de ombros, tentando com muito esforço parecer inabalada pela minha presença.

— Sou muito chegada aos pais dela.

— E a sua mãe?

— Ela vive bêbada, Travis. Nem vai saber que é Ação de Graças.

Meu estômago se revirou só de saber que a resposta à minha próxima pergunta seria minha última chance com ela. Trovejava acima de nós, e levantei a cabeça, apertando os olhos enquanto grandes gotas caíam no meu rosto.

— Preciso te pedir um favor — falei, tentando me proteger da forte chuva. — Vem cá.

Puxei Abby para debaixo do toldo mais próximo, para que ela não ficasse ensopada com a chuvarada repentina.

— Que tipo de favor? — ela perguntou, claramente desconfiada.

Estava difícil ouvi-la com o barulho da água.

— Meu... hum... — Alternei o peso do corpo entre as pernas, enquanto meu nervosismo tentava levar a melhor. Minha mente gritava *abortar!,*

309

mas eu estava determinado a pelo menos tentar. — Meu pai e os caras estão esperando você na quinta-feira.

— Travis! — Abby se queixou.

Olhei para os meus pés.

— Você disse que ia.

— Eu sei, mas... é um pouco sem sentido agora, você não acha?

— Você disse que ia — repeti, tentando manter a voz calma.

— A gente ainda estava junto quando concordei em ir pra casa do seu pai. Você *sabia* que agora eu não iria.

— Eu *não* sabia e, de qualquer forma, agora é tarde demais. O Thomas já está vindo de avião pra cá, e o Tyler tirou folga no trabalho. Todo mundo está ansioso pra te ver.

Ela se encolheu, torcendo uma mecha dos cabelos molhados em volta do dedo.

— Eles iam vir de qualquer forma, não iam?

— Nem todos. Faz anos que a gente não se reúne mais no Dia de Ação de Graças. Todos eles fizeram um esforço, já que prometi uma refeição de verdade pra eles. Não temos uma mulher na cozinha desde que minha mãe morreu e...

— Isso nem é machista nem nada.

— Não foi isso que eu quis dizer, Flor, poxa! Todos nós queremos você lá. É isso que estou dizendo.

— Você não contou pra eles sobre a gente, não é?

— Meu pai me perguntaria o motivo, e não estou preparado pra conversar com ele sobre isso. Ia ser um sermão interminável. Por favor, vamos, Flor.

— Tenho que colocar o peru no forno às seis da manhã. A gente teria que sair daqui lá pelas cinco...

— Ou a gente pode dormir lá.

Ela ergueu as sobrancelhas.

— De jeito nenhum! Já é ruim o suficiente precisar mentir pra sua família e fingir que ainda estamos juntos.

A reação dela, ainda que prevista, feriu um pouquinho meu ego.

— Você está agindo como se eu tivesse pedido pra você atear fogo em si mesma.

— Você devia ter contado pra eles!

— Eu vou contar. Depois do Dia de Ação de Graças... eu conto.

Ela suspirou e desviou o olhar. Esperar por sua resposta era como arrancar minhas unhas uma por uma.

— Se você jurar que isso não é nenhum esquema pra tentar me fazer voltar com você, eu vou.

Assenti, tentando não parecer ansioso demais.

— Eu juro.

Os lábios dela formaram uma linha dura, mas havia uma minúscula ponta de sorriso em seus olhos.

— Vejo você às cinco.

Eu me inclinei para beijar sua bochecha. Eu só pretendia lhe dar um beijo rápido, mas meus lábios sentiam falta da pele dela, e foi difícil me afastar.

— Valeu, Beija-Flor.

Depois que Shepley e America partiram para Wichita no Honda, limpei o apartamento, dobrei a última pilha de roupas lavadas, fumei meio maço de cigarros, fiz a mala para passar uma noite na casa do meu pai e então xinguei o relógio por ser tão lento. Quando finalmente eram quatro e meia, desci correndo os degraus até o Charger do Shepley, tentando não ir a plena velocidade até o Morgan.

Bati na porta do quarto da Abby, e a expressão confusa no rosto dela me pegou de surpresa.

— Travis? — disse ela, baixinho.

— Você está pronta?

Ela ergueu uma sobrancelha.

— Pronta pra quê?

— Você disse para vir te buscar às cinco.

Ela cruzou os braços.

— Eu quis dizer cinco *da manhã*!

— Ah. Acho que vou ter que ligar para o meu pai pra avisar que não vamos passar a noite lá então.

— Travis! — ela reclamou.

— Eu peguei o carro do Shep pra gente não ter que levar as malas na moto. Tem um quarto sobrando em que você pode dormir. Nós podemos ver um filme ou...

— Eu *não vou* passar a noite na casa do seu pai!

Minha expressão ficou triste.

— Tudo bem. Eu... hum... te vejo amanhã de manhã.

Dei um passo para trás e Abby fechou a porta. Ela ainda iria, mas minha família definitivamente saberia que algo estava errado se ela não aparecesse aquela noite, como eu tinha dito que faria. Caminhei devagar pelo corredor, digitando o telefone do meu pai. Ele perguntaria o motivo, e eu não queria mentir na cara dele.

— Travis, espera. — Eu me virei e vi Abby parada no corredor. — Me dá um minuto pra colocar umas coisas na mala.

Sorri, quase inundado de alívio. Voltamos juntos até o quarto dela, e fiquei esperando na entrada enquanto ela enfiava umas poucas coisas na mala. A cena me fez lembrar da noite em que ganhei a aposta, e me dei conta de que não teria trocado por nada um único segundo que passamos juntos.

— Eu ainda te amo, Flor.

Ela não ergueu o olhar.

— Não começa. Não estou fazendo isso por você.

Inspirei com dificuldade, sentindo a dor física em todas as direções no meu peito.

— Eu sei.

23
DISCURSO DE ACEITAÇÃO

As conversas fáceis que costumávamos ter desapareceram. Nada que me vinha à cabeça parecia adequado, e eu estava com medo de irritá-la antes de chegarmos à casa do meu pai.

O plano era que ela desempenhasse o papel dela, começasse a sentir minha falta e então talvez eu tivesse outra chance de reconquistá-la. Era um tiro no escuro, mas era a única possibilidade para mim.

Estacionei na entrada para carros e carreguei nossas malas até a varanda.

Meu pai atendeu à porta com um sorriso.

— Que bom ver você, filho. — A expressão dele ficou ainda mais alegre quando olhou para a bela, porém abatida garota parada ao meu lado. — Abby Abernathy. Estamos esperando ansiosamente pelo jantar amanhã. Faz muito tempo desde que... Bom, faz muito tempo.

Dentro de casa, meu pai repousou a mão na barriga protuberante e sorriu.

— Arrumei lugar pra vocês dois no quarto de hóspedes, Trav. Achei que você não ia querer brigar com o gêmeo no seu quarto.

Abby olhou para mim.

— A Abby... hum... ela vai ficar... no quarto de hóspedes. Eu vou dormir no meu.

Trenton fez uma careta.

— Por quê? Ela tem ficado no seu apartamento, não tem?

— Não nos últimos tempos — respondi, tentando não partir para cima dele. Ele sabia exatamente o porquê.

Meu pai e ele trocaram olhares de relance.

— O quarto do Thomas está sendo usado como uma espécie de depósito faz anos, então eu ia deixar ele ficar no seu quarto. Acho que ele pode dormir no sofá — disse meu pai, olhando para as almofadas desbotadas e caindo aos pedaços.

— Não se preocupe com isso, Jim. A gente só estava tentando manter o respeito — disse Abby, tocando meu braço.

A risada alta do meu pai ecoou pela casa, e ele deu uns tapinhas na mão dela.

— Você conhece meus filhos, Abby. Devia saber que é quase impossível me ofender.

Apontei com a cabeça para a escada e Abby me seguiu. Abri a porta do quarto devagar com o pé e coloquei nossas malas no chão, olhando para a cama e depois me virando para ela. Os olhos cinza estavam arregalados enquanto ela analisava o ambiente, parando em uma foto dos meus pais pendurada na parede.

— Desculpa, Flor. Vou dormir no chão.

— Ah, mas vai mesmo! — disse ela, prendendo os cabelos em um rabo de cavalo. — Não acredito que deixei você me convencer a fazer isso.

Sentei na cama, me dando conta de como ela estava infeliz com aquela situação. Acho que uma parte de mim nutria a esperança de que ela fosse ficar tão aliviada quanto eu por estarmos juntos.

— Isso vai ser uma puta confusão. Não sei onde eu estava com a cabeça.

— Eu sei exatamente onde você estava com a cabeça. Não sou idiota, Travis.

Ergui o olhar e ofereci um sorriso cansado.

— Mas ainda assim você veio.

— Tenho que deixar tudo pronto para amanhã — ela disse, abrindo a porta.

Eu me levantei.

— Vou te ajudar.

Enquanto Abby preparava as batatas, as tortas e o peru, me ocupei pegando coisas para ela e fazendo as pequenas tarefas culinárias que ela me atribuía. A primeira hora foi estranha, mas, quando os gêmeos chegaram, todo mundo se reuniu na cozinha, o que ajudou Abby a relaxar. Meu pai contou a ela histórias sobre nós, e rimos dos casos sobre Dias de Ação de Graças desastrosos, quando tentamos fazer alguma outra coisa que não pedir pizza.

— A Diane era uma tremenda de uma cozinheira — falou meu pai, pensativo. — O Trav não lembra, mas não fazia sentido tentar cozinhar depois que ela faleceu.

— Sem pressão, Abby — disse Trenton. Ele deu uma risadinha e pegou uma cerveja na geladeira. — Vamos pegar as cartas. Quero tentar recuperar um pouco daquele dinheiro que a Abby me tirou.

Meu pai mexeu um dedo.

— Nada de pôquer esse fim de semana, Trent. Eu peguei o dominó, vá arrumar as peças. Nada de apostar, estou falando sério.

Trenton balançou a cabeça.

— Tudo bem, meu velho, tudo bem.

Meus irmãos saíram da cozinha, Trenton por último, e ele parou para olhar para trás.

— Vem, Trav.

— Estou ajudando a Flor.

— Estou quase acabando, baby — disse ela. — Pode ir.

Eu sabia que ela havia dito aquilo apenas como parte da encenação, mas isso não alterou o modo como eu me senti. Coloquei as mãos em seus quadris.

— Tem certeza?

Ela assentiu e me inclinei para beijar sua bochecha, apertando seus quadris antes de acompanhar Trenton até a sala de jogos.

Nós nos sentamos para uma amigável partida de dominó. Trenton abriu a caixa, xingando quando o papelão cortou seu dedo antes de ele distribuir as peças.

Taylor riu com deboche.

— Você é uma porra de um bebezinho, Trent. Só distribui as peças.

— Você nem sabe contar, babaca. Por que está tão ansioso?

Dei risada da resposta dele, atraindo sua atenção para mim.

— Você e a Abby estão se dando bem — disse ele. — Como tudo isso funcionou?

Eu sabia o que ele queria dizer e lhe desferi um olhar feio por tocar no assunto na frente dos gêmeos.

— Com muita persuasão.

Meu pai chegou e se sentou.

— Ela é uma boa menina, Travis. Estou feliz por você, filho.

— Ela é mesmo — falei, tentando não deixar transparecer a tristeza no meu rosto.

Abby estava limpando a cozinha, e parecia que eu passava cada segundo lutando contra a necessidade irresistível de me juntar a ela. Podia até ser um feriado em família, mas eu queria passar cada momento que pudesse com ela.

Meia hora depois, um ruído triturante me alertou para o fato de que a lava-louça tinha sido ligada. Abby passou pela sala de jogos para acenar rapidamente antes de seguir até a escada. Levantei num pulo e a segurei pela mão.

— É cedo, Flor. Você não vai dormir já, vai?

— O dia foi longo. Estou cansada.

— A gente estava se preparando para ver um filme. Por que você não volta aqui pra baixo e fica com a gente?

Ela ergueu o olhar para a escada e depois o baixou para mim.

— Tudo bem.

Levei-a pela mão até o sofá e sentamos juntos enquanto os créditos de abertura passavam na tela.

— Apaga a luz, Taylor — ordenou meu pai.

Estiquei o braço atrás dela, repousando-o nas costas do sofá, lutando contra a vontade de abraçá-la. Fiquei com medo da reação dela, e não queria tirar proveito da situação quando ela estava me fazendo um favor.

No meio do filme, a porta da frente se abriu com tudo e Thomas apareceu com as malas na mão.

— Feliz Ação de Graças! — ele disse, colocando a bagagem no chão.

Meu pai se levantou e o abraçou, e todo mundo, menos eu, ficou em pé para cumprimentá-lo.

— Você não vai dizer oi para o Thomas? — Abby sussurrou.

Fiquei observando meu pai e meus irmãos se abraçarem e rirem.

— Tenho só uma noite com você e não vou desperdiçar nem um segundo.

— Oi, Abby. É bom te ver de novo — Thomas sorriu.

Pus a mão no joelho dela. Ela olhou para baixo e depois para mim. Notando a expressão em seu rosto, tirei a mão de sua perna e entrelacei os dedos no meu colo.

— Oh-oh. Problemas no paraíso? — perguntou meu irmão mais velho.

— Cala a boca, Tommy — resmunguei.

O clima na sala se alterou e todos os olhares recaíram sobre Abby, à espera de uma explicação. Ela deu um sorriso nervoso e tomou minha mão nas suas.

— Nós só estamos cansados — disse, sorrindo. — Trabalhamos a noite toda na preparação da comida. — Então apoiou a cabeça no meu ombro.

Olhei para nossas mãos e apertei a dela, desejando que houvesse uma forma de dizer como eu estava grato pelo que ela tinha feito.

— Falando em cansaço, estou exausta — Abby sussurrou. — Vou pra cama, baby. — Ela olhou para o resto dos caras. — Boa noite, pessoal.

— Boa noite, filha — disse meu pai.

Todos os meus irmãos disseram boa noite e ficaram observando enquanto ela subia a escada.

— Também vou dormir — falei.

— Aposto que vai — Trenton me provocou.

— Maldito sortudo — resmungou Tyler.

— Ei, não vamos falar da irmã de vocês desse jeito — meu pai chamou atenção.

Ignorando meus irmãos, subi correndo a escada, segurando a porta do quarto um pouco antes de ela se fechar. Percebendo que Abby poderia querer se trocar, e talvez não se sentisse confortável em fazer isso na minha frente, fiquei paralisado.

— Quer que eu espere no corredor enquanto você se troca?

— Vou tomar uma ducha e me visto no banheiro.

Esfreguei a nuca.

— Tudo bem. Vou fazer uma cama pra mim então.

Seus grandes olhos eram como aço quando ela assentiu, sua muralha obviamente impenetrável. Ela pegou algumas coisas da mala antes de seguir até o banheiro.

Após remexer o armário em busca de lençóis e um cobertor, espalhei-os no chão ao lado da cama, me sentindo grato porque pelo menos teríamos algum tempo sozinhos para conversar. Abby saiu do banheiro e joguei um travesseiro no chão, no topo da minha cama improvisada, e então foi minha vez de tomar banho.

Não perdi tempo, esfregando o sabonete com rapidez por todo o corpo e deixando a água enxaguar as bolhas. Dentro de dez minutos, eu já estava seco e vestido, voltando para o quarto.

Abby estava deitada na cama, com os lençóis puxados o mais alto possível até o peito. Minha cama improvisada não era nada convidativa em comparação à cama com Abby aninhada. Eu me dei conta de que passaria minha última noite com ela acordado, ouvindo-a respirar a centímetros de mim, incapaz de tocá-la.

Apaguei a luz e me ajeitei no chão.

— Essa é nossa última noite juntos, não é?

— Não quero brigar, Trav. Só vamos dormir, tá?

Eu me virei para ela, apoiando a cabeça na mão. Abby também se virou e nossos olhos se encontraram.

— Eu te amo.

Ela ficou me observando por um instante.

— Você prometeu.

— Eu prometi que isso não era um esquema para voltarmos a ficar juntos. Não era mesmo. — Estendi a mão para encostar na dela. — Mas, se isso significasse estar com você de novo, não posso dizer que não consideraria a possibilidade.

— Eu me importo com você. Não quero que você se magoe, mas eu devia ter seguido meu instinto desde o começo. A gente nunca teria dado certo.

— Mas você me amava de verdade, não é?

Ela pressionou os lábios.

— Ainda amo.

Todas as emoções me inundaram em ondas, com tamanha força que eu não conseguia diferenciar uma da outra.

— Posso te pedir um favor?

— Eu estou no meio da última coisa que você me pediu para fazer — disse ela com um sorriso forçado.

— Se realmente chegou o fim... se você realmente não quer mais nada comigo... me deixa te abraçar hoje?

— Não acho uma boa ideia, Trav.

Apertei minha mão sobre a dela.

— Por favor. Não consigo dormir sabendo que você está a meio metro de mim e que nunca mais vou ter essa chance.

Abby ficou me encarando por alguns segundos, depois franziu a testa.

— Não vou transar com você.

— Não é isso que estou pedindo.

Os olhos dela se moveram pelo chão por um instante enquanto ela pensava na resposta. Por fim, fechando os olhos com força, ela se afastou da beirada da cama e virou as cobertas.

Subi na cama ao lado dela, abraçando-a com pressa e bem apertado. A sensação era tão incrível que, aliada à tensão no quarto, tive que me esforçar para não perder o controle e me despedaçar.

— Vou sentir falta disso — falei.

Beijei os cabelos dela e a puxei para mais perto, enterrando o rosto em seu pescoço. Abby descansou a mão nas minhas costas e eu inspirei fundo, tentando absorver seu cheiro, para deixar que aquele momento fosse gravado a fogo no meu cérebro.

— Eu... acho que não consigo fazer isso, Travis — disse ela, tentando se soltar.

Eu não queria prendê-la, mas, se tê-la nos braços significava evitar aquela dor profunda e ardente que havia me invadido por dias sem fim, fazia sentido insistir.

— Não consigo fazer isso — ela disse de novo.

Eu sabia o que ela queria dizer. Estar juntos daquele jeito era de partir o coração, mas eu não queria que acabasse.

— Então não faça — falei, encostado na pele dela. — Me dá mais uma chance.

Depois de uma última tentativa de se soltar, Abby cobriu o rosto com ambas as mãos e chorou nos meus braços. Olhei para ela com lágrimas queimando meus olhos.

Peguei com gentileza uma de suas mãos e beijei a palma. Ela inspirou de maneira entrecortada, enquanto eu olhava para seus lábios e depois para seus olhos.

— Eu nunca vou amar alguém como amo você, Beija-Flor.

Ela fungou e pôs a mão no meu rosto, com uma expressão de desculpa.

— Eu não posso.

— Eu sei — respondi, com a voz partida. — Eu nunca acreditei que era bom o bastante pra você.

Seu rosto se contorceu e ela balançou a cabeça.

— Não é só você, Trav. Não somos bons um para o outro.

Balancei a cabeça, querendo discordar, mas ela estava metade certa. Ela merecia alguém melhor, e era isso que ela tinha desejado o tempo todo. Quem era eu para tirar isso dela, porra?

Reconhecendo isso, inspirei fundo e repousei a cabeça em seu peito.

Acordei com o barulho lá embaixo.

— Ai! — Abby gritou da cozinha.

Desci as escadas correndo, enfiando uma camiseta.

— Você está bem, Flor? — O chão frio enviou ondas pelo meu corpo, começando pelos pés. — Cacete! O chão está congelando!

Pulei de um pé para o outro, fazendo com que Abby desse uma risadinha.

Ainda era cedo, provavelmente cinco ou seis da manhã, e todo o resto do pessoal estava dormindo. Ela se curvou para baixo para empurrar o peru dentro do forno, e minha tendência matinal a saliências na cueca teve ainda mais motivo para acontecer.

— Pode voltar pra cama. Eu só tinha que colocar o peru no forno — disse ela.

— Você vem?

— Vou.

— Vai na frente — falei, apontando para a escada.

Arranquei a camiseta enquanto enfiávamos as pernas sob as cobertas, puxando o cobertor até o pescoço. Apertei os braços em volta dela conforme tremíamos de frio, esperando o corpo se aquecer em nosso pequeno ninho.

Olhei pela janela, vendo grandes flocos de neve caírem do céu cinzento. Beijei os cabelos de Abby, e ela pareceu se derreter de encontro a mim. Naquele abraço, senti como se nada tivesse mudado entre a gente.

— Olha, Flor. Está nevando.

Ela se virou para olhar pela janela.

— Parece Natal — falou, pressionando de leve a bochecha na minha pele.

Um suspiro que escapou da minha garganta fez com que ela olhasse para mim.

— Que foi?

— Você não vai estar aqui no Natal.

— Eu estou aqui agora.

Abri um meio sorriso e me inclinei para beijar seus lábios, mas Abby recuou e balançou a cabeça.

— Trav...

Abracei-a com mais força e baixei o queixo.

— Tenho menos de vinte e quatro horas com você, Flor. Vou te beijar. Vou te beijar muito hoje. O dia *inteiro*. Em todas as oportunidades que eu tiver. Se você quiser que eu pare é só falar, mas, até você fazer isso, vou fazer cada segundo do meu último dia com você valer a pena.

— Travis... — ela começou a dizer, mas, depois de alguns segundos pensando, seu campo de visão baixou dos meus olhos para minha boca.

Sem hesitar, me inclinei de imediato para beijá-la, e ela retribuiu. Embora a princípio eu pretendesse que o beijo fosse curto e terno, meus lábios se abriram, fazendo com que o corpo dela reagisse. Sua língua deslizou para dentro da minha boca, e todas as partes viris e de sangue quente do meu corpo gritavam para que eu fosse em frente com vigor.

Puxei-a de encontro a mim, e Abby deixou a perna pender para o lado, recebendo meus quadris entre suas coxas.

Dentro de instantes, ela estava nua sob mim, e tirei minhas roupas em dois movimentos. Pressionando a boca de encontro à dela, com força, agarrei as videiras de ferro da cabeceira da cama com ambas as mãos e em um único movimento estava dentro dela. Instantaneamente, meu corpo ficou quente, e eu não conseguia parar de me mexer e me embalar de encontro ao seu corpo, incapaz de me controlar. Gemi em sua boca quando ela arqueou as costas para mover os quadris junto aos meus. Em determinado momento, ela apoiou os pés na cama para se erguer e permitir que eu deslizasse fundo dentro dela.

Com uma das mãos no ferro da cama e a outra na nuca da Abby, eu a penetrei repetidas vezes, e tudo que tinha acontecido entre a gente — toda a dor que eu havia sentido — foi esquecido. A luz vinda da janela entrava no quarto enquanto gotas de suor começavam a se formar em nossa pele, tornando mais fácil deslizar para frente e para trás.

Eu estava prestes a terminar quando as pernas da Abby começaram a tremer e ela afundou as unhas nas minhas costas. Segurei a respiração e fiz pressão dentro dela uma última vez, gemendo com os intensos espasmos que dominavam meu corpo.

Abby relaxou de encontro ao colchão, com a raiz dos cabelos ensopada e as pernas moles.

Eu arfava como se tivesse acabado de correr uma maratona, o suor pingando dos cabelos acima das minhas orelhas e escorrendo pelas laterais do meu rosto.

Os olhos dela se iluminaram quando ela ouviu vozes murmurando lá embaixo. Eu me virei de lado, analisando seu rosto com pura adoração.

— Você disse que só ia me beijar — ela me olhou como costumava fazer, tornando fácil a encenação.

— Por que a gente não fica na cama o dia inteiro?

— Eu vim aqui para cozinhar, lembra?

— Não, você veio aqui para me *ajudar* a cozinhar, e só tenho que fazer isso daqui a oito horas.

Ela pôs a mão no meu rosto, e sua expressão me preparava para o que ela poderia dizer.

— Travis, acho que a gente...

— Não fala nada. Não quero pensar nisso até que seja inevitável. — Eu me levantei e vesti a cueca, indo até a mala da Abby. Joguei as roupas dela na cama e coloquei uma camiseta. — Quero me lembrar do dia de hoje como um dia bom.

Parecia que havia passado pouco tempo depois que acordamos, mas já era hora do almoço. O dia voou, rápido demais. Eu temia cada minuto, amaldiçoando o relógio enquanto a noite se aproximava.

Admito: eu não conseguia tirar as mãos da Abby. Nem me importava que ela estivesse fazendo uma encenação; eu me recusava sequer a considerar a verdade enquanto ela estivesse ao meu lado.

Quando nos sentamos para jantar, meu pai insistiu que eu cortasse o peru, e Abby sorriu orgulhosa conforme me levantei para fazer as honras.

O clã dos Maddox aniquilou o resultado do trabalho árduo da Abby e a cobriu de elogios.

— Será que fiz comida suficiente? — ela deu risada.

Meu pai sorriu, puxando o garfo por entre os lábios para limpá-lo para a sobremesa.

— Você fez bastante, Abby. A gente só quis se esbaldar até o próximo ano... a menos que você queira fazer tudo isso de novo no Natal. Você é uma Maddox agora. Te espero em todos os feriados, e não é para cozinhar.

Com as palavras dele, a verdade ficou à espreita, e meu sorriso desapareceu.

— Obrigada, Jim.

— Não diz isso pra ela, pai — falou Trenton. — Ela tem que cozinhar sim. Eu não comia assim desde que tinha cinco anos! — Ele enfiou na boca meia fatia de torta de noz-pecã, gemendo de satisfação.

Enquanto meus irmãos tiravam a mesa e lavavam a louça, fui me sentar com Abby no sofá, tentando não abraçá-la forte demais. Meu pai já tinha ido se deitar, de barriga cheia, cansado demais para tentar permanecer acordado.

Puxei as pernas da Abby para o meu colo e tirei seus sapatos, massageando a sola de seus pés com os polegares. Ela adorava aquilo, eu sabia. Talvez eu estivesse tentando, com sutileza, lembrá-la de como éramos bons juntos, mesmo sabendo, lá no fundo, que tinha chegado a hora de deixá-la seguir em frente.

Abby me amava, mas também se importava comigo a ponto de me mandar partir quando era a coisa certa a fazer. Embora eu tivesse dito a ela que não conseguiria me afastar, finalmente me dei conta de que a amava demais para ferrar a vida dela ficando, ou para perdê-la por completo ao nos forçar a continuar juntos até que nos odiássemos.

— Esse foi o melhor Dia de Ação de Graças que tivemos desde que minha mãe morreu — falei.

— Estou feliz por estar aqui para presenciar isso.

Inspirei fundo.

— Eu estou diferente — confessei, em conflito quanto ao que diria em seguida. — Não sei o que aconteceu comigo em Vegas. Aquele não era eu. Fiquei obcecado pensando em tudo que poderíamos comprar com aquele dinheiro. Eu não vi como você ficou magoada por eu querer te levar de volta para aquilo, mas no fundo eu acho que sabia. Eu fiz por merecer você ter me largado. Mereci todo o sono que perdi e toda a dor que senti. Eu precisava de tudo aquilo para me dar conta de quanto preciso de você, e do que estou disposto a fazer para te manter na minha vida. Você disse que não quer mais nada comigo, e eu aceito isso. Sou uma pessoa diferente desde que te conheci. Eu mudei... para melhor. Mas não importa quanto eu me esforce, parece que não consigo fazer as coisas direito com você. Nós éramos amigos primeiro, e eu não posso te perder, Beija-Flor. Eu sempre vou te amar, mas, se não consigo te fazer feliz, não faz muito sentido tentar ter você de volta. Não consigo me imaginar com nenhuma outra pessoa, mas vou ficar feliz contanto que a gente continue amigos.

— Você quer que a gente seja amigos?

— Eu quero que você seja feliz. E farei o que for preciso para que isso aconteça.

Ela sorriu, partindo o lado do meu coração que queria retirar tudo o que eu tinha acabado de dizer. Parte de mim nutria a esperança de que ela fosse me mandar calar a boca porque nosso lugar era juntos.

— Aposto cinquenta paus que você vai me agradecer por isso quando conhecer sua futura esposa.

— Essa é uma aposta fácil — respondi. Eu não conseguia imaginar uma vida sem Abby, e ela já estava pensando em nosso futuro separados. — A única mulher com quem algum dia eu me casaria acabou de partir o meu coração.

Ela limpou os olhos e se levantou.

— Acho que já está na hora de você me levar pra casa.

— Ah, vamos, Beija-Flor. Desculpa, não teve graça.

— Não é isso, Trav. Eu só estou cansada e pronta pra ir pra casa.

Inspirei e assenti, me levantando. Abby abraçou meus irmãos e pediu que o Trenton se despedisse do meu pai por ela. Fiquei em pé na porta com nossas malas, observando enquanto todos concordavam em se reunir novamente no Natal.

Quando parei no Morgan Hall, tive uma minúscula sensação de encerramento, o que não impediu meu coração de se estilhaçar.

Eu me inclinei para beijar sua bochecha e segurei a porta do prédio aberta, esperando que ela entrasse.

— Obrigado por hoje. Você não sabe como deixou minha família feliz.

Abby parou no começo da escada e se virou.

— Você vai contar a eles amanhã, não vai?

Olhei de relance para o Charger, tentando segurar as lágrimas.

— Tenho certeza que eles já sabem. Você não é a única que consegue fazer cara de paisagem, Beija-Flor.

Deixei-a nos degraus sozinha, recusando-me a olhar para trás. De agora em diante, o amor da minha vida seria apenas uma conhecida. Eu não sabia ao certo que expressão tinha no rosto, mas não queria que ela visse.

O Charger rugia enquanto eu acelerava bem além do limite de velocidade para voltar para a casa do meu pai. Entrei cambaleando na sala de estar, e Thomas me entregou uma garrafa de uísque. Cada um deles segurava um copo com um pouco da bebida.

— Você contou pra eles? — perguntei a Trenton, com a voz partida.

Ele assentiu.

Caí de joelhos e fui cercado pelos meus irmãos, que colocaram as mãos na minha cabeça e nos meus ombros em sinal de apoio.

24
ESQUECER

— O Trent está ligando de novo! Atende a droga do telefone! — Shepley gritou da sala de estar.

Eu mantinha meu celular em cima da televisão. O ponto mais longe do meu quarto no apartamento.

Nos primeiros dias torturantes sem Abby, tranquei o celular no porta-luvas do Charger. Shepley o trouxe de volta, argumentando que ele devia ficar no apartamento para o caso de o meu pai ligar. Incapaz de negar tal lógica, concordei, mas apenas se o aparelho ficasse em cima da TV.

Se eu não fizesse isso, a premência de pegar o celular e ligar para Abby seria enlouquecedora.

— Travis! Seu telefone!

Fiquei encarando o teto branco, grato porque meus outros irmãos tinham sacado a indireta e irritado porque o Trenton não tinha. Ele me mantinha ocupado ou bêbado à noite, mas eu tinha a impressão de que também me ligava durante o dia a cada intervalo no trabalho. Eu sentia como se estivesse sob observação por parte dos Maddox para não fazer nenhuma besteira.

Duas semanas e meia depois, nas férias de inverno, a vontade de ligar para Abby havia se transformado em necessidade. Qualquer acesso ao meu telefone me parecia má ideia.

Shepley abriu a porta do quarto e jogou o pequeno retângulo preto, que foi parar no meu peito.

— Meu Deus, Shep. Eu falei pra você...

— Eu sei o que você falou. Você tem dezoito chamadas perdidas.

— Todas do Trent?

— Uma é das Usuárias de Calcinha Anônimas.

Peguei o telefone de cima da minha barriga, estiquei o braço e abri a mão, deixando-o cair no chão.

— Preciso de uma bebida.

— Você precisa é de um banho. Você está com cheiro de merda. Também precisa escovar a droga dos dentes, fazer a barba e passar desodorante.

Eu me sentei.

— Você está falando um monte de merda, Shep, mas parece que eu me lembro de ter lavado a sua roupa e feito sopa pra você durante três meses depois da Anya.

Ele me olhou com desdém.

— Pelo menos eu escovava os dentes.

— Preciso que você marque uma luta pra mim — falei, caindo para trás no colchão.

— Você teve uma faz duas noites, e outra uma semana antes dessa. Os números caíram por causa das férias. O Adam não vai agendar outra luta até as aulas recomeçarem.

— Então chamem o pessoal daqui.

— Muito arriscado.

— Liga pro Adam, Shepley.

Ele foi até minha cama, pegou meu celular, apertou alguns botões e então jogou o aparelho de volta na minha barriga.

— Liga você.

Ergui o telefone junto ao ouvido.

— E aí, cuzão! O que você anda fazendo? Por que não atende o telefone? Eu quero sair hoje à noite! — disse Trenton.

Olhei feio para a nuca do meu primo, mas ele saiu do meu quarto sem olhar para trás.

— Não estou a fim, Trent. Liga pra Cami.

— Ela trabalha no bar. É véspera de Ano Novo. Mas podemos ir ver a Cami! A não ser que você tenha outros planos...

— Não, eu não tenho outros planos.

— Você só quer ficar aí deitado e morrer?

— É bem por aí — suspirei.

— Travis, eu te amo, irmãozinho, mas você está sendo um tremendo de um maricas. Ela era o amor da sua vida, eu entendo. É um saco, eu sei. Mas, goste ou não, a vida continua.

— Valeu, Mister Rogers.

— Você não tem nem idade para saber quem ele é.

— O Thomas fazia a gente assistir às reprises, lembra?

— Não. Escuta, eu saio do trampo às nove. Vou te buscar às dez. Se você não estiver pronto, e quero dizer *de banho tomado e com a barba feita*, vou ligar pra um bando de gente e dizer que você está dando uma festa na sua casa com seis barris de cerveja grátis e garotas de programa.

— Merda, Trenton, não faz isso.

— Você sabe que eu faço. Último aviso. Às dez horas, ou por volta das onze você terá convidados. Dos feios.

Soltei um gemido.

— Porra, eu te odeio.

— Não odeia não. Te vejo em noventa minutos.

O telefone fez um som de algo raspando antes de Trent desligar. Conhecendo meu irmão, provavelmente ele estava na sala do chefe dele, recostado na cadeira e com os pés em cima da mesa.

Eu me sentei, olhando ao redor no quarto. As paredes estavam vazias, sem as fotos da Abby que antes preenchiam a superfície branca. O *sombrero* estava pendurado acima da cama de novo, exibindo-se com orgulho depois da vergonha de ser substituído pela foto em preto e branco emoldurada de Abby e de mim.

Trenton realmente me obrigaria a fazer isso. Eu me imaginei sentado no bar, o mundo festejando ao meu redor, ignorando o fato de que eu estava deprimido e — segundo Shepley e Trenton — agindo como um maricas.

No ano passado, eu dancei com a Megan e acabei levando a Kassie Beck para casa, que teria sido uma boa para manter na lista se ela não tivesse vomitado no armário do corredor.

Eu me perguntei que planos Abby teria para a noite, mas tentei não permitir que minha mente vagasse tão longe e adentrasse a questão de com quem ela iria se encontrar. Shepley não tinha mencionado os planos de America. Sem saber ao certo se ele estava ocultando isso de mim de propósito, forçar o assunto me pareceu masoquista demais, até para mim.

A gaveta da mesinha de cabeceira rangeu quando a abri. Meus dedos tatearam o fundo e pararam nos cantos de uma caixinha. Eu a puxei com cuidado, segurando-a junto ao peito, que subiu e desceu num suspiro. Abri a caixa, me encolhendo ao ver o anel de diamante reluzente que ela continha. Havia apenas um dedo que poderia se encaixar naquele círculo de ouro branco, e, a cada dia que passava, aquele sonho parecia cada vez menos possível.

Quando comprei a aliança, eu sabia que levaria anos para dá-la a Abby, mas fazia sentido mantê-la ali, para o caso de o momento perfeito surgir. Saber que o anel estava lá me dava algo pelo que esperar, mesmo agora. Dentro daquela caixinha havia o pouquinho de esperança que ainda me restava.

Depois de guardar o anel de diamante e falar a mim mesmo, mentalmente, palavras de incentivo, por fim me arrastei até o banheiro, intencionalmente mantendo o olhar afastado do meu reflexo no espelho. Tomar uma ducha e fazer a barba não melhorou meu humor, nem (o que apontei depois para o Shepley) escovar os dentes. Vesti uma camisa social preta e calça jeans azul e calcei minhas botas pretas.

Shepley bateu na porta do quarto e foi entrando, pronto para sair também.

— Você vai? — perguntei, fechando a fivela do cinto.

Não sei ao certo por que fiquei surpreso. Sem America lá, ele não teria planos com ninguém além de nós.

— Tudo bem se eu for?

— Sim, claro. É só que... Acho que você e o Trent já tinham armado tudo isso, né?

— Bom, é — disse ele, cético e talvez achando um pouco de graça por eu ter acabado de sacar aquilo.

A buzina do Intrepid soou lá fora e Shepley apontou para o corredor com o polegar.

— Vamos agitar!

Assenti e o acompanhei até lá fora. O carro do Trenton cheirava a colônia e cigarros. Coloquei um Marlboro na boca e levantei um pouco a bunda para pegar o isqueiro no bolso.

— Então, o Red está lotado, mas a Cami falou pro porteiro deixar a gente entrar. Tem uma banda tocando e praticamente todo mundo é da casa. Acho que vai ser legal.

— Ficar com nossos antigos colegas de escola fracassados e bêbados numa cidade morta. Eba — resmunguei.

Meu irmão sorriu.

— Uma amiga minha vai estar lá. Você vai ver.

Minhas sobrancelhas se juntaram.

— Me diz que você não fez isso.

Algumas pessoas estavam aglomeradas na porta da casa noturna, esperando que alguém saísse para que elas pudessem entrar. Passamos sorrateiramente por elas, ignorando suas reclamações enquanto pagávamos e entrávamos.

Havia uma mesa na entrada, que no começo da festa certamente estivera cheia de chapéus, óculos, bastões fluorescentes e apitos. Agora estava tudo remexido, mas isso não impediu Trenton de encontrar um ridículo par de óculos no formato do ano que se iniciaria. Havia glitter espalhado no chão, e a banda estava tocando "Hungry Like the Wolf".

Fiz cara feia para Trenton, que fingiu não notar. Shepley e eu o seguimos até o bar, onde Cami abria garrafas e fazia drinques a toda velocidade, pausando apenas para digitar números na caixa registradora ou escrever alguma coisa na conta de alguém. Seu pote de gorjetas estava transbordando, e ela tinha que empurrar as notas para baixo toda vez que alguém adicionava algo.

Quando ela viu meu irmão, seus olhos brilharam.

— Vocês vieram!

Ela abriu três garrafas de cerveja e colocou no bar, na frente dele.

— Eu disse que vinha — ele sorriu, se inclinando sobre o balcão para dar um selinho nos lábios dela.

A conversa deles se resumiu a isso, pois ela rapidamente se virou para pegar outra cerveja e deslizá-la sobre o balcão, depois se inclinou para escutar o pedido de outro cliente.

— Ela é boa nisso — disse Shepley, observando-a.

Trenton sorriu.

— Com certeza.

— Vocês estão...? — comecei.

— Não — Trent balançou a cabeça. — Ainda não. Estou trabalhando pra isso. Ela tem um universitário babaca na Califórnia. Ele só precisa pisar na bola mais uma vez e ela vai perceber o imbecil que ele é.

— Boa sorte com isso — disse Shepley, tomando um gole de cerveja.

Trenton e eu intimidamos um pequeno grupo para que eles saíssem da mesa em que estavam, de forma que casualmente tomamos posse do lugar para dar início à nossa noite de bebidas e observação.

Cami cuidava de Trenton de longe, mandando regularmente uma garçonete à nossa mesa com doses de tequila e garrafas de cerveja. Fiquei contente por já estar na quarta dose de Jose Cuervo quando começou a segunda balada dos anos 80.

— Essa banda é uma merda, Trent — gritei.

— Você só não sabe apreciar o legado das bandas de cabeludos! — ele gritou em resposta. — Ei, olha lá — disse, apontando para a pista de dança.

Uma ruiva veio andando devagar até nós, cruzando a pista lotada, com um sorriso melado de gloss brilhando no rosto pálido.

Trenton se levantou para abraçá-la, e o sorriso dela ficou mais largo.

— Oi, T! Como vão as coisas?

— Tô bem, tô bem! Trabalhando. E você?

— Tudo ótimo! Estou morando em Dallas agora. Trabalhando em uma firma de relações públicas. — Ela analisou nossa mesa, primeiro Shepley, depois eu. — Ah, meu Deus! Esse é o seu irmãozinho? Eu já fui sua babá!

Juntei as sobrancelhas. Ela tinha seios volumosos e curvas de uma pinup da década de 40. Eu tinha certeza de que, se tivesse passado qualquer tempo com ela nos meus anos de formação, teria lembrado.

Trent sorriu.

— Travis, lembra da Carissa? Ela se formou com o Tyler e o Taylor.

Carissa estendeu a mão e a cumprimentei. Coloquei um cigarro entre os dentes e acendi o isqueiro.

— Acho que não — falei, enfiando o maço quase vazio no bolso da frente da camisa.

— Você não era muito velho — ela sorriu.

Trenton apontou para ela.

— Ela acabou de se separar do Seth Jacobs. Foi meio feio. Lembra do Seth?

Balancei a cabeça, já cansado do joguinho dele.

Carissa pegou o copo cheio de tequila na minha frente e o virou, depois veio sentar ao meu lado.

— Ouvi dizer que você também passou por uns momentos difíceis recentemente. Talvez a gente possa fazer companhia um para o outro essa noite.

Pelos olhos dela, pude ver que estava bêbada... e solitária.

— Não estou procurando uma babá — falei, dando uma tragada no cigarro.

— Bom, talvez apenas uma amiga? A noite foi longa. Eu vim aqui sozinha, porque todas as minhas amigas são casadas, entende? — Ela deu uma risadinha nervosa.

— Na verdade não.

Ela olhou para baixo, e senti uma pontada de culpa. Eu estava sendo um babaca, e ela não tinha feito nada para merecer isso.

— Ei, desculpa — falei. — É que eu não queria estar aqui.

Carissa deu de ombros.

— Eu também não, mas não queria ficar sozinha.

A banda parou de tocar e o vocalista começou a contagem regressiva. Carissa olhou ao redor, depois de volta para mim, com o olhar alterado. Sua linha de visão baixou para os meus lábios e então a galera ali reunida gritou em uníssono:

— FELIZ ANO NOVO!

A banda tocou uma versão tosca de "Auld Lang Syne", e Carissa colou os lábios nos meus. Minha boca se moveu de encontro à dela por um instante, mas seus lábios eram tão estranhos, tão diferentes do que eu estava acostumado, que só tornaram a lembrança da Abby mais vívida e a compreensão de que ela se fora mais dolorosa.

Eu me afastei e limpei a boca com a manga da camisa.

— Me desculpa — disse ela, observando-me sair da mesa.

Fui abrindo caminho em meio à multidão em direção ao banheiro e me tranquei na única cabine. Peguei meu celular e fiquei segurando-o, com a visão turva e o gosto podre de tequila na língua.

É provável que a Abby também esteja bêbada, pensei. *Ela não vai se importar se eu ligar. É véspera de Ano Novo. Talvez ela até esteja esperando que eu ligue.*

Fui rolando os nomes na minha lista de contatos, parando em "Beija-Flor". Virei o pulso, vendo o mesmo nome tatuado na minha pele. Se a Abby quisesse falar comigo, teria me ligado. Minha chance tinha vindo e ido embora, e falei para ela, na casa do meu pai, que a deixaria seguir em frente. Bêbado ou não, ligar para ela seria egoísta.

Alguém bateu na porta.

— Trav? — Era Shepley. — Está tudo bem?

Destranquei a porta e saí, com o celular ainda na mão.

— Você ligou pra ela?

Balancei a cabeça, então olhei para a parede de azulejos do outro lado do banheiro. Dei alguns passos para trás e lancei meu telefone contra a parede, vendo-o se estilhaçar em um milhão de pedaços que se espalharam pelo chão. Algum pobre coitado que estava em pé no mictório deu um pulo, seus ombros indo parar nas orelhas.

— Não — falei. — E não vou ligar.

Shepley me acompanhou de volta à mesa sem dizer uma palavra. Carissa tinha ido embora, e três novas doses esperavam por nós.

— Achei que ela podia te distrair dos problemas, Trav, desculpa. Comer uma mina bem gata sempre melhora meu humor quando estou me sentindo como você — disse Trenton.

— Então você nunca se sentiu como eu — retruquei, virando a tequila até o fundo da garganta. Levantei-me rapidamente, me segurando na beirada da mesa para me equilibrar. — Hora de ir pra casa desmaiar, meninos.

— Tem certeza? — meu irmão perguntou, parecendo levemente desapontado.

Depois que o Trenton conseguiu a atenção da Cami por tempo suficiente para se despedir, fomos até o Intrepid. Antes de dar partida no carro, ele olhou para mim.

— Você acha que algum dia ela vai te aceitar de volta?

— Não.

— Então talvez esteja na hora de aceitar isso. A menos que você não queira a Abby na sua vida de jeito nenhum.

— Estou tentando.

— Quero dizer quando as aulas começarem. Finja que as coisas voltaram a ser como eram antes de você ver ela pelada.

— Cala a boca, Trent.

Ele ligou o motor e deu ré.

— Eu estava aqui pensando — disse ele, girando o volante e então engatando a primeira — que você também era feliz quando vocês dois eram só amigos. Talvez você possa voltar àquele ponto. Talvez você esteja tão deprimido por achar que não consegue fazer isso.

— Talvez — falei, com o olhar fixo para fora da janela.

O primeiro dia de aula na primavera finalmente chegou. Eu não consegui dormir a noite toda, tanto temendo quanto esperando ansiosamente ver Abby de novo. Apesar da minha noite insone, eu estava determinado a ser todo sorrisos, sem demonstrar quanto eu tinha sofrido, nem a Abby nem a mais ninguém.

Na hora do almoço, meu coração quase pulou fora do peito quando a vi. Ela parecia diferente, mas a mesma. A diferença estava no fato de que ela parecia uma estranha. Eu não podia simplesmente ir até ela e beijá-la ou tocá-la como antes. Seus grandes olhos piscaram uma vez quando ela me viu, e sorri e dei uma piscadela em resposta, sentando-me na ponta da nossa mesa de costume. Os jogadores de futebol americano estavam ocupados reclamando por terem perdido para o time da Estadual, então tentei aliviar a angústia deles contando algumas das minhas experiências mais pitorescas das férias, como observar o Trenton salivar pela Cami e a vez em que o Intrepid dele quebrou e quase fomos presos por embriaguez pública enquanto caminhávamos até em casa.

De canto de olho, vi Finch abraçar Abby e por um instante me perguntei se ela queria que eu me retirasse dali ou se estava incomodada.

Qualquer que fosse a resposta, eu odiava não saber.

Jogando a última garfada de algo frito e nojento para dentro da boca, recolhi minha bandeja e parei atrás da Abby, repousando as mãos em seus ombros.

— Como vão as aulas, Shep? — perguntei, determinado a fazer com que minha voz soasse totalmente casual.

Ele fez uma careta.

— O primeiro dia é um saco. Horas de planos de estudos e regras. Nem sei por que vim na primeira semana. E você?

— Hum... faz parte do jogo. E você, Flor? — Tentei não permitir que a tensão nos meus ombros afetasse minhas mãos.

— A mesma coisa. — A voz dela estava fraca, distante.

— Suas férias foram boas? — perguntei, brincando de embalá-la de um lado para o outro.

— Muito boas.

É, aquilo era esquisito pra caralho.

— Legal. Tenho aula agora. Até mais.

Saí do refeitório rapidinho, pegando o maço de Marlboro no bolso antes mesmo de empurrar as portas de metal.

As próximas duas aulas foram uma tortura. O único lugar em que eu me sentia tranquilo era o meu quarto, longe do campus, longe de tudo que me lembrava de que eu estava solitário, longe do resto do mundo, que continuava a girar, cagando e andando para o fato de que eu sentia tamanha dor que chegava a ser palpável. Shepley ficava me dizendo que depois de um tempo não seria mais tão ruim, mas não parecia haver nenhuma trégua.

Encontrei meu primo no estacionamento do Morgan Hall, tentando não ficar encarando a entrada. Shepley parecia tenso e não falou muito durante o trajeto até o apartamento.

Quando ele parou no estacionamento do prédio, soltou um suspiro. Fiquei debatendo internamente se perguntava ou não se ele e America estavam com problemas, mas achei que não conseguiria lidar com as merdas dele *e* as minhas.

Peguei minha mochila no banco de trás e saí do carro, parando apenas para abrir a porta do apartamento.

— Ei — disse ele, fechando a porta atrás de si. — Tá tudo bem?

— Tá — respondi do corredor, sem me virar.

— Foi meio estranho no refeitório.

— Acho que sim — falei, dando mais um passo.

— Então, hum... Acho que preciso te contar uma coisa que eu ouvi. Quer dizer... Droga, Trav, eu não sei se devo te contar ou não. Não sei se vai melhorar ou piorar as coisas.

Eu me virei.

— Ouviu de quem?

— A Mare e a Abby estavam conversando. E... eu ouvi que a Abby está infeliz.

Fiquei parado em silêncio, tentando manter a respiração regular.

— Você ouviu o que eu disse? — Shepley perguntou, juntando as sobrancelhas.

— O que isso quer dizer? — perguntei, jogando as mãos para cima. — Que ela está infeliz sem mim? Porque não somos mais amigos? Ou o quê?

Ele assentiu.

— Definitivamente foi uma má ideia.

— Me fala! — berrei, sentindo meu corpo tremer. — Eu não... eu não aguento continuar assim! — Arremessei minhas chaves pelo corredor, ouvindo um som alto e agudo quando elas bateram de encontro à parede. — Ela mal notou minha presença hoje, e você está dizendo que ela me quer de volta? Como amigo? Do jeito que era antes de Las Vegas? Ou ela só está infeliz de modo geral?

— Eu não sei.

Deixei minha mochila cair no chão e a chutei na direção dele.

— Por que você está fazendo isso comigo, cara? Você acha que eu não estou sofrendo o bastante? Porque eu juro, eu não aguento mais.

— Me desculpa, Trav. Eu só pensei que eu ia querer saber... se fosse comigo.

— Você não é que nem eu! Só... porra, deixa isso quieto, Shep. Deixa toda essa merda quieta.

Bati com tudo minha porta e sentei na cama, descansando a cabeça entre as mãos.

Ele abriu uma fresta.

— Não estou tentando piorar as coisas, se é isso que você está pensando. Mas eu sabia que, se você descobrisse depois, teria acabado comigo por não ter te contado. É só isso que estou dizendo.

Assenti uma vez.

— Tudo bem.

— Você acha... Você acha que, caso se concentrasse em todas as merdas que teve que aguentar com ela, as coisas seriam mais fáceis?

Suspirei.

— Eu já tentei fazer isso. Sempre acabo voltando ao mesmo pensamento.

— Que seria...?

— Agora que acabou, eu gostaria de ter todas as coisas ruins de volta... só para ter as boas também.

Ele ficou com o olhar vago pelo quarto, tentando pensar em algo mais que pudesse me consolar, mas estava claro que não tinha mais conselhos a dar. O celular dele bipou.

— É o Trent — ele disse, lendo o nome na tela do celular. Seus olhos se iluminaram. — Quer ir tomar umas com ele no Red? Ele sai às cinco hoje. O carro dele quebrou e ele quer uma carona para ir ver a Cami. Você devia ir, cara. Vai com o meu carro.

— Tudo bem. Diz pra ele que estou a caminho.

Funguei e limpei o nariz antes de me levantar.

Em algum momento entre sair do apartamento e estacionar o Charger no estúdio de tatuagem em que o Trenton trabalhava, Shepley havia alertado meu irmão sobre a merda que fora o meu dia — algo que Trenton acabou deixando óbvio quando insistiu em ir direto para o Red Door assim que sentou no banco do passageiro do Charger, em vez de querer ir para casa se trocar primeiro.

Quando chegamos, além de nós só havia a Cami, o dono e um cara reabastecendo o estoque do bar, mas era meio de semana — o auge da frequência da casa pelo pessoal das faculdades e noite da cerveja barata. Não demorou para que o salão se enchesse de gente.

Eu já estava alto na hora em que Lexi e suas amigas deram uma passada por lá, mas foi só quando a Megan chegou que me dei ao trabalho de erguer o olhar.

— Que relaxo, Maddox.

— Nem — falei, tentando fazer com que meus lábios amortecidos formassem as palavras.

— Vamos dançar — ela choramingou, me dando um puxão no braço.

— Acho que eu não consigo — respondi, oscilante.

— Acho que você não devia — disse Trenton, se divertindo.

Megan comprou uma cerveja para mim e sentou na banqueta ao meu lado. Em dez minutos, ela estava acariciando minha camiseta e tocando de forma nada sutil meus braços, depois minhas mãos. Pouco antes de o bar fechar, ela havia desistido da banqueta para ficar de pé ao meu lado — ou melhor, praticamente montar na minha coxa.

— Então... eu não vi sua moto lá fora. Você veio com o Trenton?

— Não. Peguei o carro do Shepley.

— Eu adoro aquele carro — ela arrulhou. — Você devia me deixar te levar pra casa.

— Você quer dirigir o Charger? — perguntei, enrolando a língua.

Olhei de relance para meu irmão, que estava abafando uma risada.

— Provavelmente não é uma má ideia, maninho. É só não esquecer a segurança... em todos os sentidos.

Megan me puxou para fora da banqueta e até o estacionamento. Ela estava usando um top tomara que caia de paetê, saia jeans e botas, mas não parecia se importar com o frio. Se é que estava frio — eu não saberia dizer.

Ele dava risadinhas, e joguei o braço em volta de seus ombros para manter o equilíbrio ao andar. Quando chegamos ao lado do passageiro do carro do Shepley, ela ficou séria.

— Algumas coisas não mudam, hein, Travis?

— Acho que não — falei, encarando seus lábios.

Megan envolveu meu pescoço com os braços e me puxou, não hesitando em enfiar a língua — úmida, macia e vagamente familiar — na minha boca.

Depois de alguns minutos brincando de apertar a bunda e trocar saliva, ela ergueu uma das pernas e a enganchou em mim. Agarrei sua coxa e forcei a pélvis na dela. A bunda dela bateu na porta do carro, e ela gemeu na minha boca.

Megan sempre gostou de sexo selvagem.

Sua língua desceu pelo meu pescoço, e foi então que me dei conta do frio, sentindo a calidez deixada por sua boca morna esfriar rapidamente com o ar do inverno.

Megan esticou a mão entre nós e pegou no meu pau, sorrindo ao perceber que eu estava exatamente onde ela queria que eu estivesse.

— Hummmm, Travis — ela murmurou, mordendo meu lábio.

— Beija-Flor. — A palavra saiu abafada com minha boca encostada na dela. Àquela altura da noite, era fácil fingir.

Megan deu uma risadinha.

— O quê? — De seu jeito típico, ela não exigiu uma explicação quando não respondi. — Vamos para o seu apartamento — disse, pegando as chaves da minha mão. — Minha colega de quarto está doente.

— Ah, é? — perguntei, puxando a maçaneta da porta. — Você quer mesmo dirigir o Charger?

— É melhor eu do que você — ela respondeu, me beijando uma última vez antes de ir até o lado do motorista.

Megan dirigia, ria e falava sobre as férias enquanto abria minha calça e enfiava a mão lá dentro. Ainda bem que eu estava bêbado, porque eu não transava desde o Dia de Ação de Graças. Se estivesse sóbrio, na hora em que chegássemos ao apartamento, ela teria que pegar um táxi e dar a noite por encerrada.

No meio do caminho até em casa, o pote vazio no meu criado-mudo me veio rapidamente à cabeça.

— Espera um pouco, espera um pouco — falei, apontando para a rua. — Para no Swift Mart. Precisamos comprar umas...

Ela enfiou a mão dentro da bolsa e tirou de lá uma pequena caixa de camisinhas.

— Deixa comigo.

Eu me reclinei e sorri. Ela realmente era o meu tipo de mulher.

Megan parou o carro na vaga do Shepley, tendo ido o suficiente ao apartamento para saber. Ela veio correndo até o outro lado do carro, em passinhos pequenos, tentando se equilibrar em seus sapatos de salto agulha.

Eu me apoiei nela para subir as escadas, e ela riu com a boca encostada na minha quando finalmente percebi que a porta já estava destrancada e a empurrei para entrarmos.

No meio do beijo, fiquei paralisado. Abby estava parada no centro da sala, segurando o Totó.

— Beija-Flor — falei, perplexo.

— Achei! — disse America, saindo do quarto do Shepley.

— O que você está fazendo aqui? — perguntei.

A expressão dela se transformou de surpresa em raiva.

— Que bom ver que você voltou a ser você mesmo, Trav.

— A gente já estava de saída — America rosnou, então agarrou Abby pela mão e elas passaram por mim e por Megan.

Demorei um instante para reagir, mas desci as escadas, notando pela primeira vez o Honda da America. Uma sequência de xingamentos passou pela minha cabeça.

Sem pensar, segurei o casaco da Abby.

— Aonde você está indo?

— Pra casa — ela retrucou, endireitando o casaco com raiva.

— O que você está fazendo aqui?

A neve acumulada era esmagada sob os pés da America enquanto ela caminhava atrás da Abby, e de repente Shepley estava ao meu lado, com os olhos cautelosos fixos na namorada.

Abby ergueu o queixo.

— Foi mal. Se eu soubesse que você estaria aqui, não teria vindo.

Enfiei as mãos nos bolsos do casaco.

— Você pode vir aqui quando quiser, Flor. Eu nunca quis que você ficasse longe.

— Não quero interromper. — Ela olhou para o alto da escada, onde Megan, é claro, estava parada, observando o show. — Curta sua noite — disse Abby, se virando.

Segurei-a pelo braço.

— Espera aí. Você está *brava*?

Ela se soltou com força da minha pegada.

— Sabe de uma coisa... — deu uma risada. — Eu nem sei por que estou surpresa.

Ela pode até ter rido, mas havia ódio em seus olhos. Não importava o que eu fizesse — seguisse em frente sem ela ou ficasse deitado na cama, agonizando por causa dela —, ela teria me odiado do mesmo jeito.

— Não consigo acertar uma com você. Não consigo acertar *uma* com você! Você diz que não quer mais nada comigo... Eu estou aqui, triste pra cacete! Tive que quebrar meu celular em um milhão de pedacinhos pra não te ligar a cada minuto de cada maldito dia! Tenho que fingir que está tudo bem na faculdade, pra você poder ser feliz... E você está *brava* comigo?! Você partiu a *porra* do meu coração! — gritei.

— Travis, você está bêbado. Deixa a Abby ir pra casa — disse Shepley.

Agarrei os ombros dela e a puxei para perto de mim, olhando em seus olhos.

— Você me quer ou não? Você não pode continuar fazendo isso comigo, Flor!

— Eu não vim aqui pra te ver.

— Eu não quero a Megan — falei, com o olhar fixo nos lábios da Abby. — Eu só estou na merda de tão infeliz, Beija-Flor. — Eu me inclinei para beijá-la, mas ela segurou meu queixou e me afastou.

— Tem batom dela na sua boca, Travis — falou com nojo.

Dei um passo para trás e levantei a camiseta para limpar a boca. As faixas vermelhas que ficaram no tecido tornavam impossível negar o que tinha acontecido.

— Eu só queria esquecer. Só por uma droga de uma noite.

Uma lágrima escapou e rolou pela bochecha da Abby, mas ela rapidamente a limpou.

— E não sou eu quem vai te impedir.

Ela se virou para ir embora, mas a agarrei pelo braço de novo.

De repente um borrão loiro estava na minha cara, gritando e me batendo com seus pequenos, porém ferozes punhos.

— Deixa a Abby em paz, seu canalha!

Shepley segurou America, mas ela o afastou, se virando para estapear meu rosto. O som da mão dela na minha bochecha foi rápido e alto. Todo mundo ficou paralisado por um instante, chocado com a fúria repentina da America.

Shepley agarrou sua namorada novamente, segurando-a pelos pulsos e puxando-a em direção ao Honda, enquanto ela se debatia.

Ela lutava violentamente para se soltar, e seus cabelos loiros o chicoteavam enquanto ela tentava escapar.

— *Como* você pôde fazer isso? Ela merecia mais de você, Travis!

— America, *para*! — Shepley gritou, mais alto do que eu jamais o ouvira gritar.

Os braços dela caíram ao lado do corpo enquanto ela olhava com ódio e indignação para o namorado.

— Você está *defendendo* o Travis?

Embora ele estivesse assustado pra caralho, se manteve firme.

— Foi a Abby quem terminou o namoro. Ele só está tentando seguir em frente.

Ela estreitou os olhos e puxou o braço da pegada dele.

— Bom, então por que você não vai pegar uma *puta* qualquer — ela olhou para Megan — no Red e traz ela pra casa pra trepar, e depois me diz se isso te ajuda a me esquecer?

— Mare — Shepley tentou segurá-la, mas ela se esquivou, batendo com tudo a porta do carro enquanto se sentava atrás do volante.

Abby abriu a porta do passageiro e se sentou ao lado da amiga.

— Baby, não vai embora — Shepley implorou, se abaixando na altura da janela.

America deu partida no carro.

— Tem um lado certo e um errado, Shep. E *você* está do lado *errado*.

— Eu estou do *seu* lado — ele disse, com desespero nos olhos.

— Não está mais — ela retrucou, dando ré.

— America? America! — ele gritou.

Quando o Honda já estava longe, Shepley se virou, respirando com dificuldade.

— Shepley, eu...

Antes que eu pudesse dizer uma palavra a mais, ele recuou e lançou o punho cerrado no meu maxilar.

Aguentei o soco, toquei meu rosto e então assenti. Eu merecia aquilo.

— Travis? — Megan chamou da escada.

— Eu levo ela pra casa — disse Shepley.

Fiquei observando as lanternas traseiras do Honda cada vez menores enquanto o carro levava Abby para longe de mim, sentindo um nó se formar na minha garganta.

— Obrigado.

25
POSSESSIVIDADE

Ela vai estar lá.
    Aparecer por lá seria um erro.
    Seria esquisito.
    Ela vai estar lá.
    E se alguém pedir para dançar com ela?
    E se ela conhecer o futuro marido lá e eu ainda testemunhar isso?
    Ela não quer me ver.
    Eu posso ficar bêbado e fazer algo para deixá-la puta.
    Ela pode ficar bêbada e fazer algo para me deixar puto.
    Eu não devia ir.
    Eu preciso ir. Ela vai estar lá.

Fiz uma lista mental dos prós e contras de ir à festa do Dia dos Namorados, mas voltava sempre à mesma conclusão: eu precisava ver a Abby, e ela estaria lá.

Shepley estava se arrumando no quarto dele, mal falando comigo desde que ele e America finalmente tinham voltado. Em parte porque eles ficavam enfurnados no quarto compensando o tempo perdido, mas também porque ele ainda me culpava pelas cinco semanas que eles ficaram separados.

America nunca perdia uma oportunidade de deixar claro que me odiava, especialmente depois da ocasião mais recente em que parti o coração da Abby. Eu a tinha convencido a sair de um encontro com o Parker para vir comigo a uma luta. É claro que eu queria que ela estivesse lá, mas cometi o erro de admitir que também a tinha convidado para vencer uma competição com o Parker. Eu queria que ele soubesse que não tinha influência alguma sobre ela. Abby achou que eu havia tirado proveito de seus sentimentos por mim, e estava certa.

Todas essas coisas já eram suficientes para que eu me sentisse culpado, mas o fato de que Abby havia sido atacada num lugar aonde eu a havia levado tornava quase impossível olhar qualquer pessoa nos olhos. Somando a isso tudo nossa fuga por um triz da polícia, o resultado era o seguinte: eu era um desastre gigantesco.

Apesar dos meus constantes pedidos de desculpa, America passava seus dias no apartamento desferindo olhares feios na minha direção e fazendo comentários maldosos e injustificáveis. Mesmo depois de tudo isso, eu estava feliz por Shepley e America terem feito as pazes. Talvez ele nunca tivesse me perdoado se ela não o aceitasse de volta.

— Estou indo — disse Shepley. Ele entrou no meu quarto, onde eu estava sentado só de cueca, ainda em conflito quanto ao que fazer. — Vou buscar a Mare no dormitório.

— A Abby ainda vai?

— Vai. Com o Finch.

Consegui abrir um meio sorriso.

— Isso devia fazer eu me sentir melhor?

Ele deu de ombros.

— Eu me sentiria melhor. — Então deu uma olhada nas paredes e assentiu. — Você colocou as fotos de volta.

Olhei ao redor.

— Sei lá. Não me pareceu certo simplesmente deixar as fotos guardadas no fundo da gaveta.

— Bom, acho que a gente se vê mais tarde.

— Ei, Shep.

— Fala — ele respondeu, sem se virar.

— Eu realmente sinto muito, primo.

Ele suspirou.

— Eu sei.

No segundo em que ele foi embora, entrei na cozinha e enchi um copo com o que restava de uísque. O líquido âmbar era uma promessa de consolo.

Virei o conteúdo do copo e fechei os olhos, considerando a possibilidade de uma ida à loja de bebidas. Mas não havia uísque suficiente no universo para me ajudar a tomar uma decisão.

— Foda-se — falei, pegando as chaves da moto.

Depois de uma parada na Ugly Fixer Liquor, guiei a Harley sobre o meio-fio e estacionei na frente da casa da fraternidade, abrindo a minigarrafa de uísque que tinha acabado de comprar.

Encontrando coragem no fundo da garrafa, entrei na Sig Tau. A sala estava coberta de vermelho e rosa; peças de decoração baratas pendiam do teto, e havia glitter por todo o chão. O som dos alto-falantes lá embaixo zunia pela casa, abafando as risadas e o murmúrio constante das conversas.

Tive que manobrar no meio da multidão de casais, procurando Shepley, America, Finch ou Abby. Principalmente Abby. Ela não estava na cozinha nem em nenhuma das salas. Também não estava na varanda, então desci até a pista de dança. Fiquei sem fôlego quando a vi.

A música ficou mais lenta, e seu sorriso angelical era evidente até mesmo naquele porão mal iluminado. Ela estava com os braços em volta do pescoço do Finch, e ele se movia desajeitado com ela ao ritmo da balada.

Meus pés foram me levando em frente e, antes que eu soubesse o que estava fazendo ou parasse para pensar nas consequências, me vi a centímetros deles.

— Se importa se eu interromper, Finch?

Abby ficou paralisada, com um lampejo nos olhos ao me ver.

Finch alternava o olhar entre mim e ela.

— Claro que não.

— Finch — ela falou, contrariada, enquanto ele se afastava.

Puxei-a de encontro a mim. Ela continuou dançando, mas manteve o máximo de distância entre nós.

— Achei que você não viesse.

— Eu não vinha, mas fiquei sabendo que você estava aqui. Tive que vir.

A cada minuto que se passava, eu esperava que ela fosse se virar e ir embora, e cada minuto em que ela permanecia nos meus braços parecia um milagre.

— Você está linda, Flor.

— Nem vem.

— Nem vem o quê? Não posso dizer que você está bonita?

— Só... não começa.

— Eu não tive a intenção.

— Valeu — disse ela, irritada.

— Não... você está linda. Isso eu tive a intenção de dizer. Eu estava falando sobre o que eu disse no meu quarto. Não vou mentir. Eu senti prazer de te arrancar do seu encontro com o Parker...

— Não era um encontro, Travis. A gente só estava comendo. Agora ele não fala mais comigo, graças a você.

— Fiquei sabendo. Sinto muito.

— Não, você não sente.

— Vo... você está certa — eu disse, gaguejando quando notei que ela estava ficando brava. — Mas eu... Esse não foi o único motivo pelo qual eu te levei pra ver a luta. Eu queria você lá comigo, Flor. Você é meu talismã da sorte.

— Não sou nada seu — ela olhou com ódio para mim.

Retraí as sobrancelhas e parei de dançar.

— Você é *tudo* pra mim.

Seus lábios formaram uma linha dura, mas seus olhos adquiriram uma expressão mais suave.

— Você não me odeia de verdade... odeia? — perguntei.

Abby virou a cabeça e aumentou a distância entre nós.

— Às vezes eu gostaria de te odiar. Seria tudo bem mais fácil.

Um leve e cauteloso sorriso se espalhou em meus lábios.

— Então o que te deixa mais brava? O que eu fiz pra você querer me odiar, ou saber que você não consegue?

Instantaneamente, a raiva dela estava de volta. Ela me empurrou e subiu correndo as escadas em direção à cozinha. Fiquei parado no meio da pista, atônito e indignado por, de alguma forma, ter conseguido reacender o ódio dela por mim. Tentar conversar com ela agora me parecia completamente inútil. Todas as nossas interações só faziam aumentar a bola de neve caótica que era o nosso relacionamento.

Subi as escadas e segui em linha reta até o barril de cerveja, amaldiçoando minha voracidade e a garrafa vazia de uísque largada no gramado na frente da Sig Tau.

Depois de uma hora de cerveja, monotonia e conversas de bêbado com os caras da fraternidade e suas namoradas, olhei de relance para Abby, na esperança de que nossos olhares se cruzassem. Ela já estava me encarando, mas desviou o olhar. America parecia estar tentando animá-la, mas Finch pôs a mão no braço dela. Obviamente ele queria ir embora.

Ela virou o restante de sua cerveja em um grande gole e pegou na mão dele. Deu dois passos e então ficou paralisada quando a mesma canção que tínhamos dançado em sua festa de aniversário começou a tocar. Ela esticou a mão e pegou a garrafa do Finch, tomando outra golada.

Eu não sabia se era o uísque falando, mas algo em seu olhar me dizia que as recordações que aquela música despertava eram tão dolorosas para ela quanto para mim.

Ela ainda se importava comigo. Tinha que ser isso.

Um dos caras da fraternidade se apoiou no balcão ao lado de Abby e sorriu.

— Quer dançar?

Era o Brad, e, embora eu soubesse que ele provavelmente tinha notado o olhar desamparado no rosto dela e estava apenas tentando animá-la, os pelos na minha nuca se arrepiaram. Assim que ela balançou a cabeça para dizer que não, eu estava ao lado dela, e minha boca idiota de merda se mexeu antes que meu cérebro pudesse mandá-la parar.

— Dança comigo.

America, Shepley e Finch olhavam fixamente para Abby, esperando a resposta dela com tanta ansiedade quanto eu.

— Me deixa em paz, Travis — ela cruzou os braços.

— É a nossa música, Flor.

— Nós não temos uma música.

— Beija-Flor...

— *Não.*

Ela olhou para o Brad e forçou um sorriso.

— Eu adoraria dançar, Brad.

As sardas dele se esticaram nas bochechas quando ele sorriu, fazendo um gesto com a mão para que Abby seguisse na frente em direção às escadas.

Cambaleei para trás, me sentindo como se tivesse levado um soco no estômago. Uma combinação de raiva, ciúme e tristeza fervia em meu sangue.

— Um brinde! — gritei, subindo em uma cadeira. A caminho do topo, roubei a cerveja de alguém e a estendi à minha frente. — Aos babacas! — falei, fazendo um gesto em direção ao Brad. — E às garotas que partem o coração da gente. — Fiz uma reverência para Abby. Senti um aperto na garganta. — E ao horror de perder sua melhor amiga porque você foi idiota o bastante para se apaixonar por ela.

Virei a cerveja e joguei a garrafa no chão. O ambiente ficou em silêncio, exceto pela música que vinha do porão, e todo mundo me olhava com uma cara confusa.

O rápido movimento da Abby chamou minha atenção quando ela agarrou a mão do Brad, conduzindo-o até a pista de dança.

Pulei da cadeira e comecei a me dirigir ao porão, mas Shepley colocou o punho cerrado no meu peito, se inclinando na minha direção.

— Você precisa parar com isso — ele disse em uma voz sussurrada. — Isso vai acabar mal.

— Se vai acabar, que diferença faz?

Empurrei-o para passar por ele e desci as escadas até a pista de dança. A bola de neve já estava grande demais para ser parada, assim decidi simplesmente deixá-la rolar. Não havia vergonha alguma em ser extremo. Nós não podíamos voltar a ser amigos, então fazer com que um de nós odiasse o outro me pareceu uma boa ideia.

Fui empurrando os casais na pista de dança para abrir caminho, parando ao lado de Abby e Brad.

— Vou interromper vocês.

— Não vai, não. Meu Deus! — disse ela, abaixando a cabeça, envergonhada.

Meus olhos perfuravam Brad.

— Se você não se afastar da minha garota, vou rasgar a porra da sua garganta. Aqui mesmo na pista de dança.

Ele parecia em conflito, olhando nervosamente de mim para sua parceira de dança.

— Desculpa, Abby — disse por fim, soltando os braços dela e se afastando até subir as escadas.

— O que eu estou sentindo por você agora, Travis... é algo bem perto do ódio.

— Dança comigo — supliquei, tentando manter o equilíbrio.

A música chegou ao fim e Abby suspirou.

— Vai beber mais uma garrafa de uísque, Trav. — E se virou para dançar com o único cara sozinho na pista de dança.

O ritmo da música era acelerado e, a cada batida, Abby se movia para mais perto de seu novo parceiro de dança. David, o cara que eu menos gostava na Sig Tau, começou a dançar atrás dela, agarrando seus quadris. Os dois caras sorriam enquanto se aproveitavam dela ao mesmo tempo, passando as mãos por todas as partes de seu corpo. David agarrou seus quadris e enterrou a pélvis na bunda dela. Todo mundo ficou olhando. Em vez de sentir ciúme, fui inundado pela culpa. Eu tinha reduzido Abby àquilo.

Em dois passos, eu me curvei para baixo e coloquei um braço ao redor das pernas da Abby, jogando-a por cima do meu ombro, derrubando David no chão por ser um cuzão oportunista.

— Me solta! — disse ela, socando minhas costas.

— Não vou deixar você dar vexame por minha causa — grunhi, subindo as escadas, dois degraus de cada vez.

Todas as pessoas por quem passávamos ficavam olhando enquanto Abby chutava e gritava e eu cruzava a sala com ela.

— Você não acha que isso é dar vexame? Travis! — ela disse, lutando para se soltar.

— Shepley! O Donnie está lá fora? — gritei, desviando das pernas e braços que ela debatia.

— Hum... está — ele respondeu.

— Coloca a Abby no chão! — disse America, dando um passo em nossa direção.

— America — Abby gritou, se contorcendo —, não fique aí parada! Vem me ajudar!

America riu.

— Vocês dois estão ridículos.

— Valeu, amiga! — disse Abby, incrédula.

Assim que chegamos lá fora, ela lutou com mais força para se soltar.

— Me coloca no chão, droga!

Fui caminhando até o carro do Donnie, abri a porta de trás e joguei Abby lá dentro.

— Donnie, você é o motorista da noite?

Ele se virou, nervoso, observando o caos do banco da frente.

— Sou.

— Preciso que você leve a gente até o meu apartamento — falei enquanto sentava ao lado dela.

— Travis... eu não acho...

— Faz o que eu pedi, Donnie, ou te dou um soco na nuca, juro por Deus.

Imediatamente ele arrancou com o carro. Abby se lançou em direção à maçaneta.

— Eu não vou para o seu apartamento!

Agarrei um de seus pulsos, depois o outro. Ela se abaixou, afundando os dentes no meu antebraço. Doeu pra caramba, mas só fechei os olhos. Quando tive certeza de que ela havia rasgado minha pele e meu braço parecia estar pegando fogo, grunhi para compensar a dor.

— Faça o seu pior, Flor. Estou cansado das suas merdas.

Ela me soltou e começou a se debater novamente, tentando me atingir, mais por ter sido insultada do que para tentar cair fora.

— *Minhas* merdas? Me deixa sair da droga desse carro!

Puxei as mãos dela para perto do meu rosto.

— Eu te amo, droga! Você não vai a lugar nenhum até ficar sóbria e a gente resolver isso!

— Você é o único que ainda não resolveu, Travis!

Soltei seus pulsos e ela cruzou os braços, de cara fechada durante o resto do caminho até o apartamento.

Quando o carro parou, Abby se inclinou para frente.

— Você pode me levar pra casa, Donnie?

Abri a porta e a puxei para fora, jogando-a por cima do meu ombro de novo.

— Boa noite, Donnie — falei, carregando-a escada acima.

— Vou ligar para o seu pai! — Abby gritou.

Não consegui evitar e dei risada.

— E ele provavelmente vai me dar um tapinha nas costas e me dizer que já estava mais do que na hora!

Ela ficou se contorcendo enquanto eu pegava as chaves no meu bolso.

— Para com isso, Flor, ou nós dois vamos sair rolando pela escada!

Por fim, a porta se abriu, e entrei pisando duro no quarto do Shepley.

— Me. Coloca. No. *Chão!* — ela gritou.

— Tudo bem — respondi, largando-a na cama do Shepley. — Dorme e vê se melhora. A gente conversa amanhã.

Eu sabia como ela devia estar brava, porém, mesmo com as costas latejando por ter sido espancado pelos punhos cerrados da Abby nos últimos vinte minutos, era um alívio tê-la no apartamento de novo.

— Você não pode mais me dizer o que fazer, Travis! Eu não pertenço a você!

As palavras dela acenderam uma profunda ira dentro de mim. Fui como um raio até a cama, plantei as mãos no colchão, uma de cada lado de suas coxas, e me inclinei bem perto do rosto dela.

— Bom, mas *eu* pertenço a você! — gritei.

Coloquei tanta força em minhas palavras que pude sentir o sangue subindo até o meu rosto. Abby encarou meu olhar duro, recusando-se a sequer piscar. Olhei para seus lábios, arfando.

— Eu pertenço a você — sussurrei, minha raiva desaparecendo devagar conforme o desejo assumia seu lugar.

Ela estendeu a mão, mas, em vez de estapear meu rosto, agarrou minhas bochechas e grudou a boca na minha. Sem hesitar, eu a ergui nos braços e a carreguei até o meu quarto, e caímos na cama.

Abby puxou minhas roupas, desesperada para arrancá-las. Abri o zíper do vestido dela com um movimento fluido e fiquei observando enquanto ela o tirava com rapidez pela cabeça, jogando-o no chão. Nossos olhares se encontraram, e então eu a beijei, gemendo em sua boca enquanto ela retribuía o beijo.

Antes que eu tivesse a oportunidade de raciocinar, nós dois estávamos nus. Abby agarrou minha bunda, ansiosa para me puxar para dentro dela, mas resisti, a adrenalina ardendo no sangue, misturada ao uísque e à cerveja. Meu bom senso retornou, e pensamentos sobre as consequências permanentes dos nossos atos começaram a lampejar em minha mente. Eu tinha sido um babaca, tinha deixado a Abby puta da vida, mas não queria que ela algum dia se questionasse se eu havia tirado proveito dela naquele momento.

— Nós estamos bêbados — falei, respirando com dificuldade.

— Por favor.

Suas coxas pressionavam meus quadris, e eu podia sentir os músculos sob sua pele macia tremerem de expectativa.

— Isso não está certo.

Lutei contra a confusão do álcool que me dizia que as próximas horas com ela valeriam o que quer que estivesse mais à frente.

Pressionei a testa na dela. Por mais que eu a desejasse, o pensamento doloroso de imaginar Abby acordando envergonhada por seu erro na manhã seguinte era mais forte do que o que os meus hormônios estavam me mandando fazer. Se ela realmente quisesse seguir em frente com aquilo, eu precisava de provas sólidas.

— Eu quero você — ela sussurrou de encontro à minha boca.

— Preciso que você diga.

— Eu digo o que você quiser.

— Então diz que pertence a mim. Diz que me aceita de volta. Eu só vou fazer isso se estivermos juntos.

— A gente nunca se separou de fato, não é?

Balancei a cabeça, roçando os lábios nos dela. Não era o bastante.

— Preciso te ouvir dizer. Preciso saber que você é minha.

— Eu sou sua desde o segundo em que nos conhecemos — disse ela, em tom de súplica.

Encarei seus olhos por alguns segundos, então minha boca formou um meio sorriso, na esperança de que as palavras dela fossem verdadeiras e não faladas no calor do momento. Eu me inclinei e a beijei com ternura, e ela me puxou devagar para dentro dela. Parecia que meu corpo inteiro estava se derretendo nela.

— Fala de novo. — Parte de mim não conseguia acreditar que aquilo estava mesmo acontecendo.

— Eu sou sua — ela sussurrou. — Nunca mais quero me separar de você.

— Promete — pedi, gemendo enquanto a penetrava.

— Eu te amo. Vou te amar pra sempre. — Ela olhou fundo em meus olhos quando disse isso, e finalmente me dei conta de que suas palavras não eram apenas uma promessa vazia.

Selei a boca na dela, o ritmo de nossos movimentos ganhando ímpeto. Nada mais precisava ser dito, e, pela primeira vez em meses, meu mundo não estava de ponta-cabeça. Abby arqueou as costas e me envolveu com as pernas, enganchando-as atrás de mim pelos tornozelos. Saboreei cada parte de seu corpo que pude alcançar, faminto por isso há tempo demais. Quase morrendo de fome por ela. Passou-se uma hora, depois outra. Mesmo exausto, prossegui, temendo que, se parássemos, eu acabasse acordando e percebesse que aquilo não passara de um sonho.

Apertei os olhos por causa da luz que entrava pelas janelas. Não consegui dormir a noite toda, sabendo que, quando o sol nascesse, tudo estaria acabado. Abby se mexeu e cerrei os dentes. As poucas horas que passamos juntos não eram o suficiente. Eu não estava preparado para me separar dela.

Abby roçou a bochecha no meu peito. Beijei seus cabelos, depois sua testa, suas bochechas, seu pescoço, seus ombros e então trouxe sua mão à minha boca e beijei ternamente seu pulso, a palma e os dedos. Eu queria apertá-la, mas me controlei. Meus olhos se encheram de lágrimas pela terceira vez desde que a trouxera ao apartamento. Quando ela acordasse, estaria envergonhada, furiosa e me deixaria para todo o sempre.

Nunca temi tanto ver os diferentes tons de cinza em suas íris.

Com os olhos ainda fechados, Abby sorriu, e levei minha boca de volta à dela, aterrorizado com o momento em que ela se desse conta do que acontecera.

— Bom dia — disse ela, com os lábios encostados nos meus.

Eu me movi para cima dela e continuei a beijar vários lugares de sua pele. Coloquei os braços sob ela, entre suas costas e o colchão, e enterrei o rosto em seu pescoço, inalando seu aroma antes que ela irrompesse porta afora.

— Você está quieto hoje — disse ela, passando as mãos na pele nua das minhas costas. Ela deslizou as palmas na minha bunda, depois enganchou a perna no meu quadril.

Balancei a cabeça.

— Eu só quero ficar assim.

— Eu perdi alguma coisa?

— Eu não pretendia te acordar. Por que você não volta a dormir?

Abby se reclinou no travesseiro, erguendo meu queixo para que eu a encarasse.

— Tem alguma coisa errada com você? — ela quis saber, com o corpo repentinamente tenso.

— Só volta a dormir, Beija-Flor. Por favor.

— Aconteceu alguma coisa? É a America? — ela perguntou, se sentando rapidamente.

Eu me sentei com ela, secando os olhos.

— Não... A America está bem. Eles chegaram em casa por volta das quatro da manhã. Estão na cama ainda. É cedo, vamos voltar a dormir.

Seus olhos percorriam diversos pontos do quarto enquanto ela pensava na noite anterior. Sabendo que a qualquer momento ela lembraria que eu a havia arrastado para fora da festa e dado um vexame, coloquei as mãos em ambos os lados de seu rosto e a beijei uma última vez.

— Você dormiu? — ela perguntou, envolvendo minha cintura com os braços.

— Eu... não consegui. Eu não queria...

Ela me deu um beijo na testa.

— Seja lá o que for, a gente vai resolver, tá? Por que você não dorme um pouco? Vamos pensar nisso quando você acordar.

Isso não era o que eu esperava. Ergui a cabeça e analisei a expressão no rosto dela.

— O que você quer dizer? Que *a gente* vai resolver?

Ela franziu as sobrancelhas.

— Eu não sei o que está acontecendo, mas estou aqui.

— Você está aqui? Você vai ficar aqui? Comigo?

Ela ficou confusa, olhando em diferentes direções.

— Vou. Achei que a gente tinha discutido isso ontem à noite, não?

— Discutimos sim. — Provavelmente eu parecia um idiota completo, mas assenti de maneira enfática.

Abby estreitou os olhos.

— Você achou que eu ia acordar brava com você, não é? Achou que eu ia embora?

— Você é famosa por isso.

— É por isso que você está tão perturbado? Você ficou acordado a noite toda se preocupando com o que ia acontecer quando eu acordasse?

Eu me remexi.

— Eu não queria que a noite passada acontecesse daquele jeito. Eu estava meio bêbado, fiquei te perseguindo na festa como um maníaco, depois te arrastei pra cá contra a sua vontade... e aí a gente... — balancei a cabeça, indignado com meu próprio comportamento.

— Transou e fez o melhor sexo da minha vida? — disse Abby, sorrindo e apertando minha mão.

Dei risada uma vez, espantado de ver como a conversa estava indo bem.

— Então estamos bem?

Ela segurou meu rosto e me beijou com ternura.

— Estamos, bobão. Eu prometi, não foi? Eu te falei tudo que você queria ouvir, a gente voltou a namorar, e nem assim você fica feliz?

Minha respiração falhou e tentei conter as lágrimas. Ainda não parecia real.

— Travis, para. Eu te amo — ela disse, usando seus finos dedos para alisar as linhas de preocupação em torno dos meus olhos. — Esse impasse absurdo podia ter acabado no feriado de Ação de Graças, mas...

— Espera... o quê? — interrompi, recuando.

— Eu estava pronta para ceder no Dia de Ação de Graças, mas você disse que estava cansado de tentar me fazer feliz, e fui muito orgulhosa pra te dizer que te queria de volta.

— Você está me zoando, só pode. Eu estava tentando tornar as coisas mais fáceis pra você! Você tem ideia de como fiquei triste todo esse tempo?

Abby franziu a testa.

— Você parecia muito bem depois das férias.

— Aquilo foi por você! Eu tinha medo de te perder se não fingisse que estava de boa com o fato de sermos amigos. Eu podia ter ficado com você esse tempo todo? Que merda, Beija-Flor!

— Eu... Eu sinto muito.

— Você *sente muito*? Droga, eu quase me matei de tanto beber. Eu mal conseguia sair da cama, estilhacei meu celular em um milhão de pedaços na véspera do Ano Novo pra não te ligar... e você *sente muito*?

Abby mordeu o lábio inferior e assentiu, envergonhada.

— Me desculpa, por favor.

— Tudo bem, está desculpada — respondi sem hesitar. — Mas nunca mais faça isso de novo.

— Não vou fazer. Prometo.

Balancei a cabeça, sorrindo feito um imbecil.

— Porra, como eu te amo.

26
PÂNICO

A vida tinha voltado ao normal, talvez mais para Abby do que para mim. Para quem via de fora, nós estávamos felizes, mas eu conseguia sentir um muro de cautela se formando ao meu redor. Eu não deixava de ser grato por nem um minuto que passava com Abby. Se olhasse para ela e tivesse vontade de tocá-la, eu fazia isso. Caso ela não estivesse comigo e eu sentisse sua falta, ia até o Morgan. Quando estávamos no apartamento, era nos meus braços que ela ficava.

Voltar à faculdade como um casal pela primeira vez desde o outono teve o efeito esperado. Enquanto caminhávamos juntos, de mãos dadas, rindo e ocasionalmente nos beijando — tudo bem, mais do que ocasionalmente —, as fofocas iam às alturas. Como sempre naquela faculdade, os rumores e as histórias sensacionalistas continuavam até que algum outro escândalo abalasse o campus.

Somado a toda essa inquietação que eu já sentia em relação ao meu relacionamento com a Abby, o Shepley estava cada vez mais ansioso por causa da última luta do ano. E eu não ficava atrás. Nós dois dependíamos dos ganhos daquela luta para pagar nossas contas durante o verão e parte do outono. Desde que eu decidira que aquela última luta do ano seria também a última da minha vida, nós precisávamos desse dinheiro.

A semana do saco cheio se aproximava e não havia notícia do Adam. Por fim, Shepley ouviu dizer, através de múltiplas linhas de comunicação, que ele estava meio que na moita depois das prisões na última luta.

Na sexta-feira antes do recesso, o clima no campus estava mais leve, mesmo depois do novo lote de neve que tinha caído da noite para o dia.

Em nosso caminho até o refeitório, Abby e eu escapamos por pouco de uma guerra pública de bolas de neve; já America não teve tanta sorte.

Todos nós conversávamos e ríamos, esperando na fila para pegar sabe-se-lá-o-quê, e então fomos nos sentar em nosso lugar de costume. Shepley consolava America enquanto eu entretinha o Brazil com a história de como a Abby tinha passado a perna nos meus irmãos na noite do pôquer. Meu telefone vibrou, mas não me dei conta disso até que Abby me chamasse.

— Trav? — Eu me virei, me desligando de todo o resto no segundo em que ela disse meu nome. — Acho que você vai querer atender essa ligação.

Olhei para o celular e suspirei.

— Ou não.

Uma parte de mim precisava dessa última luta, mas a outra parte sabia que isso significaria passar um tempo longe da Abby. Depois que ela foi atacada da última vez, eu não conseguiria me concentrar se ela fosse à luta sem ninguém para protegê-la — mas também não conseguiria me concentrar totalmente se ela não estivesse lá. A última luta do ano sempre era a mais importante, e eu não poderia me dar ao luxo de estar com a cabeça em outro lugar.

— Pode ser importante — disse Abby.

Levei o celular ao ouvido.

— E aí, Adam?

— Cachorro Louco! Você vai adorar isso. Está marcado. Consegui o fodão do John Savage pra lutar com você! Ele está planejando virar profissional no ano que vem. É a chance da sua vida, meu amigo! Cinco dígitos. Você vai ficar de boa por um tempo.

— Essa é minha última luta, Adam.

O outro lado da linha ficou em silêncio. Eu podia imaginar o maxilar dele se mexendo sob a pele. Mais de uma vez ele tinha acusado a Abby de ameaçar o fluxo de caixa dele, e eu tinha certeza de que a culparia pela minha decisão.

— Você vai levar sua namorada?

— Não tenho certeza ainda.

— Você devia deixar ela em casa, Travis. Se essa é realmente sua última luta, preciso de você cem por cento nela.

— Não vou sem ela, e o Shep vai viajar.

— Nada de ficar fazendo graça dessa vez. Tô falando sério.

— Eu sei. Já entendi.

Adam suspirou.

— Se você realmente não vai deixar a garota em casa, talvez seja bom ligar para o Trent. Assim você fica com a cabeça fria e quem sabe consegue se concentrar.

— Hum... não é uma má ideia, pra falar a verdade — respondi.

— Pensa nisso. E me fala — disse Adam, desligando o telefone.

Abby ficou me olhando, cheia de expectativa.

— Vai dar pra pagar o aluguel dos próximos oito meses. O Adam conseguiu o John Savage. Ele está tentando deixar a coisa mais profissional.

— Eu nunca vi esse cara lutar, e você? — Shepley perguntou, inclinando-se para frente.

— Só uma vez, em Springfield. Ele é bom.

— Não o bastante — disse Abby.

Eu me inclinei e beijei a testa dela em agradecimento.

— Eu posso ficar em casa, Trav — ela falou.

— Não — balancei a cabeça.

— Não quero ver você levar porrada como da última vez porque ficou preocupado comigo.

— Não, Flor.

— Eu fico te esperando acordada. — Ela sorriu, mas era óbvio que foi forçado, o que me deixou ainda mais determinado.

— Vou pedir pro Trent ir junto. Ele é o único em quem confio pra poder me concentrar na luta.

— Valeu, babaca — Shepley resmungou.

— Ei, você teve sua chance — falei, não completamente de brincadeira.

Ele torceu um pouco a boca, contrariado. Ele podia ficar de cara feia o dia todo, mas o fato é que tinha dado mancada no Hellerton, perdendo a Abby de vista daquele jeito. Se ele estivesse prestando atenção, aquilo não teria acontecido, e todos nós sabíamos disso.

America e Abby juravam que se tratou de um incidente infeliz, mas eu não hesitei em dizer a ele o que pensava. Shepley estava prestando atenção na luta em vez de cuidar da Abby, e, se o Ethan tivesse terminado o que havia começado, eu estaria na cadeia por assassinato. Meu primo ficou pedindo desculpas para Abby durante semanas, mas eu o chamei de lado e mandei que desse um tempo. Nenhum de nós gostava de ficar revivendo aquilo toda vez que ele se sentia culpado.

— Shepley, não foi sua culpa. Você arrancou o cara de cima de mim, lembra? — disse Abby, esticando a mão por trás da America para dar um tapinha no braço dele. Depois ela se voltou para mim. — Quando é a luta?

— Em algum momento da semana que vem. Mas quero você lá. Preciso de você lá.

Se eu não fosse um completo imbecil, teria insistido que ela ficasse em casa, mas já tinha sido determinado em inúmeras ocasiões que eu era. Minha necessidade de ter Abby Abernathy por perto superava qualquer pensamento racional. Sempre tinha sido assim, e eu imaginava que sempre seria.

Ela sorriu, descansando o queixo no meu ombro.

— Então eu vou.

Deixei Abby em sua última aula, lhe dando um beijo antes de ir me encontrar com Shepley e America no Morgan. O campus estava esvaziando rapidamente, e resolvi fumar meus cigarros no canto para não ter que desviar de alunas carregando malas ou roupas para lavar a cada três minutos.

Peguei meu celular e digitei o número do Trenton, ouvindo cada toque com crescente impaciência. Por fim, caiu na caixa postal.

— Trent, sou eu. Preciso de um imenso favor. É urgente, então me liga pra ontem. Até.

Desliguei e vi Shepley e America passando pelas portas de vidro do dormitório, cada um segurando duas malas dela.

— Parece que vocês estão prontos.

Shepley sorriu, America não.

— Eles não são tão ruins — falei, cutucando-a com o cotovelo.

A expressão de mau humor no rosto dela não mudou.

— Ela vai se sentir melhor assim que a gente chegar lá — disse Shepley, mais para encorajar a namorada que para me convencer.

Eu os ajudei a colocar as bagagens no porta-malas do Charger, depois ficamos esperando que Abby terminasse sua prova e fosse nos encontrar no estacionamento.

Puxei meu gorro sobre as orelhas e acendi um cigarro, aguardando. O Trenton ainda não tinha retornado a minha ligação, e eu estava ficando nervoso com a possibilidade de que ele não pudesse ir. Os gêmeos estavam indo para o Colorado com alguns de seus ex-camaradas da Sig Tau, e eu não confiava em mais ninguém para manter Abby em segurança.

Dei várias tragadas, formando diversos cenários mentais do que aconteceria se o Trenton não me ligasse de volta, e pensando em como eu estava sendo um egoísta de merda, exigindo a presença dela em um lugar onde eu sabia que ela poderia correr perigo. Concentração completa seria necessária para ganhar a luta, o que dependeria de duas coisas: a presença da Abby e a segurança dela. Se o Trenton tivesse que trabalhar ou não me ligasse de volta, eu teria que cancelar a luta. Seria a única opção.

Dei uma tragada final no último cigarro do maço. Eu estivera tão envolto em preocupação que nem me dei conta de quanto estava fumando ultimamente. Baixei o olhar para o relógio. Abby já devia ter saído da aula.

Logo depois, ela me chamou.

— Oi, Beija-Flor.

— Está tudo bem?

— Agora está — falei, puxando-a de encontro a mim.

— Tudo bem, o que está acontecendo?

— Eu só estou com a cabeça cheia — suspirei. Quando ela deixou claro que minha resposta não era suficiente, continuei: — Essa semana, a luta, você estar lá...

— Eu te disse que posso ficar em casa.

— Preciso de você lá, Flor — falei, jogando o cigarro no chão. Fiquei olhando enquanto ele desaparecia em uma profunda pegada na neve e então segurei a mão da Abby.

— Você conversou com o Trent? — ela perguntou.

— Estou esperando ele retornar a minha ligação.

America abaixou a janela do carro e enfiou a cabeça para fora.

— Andem logo! Está frio pra caramba!

Sorri e abri a porta para Abby. Enquanto eu olhava fixamente pela janela, Shepley e America repetiam a mesma conversa que já haviam tido inúmeras vezes desde que ela descobrira que conheceria os pais dele. Assim que entramos no estacionamento do prédio, meu celular tocou.

— Que merda, Trent — falei, ao ver o nome dele na tela. — Eu te liguei faz quatro horas, e não vem me falar que você estava trabalhando.

— Não faz *quatro horas*, e me desculpa. Eu estava na casa da Cami.

— Tá. Escuta, preciso de um favor. Tenho uma luta na semana que vem e preciso que você vá. Não sei exatamente quando, mas quando eu te ligar, preciso que você esteja lá em uma hora. Você pode fazer isso por mim?

— Não sei. O que eu ganho com isso? — ele me provocou.

— Pode ou não, seu babaca? Porque eu preciso que você fique de olho na Beija-Flor. Teve um otário que passou a mão nela da última vez e...

— Que porra é essa, cara? Sério?

— É.

— Quem fez isso? — ele quis saber, assumindo um tom de voz imediatamente sério.

— Eu cuidei do assunto. Então, se eu te ligar...?

— Tá. Quer dizer, claro, irmãozinho, estarei lá.

— Valeu, Trent.

Desliguei o celular e reclinei a cabeça no encosto do banco.

— Aliviado? — Shepley quis saber, observando pelo retrovisor minha ansiedade diminuir.

— É. Eu não sabia como ia fazer sem ele lá.

— Eu falei pra você... — Abby começou, mas eu a fiz parar.

— Flor, quantas vezes eu tenho que te dizer?

Ela balançou a cabeça com meu tom de impaciência.

— Mas eu não entendo. Você não precisava de mim antes.

Eu me virei para ela, passando de leve os dedos em sua bochecha. Estava claro que ela não fazia ideia de como meus sentimentos eram profundos.

— Antes eu não te conhecia. Mas hoje, quando você não está lá, não consigo me concentrar. Fico me perguntando onde você está, o que está fazendo... Se você está lá e posso te ver, daí eu consigo me concentrar. Eu sei que é loucura, mas é assim que funciona.

— Eu gosto de loucura — ela falou, erguendo-se para me beijar.

— É óbvio — America murmurou.

Antes de o sol se pôr, America e Shepley partiram para o sul com o Charger.

Abby chacoalhou as chaves do Honda e abriu um sorriso.

— Pelo menos não vamos precisar congelar na Harley.

Sorri.

Ela deu de ombros.

— Talvez a gente devesse, sei lá, pensar em comprar nosso próprio carro.

— Depois da luta a gente sai pra comprar um. Que tal?

Ela deu um pulo, me envolveu com os braços e as pernas e cobriu minhas bochechas, minha boca e meu pescoço de beijos.

Fui subindo as escadas até o apartamento, seguindo direto para o quarto.

Abby e eu passamos os quatro dias seguintes aninhados na cama ou no sofá com o Totó, assistindo a filmes antigos, o que tornava mais suportável a espera pela ligação do Adam.

Por fim, na terça-feira à noite, entre reprises de *O mundo é dos jovens*, o número dele surgiu na tela do meu celular. Meu olhar encontrou o da Abby.

— Alô?

— Cachorro Louco, o lance é daqui a uma hora. No Keaton Hall. Venha preparado, meu bem, o cara é o Hulk Hogan com anabolizantes.

— Te vejo lá. — Eu me levantei, trazendo Abby comigo. — Se agasalha bem, baby. O Keaton é um prédio velho, e é bem provável que eles tenham desligado os aquecedores por causa do recesso.

Ela fez uma dancinha da felicidade antes de atravessar o corredor em direção ao quarto. Os cantos da minha boca se voltaram para cima. Que outra mulher ficaria tão animada para ver o namorado trocar socos com outro cara? Não era de admirar que eu tivesse me apaixonado por ela.

Coloquei um moletom com capuz, calcei minhas botas e fiquei esperando pela Abby na porta da frente.

— Estou indo! — ela gritou, aparecendo na sala logo em seguida.

Ela agarrou cada lado do batente da porta e moveu os quadris para o lado.

— O que você acha? — perguntou, fazendo biquinho na tentativa de imitar uma modelo... ou um pato. Eu não sabia ao certo qual deles.

Meus olhos viajaram por seu longo cardigã cinza, sua camiseta branca e a calça jeans justa enfiada para dentro das botas pretas. Ela estava fazendo piada, se achando desleixada, mas fiquei sem fôlego ao vê-la.

Ela relaxou o corpo e deixou as mãos penderem na altura das coxas.

— Está tão ruim assim?

— Não — falei, tentando encontrar as palavras. — Não está nem um pouco ruim.

Abri a porta com uma das mãos e estendi a outra para ela. Dando pulinhos enquanto andava, Abby cruzou a sala de estar e entrelaçou os dedos nos meus.

O Honda foi lento no início, mas chegamos ao Keaton bem a tempo. Liguei para o Trenton no caminho, esperando por Deus que ele aparecesse, conforme tinha prometido.

Abby ficou comigo aguardando ao lado da parede norte, alta e desgastada, do Keaton. As paredes dos lados leste e oeste estavam cobertas de andaimes de aço. A universidade estava se preparando para reformar o mais antigo de seus prédios.

Acendi um cigarro e dei uma tragada, soprando fumaça pelo nariz. Abby apertou minha mão.

— Ele vai vir.

Havia gente chegando por todas as direções, parando o carro a quadras de distância, em vagas e estacionamentos diferentes. Quanto mais se aproximava o horário da luta, mais pessoas eram vistas escalando a saída de incêndio ao sul.

Franzi a testa. A escolha do prédio não tinha sido bem pensada. A última luta do ano sempre trazia os apostadores mais sérios, que chegavam cedo para que pudessem fazer suas apostas e garantir um bom lugar para ver a luta. A grana preta investida também atraía espectadores menos experientes, que apareciam tarde e acabavam esmagados contra as paredes. As apostas desse ano estavam excepcionalmente altas. O Keaton ficava nos arredores do campus, o que era preferível, mas o porão dele era um dos menores.

— Essa é uma das piores ideias que o Adam já teve — resmunguei.

— É tarde demais para mudar agora — disse Abby, erguendo o olhar para os blocos de concreto.

Abri o celular e enviei a sexta mensagem de texto ao Trenton, então o fechei, irritado.

— Você parece nervoso hoje — Abby sussurrou.

— Vou me sentir melhor quando aquele delinquente do Trent chegar.

— Estou aqui, sua garotinha chorona — disse ele, com a voz abafada. Soltei um suspiro de alívio.

— E aí, mana? — ele cumprimentou Abby, abraçando-a com um dos braços e me empurrando com o outro.

— Tudo bem, Trent — ela respondeu, se divertindo.

Conduzi Abby pela mão até a parte de trás do prédio, olhando de relance para meu irmão enquanto caminhávamos.

— Se os policias aparecerem e a gente se separar, me encontre no Morgan Hall, tá?

Trenton assentiu assim que paramos ao lado de uma janela aberta perto do chão.

— Você está me zoando — disse ele, olhando para a janela. — Nem a Abby vai conseguir passar por aí.

— Vocês conseguem — garanti, rastejando rumo à escuridão lá dentro.

Já acostumada a entrar ilegalmente nos lugares, Abby nem hesitou — se agachou no chão congelado e se moveu lentamente para trás pela janela, caindo nos meus braços.

Esperamos por alguns instantes e então Trenton resmungou quando se soltou do peitoril e aterrissou no chão, quase perdendo o equilíbrio ao atingir o concreto.

— Sua sorte é que eu adoro a Abby. Eu não faria uma merda dessas por qualquer um — ele reclamou, limpando a camiseta.

Dei um pulo para cima, fechando a janela num movimento rápido.

— Por aqui — eu disse, conduzindo Abby e meu irmão no escuro.

Serpenteamos para dentro do prédio até que pudemos ver uma fraca luz adiante. Um baixo zunido de vozes vinha da mesma direção enquanto nos aproximávamos.

Trenton suspirou depois que viramos pela terceira vez.

— A gente nunca vai encontrar a saída.

— É só me seguir até lá fora. Vai ficar tudo bem — assegurei.

Era fácil perceber que estávamos perto pelo crescente volume da multidão à espera no salão principal. A voz do Adam ressoou pelo megafone, gritando nomes e números.

Parei na próxima sala, olhando ao redor para as mesas e cadeiras cobertas com lençóis brancos. Uma sensação de náusea tomou conta de mim. Aquele local era um erro. Quase tão grande quanto trazer a Abby para um lugar tão perigoso. Se irrompesse uma briga, Trenton a protegeria, mas o costumeiro refúgio longe da multidão estava repleto de móveis e equipamentos.

— Então, como você vai fazer dessa vez? — Trenton perguntou.

— Dividir e conquistar.

— Dividir o quê?

— A cabeça dele do resto do corpo.

Ele assentiu rapidamente.

— Bom plano.

— Beija-Flor, eu quero que você fique nessa entrada, tá?

Abby encarava o salão principal com os olhos arregalados enquanto se dava conta do caos.

— Beija-Flor, você me ouviu? — peguei no braço dela.

— O quê? — ela perguntou, piscando.

— Quero que você fique perto dessa entrada, tá? Se segura no braço do Trent o tempo todo.

— Prometo que não vou me mexer.

Sorri para a expressão doce e estupefata dela.

— Agora é *você* que parece nervosa.

Ela olhou de relance para a entrada e depois para mim.

— Estou com um pressentimento ruim, Trav. Não em relação à luta, mas... tem alguma coisa. Esse lugar me dá arrepios.

Eu não tinha como discordar.

— Não vamos ficar aqui muito tempo.

A voz de Adam ecoou no megafone, dando início ao anúncio de abertura.

Peguei o rosto dela com as duas mãos e olhei em seus olhos.

— Eu te amo.

Um sorriso mínimo tocou seus lábios, e a puxei de encontro a mim, abraçando-a apertado junto ao peito.

— ... por isso não usem suas putinhas para fraudar o sistema, caras! — ouvimos a voz de Adam, amplificada pelo megafone.

Enganchei o braço de Abby no de Trenton.

— Não tira os olhos dela. Nem por um segundo. Isso aqui vai ficar uma loucura assim que a luta começar.

— ... então, vamos dar as boas-vindas ao competidor dessa noite: JOHN SAVAGE!

— Vou cuidar dela com minha própria vida, maninho — disse Trenton, dando um puxão de leve no braço de Abby para enfatizar o que acabara de dizer. — Agora vai lá detonar esse cara pra gente poder cair fora daqui.

— Tremam nas bases, rapazes, e fiquem de quatro, meninas! Com vocês: TRAVIS "CACHORRO LOUCO" MADDOX!

Com a apresentação do Adam, entrei na sala principal. Braços se debatiam no ar, e as vozes eram como trovoadas em uníssono. O mar de gente se abriu diante de mim, e fui seguindo devagar até o círculo.

A sala estava iluminada apenas por lanternas penduradas no teto. Ainda tentando manter a discrição depois de quase ter sido pego na luta anterior, Adam provavelmente não quis luzes brilhantes que pudessem nos denunciar.

Até mesmo na fraca luz, eu conseguia ver a severidade na expressão de John Savage. Ele era mais alto que eu, e seus olhos eram selvagens e ávidos. Ele pulou de um pé para o outro algumas vezes, depois ficou imóvel, baixando um olhar furioso e mortal para mim.

Savage não era nenhum amador, mas havia apenas três maneiras de ganhar: nocaute, submissão e decisão. O motivo pelo qual a vantagem sempre estivera a meu favor era que eu tinha quatro irmãos, e todos eles lutavam de modos diferentes.

Se John Savage lutasse como Trenton, ele confiaria na ofensiva, na velocidade e nos ataques surpresa — e para isso eu havia treinado minha vida toda.

Se lutasse como os gêmeos, com combinações de socos e chutes, ou alternando sua tática para desferir golpes, eu tinha treinado para isso minha vida toda.

Thomas era o mais letal. Se o estilo do Savage fosse esperto — o que era bem provável, a julgar pelo modo como ele me media —, ele lutaria com o equilíbrio perfeito entre força, velocidade e estratégia. Eu só tinha trocado socos com meu irmão mais velho algumas vezes, mas, quando eu tinha dezesseis anos, nem o Thomas conseguia me derrotar sem a ajuda dos meus outros irmãos.

Não importava quão arduamente John Savage tivesse treinado nem que vantagens ele pensasse ter, eu já tinha lutado com ele antes. Eu tinha lutado com todo mundo que sabia alguma merda sobre luta... e tinha vencido.

Adam soou o gongo e Savage recuou um passo antes de desferir um golpe poderoso na minha direção.

Eu me esquivei. Definitivamente ele ia lutar como o Thomas.

Savage chegou perto demais de mim, e dei uma botinada, jogando-o no meio da multidão. As pessoas o empurraram de volta para o círculo, e ele se aproximou de mim com propósito renovado.

Ele me acertou dois socos, um atrás do outro, depois eu o agarrei, enfiando a cara dele bem no meu joelho. John cambaleou para trás, mas reagiu rápido e partiu para o ataque de novo.

Dei um golpe e errei, então ele tentou fechar os braços em volta do meu torso. Já suado, foi fácil deslizar da pegada dele. Quando me virei, o cotovelo dele encontrou meu maxilar, e o mundo parou durante menos de um segundo antes de eu me desvencilhar e responder ao ataque com um gancho de direita e um de esquerda, acertando um atrás do outro.

O lábio inferior do Savage rachou e começou a respingar sangue, o que fez o volume no salão chegar a decibéis ensurdecedores.

Levei o cotovelo para trás e o punho cerrado para frente em direção ao meu adversário, esmagando o nariz dele. Não me contive, deixando-o zonzo de propósito, para que tivesse tempo de dar uma olhada na direção da Abby. Ela estava onde pedi que ficasse, com o braço ainda enganchado no do Trenton.

Satisfeito ao ver que ela estava bem, me concentrei na luta novamente, me esquivando com rapidez quando Savage lançou um soco vacilante e depois jogou os braços ao meu redor, nos derrubando ao chão.

John caiu sob mim e, sem nem tentar, meu cotovelo golpeou a cara dele. Ele lançou as pernas em volta do meu pescoço, travando-as pelos tornozelos.

— Eu vou acabar com você, seu arruaceiro de merda! — ele grunhiu.

Sorri e me levantei, erguendo nós dois. Savage tentou me tirar o equilíbrio, mas estava na hora de levar a Abby para casa.

A voz do Trenton irrompeu acima do restante da multidão.

— Acerta o rabo dele, Travis!

Caí para frente e levemente para o lado, fazendo com que a cabeça e as costas do John batessem com tudo no concreto, em um golpe devastador. Com meu oponente zonzo, levei o cotovelo para trás e meti os punhos cerrados na cara e nas laterais da cabeça dele, várias vezes sem parar, até que dois braços se engancharam sob os meus e me afastaram do cara.

Um quadrado vermelho aterrissou sobre o peito do Savage, e a sala explodiu quando o Adam segurou meu pulso e ergueu minha mão no ar.

Olhei para Abby, que pulava de alegria, com a cabeça acima do restante da galera, erguida pelo meu irmão.

Trenton estava gritando alguma coisa, com um imenso sorriso no rosto.

Assim que a multidão começou a se dispersar, captei um olhar horrorizado no rosto da Abby e, segundos depois, ouvi um grito coletivo que incitou o pânico. Uma das lanternas pendentes no canto do salão tinha caído em cima de um lençol, fazendo-o pegar fogo. A chama se espalhou rapidamente para o lençol do lado, dando início a uma reação em cadeia.

A multidão histérica saiu correndo para a boca da escada, enquanto a fumaça tomava rapidamente a sala. Rostos assustados, tanto masculinos quanto femininos, eram destacados pelas chamas.

— Abby! — berrei, me dando conta de como ela estava longe e do mar de gente que havia entre nós.

Se eu não conseguisse chegar até ela, Abby e Trenton teriam de achar o caminho de volta até a janela pelo labirinto de corredores escuros. O terror afundou suas garras em minhas entranhas, me incitando a empurrar selvagemente quem quer que estivesse no meu caminho.

A sala ficou escura e um som alto de estouro veio do outro lado. Eram as outras lanternas entrando em combustão, aumentando as chamas em pequenas explosões. Vi Trenton de relance, segurando Abby pelo braço, puxando-a atrás dele enquanto tentava forçar caminho em meio à multidão.

Ela balançou a cabeça, recuando.

Ele olhou ao redor, tentando traçar um plano de fuga enquanto eles ficavam parados no centro da confusão. Se tentassem cair fora pela escada de incêndio, eles seriam os últimos a sair dali. O fogo estava se espalhando rapidamente. Eles não conseguiriam chegar a tempo até a saída.

Qualquer tentativa minha de chegar até Abby era frustrada enquanto a multidão se agitava e me empurrava para ainda mais longe. A comemoração animada que antes enchia o salão fora substituída por gritos horrorizados de medo e desespero enquanto todos lutavam para chegar até as saídas.

Trenton puxou Abby até a entrada da saleta, mas ela se livrou dele para olhar para trás.

— Travis! — ela gritou, esticando o braço na minha direção.

Inspirei para gritar em resposta, mas a fumaça encheu meus pulmões. Tossi, tentando dispersá-la com as mãos.

— Por aqui, Trav! — Trenton gritou.

— Tira a Abby daqui, Trent! Leva ela pra fora!

Abby arregalou os olhos e balançou a cabeça.

—Travis!

— Vão indo! — falei. — Eu alcanço vocês lá fora!

Ela fez uma pausa por um instante antes de seus lábios formarem uma linha dura. Fui tomado pelo alívio. Abby Abernathy tinha um forte instinto de sobrevivência, que havia acabado de entrar em ação. Ela agarrou a manga da camiseta do Trenton e o puxou de volta para a escuridão, longe do fogo.

Eu me virei, procurando uma forma de sair dali. Dezenas de espectadores gritavam e brigavam para abrir caminho pelo estreito acesso até a escada.

O salão estava quase completamente escuro com a fumaça, e senti meus pulmões lutando por ar. Ajoelhei-me no chão, tentando me lembrar das diferentes portas que ladeavam o salão principal. Eu me voltei para a escadaria. Aquele era o caminho que eu queria seguir, longe do fogo, mas me recusei a entrar em pânico. Havia uma segunda saída que levava à escada de incêndio e que apenas algumas pessoas pensariam em usar. Eu me agachei e fui correndo na direção dela, mas parei.

Lampejos de pensamento sobre Abby e Trenton se perdendo no labirinto de corredores passavam pela minha cabeça, me afastando da saída.

Ouvi meu nome e apertei os olhos na direção da voz.

— Travis! Travis! Por aqui! — Adam estava parado ao lado da saída, acenando para mim.

Balancei a cabeça.

— Eu vou pegar a Beija-Flor!

O caminho até a sala menor para onde Trenton e Abby tinham conseguido escapar estava quase livre, então saí correndo naquela direção, mas colidi de frente com alguém e caímos. Era uma garota, aparentemente uma caloura, com o rosto coberto de faixas negras de fuligem. Ela estava aterrorizada e lutava para se levantar.

— M-me a-ajuda! Eu não consigo... Eu não sei sair daqui! — disse ela, tossindo.

— Adam! — berrei. Empurrei-a na direção da saída. — Ajude ela a sair daqui!

Ela foi correndo até ele, que a segurou pela mão antes de eles desaparecerem pela saída, totalmente obscurecidos do meu campo de visão pela fumaça.

Levantei e me apressei em direção à Abby. Outras pessoas corriam no labirinto escuro, chorando e arfando enquanto tentavam encontrar uma forma de sair dali.

— Abby! — berrei na escuridão, aterrorizado com a possibilidade de eles virarem no lugar errado.

Um grupinho de garotas estava parado no fim de um corredor, chorando.

— Vocês viram um cara e uma menina passarem por aqui? O Trenton é mais ou menos dessa altura e parecido comigo — falei, erguendo um das mãos até minha testa.

Elas balançaram a cabeça.

Meu estômago se contorceu. Eles tinham seguido pelo caminho errado.

Apontei além do grupo de meninas assustadas.

— Sigam por aquele corredor até o fim. Lá tem uma escada com uma porta no topo. Entrem por ela e depois virem à esquerda. Vai ter uma janela pela qual vocês vão poder sair.

Uma das garotas assentiu, secou os olhos e mandou que as amigas a seguissem.

Em vez de refazer os passos pelos corredores por onde havíamos entrado, virei à esquerda, correndo em meio à escuridão na esperança de, por sorte, me deparar com Abby e Trent.

Eu podia ouvir gritos vindos do salão principal enquanto me forçava a seguir em frente, determinado a me certificar de que tanto minha namorada quanto meu irmão haviam encontrado uma saída. Eu não sairia dali até que tivesse certeza disso.

Depois de correr por diversos corredores, senti o pânico pesar no meu peito. O cheiro da fumaça tinha chegado até mim, e eu tinha consciência de que, com a reforma do prédio, a idade da construção, os móveis e os lençóis que os cobriam servindo de alimento para o fogo, o porão inteiro seria engolido pelas chamas em minutos.

— Abby! — berrei de novo. — Trent!

Nada.

27
FOGO E GELO

A fumaça se tornara inescapável. Não importava em que sala eu me encontrasse, cada respiração era rasa e quente, fazendo meus pulmões arderem.

Eu me inclinei e agarrei os joelhos, arfando. Meu senso de direção estava enfraquecido, tanto por causa da escuridão quanto pela possibilidade de não ser capaz de encontrar minha namorada e meu irmão antes que fosse tarde demais. Eu nem tinha certeza se conseguiria encontrar a *minha* saída dali.

Entre acessos de tosse, ouvi o som de alguma coisa batendo na sala ao lado.

— Socorro! Alguém me ajuda!

Era Abby. Uma determinação renovada tomou conta de mim e fui me arrastando em direção à voz dela, tateando em meio às trevas. Minhas mãos encostaram em uma parede, e parei quando senti uma porta. Estava trancada.

— Flor! — gritei, dando um puxão na maçaneta.

A voz dela se tornou mais estridente, incitando-me a recuar um passo e chutar a porta até ela voar longe.

Abby estava em cima de uma mesa posicionada bem embaixo de uma janela, batendo as mãos no vidro com tamanho desespero que nem se deu conta de que eu tinha forçado entrada na sala.

— Beija-Flor? — chamei, tossindo.

— Travis! — ela gritou, descendo da mesa e se jogando nos meus braços.

Segurei seu rosto.

— Cadê o Trent?

— Ele seguiu aqueles caras! — ela berrou, com lágrimas escorrendo pelas bochechas. — Eu tentei fazer ele vir comigo, mas ele não quis!

Olhei para o corredor, onde o fogo se aproximava em alta velocidade na nossa direção, alimentando-se dos móveis cobertos que ladeavam as paredes.

Abby ficou ofegante com a visão, depois tossiu. Minhas sobrancelhas se juntaram, e eu me perguntava em que merda de lugar meu irmão estaria. Se ele estivesse no fim daquele corredor, não conseguiria sair dali. Um choro subiu pela minha garganta, mas, vendo o olhar de terror da Abby, o forcei a ir embora.

— Vou tirar a gente daqui, Flor. — Pressionei os lábios nos dela em um movimento firme e rápido, depois subi na mesa.

Empurrei a janela, e os músculos dos meus braços tremiam enquanto eu empregava toda minha força contra o vidro.

— Vai pra trás, Abby! Vou quebrar o vidro!

Ela recuou, com o corpo inteiro tremendo. Curvei o cotovelo e levei o punho cerrado para trás, então soltei um gemido alto quando golpeei com toda força a janela. O vidro se estilhaçou e estendi a mão para Abby.

— Vamos! — gritei.

O calor do fogo dominou a sala. Motivado por puro medo, ergui Abby do chão com um braço e a empurrei pela janela.

Ela ficou me esperando de joelhos enquanto eu escalava a janela para sair, depois me ajudou a levantar. Sirenes soavam do outro lado do prédio, e as luzes vermelhas e azuis dos carros de bombeiros e das viaturas de polícia dançavam nos tijolos dos prédios adjacentes.

Puxei Abby comigo em uma rápida corrida até a frente do prédio, onde uma multidão estava parada. Procuramos por Trenton em meio aos rostos cobertos de fuligem, enquanto eu gritava o nome dele. A cada vez que eu o chamava, minha voz ficava mais aflita. Ele não estava lá. Dei uma olhada no meu celular, na esperança de que ele tivesse me ligado. Ao ver que isso não tinha acontecido, fechei-o com tudo.

Já quase sem esperança, cobri a boca, incerto quanto ao que fazer em seguida. Meu irmão tinha se perdido dentro do prédio em chamas. Ele não estava do lado de fora, o que me levava a uma única conclusão.

— TRENT! — gritei, esticando o pescoço enquanto o procurava em meio à multidão.

As pessoas que tinham conseguido escapar se abraçavam e choravam atrás das ambulâncias, observando horrorizadas enquanto os bombeiros jogavam água pelas janelas e entravam no prédio carregando mangueiras.

— Ele não conseguiu sair — sussurrei. — Ele não conseguiu sair, Flor.

Lágrimas escorriam pelas minhas bochechas, e caí de joelhos.

Abby me acompanhou, me abraçando.

— O Trent é esperto, Trav. Ele saiu sim. Deve ter encontrado um caminho diferente.

Tombei no colo dela, agarrando sua blusa com as duas mãos.

Uma hora se passou. Os choros e os lamentos dos sobreviventes e dos curiosos em frente ao prédio tinham virado um silêncio sombrio. Os bombeiros conseguiram resgatar apenas duas pessoas com vida, e depois disso, todas as outras vezes, voltavam sem ninguém. Cada vez que alguém surgia do prédio, eu prendia a respiração, parte de mim esperando que fosse Trenton, e a outra temendo que fosse.

Meia hora mais tarde, os bombeiros começaram a aparecer com corpos sem vida. Em vez de tentarem reanimação cardiopulmonar, eles simplesmente os deitavam ao lado das outras vítimas e cobriam os cadáveres. O chão estava forrado de mortos, em número bem maior do que aqueles de nós que haviam conseguido escapar.

— Travis?

Adam estava parado ao nosso lado. Eu me levantei, puxando Abby comigo.

— Que bom que vocês conseguiram sair — ele disse, parecendo chocado e confuso. — Cadê o Trent?

Nem respondi.

Nossos olhos se voltaram para os restos chamuscados do Keaton Hall, de onde a fumaça preta e espessa ainda se erguia em ondas pelas janelas. Abby enterrou o rosto no meu peito e agarrou minha camiseta com os punhos cerrados.

Era um cenário de pesadelo, e tudo que eu podia fazer era ficar ali, olhando.

— Eu tenho que... hum... tenho que ligar para o meu pai — falei, franzindo a testa.

— Talvez seja melhor esperar, Travis. A gente ainda não sabe de nada — disse Abby.

Meus pulmões ardiam, assim como meus olhos. Os números no teclado ficaram borrados enquanto as lágrimas caíam pelo meu rosto.

— Essa merda não está certa. Não era para ele estar aqui.

— Foi um acidente, Travis. Você não tinha como saber que isso ia acontecer — disse Abby, tocando minha bochecha.

Comprimi o rosto e fechei os olhos com força. Eu ia ter que ligar para o meu pai e contar a ele que o Trenton ainda estava dentro de um prédio em chamas, e que a culpa era minha. Eu não sabia se minha família conseguiria lidar com mais uma perda. O Trenton morava com meu pai enquanto tentava se reerguer, e os dois eram um pouco mais chegados que o restante de nós.

Fiquei sem fôlego enquanto digitava os números, imaginando a reação do meu pai. Eu sentia o telefone frio na mão, então puxei Abby para junto de mim. Ela devia estar congelando, mesmo que ainda não tivesse se dado conta.

Os números deram lugar a um nome, e meus olhos se arregalaram. Eu estava recebendo uma chamada.

— Trent?

— Você está bem? — ele gritou no meu ouvido, com a voz carregada de pânico.

Uma risada surpresa escapou dos meus lábios e olhei para Abby.

— É o Trent!

Ela ficou ofegante e apertou meu braço.

— Onde você está? — perguntei, desesperado para encontrá-lo.

— Estou no Morgan Hall, seu besta de merda! Que foi onde você falou pra gente se encontrar! Por que você não está aqui?

— Como assim, no Morgan? Daqui a um segundo estou aí, não se atreva a se mexer!

Fui correndo, arrastando Abby atrás de mim. Quando chegamos ao Morgan, estávamos tossindo e nossos pulmões gritavam por ar. Trenton desceu apressado os degraus, vindo ao nosso encontro.

— Meu Deus do céu, mano! Achei que vocês tinham sido torrados! — ele disse, nos abraçando com força.

— Seu idiota! — gritei, empurrando-o para longe. — Eu achei que você tinha morrido, porra! Fiquei esperando os bombeiros tirarem seu corpo tostado do Keaton!

Franzi a testa para ele por um instante e então o puxei de volta. Estiquei o braço, tateando até sentir o suéter da Abby, e a puxei para o abraço também. Depois de um bom tempo, soltei meu irmão.

Ele olhou para Abby com a testa franzida e uma expressão arrependida.

— Me desculpa, Abby. Eu entrei em pânico.

Ela balançou a cabeça.

— O que importa é que você está bem.

— *Eu?* Eu estaria melhor morto se o Travis tivesse me visto sair daquele prédio sem você. Eu tentei te encontrar depois que você saiu correndo, mas me perdi e tive que achar outro caminho. Fui andando pelo prédio, procurando aquela janela, mas me deparei com uns guardas e eles me fizeram sair. Eu estava quase ficando louco aqui! — disse ele, passando a mão pela cabeça.

Limpei as bochechas da Abby com os polegares e puxei minha camiseta para cima, usando-a para limpar a fuligem do meu rosto.

— Vamos cair fora daqui. Isso aqui vai ficar cheio de policiais logo, logo.

Depois de eu abraçar de novo meu irmão, ele se dirigiu até o carro dele e fomos pegar o Honda da America. Fiquei olhando enquanto Abby prendia o cinto de segurança e franzi a testa quando ela tossiu.

— Talvez seja melhor te levar pro hospital. Para eles darem uma olhada em você.

— Estou bem — ela disse, entrelaçando a mão na minha. Olhou para baixo e viu um corte profundo nos nós dos meus dedos. — Isso foi da luta ou da janela?

— Da janela — respondi, franzindo a testa ao ver suas unhas ensanguentadas.

Os olhos dela adquiriram uma expressão suave.

— Você salvou a minha vida.

Juntei as sobrancelhas.

— Eu não ia sair de lá sem você.

— Eu sabia que você ia me encontrar.

Fiquei de mão dada com Abby até chegarmos ao apartamento. Ela tomou um longo banho, e, com as mãos tremendo, enchi dois copos de uísque.

Ela cruzou o corredor e se jogou na cama, atordoada.

— Toma — falei, entregando a ela um copo cheio de líquido âmbar. — Isso vai te ajudar a relaxar.

— Não estou cansada.

Estendi o copo de novo. Ela podia até ter crescido com mafiosos em Las Vegas, mas nós tínhamos acabado de presenciar a morte — muita morte — e escapado por pouco.

— Tenta descansar um pouco, Flor.

— Eu quase tenho medo de fechar os olhos — disse ela, pegando o copo e virando o líquido de uma só vez.

Peguei o copo vazio e o coloquei na mesinha de cabeceira, depois me sentei na cama ao lado dela. Ficamos em silêncio, refletindo sobre as últimas horas. Não parecia real.

— Muita gente morreu hoje — falei.

— Eu sei.

— Só amanhã a gente vai ficar sabendo quantos foram.

— O Trent e eu passamos por um pessoal quando estávamos tentando sair. Fico me perguntando se eles conseguiram se salvar. Pareciam tão assustados...

As mãos dela começaram a tremer, então eu a consolei da única maneira que sabia: abraçando-a.

Ela relaxou de encontro ao meu peito e suspirou. Sua respiração se regularizou e ela aninhou o rosto mais fundo em minha pele. Pela primeira vez desde que tínhamos reatado, eu me senti completamente à vontade com ela, como se as coisas tivessem voltado a ser como eram antes de Las Vegas.

— Travis?

Abaixei o queixo e sussurrei nos cabelos dela.

— Que foi, baby?

Nosso celular tocou ao mesmo tempo, e ela atendeu o dela enquanto me entregava o meu.

— Alô?

— Travis? Você está bem, cara?

— Tô, Shep. Estamos bem.

— Estou bem, Mare. Estamos todos bem — disse Abby, tranquilizando America na outra linha.

— Meus pais estão surtando. Estamos vendo o noticiário agora mesmo. Eu não tinha contado pra eles que vocês estavam lá. O quê? — Shepley se afastou um pouco do telefone para responder aos pais. — Não, mãe. Sim, estou falando com ele! Ele está bem! Eles estão no apartamento! Então — ele prosseguiu —, que merda aconteceu?

— A porra das lanternas. O Adam não queria nenhuma luz brilhante chamando atenção para que ninguém pegasse a gente. Uma delas incendiou a porra do lugar inteiro... Foi feio, Shep. Um monte de gente morreu.

Ele inspirou fundo.

— Alguém que a gente conhece?

— Ainda não sei.

— Que bom que vocês estão bem, mano. Eu... Meu Deus, que bom que vocês estão bem.

Abby descreveu a America os momentos horríveis em que ela tateou no escuro, tentando encontrar uma saída.

Eu me contorci quando a ouvi contar como ela enfiou as unhas na janela tentando abri-la.

— Mare, não precisa vir embora mais cedo. Nós estamos bem — disse Abby. — Está tudo bem — ela reafirmou, dessa vez com mais ênfase. — Você pode me abraçar na sexta-feira. Eu também te amo. Divirta-se.

Pressionei meu celular com força junto ao ouvido.

— É melhor você abraçar sua namorada, Shep. Ela parece perturbada.

Ele suspirou.

— Eu só... — E suspirou mais uma vez.

— Eu sei, cara.

— Eu te amo. Você é como um irmão pra mim, o melhor que eu poderia ter.

— Eu também. Até mais.

Depois que Abby e eu desligamos os celulares, ficamos sentados em silêncio, ainda processando o que havia acontecido. Eu me reclinei no travesseiro e a puxei para junto do meu peito.

— A America está bem?

— Ela está preocupada, mas vai ficar bem.

— Ainda bem que eles não estavam lá.

Eu podia sentir o maxilar da Abby se mexendo de encontro à minha pele e, por dentro, me xinguei por ter dado a ela mais coisas horríveis em que pensar.

— É mesmo — disse ela, com um calafrio.

— Desculpa. Você já passou por muita coisa hoje. Não preciso acrescentar mais uma cena de terror.

— Você também estava lá, Trav.

Pensei na minha busca pela Abby no escuro, sem saber se a encontraria, depois o chute na porta e finalmente o rosto dela na minha frente.

— Eu não fico com medo com frequência — falei. — Fiquei com medo naquela manhã, quando acordei e você não estava aqui. Fiquei com medo quando você me largou depois de Las Vegas. Fiquei com medo quando achei que ia ter que contar pro meu pai que o Trent tinha morrido no incêndio. Mas, quando te vi através das chamas no porão... eu fiquei apavorado. Eu consegui chegar até a porta, estava a menos de um metro da saída, mas não consegui sair.

— Como assim? Está *maluco*? — ela me perguntou, entortando a cabeça para me olhar nos olhos.

— Nunca estive tão lúcido na vida. Eu me virei, encontrei o caminho até aquela sala, e você estava lá. Nada mais importava. Eu não sabia se a gente ia conseguir sair dali vivos ou não. Eu só queria estar onde você estivesse, não importa o que isso significasse. A única coisa que eu tenho medo é de viver sem você, Beija-Flor.

Abby se inclinou e beijou meus lábios com ternura. Quando nossas bocas se separaram, ela sorriu.

— Então você não precisa ter medo de mais nada. Nós estamos juntos para sempre.

Suspirei.

— Eu faria tudo de novo, sabia? Não mudaria um segundo da nossa história se significasse que estaríamos aqui, agora, neste momento.

Ela inspirou fundo e dei um beijo suave na testa dela.

— É isso — sussurrei.

— O quê?

— O momento. Quando observo você dormindo... aquela paz no seu rosto. É isso. Eu nunca mais tinha sentido isso desde que minha mãe morreu, mas agora posso sentir de novo. — Respirei fundo novamente e a puxei para mais perto de mim. — Eu sabia, no segundo em que te conheci, que havia algo em você que eu precisava. Acabou que não era *algo* em você. Era simplesmente você.

Ela abriu um sorriso cansado enquanto enterrava o rosto no meu peito.

— Somos *nós*, Trav. Nada faz sentido se não estivermos juntos. Você percebeu isso?

— Se *percebi*? Faz um ano que eu te falo isso! — a provoquei. — É oficial. Mulheres, lutas, términos, Parker, Vegas... até mesmo incêndios... Nosso relacionamento pode aguentar qualquer coisa.

Ela ergueu a cabeça, com os olhos fixos nos meus. Eu podia ver um plano se formando por trás de suas íris. Pela primeira vez, não fiquei preocupado com qual seria o próximo passo dela, porque eu sabia, no meu íntimo, que, qualquer caminho que ela escolhesse, nós o trilharíamos juntos.

— Las Vegas — ela disse.

Franzi a testa.

— O que tem?

— Você já pensou em voltar lá?

Minhas sobrancelhas se ergueram; eu não podia acreditar no que estava ouvindo.

— Não acho uma boa ideia.

— E se fosse só por uma noite?

Olhei em volta no quarto escuro, confuso.

— Uma noite?

— Casa comigo — ela falou sem hesitar. Eu ouvi as palavras, mas levei um segundo para processá-las.

Minha boca se abriu em um sorriso enorme e ridículo. Ela não estava falando sério, mas, se aquilo fosse ajudar a mente dela a não pensar no que tínhamos acabado de enfrentar, eu entraria na onda feliz.

— Quando?

Ela deu de ombros.

— A gente pode marcar o voo para amanhã. É semana do saco cheio. Não tenho nada pra fazer amanhã, e você?

— Vou pagar pra ver — respondi, pegando meu telefone. Abby ergueu o queixo, exibindo seu lado teimoso. — American Airlines — falei, observando de perto sua reação. Ela nem piscou.

— American Airlines, em que posso ajudar?

— Preciso de duas passagens para Las Vegas, por favor. Amanhã.

A mulher verificou os horários dos voos e perguntou quantos dias passaríamos lá.

— Hummm... — esperei que Abby desistisse, mas ela não fez isso. — Dois dias, ida e volta. O que vocês tiverem.

Ela descansou o queixo no meu peito, com um grande sorriso no rosto, esperando que eu finalizasse a ligação.

A atendente solicitou minhas informações de pagamento, então pedi que Abby pegasse minha carteira. Nesse momento, achei que ela daria risada e me diria para desligar o telefone, mas ela pegou feliz meu cartão de crédito e o entregou a mim.

Passei os números do cartão à atendente, olhando de relance para Abby depois de cada sequência. Ela só ficou ouvindo, entretida. Falei a data de validade, e passou pela minha cabeça que eu estava prestes a pagar por duas passagens de avião que provavelmente não usaríamos. Afinal de contas, Abby tinha uma cara de paisagem das boas.

— Tá bom, senhora. A gente pega as passagens no balcão. Obrigado.

Entreguei o telefone a Abby, que o colocou na mesinha de cabeceira.

— Você acabou de me pedir em casamento — falei, ainda esperando que ela admitisse que não era sério.

— Eu sei.

— Isso foi pra valer, viu? Acabei de comprar duas passagens pra Vegas, pro meio-dia amanhã. Então isso significa que a gente vai se casar amanhã à noite.

— Obrigada.

Estreitei os olhos.

— Você vai ser a sra. Maddox quando as aulas voltarem na segunda-feira.

— Ah — disse ela, olhando ao redor.

Ergui uma sobrancelha.

— Pensando melhor?

— Vou ter uma boa quantidade de documentos pra alterar na semana que vem.

Assenti devagar, esperançoso, mas com cautela.

— Você vai casar comigo amanhã?

Ela abriu um largo sorriso.

— Ãrrã.

— Está falando sério?

— Estou.

— Eu te amo pra cacete! — Agarrei seu rosto, grudando os lábios nos dela. — Eu te amo tanto, Beija-Flor — falei, beijando-a sem parar. Sua boca mal conseguia acompanhar o ritmo da minha.

— Só lembra disso daqui a cinquenta anos, quando eu ainda estiver detonando você no pôquer — ela deu uma risadinha.

— Se isso for sinônimo de sessenta ou setenta anos com você, baby... você tem minha permissão para fazer o seu pior.

Ela ergueu uma sobrancelha.

— Você vai se arrepender.

— Aposto que não.

Seu doce sorriso deu lugar à expressão da Abby Abernathy confiante que eu vi detonando profissionais na mesa de pôquer em Las Vegas.

— Você tem confiança o bastante para apostar aquela moto brilhante lá fora?

— Eu aposto tudo que tenho. Não me arrependo de nem um segundo com você, Flor, e nunca vou me arrepender.

Ela estendeu a mão, que apertei sem hesitar, sacudindo uma vez, depois a levei à boca, pressionando ternamente os lábios nos nós de seus dedos.

— Abby Maddox... — falei, incapaz de parar de sorrir.

Ela me abraçou, tensionando os ombros enquanto me apertava.

— Travis e Abby Maddox. Soa bem.

— E a aliança? — perguntei, franzindo a testa.

— Depois a gente pensa nisso. Eu te peguei meio de surpresa.

— Hum... — Parei de falar, me lembrando da caixa na gaveta.

Fiquei pensando se dar o anel a ela seria uma boa ideia. Algumas semanas atrás, talvez até mesmo alguns dias, ela teria surtado, mas isso agora era passado. Pelo menos era o que eu esperava.

— Que foi?

— Não entre em pânico — falei. — Eu meio que... já cuidei dessa parte.

— Que parte?

Ergui o olhar para o teto e suspirei, percebendo tarde demais meu erro.

— Você vai entrar em pânico.

— Travis...

Estiquei a mão até a mesinha de cabeceira e tateei dentro da gaveta por um instante.

Abby franziu a testa e soprou a franja da frente dos olhos.

— Que foi? Você comprou camisinha?

Eu ri.

— Não, Flor — disse, levando a mão mais ao fundo da gaveta. Por fim senti a forma familiar e fiquei observando a expressão da Abby quando puxei a caixinha de seu esconderijo.

Ela olhou para baixo quando coloquei o pequeno quadrado de veludo no peito, levando a mão para trás para repousar a cabeça no braço.

— O que é isso? — ela perguntou.

— O que parece?

— Tudo bem, vou reformular a pergunta: quando você comprou isso?
Inspirei.
— Faz um tempinho.
— Trav...
— Eu vi isso um dia, e soube que ele pertencia a um único lugar... o seu dedo perfeito.
— Um dia quando?
— E isso importa?
— Posso ver? — ela sorriu, e suas íris cinza reluziram.
Sua reação inesperada fez com que outro largo sorriso se espalhasse em meu rosto.
— Abre.
Abby tocou na caixa de leve com um dedo, depois abriu a tampa devagar. Ela arregalou os olhos e fechou rápido a caixa.
— Travis!
— Eu sabia que você ia entrar em pânico! — falei, sentando e pegando suas mãos.
— Você é *louco*?
— Eu sei. Eu sei o que você está pensando, mas eu tinha que fazer isso. Era a aliança perfeita. E eu estava certo! Nunca vi outra tão perfeita quanto essa!
Eu me encolhi por dentro, na esperança de que ela não percebesse que eu tinha acabado de admitir que olhava alianças com frequência.
Ela abriu os olhos e então, devagar, tirei suas mãos da caixinha. Abri a tampa e puxei a aliança da fenda que a segurava.
— Isso é... meu Deus, é incrível! — ela sussurrou, enquanto eu pegava sua mão esquerda.
— Posso colocar no seu dedo? — perguntei, erguendo o olhar para ela.
Quando ela fez que sim, pressionei os lábios, deslizando a aliança prateada no dedo dela, segurando-a no lugar por um instante antes de soltá-la.
— *Agora* sim está incrível.
Ficamos com o olhar fixo na mão dela por um momento. Por fim a aliança estava em seu devido lugar.

— Você podia ter dado entrada num carro com o valor disso — ela comentou baixinho, como se tivesse que sussurrar na presença da aliança.

Encostei os lábios em seu dedo anelar, beijando a pele bem ao lado do nó do dedo.

— Eu imaginei como este anel ficaria na sua mão um milhão de vezes. Agora que está aí...

— O quê? — ela sorriu, esperando que eu terminasse a frase.

— Achei que eu teria que suar uns cinco anos antes de me sentir assim.

— Eu queria isso tanto quanto você. É só que eu sei fazer uma ótima cara de paisagem — disse ela, grudando os lábios nos meus.

Por mais que eu desejasse tirar as roupas dela até que a única coisa que restasse em seu corpo fosse a aliança, voltei a me aninhar no travesseiro e deixei que Abby descansasse o corpo no meu. Se havia uma forma de nos concentrar em alguma outra coisa que não o horror daquela noite, nós tínhamos conseguido.

28
SR. E SRA.

Abby estava parada no meio-fio, segurando meus dois únicos dedos livres. Os outros estavam carregando malas e tentando fazer um sinal para que America parasse o carro.

Nós havíamos ido com o Honda até o aeroporto dois dias antes, então Shepley teve que levar a namorada até o carro dela. America insistiu em nos buscar, e todo mundo sabia por quê. Quando ela estacionou junto ao meio-fio, ficou olhando para frente. Nem saiu do carro para nos ajudar com as malas.

Abby entrou no banco do passageiro com dificuldade, tomando extremo cuidado com o lugar onde havia acabado de tatuar meu sobrenome.

Joguei a bagagem no porta-malas e puxei a maçaneta da porta traseira.

— Hum... — falei, puxando de novo. — Abre a porta, Mare.

— Acho que não — disse ela, virando a cabeça para me olhar feio. Ela foi um pouco para frente com o carro e Abby ficou tensa.

— Mare, para com isso.

America pisou com tudo no freio e ergueu uma sobrancelha.

— Você quase faz a minha melhor amiga morrer em uma das suas lutas imbecis, depois casa com ela em Las Vegas enquanto estou fora da cidade, para que eu não só não possa ser a dama de honra, mas não possa nem *estar presente* no casamento?

Puxei a maçaneta de novo.

— Ah, Mare, para com isso. Bem que eu queria dizer que lamento, mas estou casado com o amor da minha vida.

— O amor da sua vida é uma Harley! — America retrucou, fervilhando de ódio. Ela foi para frente com o carro de novo.

— Não é mais! — falei em tom de súplica.

— America Mason... — Abby começou.

Ela tentou soar intimidante, mas America lhe desferiu um olhar tão severo que deixou Abby encolhida contra a porta.

Os carros atrás de nós buzinavam, mas America estava enfurecida demais para prestar atenção.

— Tudo bem! — eu disse, erguendo uma das mãos. — Tudo bem. E se a gente, hum... e se a gente fizer outra cerimônia de casamento no verão? Com vestido, convites, flores, tudo. Você pode ajudar a Abby a planejar. Pode ficar do lado dela, fazer uma festa de despedida de solteira, o que você quiser.

— Não é a mesma coisa! — ela grunhiu, mas a tensão estampada em seu rosto relaxou um pouco. — Mas é um começo. — Ela esticou a mão e destravou a porta.

Puxei a maçaneta e entrei no carro, tomando cuidado para não falar nada até que chegássemos ao apartamento.

Shepley estava limpando o Charger quando paramos com o Honda no estacionamento do prédio.

— Ei! — Ele sorriu e me abraçou primeiro, depois Abby. — Parabéns, pessoal.

— Obrigada — disse Abby, ainda incomodada com o acesso de fúria da amiga.

— Que bom que eu e a America já vínhamos conversando sobre arrumar um lugar só pra gente.

— Ah, é?... — disse Abby, erguendo a cabeça para a amiga. — Parece que nós não éramos os únicos aqui tomando nossas próprias decisões.

— A gente ia conversar com vocês sobre isso — disse America, na defensiva.

— Não tem pressa — falei. — Mas eu preciso de uma ajuda hoje pra trazer o restante das coisas da Abby pra cá.

— Claro. O Brazil acabou de chegar em casa. Vou pedir a caminhonete dele emprestada.

Os olhos da Abby se moviam rapidamente entre nós três.

— Vamos contar a ele?

America não conseguiu conter o sorriso presunçoso.

— Vai ser difícil esconder com esse diamante enorme no seu dedo.

Franzi a testa.

— Você não quer que ninguém saiba?

— Não, não é isso. Mas a gente casou escondido em Las Vegas, baby. As pessoas vão surtar.

— Você é a sra. Travis Maddox agora. Foda-se o resto — falei sem hesitar.

Ela sorriu para mim, então baixou o olhar para a aliança.

— Sou mesmo. É melhor eu representar a família do jeito certo.

— Ah, merda — falei. — Precisamos contar pro meu pai.

Abby ficou pálida.

— Precisamos mesmo?

America riu.

— Você já está querendo demais dela. Vai devagar, Trav, meu Deus!

Olhei de esguelha para America, ainda irritado com o fato de ela não me deixar entrar no carro no aeroporto.

Abby esperava uma resposta minha.

Dei de ombros.

— Não precisamos fazer isso hoje, mas em breve, tá bom? Não quero que ele fique sabendo por outra pessoa.

Ela assentiu.

— Eu entendo. Só vamos tirar esse fim de semana pra curtir nossos primeiros dias de casados sem convidar todo mundo para invadir nosso casamento.

Sorri, tirando a bagagem do porta-malas do Honda.

— Combinado, menos por uma coisa.

— O quê?

— Podemos passar os primeiros dias procurando um carro pra comprar? Tenho quase certeza que te prometi um carro.

— Sério? — ela abriu um sorriso.

— Pode escolher a cor, baby.

Ela pulou no meu colo, me envolvendo com as pernas e os braços e cobrindo meu rosto de beijos.

— Ah, parem com isso, vocês dois — disse America.

Abby se pôs em pé e a amiga a puxou pelo braço.

— Vamos entrar. Quero ver sua tattoo!

As meninas subiram correndo as escadas, nos deixando a cargo das bagagens. Ajudei Shepley com as inúmeras e pesadas malas da America, pegando a minha e a da Abby também.

Fomos puxando as bagagens escada acima e ficamos gratos por a porta ter sido deixada aberta.

Abby estava deitada no sofá, com a calça jeans desabotoada e meio dobrada, olhando para baixo enquanto America examinava as curvas negras e delicadas na pele dela.

America ergueu o olhar para Shepley, que estava vermelho e suado.

— Fico tão feliz por não sermos loucos, baby.

— Eu também — ele concordou. — Espero que seja para as malas ficarem aqui, porque eu não vou levar tudo isso de volta para o carro.

— É sim, obrigada. — Ela abriu um sorriso doce e voltou a olhar para a tatuagem da Abby.

Shepley arfou enquanto sumia dentro do quarto, voltando com uma garrafa de vinho em cada mão.

— O que é isso? — Abby quis saber.

— Sua festa de boas-vindas — disse ele, com um largo sorriso no rosto.

Abby parou devagar em uma vaga no estacionamento, verificando com cuidado cada um dos lados. Ela havia escolhido um Toyota Camry prateado novinho em folha no dia anterior e, nas poucas vezes em que consegui colocá-la atrás do volante, ela dirigia como se tivesse pegado o Lamborghini de alguém escondida.

Depois de duas paradas, por fim Abby colocou o carro em ponto morto e desligou o motor.

— A gente vai ter que arrumar um adesivo de estacionamento — disse ela, verificando o espaço ao seu lado de novo.

— Tá bom, Flor, eu vou cuidar disso — falei pela quarta vez.

Eu me perguntei se devia ter esperado mais uma semana ou duas antes de acrescentar o estresse de um carro novo. Nós dois sabíamos que, no fim do dia, a rede de fofocas da faculdade já teria espalhado a notícia do nosso casamento, com um ou outro escândalo ficcional. De propósito, Abby vestiu uma calça jeans skinny e um suéter justo para afastar as inevitáveis especulações sobre uma possível gravidez. Nós tínhamos nos casado às pressas, mas filhos estavam em um nível completamente além, e nós dois estávamos contentes em esperar.

Algumas gotas caíram do céu cinzento de primavera quando começamos nossa caminhada até a sala de aula. Puxei meu boné vermelho mais para baixo sobre a testa, e Abby abriu seu guarda-chuva. Ambos ficamos encarando o Keaton Hall quando passamos em frente, notando a fita amarela e os tijolos enegrecidos acima de cada janela. Ela agarrou meu casaco e eu a abracei, tentando não pensar no que tinha acontecido ali.

Shepley ouviu dizer que o Adam tinha sido preso. Eu não disse nada a Abby, temendo ser o próximo e sem querer lhe causar preocupação desnecessária.

Uma parte de mim achava que as notícias sobre o incêndio desviariam a atenção sobre a aliança da Abby, mas eu sabia que a novidade do nosso casamento seria uma distração bem-vinda da sombria realidade de perder colegas de classe de um jeito tão horrendo.

Como eu esperava, quando chegamos ao refeitório, os caras da minha fraternidade e do time de futebol vieram nos dar parabéns pelo casamento e pelo filho que a Abby estava esperando.

— Eu não estou grávida — ela disse, balançando a cabeça.

— Mas... vocês casaram, certo? — Lexi perguntou, com cara de dúvida.

— Sim — foi a resposta simples da Abby.

Lexi ergueu uma sobrancelha.

— Bom, vamos descobrir a verdade em breve.

Virei a cabeça para o lado e disse:

— Cai fora, Lex.

Ela me ignorou.

— Vocês ficaram sabendo do incêndio?

— Algumas coisas — disse Abby, claramente desconfortável.

— Ouvi dizer que alguns alunos estavam dando uma festa lá. Que entraram escondidos nos porões o ano inteiro.

— É mesmo? — perguntei.

De canto de olho, pude ver que a Abby estava com o olhar erguido para mim, mas tentei não parecer tão aliviado. Se aquilo fosse verdade, talvez eu estivesse livre de qualquer enrascada.

Passamos o restante do dia sendo encarados ou parabenizados. Pela primeira vez, não fui parado por garotas diversas querendo saber quais eram meus planos para o fim de semana. Elas só ficavam me observando enquanto eu passava, hesitantes em se aproximar do marido de outra pessoa. Pra falar a verdade, era até legal.

Meu dia estava indo muito bem, e eu me perguntava se a Abby poderia dizer o mesmo. Até minha professora de psicologia me deu um sorrisinho e um aceno de cabeça quando escutou minha resposta sobre se os rumores eram verdadeiros.

Depois da última aula, encontrei Abby no Camry e joguei nossas mochilas no banco traseiro.

— Foi tão ruim quanto você pensou? — perguntei.

— Foi — ela sussurrou.

— Então acho que hoje não é um bom dia para contar a novidade ao meu pai, né?

— Não, mas é melhor a gente contar de uma vez. Você está certo, eu não quero que ele fique sabendo por outra pessoa.

A resposta dela me surpreendeu, mas não a questionei. Abby tentou fazer com que eu dirigisse, mas me recusei, insistindo que ela se sentisse confortável atrás do volante.

O trajeto do campus até a casa do meu pai não demorou muito — mas foi mais longo do que se eu estivesse na direção. Abby obedecia a todas as leis de trânsito, principalmente porque tinha medo de ser parada pela polícia e, por acidente, entregar a identidade falsa.

Nossa cidadezinha me pareceu diferente, ou talvez eu não fosse mais o mesmo. Eu não sabia ao certo se o fato de ser um homem casado me deixava mais relaxado — descontraído até — ou se finalmente eu podia dizer que era uma pessoa bem resolvida. Eu me encontrava em uma situação em que não tinha que provar nada a ninguém, porque a única pessoa que me aceitava por completo, minha melhor amiga, agora era permanente na minha vida.

Parecia que eu tinha completado uma tarefa, superado um obstáculo. Pensei na minha mãe e nas palavras que ela me dissera há quase uma vida. Foi então que a ficha caiu: ela havia me pedido para não me acomodar, para lutar pela pessoa que eu amasse, e pela primeira vez eu fiz o que ela esperava de mim. Eu finalmente havia me tornado quem ela queria que eu fosse.

Inspirei fundo, me sentindo renovado, e repousei a mão no joelho da Abby.

— Que foi? — ela quis saber.

— Que foi o quê?

— Essa expressão no seu rosto.

Ela alternava o olhar entre mim e a estrada, extremamente curiosa. Imaginei que ela nunca tivesse visto aquela minha expressão, mas não conseguiria nem começar a explicar.

— Só estou feliz, baby.

Ela meio murmurou, meio riu.

— Eu também.

Admito que eu estava um pouco nervoso com a perspectiva de contar ao meu pai sobre a nossa memorável escapada para Las Vegas, mas não porque ele ficaria bravo. Eu não conseguia definir o que era, mas sentia um frio na barriga que se intensificava a cada quadra que nos aproximávamos da casa do meu pai.

Abby estacionou o carro na entrada de cascalho, encharcada por causa da chuva.

— O que você acha que ele vai dizer? — ela me perguntou.

— Não sei. Eu sei que ele vai ficar feliz.

— Você acha? — ela esticou a mão para pegar na minha.

Apertei seus dedos entre os meus.

— Tenho certeza.

Antes que chegássemos até a porta da frente, meu pai saiu na varanda.

— Olha só. Oi, crianças — disse ele, sorrindo. Seus olhos ficaram apertados quando suas bochechas se elevaram. — Eu não sabia quem era. Você arrumou um carro novo, Abby? É bacana.

— Oi, Jim — ela sorriu. — Foi o Travis que comprou.

— É nosso — falei, tirando o boné. — Viemos te fazer uma visita.

— Que bom... que bom. Parece que está chovendo um pouco.

— Acho que sim — concordei, meu nervosismo abalando qualquer habilidade para conversas triviais. Mas o que eu pensei que fosse nervosismo na verdade não passava de empolgação para partilhar a novidade com meu pai.

Ele sabia que havia algo estranho no ar.

— A semana do saco cheio foi boa?

— Foi... interessante — disse Abby, apoiando-se ao meu lado.

— Ah, é?

— A gente viajou, pai. Fomos passar uns dias em Las Vegas. A gente decidiu, hum... a gente decidiu se casar.

Ele fez uma pausa por alguns segundos, então seus olhos rapidamente buscaram a mão esquerda da Abby. Quando ele se deparou com a confirmação que estava procurando, olhou para ela e depois para mim.

— Pai? — falei, surpreso com a falta de expressão em seu rosto.

Os olhos dele ficaram um pouco marejados e os cantos de sua boca se ergueram lentamente em um sorriso. Ele esticou os braços e nos envolveu, a mim e a Abby, ao mesmo tempo.

Sorrindo, ela deu uma espiada em mim, e pisquei um olho para ela.

— Eu me pergunto o que a minha mãe diria se estivesse aqui — falei.

Meu pai recuou, com os olhos cheios de lágrimas de felicidade.

— Ela diria que você se saiu bem, filho. — Ele olhou para Abby. — E agradeceria a você por devolver ao menino dela algo que lhe foi tirado quando ela partiu.

— Eu não tenho tanta certeza — disse Abby, secando as lágrimas. Era evidente que ela estava muito emocionada com os sentimentos do meu pai.

Ele nos abraçou de novo, rindo e nos apertando ao mesmo tempo.

— Quer apostar?

EPÍLOGO

As paredes gotejavam com a água da chuva vinda lá de cima. As gotas caíam e se acumulavam no chão, como se estivessem chorando por ele, o infeliz jogado no meio do porão em uma poça de seu próprio sangue.

Respirei fundo, baixando o olhar para ele, mas não por muito tempo. Minhas duas Glocks estavam apontadas em direções opostas, mantendo os capangas do Benny no lugar até o resto da minha equipe chegar.

O fone bem no fundo do meu ouvido emitiu um zunido.

— Previsão de chegada em dez segundos, Maddox. Bom trabalho. — O chefe da minha equipe, Henry Givens, estava calmo, sabendo tão bem quanto eu que, com Benny morto, estava tudo acabado.

Uma dúzia de homens portando rifles automáticos e vestidos de preto da cabeça aos pés entraram correndo e abaixei minhas armas.

— Eles são apenas cobradores. Tirem esses merdas daqui.

Depois de guardar minhas pistolas, puxei a fita remanescente dos meus pulsos e subi as escadas do porão. Thomas esperava por mim no topo, com o casaco cáqui e os cabelos encharcados da tempestade.

— Você fez o que tinha que fazer — ele disse, me seguindo até o carro. — Você está bem? — perguntou, esticando a mão para tocar o corte no meu supercílio.

Eu estive sentado naquela cadeira de madeira durante duas horas, levando porrada enquanto Benny me interrogava. Eles tinham sacado quem eu era naquela manhã — tudo parte do plano, é claro —, mas, no fim do interrogatório, o resultado era para ser a prisão dele, não a morte.

Meu maxilar se mexia com violência sob a pele. Eu tinha feito um bom progresso em não perder o controle e detonar qualquer um que despertasse minha fúria. Porém, em apenas alguns segundos, todo meu treinamento pareceu ter se tornado inútil, e bastou que Benny falasse o nome dela para que isso acontecesse.

— Preciso ir pra casa, Tommy. Estou longe há semanas, e hoje é nosso aniversário de casamento... ou o que restou dele.

Abri a porta do carro, mas Thomas me agarrou pelo pulso.

— Você precisa ser interrogado primeiro. Você passou anos nesse caso.

— Desperdicei. Eu desperdicei anos.

Ele suspirou.

— Você não quer levar isso pra casa com você, quer?

Suspirei também.

— Não, mas eu preciso ir. Eu prometi a ela.

— Eu ligo para ela. Eu explico.

— Você vai mentir.

— É o que fazemos.

A verdade era sempre feia. Thomas estava certo. Ele praticamente havia me criado, mas eu só o conheci de verdade quando fui recrutado pelo FBI. Quando ele foi para a faculdade, achei que estivesse estudando publicidade, e depois ele nos disse que era um executivo da área na Califórnia. Ele estava tão longe que ficava fácil manter o disfarce.

Olhando em retrospecto, agora eu entendia por que o Thomas tinha decidido ir para casa pelo menos uma vez sem precisar de uma ocasião especial — na noite em que ele conheceu a Abby. Naquela época, quando ele tinha começado a investigar o Benny e suas inúmeras atividades ilegais, foi pura sorte que seu irmãozinho tivesse conhecido e se apaixonado pela filha de um dos devedores do cara. E melhor ainda que acabamos envolvidos nos negócios dele.

No segundo em que me formei em direito penal, simplesmente fez sentido que o FBI entrasse em contato comigo. A honra daquilo não me afetava. Nunca me ocorreu, nem a Abby, que eles recebiam milhares de inscrições por ano e não tinham o hábito de recrutar ninguém. Mas, já tendo ligações com Benny, eu era uma peça essencial daquela operação.

Anos de treinamento e muito tempo longe de casa haviam culminado em Benny caído no chão, com os olhos mortos fixos no teto do porão. O pente inteiro da minha Glock estava enterrado em seu torso.

Acendi um cigarro.

— Liga para a Sarah no escritório. Fala pra ela reservar o próximo voo pra mim. Quero estar em casa antes da meia-noite.

— Ele ameaçou sua família, Travis. Todos nós sabemos do que o Benny era capaz. Ninguém te culpa.

— Ele sabia que tinha sido pego, Tommy. Sabia que não tinha para onde ir. Ele me atraiu. O Benny me atraiu e caí direitinho na dele.

— Talvez. Mas descrever em detalhes como seria a tortura e a morte da esposa do conhecido mais letal dele não foi exatamente um bom negócio. Ele tinha que saber que não podia intimidar você.

— É — falei entre dentes, me lembrando das imagens vívidas pintadas por Benny quando descreveu como sequestraria Abby e arrancaria a carne dela, pedacinho por pedacinho. — Aposto que agora ele ia preferir não ser tão bom em contar histórias.

— E tem sempre o Mick. Ele é o próximo da lista.

— Eu já disse, Tommy. Posso prestar consultoria nesse caso. Não é uma boa ideia eu participar.

Ele apenas sorriu, disposto a esperar por um outro momento para discutir esse assunto.

Entrei no banco traseiro do carro que estava à minha espera para me levar ao aeroporto. Assim que a porta se fechou e o motorista se afastou do meio-fio, digitei o número da Abby.

— Oi, baby — ela atendeu com uma voz doce.

De imediato, inspirei fundo, me sentindo renovado. A voz dela era todo o interrogatório de que eu precisava.

— Feliz aniversário de casamento, Beija-Flor. Estou a caminho de casa.

— Você está vindo? — ela perguntou, erguendo a voz uma oitava.
— O melhor presente do mundo.

— Como vão as coisas?

— Estamos na casa do seu pai. O James acabou de ganhar mais uma mão no pôquer. Estou começando a ficar preocupada.

— Ele é seu filho, Flor. Você está mesmo surpresa que ele seja bom nas cartas?

— Ele ganhou de *mim*, Trav. Ele é bom.

Fiz uma pausa.

— Ele ganhou de você?

— Ganhou.

— Achei que você tivesse uma regra em relação a isso.

— Eu sei — ela suspirou. — Eu sei. Eu não jogo mais, só que ele teve um dia ruim, e foi uma boa maneira de fazer com que ele falasse sobre isso.

— Como assim?

— Tem um menino na escola... Ele fez um comentário sobre mim hoje.

— Não é o primeiro garoto que passa uma cantada na professora gostosa de matemática.

— Não, mas acho que foi algo bem grosseiro. O Jay mandou o menino calar a boca. Eles acabaram brigando.

— O Jay detonou o moleque?

— Travis!

Dei risada.

— Só estou perguntando!

— Eu vi da minha sala de aula. A Jessica chegou lá antes de mim. Talvez ela tenha... humilhado o irmão. Um pouco. Não de propósito.

Fechei os olhos. Jessica, com seus grandes olhos cor de mel, longos cabelos escuros e quarenta quilos de malvadeza, era uma versão em miniatura de mim. Ela tinha um temperamento tão forte quanto o meu e nunca desperdiçava tempo com palavras. Sua primeira briga foi no jardim de infância, defendendo seu irmão gêmeo, James, de uma pobre e inocente menina que o estava provocando. Nós tentamos explicar a ela que a garotinha provavelmente tinha uma queda pelo James, mas Jessie não quis saber. Não importava quantas vezes James implorasse que ela o deixasse lutar suas próprias batalhas, ela era ferozmente protetora, mesmo ele sendo oito minutos mais velho.

Soltei o ar contido.

— Deixe eu falar com ela.

— Jess! O papai está no telefone!

Uma vozinha doce surgiu na linha. Era incrível que ela pudesse ser tão selvagem quanto eu sempre fui e ainda soar — e parecer — como um anjo.

— Oi, papai.

— Baby... você arrumou encrenca hoje?

— Não foi minha culpa, papai.

— Nunca é sua culpa.

— O Jay estava sangrando. Ele estava imobilizado no chão.

Meu sangue ferveu, mas guiar meus filhos na direção certa vinha em primeiro lugar.

— O que o vovô falou?

— Ele disse: "Já estava na hora de alguém botar esse Steven Matese no lugar dele".

Fiquei feliz por ela não poder ver meu sorriso com sua imitação perfeita de Jim Maddox.

— Eu não culpo você por querer defender o seu irmão, Jess, mas você precisa deixar que ele lute as batalhas dele.

— Eu vou fazer isso. Mas não quando ele estiver no chão.

Contive um acesso de riso.

— Deixe eu falar com a mamãe. Daqui a algumas horas eu estou em casa. Eu te amo muito, baby.

— Também te amo, papai!

O telefone fez um pouco de ruído ao passar de Jessica para Abby, e então a voz macia da minha mulher estava de volta na linha.

— Você não ajudou em nada, não é? — ela me perguntou, já sabendo a resposta.

— Acho que não. A Jess tinha um bom argumento.

— Ela sempre tem.

— É verdade. Escuta, estamos chegando no aeroporto. A gente se vê daqui a pouco. Eu te amo.

Quando o motorista estacionou ao lado do meio-fio no terminal, me apressei em pegar minha mala. Sarah, assistente do Thomas, tinha acabado de me enviar um e-mail com meu itinerário — meu voo partiria dentro de meia hora. Passei correndo pelo check-in e pela segurança, e cheguei ao portão de embarque quando estavam fazendo a primeira chamada.

O voo para casa pareceu durar uma eternidade, como sempre acontecia. Embora eu usasse um quarto do tempo para me arrumar e trocar de roupa no banheiro — o que era sempre um desafio —, os minutos ainda pareciam se arrastar.

Saber que minha família estava à minha espera era brutal, porém o fato de ser meu aniversário de onze anos de casamento com a Abby piorava as coisas. Eu só queria abraçar minha mulher. Era tudo que eu sempre queria fazer. Eu estava tão apaixonado por ela em nosso décimo primeiro ano juntos quanto no primeiro.

Cada aniversário de casamento era uma vitória, um dedo do meio erguido para todo mundo que achava que eu e Abby não duraríamos juntos. Ela me domou, o casamento fez com que eu me estabilizasse e, quando me tornei pai, toda minha visão de mundo mudou.

Baixei o olhar para o meu pulso e arregacei a manga da camisa. O apelido da Abby ainda estava ali, e eu ainda me sentia melhor sabendo disso.

O avião aterrissou e tive que me conter para não sair correndo pelo terminal. Assim que cheguei ao meu carro, minha paciência tinha se esgotado. Pela primeira vez em anos, furei sinais vermelhos e fui costurando pelo trânsito. Pra falar a verdade, foi até divertido, fazendo com que eu me lembrasse da minha época de faculdade.

Estacionei na entrada de carros e desliguei os faróis. A luz da varanda se acendeu quando me aproximei.

Abby abriu a porta, com os cabelos cor de caramelo mal encostando nos ombros e os grandes olhos cinza, embora um pouco cansados, mostrando como ela estava aliviada em me ver. Puxei-a para os meus braços, tentando não apertá-la com muita força.

— Ah, meu Deus — suspirei, enterrando o rosto em seus cabelos. — Senti tanto a sua falta.

Ela se afastou, tocando o corte na minha sobrancelha.

— Você caiu?

— Foi um dia difícil no trabalho. Eu devo ter batido na porta do carro quando estava correndo para o aeroporto.

Ela me puxou para junto dela de novo, enterrando os dedos nas minhas costas.

— Estou tão feliz por você estar em casa. As crianças estão deitadas, mas se recusaram a dormir antes de você chegar.

Recuei e assenti, então me curvei, pondo as mãos na barriga redonda da Abby.

— E você? — perguntei ao meu terceiro filho. Beijei seu umbigo protuberante e me ergui novamente.

Abby esfregou a barriga em um movimento circular.

— Ele ainda está no forno.

— Que bom. — Peguei uma caixinha na minha mala de mão e a segurei na minha frente. — Onze anos atrás, nós estávamos em Vegas. Ainda é o melhor dia da minha vida.

Abby pegou a caixa, depois me puxou pela mão até entrarmos em casa, cujo aroma era uma combinação de produtos de limpeza, velas e crianças. Tinha cheiro de lar.

— Tenho uma coisa para você também.

— Ah, é?

— É. — Ela sorriu.

Abby me deixou por um instante, sumindo dentro do escritório, então saiu de lá com um envelope de papel pardo.

— Abra.

— Você pegou a correspondência pra mim? A melhor esposa do mundo — provoquei.

Abby simplesmente sorriu.

Abri o envelope e peguei a pequena pilha de papéis que ele continha. Datas, horários, transações, até e-mails. Trocados entre o Benny e o pai da Abby, Mick. Ele trabalhava para o Benny fazia anos. Mick tinha pegado mais dinheiro emprestado com ele, então teve que ralar para pagar sua dívida quando a Abby se recusou a ajudá-lo, do contrário seria morto.

Havia apenas um problema: Abby tinha conhecimento de que eu trabalhava com o Thomas — mas, até onde eu sabia, ela achava que era na área de publicidade.

— O que é isso? — perguntei, fingindo estar confuso.

Ela ainda tinha uma cara de paisagem impecável.

— É o que você precisa para ligar o Mick ao Benny. Este aqui — disse ela, puxando o segundo papel da pilha — é o prego no caixão.

— Tudo bem... mas o que você quer que eu faça com isso?

Sua expressão se alterou para um sorriso ambíguo.

— O que vocês costumam fazer com essas coisas, querido. Eu só achei que, se eu escavasse um pouquinho, você poderia passar mais tempo em casa dessa vez.

Minha cabeça ficou a mil, tentando encontrar uma maneira de sair dessa. De alguma forma, eu tinha comprometido meu disfarce.

— Há quanto tempo você sabe?

— Isso importa?

— Você está brava?

Abby deu de ombros.

— Fiquei um pouco magoada no começo. Você tem umas boas mentiras no seu currículo.

Eu a abracei junto a mim, ainda segurando os papéis e o envelope.

— Me desculpa, Flor. Eu sinto muito, muito mesmo. — Recuei. — Você não contou pra ninguém, né?

Ela negou com a cabeça.

— Nem para a America ou o Shepley? Nem para o meu pai ou para as crianças?

Ela balançou a cabeça de novo.

— Eu fui esperta o suficiente para sacar as coisas, Travis. Você acha que eu não sou esperta o suficiente para guardar segredo? É a sua segurança que está em jogo.

Segurei as bochechas dela com ambas as mãos.

— O que isso quer dizer?

Ela sorriu.

— Quer dizer que você pode parar de dizer que tem mais uma convenção para ir. Algumas das histórias que você inventa são simplesmente um insulto.

Beijei-a novamente, tocando com ternura os lábios nos dela.

— E agora?

— Dá um beijo nas crianças e depois você e eu podemos comemorar onze anos de "Viu? Conseguimos!". Que tal?

Minha boca se esticou em um largo sorriso, então baixei o olhar para os documentos.

— Você vai ficar numa boa com isso? Ajudar a derrubar o seu pai? Abby franziu a testa.

— Ele disse um milhão de vezes que eu seria o fim dele. Pelo menos agora ele pode se orgulhar de estar certo. E as crianças vão ficar mais seguras assim.

Coloquei a papelada sobre a mesa.

— Vamos conversar sobre isso depois.

Cruzei o corredor, puxando Abby pela mão atrás de mim. O quarto da Jessica era o mais próximo, então entrei e beijei a bochecha dela, tomando cuidado para não acordá-la, depois fui até o quarto do James. Ele ainda estava acordado, deitado em silêncio.

— Oi, camarada — sussurrei.

— Oi, pai.

— Ouvi dizer que você teve um dia ruim. Você está bem? — Ele assentiu. — Tem certeza?

— O Steven Matese é um babaca.

— Você está certo, mas deve ter uma forma mais apropriada de descrevê-lo.

James deu um meio sorriso.

— Então... você detonou a mamãe no pôquer, hein?

Ele sorriu.

— Duas vezes.

— Essa parte ela não me contou — falei, me virando para Abby, cuja silhueta escura e curvilínea embelezava a porta. — Você pode me contar tudo em detalhes amanhã.

— Tá bom.

— Eu te amo.

— Também te amo, pai.

Beijei o nariz do meu filho e acompanhei a mãe dele até o nosso quarto. As paredes do corredor estavam repletas de fotos de família e da escola, além de trabalhos artísticos emoldurados.

Abby ficou parada no meio do quarto, sua barriga contendo nosso terceiro filho, estonteantemente bela e feliz em me ver, mesmo depois de ter descoberto o que eu vinha escondendo dela durante a maior parte do nosso casamento.

Eu nunca tinha me apaixonado antes da Abby, e depois dela ninguém nem provocou meu interesse. Minha vida era a mulher parada à minha frente, e a família que havíamos formado juntos.

Abby abriu a caixa e ergueu o olhar para mim, com lágrimas nos olhos.

— Você sempre sabe o que me dar de presente. É perfeito — disse ela, tocando com os dedos graciosos as três pedras preciosas do signo dos nossos filhos. Ela colocou o anel no dedo anelar direito, esticando a mão para admirar sua nova joia.

— Não tão perfeito quanto você me dar uma promoção no trabalho. Eles vão saber o que você fez, viu? E as coisas vão ficar complicadas.

— É sempre assim com a gente — disse ela, sem se deixar abalar.

Inspirei fundo e fechei a porta do quarto. Embora nós dois tivéssemos feito o outro passar pelo inferno, tínhamos encontrado o céu. Talvez isso fosse mais do que um casal de pecadores merecesse, mas eu é que não iria reclamar.

Este livro foi composto na tipografia
ITC Giovanni Book, em corpo 10,5/15, e impresso em
papel off-white no Sistema Digital Instant Duplex
da Divisão Gráfica da Distribuidora Record.